Quand **Chloe Neill** n'écrit pas, elle fait des gâteaux (beaucoup), regarde vraiment trop la télévision et supporte son équipe de football américain préférée. Elle passe également du temps avec son compagnon et ses amis, et joue avec Baxter et Scout, ses chiens. Elle vit dans le Midwest, aux États-Unis.

Du même auteur, chez Milady :

Les Vampires de Chicago :
1. *Certaines mettent les dents*
2. *Petites morsures entre amis*
3. *Mordre n'est pas jouer*

www.milady.fr

Chloe Neill

Mordre n'est pas jouer

Les Vampires de Chicago – 3

Traduit de l'anglais (États-Unis) par Aurélie Tronchet

Milady

Milady est un label des éditions Bragelonne

Titre original : *Twice Bitten*

Suivi d'un extrait de : *Hard Bitten*

ISBN : 978-2-8112-0541-6

Bragelonne – Milady
60-62, rue d'Hauteville – 75010 Paris

E-mail : info@milady.fr
Site Internet : www.milady.fr

Remerciements

Merci, comme toujours, à ma famille et mes amis. Des remerciements particuliers à Jessica, ma minutieuse éditrice ; à Lucienne, mon agent, qui est absolument géniale ; et aux diverses personnes qui prennent le temps de me lire et de me faire leurs commentaires, y compris Sandi, Heather et Sara, la nouvelle reine de la continuité !

Ce roman est dédié à mes lecteurs fabuleux – Go Team Eel!

« La diplomatie, c'est l'art de savoir dire "gentil toutou"
tant qu'on n'a pas mis la main sur une pierre. »
Will Rogers

1

Bienvenue au club

Début juin
Chicago, Illinois

Elle marquait le point de départ de la route 66, surnommée la « Grand-Rue de l'Amérique ». La fontaine Buckingham, au cœur de Grant Park, tenait son nom du frère de la femme qui en avait fait donation à la ville de Chicago. De jour, le jet principal du bassin, une colonne d'eau de trente mètres de haut, séparait le lac Michigan du centre-ville de Chicago.

Mais il était tard et l'eau avait été coupée pour la nuit. Le parc était officiellement fermé au public, mais cela n'empêchait pas une poignée de traînards de déambuler autour de la fontaine, ou de se percher sur les marches qui descendaient sur l'allée bordant le lac pour contempler ses eaux noires et scintillantes.

Je consultai ma montre. Il était 00 h 08. Je me trouvais là parce que j'avais reçu des messages anonymes. Les premiers évoquaient des invitations. Le dernier me donnait rendez-vous à la fontaine à minuit, ce qui signifiait que mon correspondant avait huit minutes de retard.

J'ignorais totalement qui m'avait invitée et pour quelle raison, mais j'étais assez curieuse pour faire le trajet jusqu'au centre-ville depuis Hyde Park. J'étais également assez prudente pour ne pas venir sans arme et je portais une courte dague au manche de nacre fixée sous ma veste. La dague m'avait été offerte par le Maître vampire Ethan Sullivan puisque j'étais Sentinelle de sa Maison.

Je n'avais probablement pas l'apparence de la vampire typique, étant donné que l'uniforme de Cadogan – un tailleur pantalon moulant noir – ne tenait pas vraiment du costume de film d'horreur. J'avais tiré mes longs cheveux noirs en queue-de-cheval, comme d'habitude, avec une frange sur le front. Je portais une paire d'escarpins à brides qui, malgré ma préférence pour les Puma, allaient assez bien avec ma tenue. Mon bipeur était accroché à ma ceinture pour les cas d'urgence.

En tant que Sentinelle de la Maison, je ne me déplaçais jamais sans mon katana et ses soixante-quinze centimètres d'acier parfaitement affûtés. Mais pour ce rendez-vous, j'avais laissé mon sabre à la maison, craignant que la vue du fourreau rouge n'attire trop les regards humains. Ma présence dans le parc après les heures d'ouverture suffirait déjà à éveiller la curiosité de la police de Chicago ; une arme de samouraï de près d'un mètre aurait du mal à les convaincre que j'étais là uniquement pour faire connaissance et échanger des politesses.

Et en parlant de faire connaissance…

— Je n'étais pas sûr que tu viendrais, dit soudain une voix derrière moi.

Je tournai des yeux stupéfaits vers le vampire qui venait de me parler.

— Noah ?

Plus particulièrement, il s'agissait de Noah Beck, le chef des Solitaires de Chicago – ceux qui n'étaient liés à aucune Maison.

Noah était massif – des épaules larges surmontant un torse musclé. Ses cheveux châtains étaient ébouriffés. Il avait les yeux bleus et, ce soir, il arborait une barbe de deux jours. Noah n'avait rien d'un top-modèle, mais avec sa stature, sa mâchoire affirmée et son nez légèrement crochu, il aurait pu sans problème tenir le premier rôle dans un film d'action. Il était habillé, comme d'habitude, tout en noir : un treillis et un tee-shirt moulant pour remplacer celui à manches longues qu'il portait quand il faisait plus froid.

— Tu voulais me rencontrer ?

— En effet, répondit-il.

Comme il n'ajoutait rien, au bout de quelques secondes j'inclinai la tête vers lui.

— Pourquoi ne pas m'appeler et demander à me voir, tout simplement ?

Ou mieux encore, pensai-je, *pourquoi ne pas appeler Ethan ?* Il était en général plus que partant pour m'expédier dans les bras de vampires dans le besoin.

Noah croisa les bras sur sa poitrine, l'expression grave, son menton baissé touchant presque son tee-shirt.

— Parce que tu appartiens à Sullivan et que cette rencontre ne le regarde pas. Ça te concerne, toi. Si j'avais signé ces messages, tu te serais sentie obligée de lui dire que nous allions nous voir.

— J'appartiens à la Maison Cadogan, corrigeai-je pour lui faire remarquer que, contrairement à la rumeur, je n'appartenais pas à Ethan, même si c'était un point sur lequel j'avais déjà réfléchi. Je ne peux donc pas te promettre que je ne lui raconterai pas ce que tu vas me dire, ajoutai-je avec un petit sourire. Mais cela dépend du sujet que tu veux aborder.

Noah décroisa les bras, glissa une main dans une poche de son pantalon et en sortit une carte rouge. Il me la tendit en la tenant entre deux doigts.

Je savais ce que j'y lirais avant même de la prendre. Elle porterait les initiales « GR » et un sceau blanc ressemblant à une fleur de lys. Une carte similaire avait été déposée dans ma chambre de la Maison Cadogan, mais je ne savais toujours pas ce qu'elle signifiait.

— Qu'est-ce que veut dire « GR » ? demandai-je en lui rendant la carte.

Noah la glissa de nouveau dans sa poche. Puis il regarda autour de lui et m'invita à le suivre d'un signe avant de se diriger vers le lac. Curieuse, je lui emboîtai le pas. La leçon d'histoire commença.

— La Révolution française a été une période cruciale pour les vampires européens, dit-il en descendant les marches qui menaient à la rue en contrebas. Au début de la Terreur, l'hystérie collective a emporté les vampires comme les humains. Mais quand les vampires se sont mis à livrer leurs Novices et leurs Maîtres à l'armée, quand ils ont été guillotinés dans les rues, les membres du Conseil Rouge – le conseil qui dirigeait les vampires avant que le Présidium de Greenwich prenne le pouvoir – ont commencé à paniquer.

— C'était la Seconde Purge, n'est-ce pas ? demandai-je. Les vampires français ont balancé leurs amis pour sauver leur peau. Malheureusement, les vampires qu'ils avaient livrés à la foule ont été exécutés.

— Tout à fait. Les vampires du Conseil étaient vieux et bien établis. Ils appréciaient leur immortalité et n'avaient aucune envie d'être victimes des émeutes. Ils ont alors formé un groupe de vampires chargés de les protéger et qui étaient d'accord pour tâter du pieu à leur place.

— Un service secret vampire ?

— La comparaison est assez bonne, accorda-t-il. Les vampires à qui on a confié cette mission se faisaient appeler la Garde Rouge.

D'où « GR ».

— Et puisque tu m'as donné cette carte, j'en déduis que tu en fais partie ?

— J'en suis même un membre adhérent.

On traversa la rue jusqu'à la pelouse devant le lac avant de rejoindre l'allée en béton. Quand Noah s'arrêta, je lui jetai un coup d'œil en me demandant pourquoi j'avais droit à cette leçon d'histoire et aux détails de sa vie secrète.

— Bon, tout ça est très intéressant, mais en quoi est-ce que ça me concerne ?

— La patience n'est pas ton fort, n'est-ce pas ?

Je haussai un sourcil.

— J'ai accepté un rendez-vous secret à minuit parce que tu ne voulais pas que mon Maître soit au courant. Crois-moi : là, je me contrôle.

Noah m'adressa un sourire vorace, écartant progressivement les lèvres pour découvrir des dents droites et blanches – et des crocs aiguisés.

— Merit, je suis surpris que tu n'aies pas encore deviné. Je suis ici pour te recruter.

Il se tut pendant une longue minute et je restai muette aussi, debout à côté de lui, à regarder le lac et les lumières dansantes des bateaux près de la berge. Je ne savais pas à quoi il pensait, mais, pour ma part, j'étais en train de considérer son offre.

— La situation a changé depuis la création de la GR, dit-il enfin, d'une voix qui résonna dans l'obscurité. Notre mission est de nous assurer que le Présidium n'outrepasse pas son autorité, en agissant un peu comme un contrepoids face à sa puissance. Nous veillons également à ce que l'équilibre des pouvoirs entre les Maîtres et les Novices demeure relativement stable. Parfois, nous enquêtons. En de rares occasions, nous faisons le ménage.

Alors, en résumé, Noah voulait que je rejoigne une organisation dont le but principal était d'empêcher que les Maîtres vampires et les membres du Présidium aient trop de pouvoir ou qu'ils l'utilisent sans discernement – une organisation dont les membres espionnaient leurs Maîtres.

J'expirai lentement, l'estomac noué.

Je ne connaissais pas la position d'Ethan au sujet de la Garde Rouge, mais il verrait sans aucun doute mon départ comme la pire des trahisons. Si je servais la Garde Rouge, je m'opposerais à Ethan et devrais le surveiller et le juger alors que j'étais Novice. Ma relation avec Ethan n'était pas simple. Tiraillés entre notre statut de collègues et celui de confidents, nous avions du mal à communiquer sereinement. Mais avec cette histoire de Garde Rouge, nous n'en resterions pas à l'agacement qui teintait tous nos rapports.

En fait, c'était exactement le genre de choix qu'Ethan craignait que je fasse : espionner la Maison. Il ignorait peut-être l'invitation de la Garde Rouge, mais il savait que mon grand-père, Chuck Merit, faisait office de médiateur entre les créatures surnaturelles et l'administration de la ville. Il savait également que ma famille, les Merit – oui, Merit est mon nom de famille –, était en relation avec Seth Tate, le maire de Chicago. Ces liens étaient ténus, et pourtant il s'en inquiétait déjà. M'impliquer dans une telle organisation mettrait le feu aux poudres.

Et cela soulevait une question intéressante.

— Pourquoi moi ? demandai-je. Cela ne fait que deux mois que je suis une vampire et je ne suis pas vraiment une guerrière confirmée.

— Tu corresponds à notre profil, dit-il. Tu as été transformée contre ton gré. Peut-être est-ce pour cette raison que tu sembles avoir une relation différente avec ton Maître. Tu as été élevée dans la richesse, mais tu as vu quels pouvaient en être les abus. En tant que Sentinelle, tu es destinée à devenir soldat, mais tu as été étudiante.

Tu as prêté serment à Ethan, mais tu es assez sceptique pour ne pas suivre aveuglément tous ses ordres.

Des caractéristiques qui énervaient probablement Ethan au quotidien. Mais Noah semblait convaincu que c'était justement le genre de choses qu'il recherchait.

— Et que devrais-je faire au juste ?

— Pour le moment, nous aimerions que tu sois une partenaire discrète. Tu resterais dans la Maison Cadogan, en tant que Sentinelle, et tu communiquerais avec ton équipier.

Je haussai les sourcils.

— Mon équipier ?

— Nous travaillons en binômes, dit Noah en désignant quelque chose dans mon dos. Pile à l'heure !

Je jetai un coup d'œil derrière moi juste au moment où le vampire nous rejoignait sur la berge. C'était de toute évidence un bon espion : même avec mon ouïe améliorée, je ne l'avais pas entendu arriver. Il était grand et élancé, avec des cheveux auburn mi-longs, des yeux bleus sous de longs sourcils et un menton bien dessiné. Il portait une chemisette rentrée dans son jean et ses biceps étaient cerclés de tatouages : un ange en plein vol sur un bras, un diable furtif sur l'autre.

Je me demandai quel était son conflit intime…

Le nouvel arrivant me salua d'un hochement de tête avant de se tourner vers Noah.

— Merit, Sentinelle, Maison Cadogan, déclara Noah avant de me présenter l'autre vampire. Jonah, Capitaine de la Garde, Maison Grey.

— Capitaine de la Garde ? demandai-je à voix haute, profondément choquée que le Capitaine de la Maison de Scott Grey soit aussi un membre de la Garde Rouge.

Un vampire ayant un poste de confiance, dont la mission dans la Maison était de protéger le Maître, et qui travaillait au noir pour une organisation qui nourrissait une méfiance à l'égard des Maîtres ? Ce n'était pas le genre de nouvelle dont Scott Grey se serait réjoui.

Et à vrai dire, n'étais-je pas, moi aussi, en train de faire des cachotteries à Ethan Sullivan ?

— Si tu acceptes notre offre, dit Noah, Jonah sera ton équipier.

Je me tournai vers ce dernier qui m'observait, les sourcils froncés. Son regard était aussi curieux que méprisant. Il n'était de toute évidence pas impressionné par ce qu'il découvrait de la Sentinelle de Cadogan.

Mais puisque ça ne m'intéressait pas d'entrer en guerre contre Ethan et que je n'avais donc aucune intention de devenir l'équipière de Jonah, je parvins à ne pas tenir compte de son attitude.

Je secouai la tête et m'adressai à Noah.

— C'est trop me demander.

— Je comprends ta réticence, dit-il. Je sais ce que ça représente de prêter serment à une Maison. Je l'ai fait, moi aussi. Mais quoi qu'il en soit, Célina est en liberté aujourd'hui. Je ne donne pas cher de notre avenir, qui sera certainement plus violent que notre passé récent !

— Pas faux, convins-je avec gravité.

Nous avions mis un terme à la tuerie menée par Célina Desaulniers, ancienne Maîtresse de la Maison Navarre. Nous avions assuré à la ville de Chicago que

Célina était emprisonnée dans un donjon en Europe et qu'elle purgeait une peine pour avoir organisé ces meurtres, mais le Présidium avait relâché Célina. Elle ne contrôlait plus la Maison Navarre et elle m'en voulait pour ce désagrément. Elle était revenue à Chicago contrariée par son incarcération et impatiente d'en découdre.

Noah sourit tristement comme s'il lisait dans mes pensées.

— Les sorciers ont déjà prédit la guerre, dit-il. Nous craignons qu'elle ne soit inévitable. Trop de vampires nourrissent une animosité refoulée à l'égard des humains pour que la paix soit préservée – et *vice versa*. Sans compter que Célina a bien œuvré pour qu'ils se soulèvent. Malheureusement pour nous, elle joue son rôle de martyre à la perfection.

— Sans parler du problème des métamorphes, ajouta Jonah. Nous partageons avec eux un long passé douloureux, mais ça n'empêche pas les Meutes d'affluer vers Chicago. (Il me jeta un coup d'œil.) On raconte qu'elles se réunissent cette semaine. Ça concorde avec ce que tu as entendu ?

J'hésitai à lui répondre et à révéler ainsi une information précieuse glanée par la Maison Cadogan, mais je décidai de ne rien lui cacher. De toute façon, ce n'était pas destiné à rester longtemps un secret.

— Oui. Nous avons appris que les Meutes seraient toutes là cette semaine.

— Des représentants des quatre Meutes à Chicago, marmonna Noah, les yeux baissés. C'est comme si les Capulet emménageaient avec les Montaigu ! Une querelle vieille de plusieurs siècles et les parties ennemies campent toutes dans la même ville. Ça n'augure que des ennuis. (Il soupira.) Écoute, je te demande juste d'y réfléchir. La seule chose que nous attendons de toi pour le moment, c'est l'assurance que tu restes en état d'alerte à la Maison Cadogan jusqu'à…

« Jusqu'à », avait-il dit, comme s'il croyait que le conflit était inévitable.

— Tu resteras cachée jusqu'à ce que nous ne puissions plus maintenir la paix. À ce moment-là, tu devras être prête à nous rejoindre à plein temps et à quitter la Maison.

Le choc dut se lire sur mon visage.

— Vous voudriez que j'abandonne Cadogan au beau milieu d'une guerre ?

— Considère la situation dans son ensemble, intervint Jonah. Tu offrirais tes services et tes compétences à tous les vampires, sans tenir compte de leur affiliation. La GR te permettrait de représenter tous les vampires et pas seulement les Maîtres.

« Pas seulement Ethan », avait-il sans doute voulu dire. Je ne serais plus la Sentinelle d'Ethan, sa vampire. Je deviendrais indépendante des Maisons, des Maîtres et du Présidium, afin d'assurer la sécurité de notre monde et de repousser Célina et ses fauteurs de troubles.

Je ne savais quoi penser de la requête de la GR.

— J'ai besoin de temps pour y réfléchir, leur dis-je.

Noah acquiesça.

— C'est une décision importante et tu as besoin d'y réfléchir sérieusement. Tu dois te demander si tu es prête à quitter ta Maison pour assurer la sécurité de tous les vampires.

— Comment puis-je te contacter ? demandai-je, consciente que cette question m'avait fait franchir une ligne et que je ne serais plus en mesure de reculer.

— Je suis dans l'annuaire en tant que consultant en sécurité. En attendant, nous n'avons jamais eu cette conversation et tu n'as jamais rencontré Jonah. N'en parle à personne – ni à tes amis, ni à ta famille, ni à tes collègues. Mais pense à ça, Merit : qui a le plus besoin d'une Sentinelle ? Les vampires de Cadogan qui possèdent un escadron de gardes entraînés dirigé par un Maître puissant… ou le reste d'entre nous ?

Sur ces paroles, Jonah et lui tournèrent les talons et s'éloignèrent, disparaissant dans l'obscurité.

2

À FEU ET À SANG

Une semaine plus tard

L'intention, je pense, était totalement innocente. Tous les vampires de Cadogan avaient été conviés à une démonstration de technique d'autodéfense. Ce genre d'entraînement n'avait rien d'inhabituel : les vampires devaient être capables de se défendre. Après tout, des milliers d'années à vivre sans se faire repérer par les humains les avaient rendus un rien paranos. Ethan et moi prenions plaisir à nos séances d'entraînement – tout aussi innocentes – qui me permettaient d'exercer ma force de vampire.

Mais Ethan décida que les circonstances – à savoir le retour de Célina – nécessitaient davantage de pratique. Je n'avais pas réussi à vaincre Célina quand celle-ci m'avait attaquée devant la Maison une semaine plus tôt. Et si moi, la vampire qu'Ethan pensait être plus forte que la moyenne, n'en étais pas capable, il était compréhensible que la sécurité des trois cent dix-neuf vampires de la Maison le rende nerveux.

J'avais donc quitté ma chambre au premier étage pour me rendre à la salle d'entraînement au sous-sol de la Maison Cadogan. Lindsey, une collègue garde et ma meilleure amie vampire, m'avait rejointe afin que nous puissions apprendre comment mieux nous défendre contre cette espèce à part : les vampires fous de Chicago.

Nous ne nous attendions pas à assister à un striptease en prime.

— Seigneur Dieu ! dit Lindsey, le souffle coupé, en entrant dans la salle d'entraînement.

Immobiles au bord des tapis de sol, les lèvres entrouvertes et les yeux écarquillés, nous contemplions le spectacle qui s'offrait à nous.

Deux vampires dans la fleur de leur vie immortelle se déplaçaient sur le sol, leurs muscles tendus alors qu'ils luttaient chacun pour jeter l'autre à terre. Ils s'affrontaient sans armes, utilisant mains, pieds, coudes et genoux, et leur force surhumaine.

Et ils étaient à moitié dévêtus. Pieds et torse nus, portant seulement un pantalon de judo et leurs médailles Cadogan autour du cou.

Le regard de Lindsey était rivé sur Luc, le Capitaine de la Garde de Cadogan. C'était un ancien cow-boy transformé en soldat vampire, les épaules larges, la poitrine velue et des cheveux bouclés, blondis par le soleil, qu'il repoussa subitement de son visage, d'un mouvement qui fit saillir ses muscles.

En face de Luc : Ethan Sullivan, Maître de la Maison Cadogan, âgé de trois cent quatre-vingt-quatorze ans, et qui m'avait fait passer dans le monde des vampires – sans mon consentement mais pour m'éviter une mort rapide.

Il mesurait un peu plus d'un mètre quatre-vingts. Son torse mince au ventre plat et aux pectoraux bien dessinés – ainsi que le sillon de poils blonds qui partait de son nombril et disparaissait sous la ceinture de son pantalon – brillait de sueur tandis qu'il pivotait pour assener un coup de pied.

Luc, je pense, jouait le rôle de l'assaillant, mais Ethan le tenait sans peine à distance. Malgré ses costumes Armani et son physique de mannequin, Ethan était un guerrier chevronné – ce dont j'avais été bien obligée de me souvenir quand je lui avais porté mon katana à la gorge quelques nuits plus tôt.

Le spectacle d'Ethan en action me donna la chair de poule. Mes iris bleus devaient virer à l'argenté à mesure que la température de mon corps augmentait. J'étais fascinée de le voir plonger, se tordre et virevolter face à son adversaire. Je m'humectai les lèvres, soudain affamée même si j'avais vidé quelques poches fournies par *Sang pour sang* moins de vingt-quatre heures plus tôt. Plus important encore, il y avait moins d'une semaine, j'avais bu directement à la veine.

Le sang d'Ethan.

Il m'avait nourrie au cours de la dernière étape de ma transformation de vampire, quand je m'étais réveillée avec une soif tellement puissante que j'aurais tué pour l'étancher. Mais je n'avais pas eu besoin de recourir à la violence. Ethan m'avait volontairement offert son poignet et j'en avais profité pleinement, regardant ses yeux devenir argentés alors que je m'abreuvais de son sang et scellais en quelque sorte ma métamorphose en prédateur.

Je bouillais d'excitation en observant ses muscles bouger et se tendre alors qu'il se déplaçait avec la grâce furtive d'une panthère. J'aurais pu mettre la chaleur qui envahissait mon ventre sur le compte de ma physiologie de vampire désormais opérationnelle, prétendre que c'était une réaction normale à la vue d'un prédateur dans la fleur de l'âge, ou le résultat de l'attirance naturelle d'une Novice pour le Maître qui l'avait faite.

Mais ça n'aurait pas rendu justice à Ethan. Loin de là.

Il était presque trop beau pour être vrai, avec ses cheveux blonds encadrant un visage dont les pommettes auraient suffi à rendre jaloux tous les mannequins de New York, et ses yeux qui brillaient comme des éclats d'émeraude. Un mètre quatre-vingts de peau dorée et de muscles. Je pouvais même affirmer que son corps tout entier était parfait. J'avais incidemment surpris Ethan en train de satisfaire son ancienne maîtresse, celle qui l'avait trahi pour rejoindre la joyeuse bande de fauteurs de troubles qui entouraient Célina.

Il n'était pas difficile d'imaginer qu'il était au sommet d'une chaîne alimentaire – quelle qu'elle soit –, surtout quand on regardait sa longue silhouette se mouvoir dans la pièce.

Surtout quand on suivait du regard cette minuscule perle de sueur qui descendait lentement – si lentement – le long de son ventre plat, roulant d'un muscle à l'autre et menaçant de glisser sous la ceinture de son pantalon.

Je savais en tout cas qu'Ethan n'était pas insensible à sa Sentinelle. Il m'avait proposé de devenir sa consort avant qu'Amber décampe pour rejoindre l'équipe Desaulniers. Nous avions échangé quelques baisers, mais j'avais refusé de le prendre au mot pour le reste de ses avances. Ethan me désirait, sans aucun doute. Et je n'étais pas stupide au point de refuser d'admettre mon attirance indéniable pour lui.

Mais Ethan était aussi totalement exaspérant : il était plus prompt à accuser qu'à faire confiance et n'avait pas encore vraiment déterminé ce qu'il ressentait pour moi. Sans parler de ses travers : sa suffisance et l'habitude qu'il avait d'utiliser son entourage, y compris moi, pour servir ses buts politiques. Je n'oubliais pas non plus le dernier baiser que nous avions échangé moins de vingt-quatre heures avant que je mette fin à ma toute récente histoire avec Morgan Greer, le vampire qui remplaçait Célina en tant que Maître de la Maison Navarre. Je m'étais arrachée à ce baiser, le sang en feu et le cœur coupable.

J'étais certainement en droit d'espérer une relation où les émotions se mélangeraient avec plus d'harmonie. Une fois que je fus arrivée à cette conclusion et que ma raison eut repris le dessus, mon sang s'apaisa.

— Ce devrait être illégal pour les vampires vaniteux d'être aussi beaux ! déclara Lindsey en faisant claquer sa langue.

— C'est tellement vrai ! convins-je en pensant que ma relation avec Ethan serait plus simple s'il était un peu moins sexy.

Je détachai mon regard des deux vampires pour parcourir la salle des yeux. La galerie qui entourait la pièce était remplie de spectateurs, hommes et femmes confondus. Ces dernières, et quelques-uns des hommes, appréciaient l'action en contrebas, les paupières mi-closes et les joues rougies.

— D'un autre côté, ce sont eux qui font le pec-tacle !

Je la regardai en haussant un sourcil.

— Le « pec-tacle » ?

— Tu sais, comme dans « spectacle »... (elle désigna sa poitrine) mais avec davantage de pectoraux. Tu n'es pas d'accord ?

Je reportai mon attention sur le Maître vampire qui se penchait pour ramasser un *bokken*, une arme d'exercice en bois, sur le tapis. Ses muscles crispés et tendus, ses tétons fermes.

— Je ne peux pas dire le contraire, répondis-je. Ils ont monté un sacré pec-tacle ! Après tout, s'ils s'exhibent, c'est pour qu'on les regarde, non ?

Lindsey hocha la tête.

— Je ne sais pas d'où te vient un tel culot mais j'aime bien ça.

— Je m'entraîne, murmurai-je.

Ce qui était vrai.

La transition vers l'état de vampire n'avait pas été simple – psychologiquement et physiquement –, mais je commençais à bien maîtriser la situation. J'avais tout de même survécu à deux transformations, la première n'ayant pas vraiment fonctionné. Ethan, dans un accès de culpabilité, m'avait droguée au cours de celle-ci, ce qui avait apparemment interrompu le processus avant la fin. Là-dessus, j'avais quitté la maison de Wicker Park que je partageais avec mon ancienne meilleure amie et apprentie sorcière, Mallory, pour m'installer dans la Maison Cadogan. J'avais réussi à tenir tête à mes parents et à leurs amis rétrogrades, à la demande d'Ethan, pour empêcher que la presse ne parle des raves de vampires.

Sans compter mes deux faux combats contre Ethan, je l'avais emporté contre Célina dans la moitié des affrontements qu'elle avait provoqués, ce qui était une moyenne honorable.

Riche de tous ces succès, j'étais désormais une nouvelle vampire au poste historique de Sentinelle, protégeant la Maison contre toute créature, vivante ou morte. J'étais passée du statut d'étudiante à celui de guerrière à crocs en presque une nuit. Et à présent, Noah Beck voulait profiter de tout cela.

— Merit. Merit !

Lindsey avait dû m'appeler plusieurs fois, pourtant, je ne revins à la réalité que quand elle me bouscula. Je m'arrachai au souvenir de mon rendez-vous avec Noah pour retrouver la salle d'entraînement de la Maison Cadogan, Lindsey qui m'avait envoyé un coup d'épaule pour attirer mon attention et Ethan, qui se tenait devant moi, les mains sur les hanches, ses cheveux blonds mi-longs attachés, haussant un sourcil condescendant. Luc avait disparu et tous les regards étaient tournés vers moi.

— Euh, oui ?

Les vampires ricanèrent.

— Si tu as fini de rêvasser, dit Ethan dans la salle silencieuse, tu peux peut-être envisager de me rejoindre ?

— Pardon, Sire, marmonnai-je avant d'ôter mes tongs et de m'avancer sur le tapis, mon katana toujours dans son fourreau.

J'étais déjà en tenue d'entraînement – une brassière de sport noire et un pantalon de yoga.

Je suivis Ethan jusqu'au centre de la salle, tout à fait consciente que des dizaines de vampires observaient nos mouvements. Il s'arrêta, se retourna pour me faire face et s'inclina. Je l'imitai.

— Il est important, dit-il à voix haute pour que tout le monde l'entende, qu'en cas de besoin vous soyez préparés à combattre. Et pour maîtriser le combat, il faut tout d'abord en connaître les pas. Comme vous le savez également, notre Sentinelle ne maîtrise pas encore l'art de l'assaut…

Il marqua une pause juste assez longue pour m'adresser un regard entendu. Le combat n'était donc pas mon fort. J'étais bonne en katas – les figures qui constituaient la base du maniement du sabre. J'avais fait de la danse classique et il y avait quelque chose de très chorégraphié dans ces mouvements qui comprenaient des positions, des figures et des pas que je pouvais mémoriser, reproduire et, à force de répétition, perfectionner.

Le combat, c'était différent. Ayant grandi le nez dans les bouquins, je n'en avais aucune expérience, hormis deux ou trois cours de kick-boxing et quelques confrontations avec Célina et ses sous-fifres. Je connaissais mon point faible : je perdais trop de temps à réfléchir pendant un affrontement – je m'efforçais de déceler les faiblesses de mon assaillant et de les exploiter – tout en essayant au même moment de ne pas me prendre la tête. C'était devenu encore plus difficile au cours de ma dernière semaine d'entraînement avec Luc. J'avais alors tenté de réduire à un bourdonnement la cacophonie d'odeurs et de bruits qui menaçait de me submerger après ma transformation.

— Mais sa maîtrise des katas est incomparable, poursuivit Ethan en haussant un sourcil – moitié défi, moitié insulte – avant de reculer d'un pas. Sentinelle, murmura-t-il, l'ordre n'étant destiné qu'à moi. Les katas, s'il te plaît.

— Oui, Sire.

Je brandis mon sabre à deux mains, la droite sur la poignée, la gauche sur le fourreau, et je les écartai, dégainant mon arme dans un sifflement rapide, faisant étinceler la lumière sur l'acier trempé. J'avançai jusqu'au bord des tapis de sol où je déposai le fourreau laqué.

Puis, avec toute la confiance et le courage que je pus rassembler – c'était plus simple à présent que j'avais été invitée à rejoindre un groupe secret de guerriers vampires –, je me tournai vers Ethan en tenant le katana à deux mains.

— Commence ! m'ordonna-t-il en reculant pour me laisser de l'espace.

Il y avait sept katas à deux mains et trois à une seule main. Ces derniers étaient nouveaux pour moi. Mais je m'étais entraînée aux katas traditionnels depuis que j'étais une vampire et, honnêtement, j'avais envie de crâner un peu. Durant la semaine au cours de laquelle nous avions travaillé ensemble, Ethan et moi, il ne m'avait exercée qu'aux katas sous leur forme classique – un kata à la fois, des mouvements chronométrés et précis. Mais je pouvais faire mieux…

Je bandai les muscles de mon corps, le katana levé.

— Rapide ou lent ?

Il fronça les sourcils et répéta ma question :

— Rapide ou lent ?

Je lui décochai un sourire malicieux.

— Choisis la vitesse d'exécution.

— Vampires ? demanda-t-il assez fort, le regard toujours posé sur moi. Souhaitez-vous une exécution rapide ou lente des katas ?

Il y eut quelques « lente » dispersés, mais la majorité répondit « rapide ».

— Rapide, il semblerait, confirma Ethan.

Je hochai la tête, centrai le poids de mon corps et avançai. Le premier kata me faisait décrire un arc de cercle autour de mon corps avec le sabre, avant de reprendre ma position. Le second était un coup porté vers le bas. Le troisième et le quatrième étaient des combinaisons. Les cinquième, sixième et septième étaient, eux aussi, des combinaisons, mais comprenaient des moulinets et des parades.

Sous leur forme traditionnelle, quand on se concentrait sur la précision et le contrôle, chaque kata prenait dix à quinze secondes.

Mais je pouvais exécuter la totalité des katas en vingt secondes. J'avais appris la rapidité auprès mon ancien coach, Catcher, un sorcier avec un penchant pour les katanas et les combats au sabre. Il était également, ce qui ne devait rien au hasard, le petit ami de Mallory et l'employé de mon grand-père. Catcher exigeait que je m'exerce sans relâche, persuadé que la répétition s'inscrivait dans la mémoire du corps. Ça avait fonctionné et ça m'avait permis d'exploiter ma force accrue de vampire, ma vitesse et mon agilité pour transformer les figures en une danse unique, constituée de mouvements si rapides que mon corps semblait devenir flou.

Après avoir défié Ethan lors de notre second duel, ce dernier avait décidé qu'il devait remplacer Catcher en tant qu'entraîneur. Mais il n'avait aucune idée de ce que Catcher m'avait appris…

Je finis la septième figure et pivotai sur moi-même avant de m'arrêter, le sabre dans les mains, perpendiculaire à mon corps. Les lumières au-dessus de nos têtes se reflétaient sur la courbe douce de la lame et le silence s'abattit soudain sur la pièce.

Ethan avait le regard braqué sur moi.

— Recommence, dit-il d'une voix à peine audible, une étincelle dans les yeux.

Je ne fis pas l'erreur de prendre cette étincelle pour du désir. Même si l'alchimie entre nous était évidente, Ethan était sans ambiguïté et en toutes circonstances un stratège. Il ne cessait jamais de manœuvrer.

J'étais une arme.

La sienne.

Cette étincelle ? C'était de la cupidité, pure et simple.

— Oui, Sire, dis-je, en inclinant la tête en signe d'obéissance et en reprenant ma position de départ.

Je répétai les mouvements – mon sabre décrivant des arcs perpendiculaires au sol, tranchant l'air vers le bas, formant une combinaison croisée vers le haut –, puis les suites d'arcs et de pivots, le coup de sabre en arrière, le coup porté par-dessus tête. J'arrivai à la position finale.

— Encore une fois, m'ordonna-t-il.

J'obéis.

Quand j'eus une fois de plus exécuté ma séquence de katas, puis répété sept ou huit fois un ou deux katas à sa demande, je haletai sous le coup de l'effort fourni, mes mains glissant sur la poignée en peau de raie. En levant la tête, je vis les vampires penchés en avant sur la galerie, les bras sur la rambarde. Leurs visages exprimaient la curiosité. Ils avaient toujours tendance à me regarder ainsi – soit comme une bizarrerie, à cause de ma force, soit comme un monstre, parce que j'avais la malheureuse habitude de défier Ethan en duel.

J'avais de toute façon l'intention de perdre cette mauvaise habitude.

— Bien joué, dit tranquillement Ethan avant de s'adresser à l'assistance. Je crois que cette démonstration répond à quelques interrogations concernant notre Sentinelle. Et pendant qu'elle est en scène (il me désigna d'un mouvement de tête), notre nouvelle présidente du comité des fêtes souhaiterait peut-être ajouter une festivité au calendrier des événements à venir de la Maison Cadogan ? Un pique-nique ? Une soirée ?

Je rougis jusqu'à la racine des cheveux. Ethan m'avait nommée présidente du comité des fêtes de la Maison pour me punir de l'avoir défié. Comme châtiment, c'était assez léger. Mais c'était aussi très humiliant et il me fallut un moment pour retrouver une contenance.

— Je suis en train de réfléchir à quelque chose pour le solstice d'été. Un barbecue, peut-être… On pourrait inviter les vampires des autres Maisons !

Le silence s'abattit sur la salle pendant qu'Ethan réfléchissait à cette idée – et que l'assistance attendait son verdict.

— Bien, dit-il enfin avec un hochement de tête autoritaire. (Il se tourna de nouveau vers la foule avec une expression grave.) À une époque, nous avons pensé que l'assimilation avec les humains était ce qu'il y avait de mieux pour nous. Que de rester discret était le meilleur moyen pour assurer notre survie et rester en paix avec les autres créatures surnaturelles. D'une certaine façon, Célina a rendu cela impossible. Avec tout le respect dû à la Maison Navarre, elle a cherché, en toute occasion, à nous rendre visibles, à créer le conflit avec les humains et même entre nous.

Dans un rare moment d'humanité, Ethan baissa les yeux, le front ridé par l'inquiétude, avant de poursuivre :

— Nous sommes au bord du précipice, et il nous reste encore à voir ce que nous réserve ce précipice. Cependant, nous avons joui d'une période de paix et de tranquillité relatives, une période au cours de laquelle les Maisons se sont épanouies financièrement. Mais révéler notre existence comme nous l'avons fait, coûte que coûte, pour le meilleur ou le pire, a attiré l'attention du public et ce dernier n'a pas toujours eu des intentions pacifiques à notre égard. Qui sait si notre statut de pseudo-célébrités va durer ? Et aujourd'hui, comme vous le savez peut-être déjà, les métamorphes se préparent à se réunir à Chicago. Nous avons été informés qu'au cours de la convention qui aura lieu cette semaine, ils décideront une fois pour toutes s'ils restent dans leurs territoires respectifs ou s'ils retournent dans leur pays ancestral en Alaska. S'ils s'en vont et que le vent tourne contre nous… eh bien, nul besoin de vous rappeler notre expérience passée avec les métamorphes.

Il y eut des murmures dans la foule, l'air se chargea d'une magie embarrassée. Les métamorphes avaient déjà battu en retraite alors que les vampires avaient des ennuis.

Ces derniers leur en voulaient pour toutes les morts qui en avaient résulté. Ils craignaient que les métamorphes réagissent de la même façon le jour où les humains se retourneraient de nouveau contre eux, abandonnant ainsi aux vampires la charge du fardeau surnaturel.

— Comme vous le savez, nous n'avons pas d'alliés officiels au sein des Meutes. Les métamorphes ont évité que de tels liens se nouent. Mais j'espère que si nous sommes obligés de faire face à l'animosité ou à la peur, ils accepteront de nous aider.

Un vampire se leva.

— Ils ne nous ont jamais aidés ! cria-t-il.

Ethan le considéra d'un air pensif.

— En effet. Mais leur suggérer qu'ils nous étaient redevables n'a pas fonctionné. Nous ferons ce qui est en notre pouvoir pour tisser de nouveaux liens. Et en attendant…

Il marqua une pause et les vampires se turent. Notre relation avait beau être compliquée, je devais reconnaître qu'Ethan savait tenir une foule.

— En attendant, poursuivit-il, je vous demande, non pas en tant que Maître, mais en tant que frère, collègue, ami, de faire attention. Soyez vigilants dans vos relations et attentifs à votre entourage. Et par-dessus tout, n'ayez pas peur de venir me voir. N'importe lequel d'entre vous. À n'importe quel moment.

Ethan se racla la gorge, et quand il reprit la parole, sa voix était tendue, claire, de nouveau celle du Maître :

— Vous pouvez disposer.

Les vampires de la galerie commencèrent à quitter la salle d'entraînement. Ethan se dirigea vers Luc et moi.

— Dans mes appartements, dit-il à Luc avant de me regarder. Toi aussi.

— Tes appartements ? demandai-je, mais Ethan avait déjà tourné les talons en souriant poliment à une vampire qui descendait de la galerie.

Je ne la connaissais pas, mais son but était assez évident vu son déhanchement et le jeu subtil de ses doigts quand elle repoussa ses longs cheveux noirs derrière une oreille. Elle se pencha vers lui et posa une question. Il eut un petit rire poli, puis il commença à lui expliquer – démonstration à l'appui – comment placer correctement ses mains sur le manche de son sabre.

Je retroussai les lèvres malgré moi mais, avant que je puisse lancer un commentaire cinglant, on me tira par ma queue-de-cheval. Je me retournai.

— Allons-y, me dit Luc.

— Qu'est-ce qu'il entendait par « ses appartements » ?

— Nous avons une réunion.

La dernière fois que nous nous étions réunis, Ethan m'avait parlé des raves, ces banquets au cours desquels les humains servaient contre leur gré d'en-cas aux vampires.

— C'est au sujet des raves ?

— Pas aujourd'hui, répondit Luc. Nous n'avons rien appris de plus concernant les raves depuis que la tentative de chantage à notre encontre a mal tourné. Malik travaille sur une stratégie à long terme. Aujourd'hui, on va parler des métamorphes. Tu viens ? À moins que tu ne préfères continuer à surveiller ?

Je lui tirai la langue, mais le suivis quand il se dirigea vers la porte.

Le sous-sol de la Maison Cadogan était consacré au travail, violent pour la plupart – la salle de gym, la salle d'entraînement, la salle des opérations et l'arsenal. Au rez-de-chaussée, comme aux premier et second étages, on avait soigné le décor. Lumière douce, antiquités françaises, parquet massif, mobilier coûteux. Les autres pièces étaient tout aussi cossues, depuis le bureau masculin d'Ethan jusqu'à ses appartements luxueux.

L'escalier central nous mena au second étage. Luc saisit les poignées de la double porte de la suite et les poussa.

J'étais déjà venue dans le domaine d'Ethan, mais seulement brièvement. D'après ce que j'en voyais, la partie de l'étage qu'il occupait comportait trois pièces – le salon, une chambre et certainement une salle de bains quelque part au fond. L'endroit était meublé avec goût, comme le reste de la Maison – parquet ciré, murs peints de couleurs chaudes, cheminée en onyx et luxueux mobilier sur mesure. L'endroit ressemblait plus à la suite d'un grand hôtel qu'à l'appartement d'un vampire en pleine fleur de l'âge.

Je parcourus l'espace du regard à la recherche d'indices sur la psyché du Maître de la Maison. Et il y avait pas mal de détails à examiner : des souvenirs de ses presque quatre siècles d'existence parsemaient la pièce. Un arc et une flèche étaient accrochés sur un mur. Un fauteuil et un bureau de campagne qui semblaient pouvoir être pliés pour le transport, sans doute des vestiges de l'époque où Ethan était soldat, occupaient un coin. Un buffet bas, dont le plateau était couvert d'objets, était placé au centre d'un autre mur.

J'approchai nonchalamment, les mains derrière le dos, et inspectai les bibelots. Il y avait deux immenses coupes d'argent, sans doute des trophées, une photo d'hommes en costume du début du XIXe – mais Ethan ne se trouvait pas parmi eux – et une pierre plate sur laquelle étaient gravés des symboles.

Après y avoir jeté un petit coup d'œil, je levai les yeux pour examiner le reste de la pièce. C'est à ce moment que je le repérai dans un coin : dans une grande vitrine en verre, était exposé un œuf de Fabergé étincelant.

— Oh ! Waouh ! soufflai-je en me dirigeant vers la vitrine pour le regarder de plus près.

Une lampe au-dessus illuminait l'émail chatoyant d'un vert printanier et le dragon d'or, gueule ouverte, qui s'enroulait tout autour.

— Il appartenait à Peter, dit Luc.

Je me tournai vers lui.

— Peter ?

— Peter Cadogan, ajouta Luc en s'approchant de moi, les bras croisés avant de désigner la vitrine. Le Maître vampire qui a fondé la Maison Cadogan. C'est un cadeau que lui a fait un membre de la famille royale russe. (Il tapota la vitrine du doigt.) Peter était du Pays de Galles et c'est une représentation du dragon gallois. Tu vois son œil ?

J'acquiesçai. Une gemme rouge et ronde était sertie dans l'œil du dragon. Six lignes blanches irradiaient depuis son centre.

— C'est un rubis étoile, dit-il, une pierre incroyablement rare.

— Et incroyablement chère, ajouta une voix derrière nous.

Ce qui nous fit nous redresser immédiatement. Ethan entra dans la pièce, toujours habillé de son pantalon de judo, une serviette éponge bleu marine brodée d'un « C » argenté autour du cou.

— Je vais prendre une douche, dit-il. Installez-vous.

Il se dirigea vers la porte de sa chambre, ouvrit un des battants, se glissa à l'intérieur et referma derrière lui.

— Moi aussi, j'aurais bien pris une douche, fis-je remarquer.

— Tu m'étonnes, je te sens d'où je suis !

J'étais sur le point de me renifler discrètement les aisselles quand je compris que Luc se moquait de moi.

— Très drôle.

— Trop facile !

— Tu me parlais de l'œuf de Fabergé ?

— Oh ! dit Luc avant de se gratter la tempe d'un air absent. Alors Peter s'est lié avec une duchesse russe. C'était complètement platonique, d'après ce que j'en sais, mais il lui a rendu un service. Elle a voulu le remercier, alors elle a commandé l'œuf et y a fait sertir le rubis.

— Je suppose que cela paie d'avoir des amis ! conclus-je avant de baisser la voix pour aborder un sujet plus sérieux. En parlant de Peter, où en est-on du remplacement de notre ancien collègue ?

Peter Spencer avait été chassé de la Maison pour nous avoir trahis auprès de Célina et pour l'avoir aidée dans ses manœuvres de chantage et son complot pour alimenter la fièvre anti-métamorphes parmi les vampires, ainsi que la ferveur anti-Cadogan parmi les humains.

Luc ôta une poussière de la vitrine.

— Je ne suis pas encore prêt à aborder le sujet, Sentinelle.

J'acquiesçai, pas vraiment surprise de la réaction de Luc. Il avait balancé un coup de poing dans la table de la salle des opérations quand il avait découvert la trahison de Peter. Le trou avait été rebouché, mais on n'avait pas encore restauré la table. La marque qui restait visible symbolisait la trahison de Peter. Il n'était donc pas surprenant que Luc n'ait pas encore envie de faire confiance à quelqu'un d'autre.

Je voulus dire quelque chose – lui offrir mes condoléances ou même un simple « je suis désolée » – mais on frappa à la porte de la suite.

— Les préparatifs pour notre invité, dit Luc quand les portes s'ouvrirent sur un homme vêtu d'une veste blanche de chef cuisinier.

Il nous adressa un sourire poli, puis s'écarta pour laisser passer un deuxième chef, une femme cette fois, qui poussait un chariot chargé de plateaux sur lesquels étaient disposées des cloches en argent.

— Quel invité ? demandai-je alors que la femme, avec une efficacité digne d'un service d'hôtel, commençait à ôter les cloches et à les empiler.

Elle révéla tout un éventail de nourriture : des crackers, divers fromages, un arc-en-ciel de fruits – depuis des baies succulentes jusqu'à des tranches de mangue jaune d'or et des rondelles de kiwi d'un vert brillant – et de minuscules saucisses empalées sur des cure-dents. Mon cœur se serra. Mallory adorait ce genre de buffet. Mais nous étions toujours brouillées et penser à elle était encore douloureux. Aussi pour le moment, je me concentrai sur le festin sur roulettes... et le plateau de petites pâtisseries disposées autour d'une crème rose ponctuée de graines de pavot.

— Notre invité est Gabriel Keene, dit Luc. Il vient discuter avec notre Maître.

Je laissai échapper un léger ricanement.

— Je suppose que ça veut dire que, cette semaine, je vais me retrouver impliquée dans des embrouilles avec les métamorphes ?

— Tu me surprends, Sentinelle.

Ethan revint dans le salon, vêtu d'un pantalon noir et d'une chemise blanche sans cravate. Le col de sa chemise était déboutonné et il n'avait pas de veste de costume. Comme Luc et moi étions toujours en tenue d'entraînement, ça avait tout l'air d'une réunion informelle.

— Nous t'impliquons rarement dans des embrouilles, dit Ethan avant de hocher la tête à l'intention de la femme qui était entrée avec le chariot. Merci, Alicia. Mes compliments au chef.

Alicia sourit, puis ramassa sa pile de cloches en argent. Elle quitta la pièce et l'homme qui avait ouvert les portes nous adressa un dernier sourire avant de sortir en les refermant derrière lui.

— Tu le fais dès que tu en as l'occasion.

— Elle n'a pas tort, Sire.

Ethan fit claquer sa langue.

— Tu es le Capitaine de ma Garde, mais tu prends la défense de ma Sentinelle. Comme les gens vous lâchent facilement !

— Vous avez la première place dans mon cœur, Sire.

Cette fois, Ethan ricana.

— On verra ça. Bon, en tout cas, nous verrons quelles sont les allégeances de Gabriel.

Il inspecta les plateaux avant de prendre une bouteille d'eau et de boire.

— Beau buffet ! dis-je.

Il acquiesça.

— J'ai pensé qu'il serait poli d'offrir quelque chose à manger à Gabriel, et j'étais sûr d'arriver à retenir ton attention si je te nourrissais avant.

Je devais reconnaître qu'il avait raison. J'adorais manger et le métabolisme élevé du vampire n'avait rien fait pour modérer mon appétit, bien au contraire.

— Rappelle-toi une chose, Sullivan. Je ne t'aime que pour tes viandes fumées et seulement pour cette raison.

Il s'esclaffa.

— Touché, Sentinelle !

Je lui souris, puis pris un morceau de fromage sur le plateau et mordis dedans. Il était crémeux et savoureux, mais avait cet arrière-goût étrange qui semblait caractéristique des fromages de luxe.

— Bon, commençai-je après quelques bouchées supplémentaires, pourquoi Gabriel vient-il nous rendre visite à la Maison ?

— Tu te rappelles qu'il voulait parler du dispositif de sécurité pour la convention des métamorphes ? (Je hochai la tête. Gabriel l'avait en effet mentionné quand il était passé une semaine plus tôt.) On dirait bien que tu as été choisie pour cette mission.

Je pâlis.

— C'est moi, le dispositif de sécurité ? Ça veut dire quoi ?

Ethan but une nouvelle gorgée d'eau avant de refermer sa bouteille.

— Cela veut dire, Sentinelle, que nous te jetons aux loups.

3

Cache-cache

— Je t'ai prêtée à Gabriel, ajouta-t-il en guise d'explication.

La surprise me fit cligner des yeux.

— Pardon, j'ai dû mal entendre. J'ai cru entendre que tu m'avais prêtée à Gabriel.

— Bien, bien, dit une voix depuis le seuil de la pièce. Ne suis-je pas chanceux d'avoir pu emprunter une Sentinelle ?

Sans un bruit, Gabriel Keene, Meneur de la Meute des Grandes Plaines, était arrivé dans les appartements d'Ethan. Il se tenait encore sur le seuil, les mains posées sur les poignées de la porte à double battant, dos à la lumière du couloir qui se déversait dans le salon.

Gabe entra, puis referma les portes derrière lui.

— Ton Second m'a fait monter. Je lui ai dit qu'il n'avait pas besoin de m'annoncer.

— Gabriel, dit Ethan en s'avançant vers lui, main tendue.

Les deux hommes se saluèrent, le parquet résonnant sous les lourdes bottes noires du visiteur.

Ils formaient tous les deux un intéressant contraste : Ethan, blond, grand et élancé, habillé d'une chemise impeccable et d'un pantalon de costume ; Gabriel, aux cheveux châtains ébouriffés et à la large carrure, en jean et tee-shirt noir. Ethan n'avait rien d'une mauviette, mais Gabriel était le mâle dans toute sa splendeur, et son énergie de métamorphe aspirait littéralement tout l'air de la pièce. Tonya, sa femme, qui portait leur enfant, avait beaucoup de chance.

Quand Ethan et lui en eurent fini avec leur virile poignée de main, Gabriel se tourna vers moi.

— Quel est le prix à payer pour avoir une Sentinelle de nos jours ?

— La patience, répondirent Ethan et Luc en chœur.

Une esquisse de sourire éclaira le visage de Gabriel. Je levai les yeux au ciel.

— Tu te souviens de Luc, Capitaine de ma Garde ? dit Ethan en le désignant. Et de Merit, bien sûr ?

Gabriel hocha la tête vers chacun de nous.

— Je t'en prie, sers-toi, dit Ethan en tendant le bras vers le buffet.

Gabriel secoua la tête, puis désigna un des canapés sur mesure d'Ethan.

— Je peux m'asseoir ?

Ethan hocha gracieusement la tête, puis rejoignit Gabriel. Luc suivit. Je pris un cracker et fis de même, mais préférai m'installer par terre en tailleur.

— Nous venons juste de finir l'entraînement, dis-je à Gabriel avec un sourire penaud avant de désigner un des fauteuils Louis XIV disponibles à côté de Luc.

Je préfère ne pas me faire remonter les bretelles pour avoir sali les meubles !

— Ma Sentinelle a abusé du fromage, et ça lui est monté à la tête, expliqua Ethan à Gabriel sur le ton de la plaisanterie. Avec tout le respect que je lui dois, je ne ferais pas attention à elle si j'étais à ta place.

— Je te laisse t'en charger. Peut-être devrions-nous aller droit au but ?

— Je t'en prie.

Gabriel fronça les sourcils, puis posa les coudes sur ses genoux.

— Il vaudrait peut-être mieux que je commence par le début. Les métamorphes forment un groupe indépendant. Je ne veux pas dire que nous menons une existence solitaire, bien au contraire. Nous sommes organisés en Meutes, après tout. Mais nous avons tendance à vivre en marge de la société humaine. Les vampires nous voient surtout comme des nomades, une bande de bikers sans foi ni loi, circulant en Harley, et carburant au rock'n roll et au Jack Daniel's.

Même si j'avais déjà entendu ce genre de description, les seuls métamorphes que je connaissais mis à part Gabe – à savoir Jeff Christopher, un génie de l'informatique qui travaillait pour mon grand-père, et les Breckenridge, une famille de Chicago qui était aussi riche et nantie qu'il était possible de l'être – en étaient l'exact opposé. D'un autre côté, les Breck avaient tenté de nous faire chanter…

Gabriel haussa les épaules et sa voix s'adoucit.

— Cette description n'est pas complètement fausse. Par nature, les membres des Meutes ne s'intéressent en général pas aux humains ni aux autres créatures surnaturelles. La stratégie ne les attire pas non plus.

— Alors qu'est-ce qui les intéresse ? demanda Luc.

— La famille, répondit Gabriel. Leur famille, leurs enfants, l'unité des Meutes. Ils sont loyaux et ils suivent d'un bloc les décisions de la Meute. Mais cette attitude peut parfois les couper du monde extérieur.

Ethan s'humecta les lèvres comme s'il s'apprêtait à aborder un sujet embarrassant.

— La rumeur circule que la Meute retournerait vivre à Aurora.

Aurora était le foyer ancestral qu'Ethan avait mentionné plus tôt, une ville perdue aux confins du nord de l'Alaska. D'après ce que j'avais compris, c'était là que les métamorphes se rassemblaient quand ils avaient besoin de s'éloigner des machinations des humains. C'était aussi une sorte de cachette où disparaître quand la situation était trop agitée… ou quand les vampires avaient des ennuis. C'était leur retraite collective quand la vie des créatures surnaturelles devenait trop difficile.

Cela faisait moins de trois mois que j'étais une vampire. Nous vivions parfois des moments dramatiques et je comprenais ce besoin de se retirer. Mais l'idée d'être abandonnée ne m'enthousiasmait pas vraiment.

À son honneur, Gabriel parvint à soutenir le regard scrutateur d'Ethan. Mais une vague sourde de magie emplit la pièce, comme un grondement silencieux et acerbe. Je résistai à l'envie de remuer les épaules pour me libérer de ce fourmillement déplaisant. J'ouvris également la connexion télépathique entre Ethan et moi pour lui adresser un avertissement silencieux.

— *Il est en colère*, lui dis-je. *Sois prudent.*

— *Je suis prêt à tâter le terrain*, me répondit Ethan.

Sa réponse me surprit – Ethan était généralement assez traditionnel en matière de stratégie.

J'avais également cru que lui seul était en mesure d'initier notre connexion. Apparemment, il n'avait fait qu'ignorer mes appels jusque-là.

— J'ai l'intention d'organiser une réunion avec les Meutes, et leurs chefs décideront ou pas d'accepter. Mais si tout se déroule comme prévu, une convention aura bien lieu et nous choisirons alors de rester parmi les humains ou de retourner dans les bois. Et si les Meutes décident que nous devons partir, ajouta Gabriel, alors nous partirons.

— Pourquoi maintenant ? demanda Ethan.

— Nous savons que les sorciers commencent à avoir des visions, que les prophéties commencent à émerger. Des prophéties de guerre. De batailles à venir.

Ethan acquiesça. Catcher nous avait délivré un présage de ce genre.

— Est-ce que tu as entendu parler de groupes clandestins ?

Ethan se pencha en avant.

— Quels groupes clandestins ?

Gabriel affichait l'expression d'un homme sur le point d'annoncer de mauvaises nouvelles.

— Des groupes anti-crocs. Des humains qui pensent que le fait que les vampires se révèlent au grand jour est le premier signe d'une apocalypse future… ou d'une seconde guerre de Sécession aux États-Unis.

Ethan resta muet.

— Nous n'en avons pas entendu parler, répondit Luc. Ni rumeurs ni bavardages.

— Comme je l'ai dit, ce mouvement est encore clandestin. Nous avons entendu parler de réunions dans l'est du Tennessee, mais il semblerait que le mouvement soit encore rural et qu'il se répande de bouche à oreille ou par le biais de tracts manuscrits, ce genre de choses. Nous préférerions ne pas être là quand tout éclatera.

Ethan se carra dans son fauteuil après avoir échangé un regard lourd de sens avec Luc. Je supposai qu'ils discutaient en silence d'une stratégie pour obtenir des informations au sujet de ces groupes anti-crocs.

— Tu comprendras que votre départ m'inquiète, dit Ethan. Si vous disparaissez avec vos effectifs, vos compétences et vos pouvoirs, si vous repartez dans la nature, alors vous nous laissez ici…

« Tout seuls » était la chute implicite de la phrase d'Ethan – tout seuls contre la marée de l'opinion publique qui était, si Gabriel avait raison concernant la rumeur grondante, déjà en train de se retourner contre nous.

Gabriel secoua la tête.

— Si nous restons, que deviendrons-nous ? Je comprends ta peur mais…

Ethan leva une main pour l'interrompre.

— Avec tout le respect que je te dois, Gabriel, tu ne peux pas comprendre notre peur.

Sa remarque déclencha un nouveau pic d'adrénaline, émanant cette fois d'Ethan. La tension s'accumulait, la charge commune des années d'animosité entre ces deux hommes s'additionnait à celle des peuples que chacun cherchait à protéger.

Gabriel se leva et marcha jusqu'au bout de la pièce. Il s'appuya contre le mur, loin du groupe, puis leva de nouveau les yeux vers nous.

— En un sens, vous avez de la chance que les humains pensent savoir comment fonctionnent les vampires. Ils vous ont peut-être longtemps pris pour un mythe, mais ils ont aussi cru qu'ils comprenaient votre biologie. Les humains ont tour à tour cherché à se joindre à vous ou à vous exterminer. Mais nous ? Nous avons toujours été perçus comme des animaux. Des cobayes en puissance.

Même si Catcher m'avait affirmé que Jeff était largement capable de se défendre, je ressentis soudain le désir d'aller le trouver et de le prendre dans mes bras pour m'assurer qu'il était à l'abri de quiconque voudrait lui faire du mal.

— Si nous restons, poursuivit Gabriel, tête toujours baissée, nous serons forcés de révéler notre existence, ou elle le sera malgré nous. Et rien de bon n'en résultera.

Ses paroles résonnèrent dans le silence qui suivit.

— Alors peut-être est-il temps d'essayer de nous comprendre, tels que nous sommes, sans attentes irréalistes entre nous, finit par dire Ethan.

— Je ne suis pas certain que nous puissions effacer cette ardoise, dit Gabriel. Le passé est trop lourd.

Je décelai une fugace étincelle de déception dans le regard d'Ethan et mon cœur se serra. Je vis également ma chance et la saisis aussitôt. Je me levai, jetai un regard aux deux hommes, puis tentai de reprendre à mon compte les excellentes techniques de mon Maître en matière de discours.

— Nous devons profiter de l'opportunité, dis-je en me tournant vers Ethan. La majorité des humains pensent que les vampires sont cools. Il se peut que l'animosité réapparaisse, mais pour le moment, nous sommes en sécurité. (Je me tournai vers Gabriel.) Si cette convention a bien lieu, vous allez discuter, n'est-ce pas ? Pour décider de ce que vous allez faire ? (Il hocha la tête.) Cela veut dire que vous n'êtes pas dans l'urgence. Vous vous offrez même le luxe de prendre le temps de planifier votre stratégie, alors que vous pourriez être obligés de réagir à une situation de crise, où vous n'auriez pas d'autre choix que la fuite pour protéger votre peuple.

Je marquai une pause, clignant des yeux tout en réfléchissant à ce que j'allais dire ensuite. Comme rien de fabuleux ne me vint à l'esprit, j'optai pour la vérité toute nue.

— Je n'envie, à aucun de vous deux, la responsabilité de décider quoi faire. Et je ne suis pas vampire depuis assez longtemps pour avoir la même perception de l'histoire que vous. Mais peut-être le moment est-il venu de tenter quelque chose de différent ? (Je regardai Gabriel.) Réunissez-vous. Parlez d'Aurora. Mais pense à demander aux tiens quelque chose de plus. Quelque chose qu'ils n'ont jamais donné.

Je me tournai vers Ethan qui hochait la tête d'un air pensif – et appréciateur –, le regard rivé sur moi.

— Les vampires ont des relations haut placées, lui rappelai-je. Si les métamorphes restent et sont obligés de révéler leur existence, que pouvons-nous faire ?

Comment pourrons-nous les aider ? S'ils se sacrifient pour nous, comment pouvons-nous être sûrs qu'ils n'iront pas seuls au carnage ?

J'ouvris la bouche pour poursuivre mais, prenant conscience que j'avais déjà tout dit, je renonçai et me tus. C'était à eux de réagir à présent.

Il y eut un autre long moment de silence, que Gabriel interrompit.

— Je vais peut-être manger quelque chose, dit-il en se dirigeant vers le chariot.

Et la tension s'évapora d'un coup grâce à cette simple déclaration.

Je ne pus m'empêcher de partager un sourire victorieux avec Ethan. Il leva les yeux au ciel, mais quitta son fauteuil pour venir vers moi.

— Impressionnant..., me murmura-t-il quand il m'eut rejointe.

— Bof, la routine !

Il désigna d'un mouvement de tête le Meneur qui inspectait l'étalage de fromages, de viandes et de crackers.

— C'est un homme de ta trempe.

— Il n'est pas le seul à apprécier mon goût des bonnes choses. Je veux dire, rappelle-toi aussi que je t'ai bien dressé !

Il haussa les sourcils d'un air dubitatif et son ton n'aurait pu être plus sarcastique.

— Pardon ?

Luc, qui nous observait depuis son fauteuil avec un amusement évident, le menton appuyé sur une main, émit un gloussement.

— Oh ! J'ai compris, Sentinelle. Sire, avec tout le respect que je vous dois, c'est vous qui avez fait apporter de quoi manger pour cette réunion.

Ethan pâlit un peu.

Je considérai cela comme une autre victoire.

Quand la discussion reprit, Gabriel et moi avions bien profité du buffet Cadogan. Nous étions de nouveau assis dans la partie salon, moi par terre, et Ethan, Luc et Gabriel sur les fauteuils et canapés.

— Maintenant que nous avons abordé la partie théorique, commença Ethan, comment pouvons-nous vous aider dans vos projets ?

Gabriel avala une tranche de saucisson.

— Tout d'abord, les chefs de Meutes se réunissent demain soir. (Il me jeta un coup d'œil amusé.) Je te donne un bonus, ma jolie, si tu peux me donner les noms des autres chefs de Meutes.

— Tu as dû apprendre ça dans le *Canon*, intervint Ethan.

Je roulai des yeux mais m'appliquai tout de même dans mon rôle d'élève obéissante… et Dieu merci, j'avais vraiment lu le chapitre concernant les populations surnaturelles (Chapitre 7 : Tout sur les surnats !).

— Euh, Jason Maguire, Meute de l'Atlantique. Robin Swift, Meute de la Côte Ouest. (Je serrai les paupières en essayant de feuilleter mentalement les pages du *Canon* pour trouver le dernier nom.) Meute du Grand Nord, euh…

— Un indice, intervint Luc. Son nom ressemble à celui d'un mafioso de série télé…

La réponse fusa.

— Tony Marino, Meute du Grand Nord !

Gabe acquiesça.

— Bien joué ! Bon, l'objet de cette première réunion est de s'assurer que les alphas soient bien conscients de l'enjeu. Leurs Meutes les suivront. Je n'ai pas besoin que Robin, Jason ou Tony décident de rester, mais il faut qu'ils soient d'accord sur le fait que porter cette question devant les Meutes est la bonne manière de procéder. (Il se pencha en avant, les coudes appuyés sur les genoux, les mains jointes devant lui.) J'ai besoin qu'ils acceptent la possibilité que le *statu quo* subisse un profond changement d'ici à la fin de la semaine, quel que soit ce changement.

— Est-ce que tu t'attends à ce qu'ils refusent de venir à la convention ? demanda Luc.

Gabriel fronça les sourcils, sans quitter des yeux la petite assiette dont il picorait le contenu.

— Je ne pense pas que Jason ou Robin s'opposeront au débat, dit-il, mais Tony, c'est une autre affaire. La Meute du Grand Nord a ses quartiers généraux à Aurora et Tony est assez prompt à semer la panique. Il aime mener le jeu. Et s'il pense qu'il a un argument valable pour que nous rentrions à la maison, il essaiera de nous envoyer là-bas et sans passer par une convention au préalable. Les alphas n'émettent pas des ordres catégoriques, ils ne suivent pas non plus leurs propres idées. Nous prenons les meilleures décisions qui soient dans l'intérêt de la Meute ; nous incarnons la voix collective. Bon, nous verrons au moment voulu. Je te donnerai l'adresse du rendez-vous. Là-bas, tu demanderas Berna. Difficile de la manquer.

Ethan acquiesça.

— Et après le rendez-vous ?

— Si tout se passe bien, la convention se tiendra vendredi.

Nous étions mardi.

— Est-ce que trois jours suffiront pour rassembler tous les membres des Meutes à Chicago ? me demandai-je à voix haute.

— Il ne s'agira pas de tous les membres, seulement des activistes. Certains sont déjà là ; d'autres attendent les ordres. Tu connais les Breckenridge, le genre de vie qu'ils mènent. Ils sont très attachés à leurs terres, mais pour la plupart, nous sommes moins sédentaires.

— Où allez-vous vous réunir ? demanda Ethan.

— Nous avons choisi un endroit dans Ukrainian Village. Certains de nos membres ont des liens avec ce quartier qui remontent à l'époque où ils vivaient sur le Vieux Continent. (Il haussa les épaules.) C'est plus discret que de louer une salle de réception au Hyatt !

Ethan acquiesça.

— Et quand entrons-nous en scène ? Tu as dit que tu souhaitais parler d'un dispositif de sécurité. Est-ce que cela avait à voir avec la convention, la réunion des chefs, ou bien les deux ?

Gabe fit un geste, un cracker à la main.

— Les deux. Et, en fait, je pensais à Merit et toi. Vous êtes tous les deux compétents et capables. Vous apportez un plus à l'affaire.

Un plus à crocs, pensai-je, *ou un plus impliquant de l'acier de samouraï ?*

— Vous leur rappellerez pour quelles raisons nous nous réunissons et pourquoi je leur ai demandé de venir depuis Aurora, Charleston ou le Bronx jusqu'à Chicago, dit Gabriel. Ils devront réfléchir aux conséquences d'un départ qui laisserait les humains et les vampires se débrouiller entre eux. De plus, ajouta-t-il en tournant vers moi un regard amusé, un de mes préférés parmi les membres de ma Meute te porte une grande affection. J'ai cru comprendre que Jeff Christopher et toi étiez amis ?

Mes joues s'embrasèrent. Jeff était un ami, mais il avait aussi un gros béguin pour moi. Plus important encore, il avait rendu de sacrés services aux vampires en nous aidant à découvrir que Peter était le traître qui avait renseigné Célina depuis l'intérieur de la Maison Cadogan.

— Jeff est un ami fabuleux, admis-je.

— Il nous a aidés à mettre un terme aux menaces des Breckenridge, ajouta Ethan.

Gabriel hocha la tête.

— Jeff est un bon gars, et ton grand-père, Merit, a bien agi envers lui. Jeff a une bonne situation et il ne voit aucun intérêt à alimenter le conflit entre les vampires et les métamorphes. Mais je ne suis pas certain qu'il soit représentatif de la majorité des membres. Pour être honnête, Ethan, je pense qu'il y a de grandes chances pour qu'ils décident de retourner à Aurora – soixante ou soixante-dix pour cent selon moi. Et si c'est le cas, je respecterai ce choix. Ma responsabilité est de permettre le débat et de leur laisser prendre la meilleure décision pour les Meutes, quelle qu'elle soit.

— Je comprends, répondit calmement Ethan. J'apprécie ta franchise et ta volonté de soumettre ce problème aux chefs de Meutes.

Mais ce n'était pas à l'évidence ce qu'il souhaitait dire et je sentais qu'il s'était retenu de lancer une remarque bien sentie sur la possibilité que les métamorphes ne prennent pas la bonne décision.

Gabriel regarda Ethan.

— Je sais que tu as du personnel de sécurité et que tes gardes seraient probablement capables de s'en charger. Mais je considérerais ça comme une faveur personnelle si tu pouvais être là aussi. Qu'un Maître vampire soit présent montrerait aux Meutes que vous êtes prêts à écouter et pas seulement à juger. C'est important.

Ethan laissa ces paroles en suspens un moment.

— Pour l'instant, est-ce que tu crains des actes de violence ?

Il posait sans doute cette question parce que les métamorphes, comme les sorciers, étaient capables d'avoir des visions de l'avenir.

— Je vais être franc : ça ne me surprendrait pas. Nous parlons là d'individus qui ont pas mal d'émotions refoulées et des idées très tranchées concernant un éventuel départ pour de longues vacances ou la perspective de souffrir tout un été à Chicago parce que les vampires ne savent pas se tenir. Je ne reprends pas leurs termes exacts, cela va sans dire, conclut-il d'un ton cassant.

— Je ne vois aucune objection au fait d'être présent, dit Ethan. Mais puisque effectivement nous demandons à Merit de prendre des risques pour des gens qui pourraient finir par l'abandonner, je pense qu'il vaut mieux qu'elle décide elle-même si elle souhaite venir.

Il me jeta un coup d'œil, vit ma surprise et haussa les sourcils d'un air interrogateur.

— Merit ?

Il me fallut un moment pour me reprendre, pas à cause de sa question – je m'étais engagée par le serment et l'honneur à protéger la Maison Cadogan, et cette mission faisait sans aucun doute partie de mes devoirs – mais bien parce qu'il me faisait assez confiance pour me demander mon avis.

— Bien sûr, dis-je en me tournant vers Gabriel et en hochant la tête pour sceller notre accord.

Gabe émit un long soupir, puis se pencha en avant pour déposer son assiette sur la table basse entre Ethan et lui.

— Encore une chose, dit-il. En ce qui concerne les règles à respecter, je vous demanderai de ne pas intervenir à moins que cela ne soit nécessaire. Je pense que les avantages de votre présence l'emportent sur les risques, mais si vous avez un geste malvenu envers un métamorphe devant les Meutes, il n'y aura plus besoin de se perdre en conjectures sur une éventuelle guerre. On se retrouverait pile au milieu !

— Compris, dit Ethan.

Sur ces paroles, Gabriel se leva, puis nous regarda, Ethan et moi.

— Je sais que vous ne vous impliquez pas généralement dans ce genre de situation. J'apprécie votre aide, même si vous serez là également en tant que représentants des vampires. (Il regarda Luc.) Je suppose que tu auras besoin d'informations supplémentaires.

Luc acquiesça, ses boucles blondes s'agitant autour de son visage.

— J'apprécierais en effet.

— C'est comme si c'était fait. Une fois que tout sera confirmé, je vous enverrai les renseignements pour vous rendre sur les lieux. Quelques plans intérieurs au cas où vous voudriez réfléchir aux protocoles, issues et autres. Et je vous en prie, ne venez pas en Armani. Ça ne collera pas avec le public.

— Pas d'Armani, répéta Ethan.

— Bon, je vous envoie l'adresse de la pré-réunion sous peu et nous nous retrouverons donc demain soir. (Il me jeta un regard de ses yeux noisette.) Tu viendras en cuir, chaton ?

— Je suis certain qu'elle saura choisir la tenue appropriée, intervint Ethan d'un air grave en levant la main. Tu sais comment me contacter. Nous attendrons tes informations.

Le chef des vampires et celui des métamorphes se dirigèrent vers la porte, le destin de milliers de créatures entre leurs mains. Ils se saluèrent. Quand Ethan ouvrit les portes, Helen – la cheftaine de la Maison – attendait derrière, probablement pour raccompagner Gabriel au rez-de-chaussée. Ethan avait dû utiliser son lien télépathique pour lui donner des instructions.

Une fois les portes refermées, Ethan se dirigea droit vers le chariot et ouvrit une boîte de *Sang pour sang*.

— Et on dit que les vampires ont le sens du drame ! chantonna Luc.

Ethan vida la boîte en une gorgée, puis l'écrasa dans sa main. Quand il se tourna de nouveau vers nous, ses yeux habituellement verts scintillaient d'un reflet argenté. Je ne savais pas si le sang absorbé avait éveillé le vampire en lui, ou si, au contraire, boire l'avait calmé.

Luc prit aussi une brique de sang sur le chariot et y enfonça une paille.

— Tu nous as fait un sacré discours, Sentinelle !

Je haussai les épaules.

— Je suis une Merit. Nous savons parler quand c'est nécessaire.

— C'était bien joué, convint Ethan.

Je croisai les bras et inclinai la tête vers lui.

— Si les métamorphes s'en vont, est-ce vraiment une grosse perte ? Je veux dire par là, nous avons survécu et ils n'ont jamais pris notre parti auparavant, alors pourquoi est-ce si important ? Même si le pire advient – si Célina réussit à provoquer une sorte de guerre interne entre vampires, ou bien si les humains se retournent contre nous –, en quoi cela changerait-il notre situation que les métamorphes ne soient pas là ?

— Les vampires sont des prédateurs, répondit Ethan. Les humains sont à mi-chemin entre le prédateur et la proie. Mais les métamorphes sont inextricablement liés à la terre. Ils ont des pouvoirs qui feraient passer Catcher pour un amateur. Nous diffusons un peu de magie. Les sorciers, eux, savent se servir d'elle, la canaliser, la modeler selon leur volonté. Mais les métamorphes sont la magie même. Ils font partie de tout ce qui les entoure. S'ils s'en vont, nous perdrons ce lien avec le monde, la terre, Chicago, et nous en serons affaiblis. Nous perdrons leur force et leurs effectifs. Nous perdrons des alliés potentiels qui pourraient nous aider à nous défendre – et, comme tu l'as fait remarquer, qui pourraient compter sur nous pour les défendre.

— S'ils nous abandonnent de nouveau, déclara calmement Luc, les enjeux pourraient être bien pires. Cette fois, il n'est plus question d'affronter une armée de paysans français armés de tromblons et de quelques baïonnettes !

— Bon, cessons d'enfoncer des portes ouvertes, finit par dire Ethan. Le rendez-vous avant la convention a lieu demain soir. Nous serons là, nous montrerons nos armes et nous en apprendrons certainement davantage au sujet des métamorphes. C'est tout ce que nous pouvons faire pour l'instant. (Il se tourna vers moi.) Je m'inquiète un peu pour tes capacités au combat au cas où ce serait nécessaire. Tu n'es toujours pas parvenue à me battre en affrontement singulier.

— Mais elle maîtrise les katas, souligna Luc en emportant sa brique de sang avec lui sur le canapé. Au moins, elle a la moitié des compétences.

— J'aurais préféré être bonne dans les deux domaines, déclarai-je entre deux bouchées de saucisse.

Elles étaient vraiment bonnes – dodues, savoureuses et relevées à souhait.

— Ça viendra, dit Ethan d'un ton confiant. Ta transformation a été progressive, il faut être patient. Enfin, au moins jusqu'à notre entraînement de demain soir.

— Peut-être que demain sera le grand jour..., répondis-je en espérant que nous n'ayons pas trop longtemps à attendre.

Et en parlant de problèmes qui attendaient une solution...

— Puisque nous sommes là, qu'est-ce que vous pouvez me dire au sujet de la Garde Rouge ?

Ethan et Luc relevèrent la tête si rapidement et avec une telle expression d'inquiétude qu'on aurait pu croire que je venais de suggérer un vampiricide.

Ethan s'assit sur le canapé en roulant des épaules comme si la tension accumulée était soudain insupportable.

— Comment as-tu entendu parler de la Garde Rouge ?

J'avalai un morceau de cheddar en feignant la désinvolture.

— On en parle dans les bouquins d'histoire sur les vampires que j'ai trouvés à la bibliothèque.

Ethan haussa un sourcil en regardant Luc qui bégaya aussitôt une réponse.

— Eh bien, ce sont des informations auxquelles tu auras accès en cas de nécessité, Sentinelle, déclara le Capitaine de la Garde avant de hausser, lui aussi, les sourcils en regardant Ethan, comme s'il attendait l'accord de ce dernier pour poursuivre. Et nous n'en sommes pas là.

J'acceptai cette déclaration catégorique, me disant que Luc avait trouvé cette réplique dans un film que je ne connaissais pas ; je me tournai vers Ethan, qui me rendit mon regard avec une expression indéchiffrable. Il ne devait pas avoir vraiment envie de parler de la Garde

Rouge. Je le savais opposé à cette organisation et à ses buts, mais je m'étais attendue à des propos acerbes, pas au silence. Peut-être étais-je enfin parvenue à le laisser sans voix. Étant donné son goût pour les grands discours, c'était une sacrée performance !

— D'accord, dis-je en me levant. Dans ce cas, si nous en avons fini pour aujourd'hui, je m'en vais. (Je me tournai vers Ethan.) Je te retrouverai à la première heure dans la salle d'entraînement.

Ethan acquiesça.

— Tu peux disposer.

— Je t'accompagne, dit Luc en bondissant du canapé avant de jeter un regard à Ethan. Il faut que je voie une fille pour… une histoire de fille.

— Ta vie privée ne me regarde pas, ajouta Ethan d'un ton léger avant de lui donner congé d'un signe de la main. Va donc la voir.

Luc piqua un cure-dents dans de la saucisse et du fromage avant de se diriger vers la porte. Une fois dans le couloir, les portes closes derrière nous, il commença son récit.

— La Garde Rouge est la version vampire de la police des polices, dit-il. Mais avec une tendance à la régulation. Elle avait été créée pour protéger les premiers membres du Conseil français, mais elle existe encore aujourd'hui. Maintenant, ses membres sont surtout des chiens de garde. Ce qui rend cette organisation très controversée.

Nous venions d'arriver au premier étage.

— Et c'est pour cette raison qu'Ethan n'aime pas en parler ?

— Sentinelle, est-ce qu'Ethan Sullivan te semble être du genre à aimer qu'on défie son autorité ?

— Pas vraiment, convins-je.

C'était exactement pour cette raison que j'avais retardé le moment de donner ma réponse à Noah. Ce n'était pas parce que je pensais que c'était mal de garder un œil sur les Maîtres – en l'occurrence Célina –, mais j'avais une idée assez précise de la susceptibilité d'Ethan.

On s'arrêta devant la porte de ma pièce préférée dans la Maison Cadogan : la bibliothèque.

Luc jeta un coup d'œil à cette porte avant de se tourner vers moi.

— Tu vas encore aller chercher des informations qui ne te regardent pas ?

— Si je ne faisais pas en sorte de vous garder en perpétuel état d'alerte tous les deux, qu'est-ce qui vous resterait comme distraction ?

Il secoua la tête d'un air amusé, puis il tourna les talons et se dirigea vers l'escalier... et en direction de la chambre de Lindsey.

— Tu dois aller voir une fille pour une histoire de fille ? lui criai-je.

Il me répondit d'un geste éloquent. Voilà ce qu'on récolte, je suppose, quand on taquine un vampire !

Le chagrin est une émotion infiniment pénible. Une amie m'avait dit autrefois que la rupture d'une relation était douloureuse parce que c'était la fin d'un rêve – l'avenir qu'on avait imaginé avec un amant, un amoureux, un enfant ou un ami. Que la perte causait une douleur presque palpable. Il fallait imaginer un nouvel avenir, peut-être dans un autre endroit, avec des gens différents, à faire autre chose que ce qu'on avait tout d'abord imaginé.

Dans mon cas, c'était imaginer une vie sans ma meilleure amie. Sans Mallory.

Les paroles blessantes que nous avions échangées avaient érigé un mur entre nous. Nous nous étions parlé depuis, mais la blessure était toujours ouverte et la situation semblait insurmontable, du moins pour le moment.

C'était peut-être le genre de rupture la plus frustrante qui soit : quand la personne que vous aimiez vivait au bout de la rue, dans le même bâtiment, ou juste de l'autre côté de la ville, mais qu'elle demeurait complètement inaccessible.

Je ne pouvais me résoudre à l'appeler. Ça me semblait déplacé – comme si un coup de fil allait violer le silence que nous avions établi d'un commun accord.

C'est ce qui me poussa à monter dans ma voiture deux heures avant le lever du jour – deux heures avant que le soleil m'expédie dans un profond état d'inconscience, et pire encore si je ne faisais pas attention – et à prendre la direction de Wicker Park, le quartier de Mallory.

Je me jurai de ne pas passer devant la maison en briques que nous avions partagée ; ça faisait un peu trop voyeur, même pour moi. Sans compter qu'apercevoir les lumières et la télévision allumées, ou des silhouettes devant la fenêtre, me rendrait encore plus malheureuse. Mallory n'était pas censée continuer à vivre sa vie comme si de rien n'était. C'était peut-être mesquin de ma part, mais la situation était supposée être aussi difficile pour elle que pour moi. Elle aurait dû être en deuil, elle aussi.

Je préférai rouler sur Lake Shore Drive. Je dépassai la sortie qui m'aurait menée dans son quartier, en gardant le lac sur ma droite, coupai la radio et baissai la vitre. Au bout de la route, je me garai.

Appuyée contre la voiture, je contemplai le lac. Maintenant que j'avais mis la distance nécessaire entre moi, Wicker Park et la maison Cadogan, j'abaissai les défenses que j'avais érigées, me laissant submerger par les bruits et les odeurs de trois millions d'habitants, sans compter les vampires, les métamorphes, les fées et les nymphes.

Et au cœur de ce vacarme et de cet océan de sensations, je me perdis un moment pour trouver le vide et l'anonymat dont j'avais besoin.

Je restai là, le regard perdu sur l'eau, jusqu'à ce que je me sente prête à rentrer à Hyde Park.

La Maison était encore illuminée à mon retour. Les vampires ne s'étaient pas encore préparés au lever du soleil. Les fées mercenaires gardaient la porte sans bouger. L'une d'entre elles me salua d'un hochement de tête quand je passai. Une fois dans la propriété, qui occupait tout un pâté de maisons, je levai la tête pour observer le ciel : il était toujours bleu nuit. Il restait encore un peu de temps avant l'aurore.

Mon âme était plus calme que lorsque j'avais quitté les lieux, mais je n'étais pas encore prête à pénétrer dans la Maison. Je traversai donc la pelouse pour contourner la bâtisse. La propriété de Cadogan était comme un terrain de jeu pour les vampires condamnés à la nuit – barbecue, piscine et fontaine au milieu d'un jardin bien entretenu. L'endroit était vide à présent, les vampires – même s'ils ne dormaient pas encore – étaient tous rentrés.

Je me dirigeai vers le bassin en forme de haricot près duquel je m'agenouillai pour plonger ma main dans l'eau.

Je ne levai pas la tête quand j'entendis des pas.

— C'est une belle soirée, dit-il.

— En effet, répondis-je.

Je secouai l'eau de mes doigts avant de me relever. Ethan se tenait de l'autre côté du bassin, vêtu de son pantalon de costume et de sa chemise, les mains dans les poches, les cheveux ramenés derrière les oreilles, son médaillon doré Cadogan brillant à l'encolure.

— Tu es sortie ?

J'acquiesçai.

— Un peu. Juste pour m'éclaircir les idées.

Il pencha la tête.

— Les métamorphes ?

Je supposai qu'il me demandait si c'était la raison pour laquelle j'avais éprouvé le besoin de m'éloigner.

— Les sorciers, corrigeai-je.

— Ah ! fit-il avant de baisser les yeux sur l'eau. Mallory ?

— Oui. Mallory.

Il savait que nous nous étions disputées, mais ignorait sans doute qu'il était la raison de notre dispute – en partie du moins.

Ethan croisa les bras.

— La transition peut être une épreuve pour les proches. Pour les êtres chers.

— En effet, convins-je avant de changer de sujet. Qu'est-ce que tu fais ici ? Les métamorphes ?

— Oui, répondit-il en esquissant un sourire. Les métamorphes.

— Peut-être qu'ils ont raison, dis-je. D'aller se réfugier dans les bois et de rester entre eux, je veux dire.

— Es-tu en train d'évoquer la théorie selon laquelle si on n'a de contact avec personne, on ne risque pas d'être blessé ?

C'était une conclusion bien astucieuse de la part d'un vampire de quatre cents ans qui semblait d'habitude ne rien comprendre aux émotions des humains.

— Oui, en gros, c'est ça.

Cette fois, quand il me regarda, je lus de la tristesse dans ses yeux.

— Je n'aimerais pas que tu deviennes insensible, Merit.

— Ne pas vouloir souffrir ne signifie pas forcément perdre toute sensibilité.

— Pas au début, dit-il.

Il se dirigea vers un muret en briques qui entourait le bassin et s'y adossa, les chevilles croisées. Puis il leva vers moi des yeux que la lumière de la piscine rendait brillants comme ceux d'un chat.

— À présent que la transformation est finie, prends garde de ne pas glisser vers le détachement. Les humains acceptent le concept de la mort, ils ne la désirent pas, mais ils savent que le déclin du corps humain est inévitable. Les vampires, en revanche, peuvent connaître l'immortalité. Ils élaborent des stratégies pour la préserver et ils oublient souvent les détails de la vie entre le moment de la transformation et le pieu en tremble.

Il secoua la tête.

— Tu es une merveille de force vampirique, pourtant tu attaches une grande valeur à ton humanité et tu t'inquiètes pour ceux qui faisaient partie de ta vie avant. Ne change pas, dit-il. Reste comme tu es.

— Arrête de me draguer, Sullivan, dis-je d'un ton sec.

Pourtant, je ne plaisantais pas.

Ethan était déjà assez séducteur quand il était sarcastique ; je n'étais pas prête à affronter un Ethan qui m'accablait de compliments.

— Je suis complètement sincère, dit-il en levant la main, deux doigts tendus. Parole de scout !

J'émis un grognement dubitatif avant de regarder le ciel. La Terre tournait sur son axe et l'indigo de la nuit commençait à changer et à s'éclaircir.

— Nous devrions rentrer, proposai-je. À moins que tu souhaites tester tes défenses contre l'allergie au soleil ?

— Je passe mon tour ! dit-il en se levant et en me tendant la main.

Je le dépassai et traversai la cour jusqu'au patio qui occupait l'arrière de la Maison. Quand on atteignit la porte de derrière, il s'immobilisa, une main tendue vers la poignée.

Je lui jetai un coup d'œil interrogateur.

— Je ne suis pas ton père, tu sais !

Il me fallut un moment pour trouver mes mots.

— Pardon ?

— Je peux te faire un compliment sans arrière-pensées.

J'ouvris la bouche pour répliquer mais me rendis compte qu'il avait tout à fait raison. Complimenter quelqu'un pour l'amener à faire quelque chose était tout à fait ce dont mon père était capable. J'étais reconnaissante à Ethan d'avoir souligné cette différence.

— Alors merci, dis-je en esquissant un sourire.

Il hocha gracieusement la tête.

— Je t'en prie. Je te verrai ce soir.

— Bonne nuit, Sullivan.

— Bonne nuit, Sentinelle.

4

Ce qui se passe à Chicago… reste à Chicago

Je me réveillai subitement dans ma chambre de la Maison Cadogan, assise dans mon lit au milieu d'un amas de livres sur les métamorphes américains. Je repoussai ma frange en comprenant que je m'étais encore une fois endormie en pleine lecture. C'était l'aspect difficile de la vie de vampire : le lever du soleil provoquait une profonde et enivrante plongée dans l'inconscience, tandis que l'éveil au moment du crépuscule était brutal.

— Bienvenue chez les vampires, marmonnai-je, un salut qu'un ancien ami – un ancien petit ami – m'avait transmis.

Je rangeai mes livres en piles sur mon lit avant de me redresser et de m'étirer. J'avais au moins pensé à me mettre en pyjama avant de sombrer dans l'inconscience et mon tee-shirt imprimé PERMIS DE PUER remonta sur mon ventre quand je levai les bras. Le haut orange n'allait pas vraiment avec le short bleu des Cubs, mais qui cela gênerait-il ? En ce qui me concernait, dormir dans d'affreuses nippes bien confortables était un des principaux avantages du célibat.

Et j'étais clairement célibataire.

Ça durait d'ailleurs depuis un certain temps, si on ne tenait pas compte des quelques semaines que j'avais passées à presque sortir avec Morgan. Il avait remporté le droit de me courtiser en défiant Ethan devant Noah et Scott Grey ainsi que la moitié des vampires de la Maison Cadogan. Nous avions eu quelques rendez-vous hésitants par la suite. Cette hésitation était d'ailleurs entièrement de mon fait, car Morgan avait semblé complètement mordu depuis le début. Je ne ressentais pas la même chose et il était convaincu que ma réticence était due à ma relation, physique ou autre, avec Ethan. Je reconnaissais qu'Ethan occupait trop souvent mes pensées pour que je me sente à l'aise, mais qualifier nos échanges épineux de « relation », c'était comme comparer une équipe de softball amateur aux Cubs. Bien sûr qu'on jouait de la batte des deux côtés, mais pas de la même manière.

Après m'être étirée, je jetai un coup d'œil au réveil. On était à la mi-juin et les jours rallongeaient encore. Mes heures de conscience se réduiraient donc encore chaque jour jusqu'à ce que le solstice d'été inverse le processus. Devinant que je ne pourrais retarder trop longtemps ma séance d'entraînement avec Ethan, je posai les piles de livres par terre, puis me levai.

Je ne pris pas la peine de prendre une douche puisque j'allais me dépenser, mais j'enfilai un soutien-gorge de sport, un pantalon de yoga et un tee-shirt Cadogan.

J'avais faim. Je devais déjeuner avant l'exercice, mais je ne souhaitais pas me montrer dans ma tenue minimaliste.

Une fois habillée et chaussée, mon katana en main, je pris la direction de la chambre de Lindsey au second. Elle était désormais ma compagne de repas. Je la rejoignais également dans sa chambre après le travail. Il ne faut pas sous-estimer la valeur des mauvaises émissions de télé après une nuit de drame surnaturel. Les vampires aussi ont besoin de s'anesthésier l'esprit !

Lindsey se tenait sur le pas de sa porte, son téléphone portable à la main. Étant la médium de l'équipe des gardes, elle avait dû deviner que j'arrivais. Contrairement à moi, elle portait sa tenue noire Cadogan et ses longs cheveux blonds étaient soigneusement attachés en queue-de-cheval basse. D'un signe, elle m'invita à entrer avant de disparaître dans sa chambre.

— Mon chou, il faut que j'y aille. Mon rendez-vous du petit déjeuner est là. On se parle plus tard. Et n'oublie pas ce vêtement que j'aime bien. Non, celui en latex. D'ac. Bisous.

Elle referma son téléphone d'un coup sec, puis me regarda, souriant devant l'expression d'horreur que je devais afficher.

Je ne trouvais rien à dire. Mais j'avais de toute évidence quitté le nid d'amour du couple Carmichael-Bell pour entrer directement dans l'antre du latex.

J'étais au courant que Lindsey flirtait avec Connor, qui était, comme moi, un nouveau vampire. Mais « latex » était bien le dernier mot que j'avais envie d'entendre si tôt dans la soirée.

— Je ne comprends pas pourquoi tu refuses de me soutenir ! dit-elle en levant les yeux au ciel.

Elle enfila des chaussures noires à petits talons tout en glissant son téléphone dans sa poche.

— Mais si, je te soutiens, regarde. Allez, Lindsey ! criai-je d'une voix plate, en levant le poing d'un geste peu enthousiaste.

Une fois chaussée, elle mit les mains sur les hanches en haussant un sourcil.

— J'ai trouvé l'amour de ma très très longue vie d'immortelle, et tout ce que tu me dis, c'est « allez, Lindsey » ? Quelle amie tu fais !

— L'amour de ta vie ? Connor ? Tu es sûre ?

Et cette fois, ma voix dérailla vraiment. Lindsey se mordilla la lèvre comme une ado amoureuse avant de poser une main sur son cœur.

— J'en suis fichtrement sûre.

Je restai muette un instant.

— Allez, Lindsey ! répétai-je, ne trouvant rien d'autre à dire.

Elle soupira en levant les yeux au ciel.

— OK, OK. Je ne vis pas une passion perverse avec un jeune Novice sexy. Je parlais à mon teinturier.

Je résistai à l'envie de lui demander de quelle manière elle allait justifier l'utilisation du mot « latex » la prochaine fois qu'elle parlerait à son teinturier... D'un autre côté, ça collait.

— Merci, mon Dieu, dis-je. Ça me rappelait Mallory et Catcher.

Elle me poussa dans le couloir et referma la porte derrière nous. On prit la direction du rez-de-chaussée et du buffet Cadogan.

— C'était vraiment si difficile à supporter ? Je veux dire, Bell est sexy. Sacrément sexy même.

— Sexy au point de mériter une répétition ?

— Affirmatif. Sexy et chaud comme la braise.

— Tu sais qui d'autre est sexy ? lui demandai-je.

— Ne dis pas « Luc ».

— Oh, mon dieu! dis-je en portant la main à ma poitrine et en feignant la surprise. Tu es vraiment médium !

Elle grommela comme elle avait coutume de faire chaque fois que je prononçais le nom du garçon qu'elle aurait dû poursuivre de ses assiduités. Je ne voulais pas me mêler de ses affaires… mais ils auraient été si bien ensemble.

Et c'est alors qu'elle sortit la grosse artillerie.

— Je serai prête à parler de Luc avec toi, dit-elle tandis que nous dévalions les deux étages, quand tu seras prête à discuter de ta stratégie pour séduire le deuxième plus beau vampire blond de la Maison.

— Tu veux dire, après Luc ?

Lindsey ricana, puis tira sur sa queue-de-cheval dorée.

— Et moi, alors ?

— Bon, quel que soit ton classement, je n'ai pas l'intention de séduire qui que ce soit.

Un long couloir menait à l'arrière de la Maison où se trouvait la cafétéria. Des tables et des chaises en bois étaient disposées devant un buffet en acier inoxydable où les vampires pouvaient se servir. Pas question d'y trouver la moindre tranche de fromage industriel ou de gâteau sous emballage plastique.

— C'est cela, oui, lança Lindsey en me précédant au buffet.

Elle se plaça derrière une dizaine de vampires Cadogan, tous vêtus du noir de rigueur. La pièce était remplie de résidents qui se préparaient à une nuit de labeur dans la Maison ou à une sortie dans la Ville des vents. Cadogan ressemblait à la cité-dortoir d'une entreprise unique. Certains vampires étaient employés par la Maison – comme les gardes – tandis que d'autres travaillaient dans le centre-ville de Chicago et reversaient une partie de leurs revenus à la Maison. Les vampires Cadogan recevaient une allocation en tant que membres de la Maison, ce qui expliquait que travailler n'était pas techniquement nécessaire, mais les vampires aimaient être productifs.

Sur les trois cent dix-huit vampires de la Maison – puisque nous avions perdu Peter et Amber –, seulement un tiers vivait sur place. Les autres habitaient ailleurs, mais gardaient leur affiliation puisqu'ils avaient prêté serment à Ethan et à sa troupe de sujets à crocs.

Lindsey et moi avancions lentement en poussant nos plateaux en plastique sur le rail d'acier tout en prenant de la nourriture et des boissons. Comme j'avais combattu la veille et que j'allais recommencer dans quelques minutes, je ne voulais pas trop manger, mais j'avais besoin de quelques aliments de base : une pinte de sang de groupe O, un choix de protéines – sous forme de saucisses et de boulettes de viande hachée ce jour-là – et une solide dose de sucres lents. Je pris quelques petits pains dans un plat chaud et les posai sur mon plateau avant d'attraper serviette et couverts et de suivre Lindsey vers une table.

Elle choisit de s'installer entre Katherine et Margot, deux vampires que j'avais rencontrées pour la première fois dans la chambre de Lindsey, où nous avions passé la nuit à manger de la pizza en regardant des émissions de télé-réalité. Elles sourirent à notre approche, puis poussèrent leurs plateaux pour nous faire de la place.

— Salut, Sentinelle, dit Margot en rejetant une mèche de cheveux courts et brillants derrière son oreille.

Elle était tout bonnement superbe, avec ses cheveux châtain foncé coupés au carré et une frange marquant une pointe entre ses grands yeux ambrés qui évoquaient un tigre séduisant.

— Tu t'entraînes ce soir ?

— En effet, dis-je en me glissant sur une chaise, un morceau de petit pain dans la bouche. Après tout, que serait une journée à la Maison Cadogan si Ethan ne pouvait pas m'humilier ?

Lindsey acquiesça.

— Ces derniers temps, ce serait tout à fait inhabituel.

— Triste mais néanmoins vrai, convins-je.

— Tu étais sérieuse à propos du barbecue ? demanda Katherine, dont les longs cheveux bruns tombaient sur les épaules, une mèche retenue par une petite barrette sur le dessus du crâne.

Avec ses grands yeux et son visage frais, Kat était d'une beauté presque démodée. Elle était née à Kansas City quand la ville grouillait encore de bétail. Son frère, Thomas, était également membre de la Maison.

— Sérieuse comme un pieu de tremble. Tout le monde réclame une fête où on réunirait tous les vampires, dis-je en poussant Lindsey du coude.

Elle ricana, puis but son jus d'orange.

— Je ne sais pas si tu es au courant, dit-elle, mais je n'y tiens pas trop.

Tous nos regards convergèrent vers Lindsey. Margot inclina la tête.

— C'est parce que tu as largué Connor ou parce que vous êtes officiellement ensemble ?

— Je t'en prie, dis « largué », murmurai-je. Je t'en prie, dis « largué ».

Cette fois, ce fut elle qui m'assena un coup de coude.

— Nous ne sommes plus ensemble. Il est juste tellement…

— Jeune ? clama-t-on toutes en chœur.

— Parfois, dit-elle, je me demande ce que serait ma vie sans tous ces vampires autour de moi.

Margot tira la langue à Lindsey.

— Nous te manquerions terriblement, lui rappelai-je. Et Luc aussi.

Son expression se figea.

— Je ne répondrai pas à ça, dit-elle enfin.

J'échangeai un sourire complice avec Margot et Katherine. C'était déjà une réponse en soi.

Ethan m'attendait dans la salle d'entraînement, vêtu d'un kimono dont la veste était ceinturée d'une corde violette. Pieds nus au milieu des tatamis, son katana dégainé en main, il combattait un adversaire invisible. Il lança un coup de sabre derrière lui, puis se tourna et ramena l'arme vers l'avant, la leva d'un coup et la fit tournoyer autour de sa tête. Quand il abaissa de nouveau le sabre, il exécuta un coup de pied papillon, et ses jambes s'envolèrent parallèlement au sol, l'extrémité de son arme dessinant dans l'air une courbe fatale. Il était si rapide que ses gestes en devenaient flous, le transformant en une brume de blanc et d'acier étincelant au milieu des armes anciennes et des boiseries de la salle.

Ethan Sullivan valait vraiment le détour.

Il combattit seul pendant encore deux ou trois minutes, puis s'immobilisa à genoux, katana brandi devant lui.

J'enlevai mon tee-shirt Cadogan, puis m'avançai au bord des tapis de sol.

Il leva les yeux vers moi et on resta ainsi un moment à se dévisager.

Ethan secoua la tête avant de s'approcher de moi.

— Nous ne sommes pas seuls, Sentinelle, me dit-il en guise d'avertissement comme si je risquais de lui sauter dessus là, tout de suite, sur le tatami.

J'émis un petit grognement. Je lui avais déjà dit « non » par le passé. Je n'avais pas peur de recommencer.

Mais cela ne signifiait pas pour autant que j'appréciais de me donner en spectacle une fois de plus. Je levai les yeux vers la galerie. Ça n'était pas trop effrayant comme public : seulement une dizaine de vampires assis, mais c'était dix vampires de trop.

— Génial, marmonnai-je.

Je commençai à dégainer le katana, mais Ethan secoua la tête.

— Tu n'auras pas besoin de ton sabre.

Je le remis dans son fourreau en dévisageant Ethan, en pleine confusion. Nous étions censés reprendre l'entraînement là où Catcher et moi nous étions arrêtés. Puisque j'avais clairement besoin de perfectionner ma technique de combat, j'avais cru que c'était par là que nous allions commencer. À présent, je ne comprenais plus.

Ethan rengaina, lui aussi, son sabre et le déposa sur le tatami, puis il tendit la main. Je lui donnai mon fourreau et il posa également mon arme. Alors il se releva et inclina la tête tout en adressant un geste à quelqu'un dans mon dos.

— Luc, si tu veux bien.

Je n'avais pas remarqué la présence de Luc et je me tournai donc pour le saluer. Mais toutes les lumières s'éteignirent avant que j'en aie le temps et la salle fut soudain plongée dans l'obscurité.

— Ethan ?

— Nous allons travailler une compétence différente aujourd'hui, déclara-t-il alors que sa voix s'éloignait.

Je fermai les yeux en espérant que cela m'aiderait à m'adapter à l'obscurité, puis je les rouvris quand j'entendis son pas se rapprocher. Depuis que j'étais une prédatrice, ma vue était meilleure dans le noir, mais je ne percevais cependant pas grand-chose.

Et c'est comme ça qu'il m'envoya valser sur le tapis d'un coup de pied rasant.

— Sullivan, putain !

À plat ventre, je soufflai pour repousser ma queue-de-cheval de mon visage. Je me relevai, les muscles bandés, les mains tendues devant moi, les genoux souples, au cas où il bondirait une nouvelle fois.

— Tu dois apprendre à anticiper, Sentinelle.

Je levai les yeux au ciel. Lors de notre premier combat, il avait exécuté des mouvements à la *Matrix*. À présent, il se la jouait *La Guerre des étoiles* pour la technique. Il était tout bonnement incapable d'une idée originale en matière d'entraînement.

— Et comment dois-je anticiper ? lui demandai-je.

— Nous avons déjà parlé de tes sens. Ils se sont améliorés après ta transformation.

Je ne répondis pas. Je n'avais aucune idée de l'acuité de sa vision dans le noir, mais je ne comptais pas dévoiler ma position et lui permettre ainsi une nouvelle attaque. Pourtant, je l'entendais se déplacer, tourner furtivement autour de moi comme un félin préparant son assaut.

— Tu as travaillé toute la semaine passée à atténuer les bruits ambiants. À maîtriser la sensibilité accrue de ton ouïe, de ta vue, de ton odorat. Il est évident que cette acuité peut te perturber. Mais tu es une vampire. Tu dois apprendre à utiliser tous tes sens, à tirer profit de ce bruit, de cette information.

Je perçus le sifflement du tissu de son pantalon quand il envoya le coup de pied. Je plongeai juste au moment où sa jambe passa au-dessus de ma tête.

Puis j'entendis le bruit sourd de son pied touchant le sol.

— Bien, dit-il. Mais ne te contente pas de te défendre. Riposte.

Il s'éloigna. Je me relevai pour adopter une position de défense de base. Si je devenais un membre de la Garde

Rouge, Ethan et moi nous retrouverions-nous dans cette situation ? Combattrions-nous dans l'obscurité ? Pas vraiment comme des ennemis, mais plus vraiment comme des amis ? J'avais retardé le moment de prendre ma décision concernant la proposition de Noah. Il était probablement temps d'y réfléchir un peu…

Mais pas avant que je saisisse ma chance de botter les fesses d'Ethan.

Je l'entendais décrire un cercle autour de moi en attendant le bon moment pour frapper. Entendait-il aussi clairement que moi ? Peut-être l'obscurité ne le gênait-elle pas parce qu'il pouvait détecter mes mouvements…

Bon, dans un cas comme dans l'autre, c'était mon tour de frapper. Il se déplaçait dans le sens inverse des aiguilles d'une montre, deux à trois mètres derrière moi. J'attendis qu'il soit à six heures, puis je basculai le poids de mon corps, levai mon genou droit et assenai un violent coup de pied arrière.

Je l'aurais touché s'il n'avait pas complètement anticipé le mouvement et ne s'était pas laissé tomber à terre pour éviter mon attaque. Quand je reposai le pied, il était déjà debout et me décochait un coup circulaire. Je n'eus pas le temps de réagir et, tout comme il l'avait fait la première fois que je l'avais défié, il me faucha.

Je percutai le tatami.

— Encore une fois, dit-il dans le noir.

J'articulai un juron en silence avant de me relever. Cette fois, je n'attendis pas qu'il se prépare. Quand je sentis qu'il était en face de moi, je pivotai et lui balançai un coup de pied en visant sa tête. Je le manquai mais l'entendis tituber en arrière, ses pieds trébuchant sur le tapis alors qu'il esquivait mon attaque.

— Si près, murmurai-je.

— Trop près, dit-il. Mais c'est mieux. Tu écoutes mes mouvements, ce qui est bien. Mais tu peux faire davantage. Luc ! dit-il de nouveau.

Mon cœur se figea. Que me préparait-il d'autre ?

Avait-il prévu de me ligoter les mains ? D'inonder la salle ?

Luc réagit une seconde plus tard, cette fois avec du bruit. Une véritable cacophonie d'aboiements, de discussions, de cris, de coups de Klaxon, de cliquetis et de gazouillis emplit la pièce. C'était complètement assourdissant. Les basses puissantes faisaient trembler mes os et résonnaient dans mon cœur.

Ethan ne me laissa pas une seconde pour m'adapter et m'envoya un coup de poing, mais il avait mal estimé ma position et il ricocha sur mon épaule. Bien sûr, c'était un Maître vampire et le coup fut douloureux. Si je m'étais trouvée plus près, il m'aurait fracturé un os. Était-il également perturbé par le bruit ?

Une seconde plus tard, il était dans ma tête.

— *Tu ne peux pas te fier uniquement au son. Tu dois assourdir le vacarme, être capable de sentir l'ennemi à côté de toi et de te battre même dans le noir total.*

— *Comment suis-je censée apprendre ça ?* lui demandai-je en basculant le poids de mon corps vers l'arrière, m'attendant à ce qu'il m'attaque de nouveau.

— *Tu es une prédatrice nocturne. Tu n'as pas besoin d'apprendre comment faire. Il faut juste que tu aies confiance en toi.*

J'espérais être sur la bonne voie.

Je fermai les yeux. Techniquement, ça ne servait à rien étant donné l'obscurité qui régnait dans la pièce, mais cela m'aidait psychologiquement, comme si j'œuvrais activement à me couper du vacarme. Ainsi, je me concentrai sur le bruit et entrepris de monter un barrage mental.

Peine perdue, Ethan revenait à l'attaque. Cette fois, il m'envoya un coup non pour me blesser mais pour me provoquer. Son poing percuta mon épaule gauche, mais il avait déjà changé de place lorsque je cherchai à riposter. Puis son talon heurta mon dos – pas assez violemment pour m'envoyer à terre mais assez pour me pousser. Je titubai et agitai les bras pour ne pas perdre l'équilibre.

Dieu merci, les lumières étaient éteintes. Le Maître vampire taquinant la Novice, voilà un spectacle qui devait être comique !

— *Tu ne te concentres pas,* gronda-t-il par-dessus le brouhaha des Klaxon de camions.

L'agacement commença à me démanger. Le bruit était fort, il faisait noir, et un Maître vampire me poussait à bout pour m'apprendre à combattre.

— *Je fais ce que je peux,* lui assurai-je.

Il me donna un autre coup de pied dans les côtes. Je parai avec mon avant-bras, mais il avait déjà disparu avant que je parvienne à le toucher. J'avais oublié à quel point il était rapide. Ça, et l'efficacité surnaturelle de ses mouvements. J'étais agile dans l'exécution des katas, bien sûr, mais il s'agissait de mouvements auxquels je m'étais entraînée. Comme nous le savions, le combat était une tout autre affaire.

— *Je t'ai connue plus efficace !* me répondit-il.

Un picotement magique s'éleva dans l'air – peut-être causé par son commentaire moqueur – et je le sentis passer sur mon visage comme une brise.

Ethan se tenait en face de moi.

Il me fallut une seconde pour comprendre que je venais de réussir à repérer sa position sans l'entendre ni le voir, mais grâce à la magie. Il fallait en profiter.

J'envoyai un coup de poing qu'il bloqua de son avant-bras. Avant que j'aie le temps de protester, il se tourna et colla son dos contre le mien, une main sur mon bras pendant qu'il prenait appui pour me faire basculer par-dessus lui.

Et une fois de plus, je me retrouvai au sol.

La chute n'avait pas été particulièrement violente mais suffisamment pour me couper le souffle. Dès que je retrouvai une respiration normale, je lâchai un juron.

— *Tu ne fais pas beaucoup d'efforts !* fit-il remarquer.

Il y avait du venin dans sa voix. Je me relevai.

— *Je ne sais pas ce que tu attends de moi.*

Soudain, il se retrouva de nouveau devant moi. Je frappai, mais il attrapa encore mon bras et me tira vers lui d'un coup sec.

— *Bats-toi, bon sang !*

Trop énervée pour comprendre qu'il était en train de me provoquer, je fis exactement ce qu'il attendait de moi. Je tournai mes poignets pour saisir sa main, puis je repoussai son bras vers le haut jusqu'à ce qu'il lève le coude. Avec une torsion, j'utilisai le poids de mon corps pour le déséquilibrer et le jeter à terre. Je finis le mouvement sur un genou à côté de lui.

— *C'est mieux*, dit-il, allongé par terre, mais sans me laisser le temps de fêter ma fragile victoire.

Il fut aussitôt sur ses pieds et me fit basculer sur le dos.

Nous nous retrouvions dans sa position préférée : lui étendu sur moi, ses mains clouant mes poignets au sol.

Je levai les yeux dans le noir.

— *Tu t'avoues vaincue ?* demanda-t-il.

Je ne tins pas compte de mon émoi physique et répondis par l'action : je levai la jambe gauche dans un coup de pied en ciseaux, me servant de l'inertie pour inverser nos positions. Je parvins à passer sur lui, mais je n'y restai pas longtemps. Il me fit rouler une nouvelle fois, puis ce fut mon tour. On devait avoir l'air de deux gamins qui se chamaillaient ; j'étais bien contente que les lumières soient éteintes et que le reste de la Maison ne puisse pas nous voir. (C'est du moins ce que je supposais. Les autres vampires avaient-ils une meilleure vision nocturne que moi ? Si ce n'était pas le cas, le spectacle n'était pas terrible.)

Je parvins enfin à rejeter Ethan, puis à me relever. D'après les vibrations des tapis de sol, je devinai qu'il avait, lui aussi, bondi sur ses pieds. Notre parade d'esquive dura un moment, mais quand je levai la main pour bloquer un coup dirigé droit sur mon visage, il m'attrapa par le poignet, m'attirant d'un coup sec vers lui jusqu'à ce que mon corps soit collé au sien.

Mon cœur se mit à battre la chamade.

Nous nous tenions là dans le noir, mon esprit absorbé par le contact de ses mains, l'une autour de mon poignet, l'autre collée à mes reins.

Ethan était assez grand pour que le haut de mon crâne atteigne tout juste son menton. Je gardai mon regard rivé au niveau de son cou, craignant, si je levais la tête, qu'il en profite pour baisser la sienne. Nos lèvres seraient alors trop proches et c'en serait fini de moi.

Avec une dangereuse lenteur, il abaissa le visage, rapprochant ses lèvres de mes cheveux. Mes bras se couvrirent de chair de poule et mes paupières se fermèrent doucement. Ma peau picotait sous l'effet enivrant du désir et du pouvoir. Une magie vive et acérée irradiait de nos corps, emplissant l'espace que nous occupions tous les deux.

Ce fut à ce moment-là que j'ouvris les yeux, comprenant soudain ce qu'il essayait de m'enseigner.

Il me lâcha les mains et je posai une paume contre sa poitrine pour le faire reculer de quelques pas. Il le fit volontiers et me laissa l'espace dont j'avais besoin pour mettre à profit ses leçons.

Je ne voyais rien dans le noir et n'entendais rien avec tout ce raffut autour de nous mais, comme je l'avais fait quelques minutes plus tôt, je sentais la magie dans l'air. Le coup que je lui avais porté n'avait rien à voir avec la chance. Détecter la magie relevait d'un autre type de vision, mais c'était voir malgré tout.

Là, dans le noir, à quelques pas de lui, je levai une main et fis courir mes doigts sur les courants électriques autour de nous, pour en sentir chaque creux et chaque bosse tandis que la magie irradiait de nos corps. J'arrivais à sentir l'entrelacement de nos deux pouvoirs, et cette sensation s'effaçait chaque fois que j'éloignais mes doigts.

Je les laissai flotter au gré des ondulations de ce flux. Ce n'était pas très différent que de sortir la main par la fenêtre d'une voiture qui roule.

Plus important encore, le courant se déplaçait en même temps qu'Ethan, faisant naître un souffle léger entre mes doigts. Je le sentis se déplacer vers ma droite, son corps dressé devant moi alors qu'il préparait un coup de pied circulaire en direction de mon visage.

C'était son mouvement préféré et il me l'avait parfaitement signalé.

Je m'abaissai aussitôt, et quand il pivota, je lui répondis par une attaque similaire, un coup porté bas qui faucha son autre jambe.

Il chuta.

Comme s'il avait donné un ordre silencieux, la musique cessa et les lumières s'allumèrent. Désorientée, je clignai des yeux.

La salle, le public, tout était complètement silencieux. Les vampires étaient probablement fascinés de voir la Sentinelle debout alors que leur Maître se trouvait à terre.

Ça n'était pas vraiment une victoire. Après tout, je l'avais juste fait trébucher.

Mais c'était quelque chose – en tout cas, c'était déjà un progrès.

Ethan appuya les mains derrière lui, puis leva les jambes, balança le poids de son corps et se remit sur ses pieds d'un bond. Il me jeta un coup d'œil.

Je déglutis, pas tout à fait à l'aise d'avoir envoyé mon Maître au tapis, même si c'était uniquement parce que j'avais fini par comprendre la leçon qu'il essayait de m'enseigner.

Puis son expression s'adoucit.

— C'est mieux, dit-il.

Je m'inclinai avec respect, comme une étudiante qui remercie son professeur pour une leçon bien donnée. Mais il était temps de passer au problème suivant.

— Quand partons-nous pour le rendez-vous ?

— Dans une heure. Change-toi et rejoins-moi au sous-sol.

Je hochai la tête puis rejoignis le bord des tatamis, attrapai mon tee-shirt, mes chaussures et, le plus crucial, mon katana. J'allais en avoir besoin.

5

Une virée entre mecs

— Tu porterais quoi, toi, si tu devais assurer la sécurité de chefs de Meute métamorphes ?

Debout devant mon placard ouvert, vêtue d'un peignoir, je jetai un coup d'œil à Lindsey, assise en tailleur sur mon lit, un sachet de bonbons à la fraise sur les genoux.

— Rien du tout ? répondit-elle en souriant.

— Pas question. J'y vais habillée.

— Rabat-joie. Si tu veux la jouer prude, essaie d'être sexy au moins. Tu ne m'as pas dit que Gabriel avait suggéré du cuir ?

Son petit commentaire mis à part, elle avait raison. Après tout, Mallory et Catcher m'avaient offert un ensemble en cuir noir pour mes vingt-huit ans : un pantalon moulant, un corset minimaliste et une veste en cuir ajustée de type motard. C'était une tenue fabuleuse, mais qui faisait un peu trop couverture de roman d'*urban fantasy* à mon goût.

— Une vampire vêtue de cuir, c'est tellement cliché ! dis-je.

— Je ne dis pas le contraire, mais les métamorphes apprécieraient. Ils adorent le cuir.

— Ouais, j'en ai eu l'impression.

Mais autant de cuir – sauf pour mon buste – n'était pas une tenue de combat idéale. Je fouillais donc dans mes petits hauts en cherchant quelque chose qui pourrait remplacer le corset. D'un autre côté, avec un pantalon en cuir et un débardeur, je risquais de ressembler à Linda Hamilton dans *Terminator*.

— Cherchons plutôt un compromis, marmonnai-je en enlevant la veste en cuir de son cintre.

Je la posai sur le lit avec mon pantalon de costume Cadogan et un débardeur noir tout simple, puis je reculai d'un pas pour apprécier le résultat.

La veste ajoutait une touche « dure à cuire » au pantalon et au haut moulants. La tenue faisait malgré tout sérieuse, destinée au genre d'affaires qui promettaient de sacrées conséquences si les négociations ne se passaient pas bien. Avec un katana rouge sang à la taille et un médaillon Cadogan en or autour du cou, je devrais être capable d'en imposer.

— Bien, dit Lindsey, ça, c'est la Merit que je connais ! Vas-y, essaie.

Une fois habillée, je pris un élastique noir sur mon bureau et attachai mes cheveux en queue-de-cheval. Comme je serais en compagnie d'Ethan, je n'avais pas besoin de mon bipeur Cadogan, mais je glissai mon téléphone portable dans une des poches de ma veste et pris mon katana.

Une fois prête, je fis une pirouette devant Lindsey afin qu'elle donne son avis. Elle hocha la tête et se leva.

— Juste une question, est-ce que tu peux faire vivre ce look ?

Je jetai un coup d'œil vers le miroir, contemplai le cuir et le sabre, et souris.

— Oui, je crois que je peux faire ça.

Je rejoignis Ethan au sous-sol, près de la porte qui menait au parking souterrain. J'avais descendu l'escalier en ondulant, prête à réduire au silence M. Compliment.

Comme par hasard, ce fut moi la plus surprise. Je n'avais pas été la seule à réfléchir à ma tenue : Ethan avait de toute évidence suivi à la lettre le conseil de Gabriel de ne pas s'habiller en Armani. Il descendit en jean. Un jean parfaitement coupé qui collait à ses hanches, et des bottes de couleur sombre. Il portait aussi un tee-shirt gris moulant qui semblait modelé sur son torse. Ses cheveux blonds étaient détachés et encadraient ses pommettes ciselées et ses incroyables yeux verts.

Je peux l'admettre : je le dévorai du regard.

Ethan m'inspecta lentement d'un air approbateur et très masculin. Quand il hocha finalement la tête, je supposai que j'avais passé l'examen.

— Tu portes un jean.

Il me jeta un coup d'œil amusé, puis tapota un code sur le clavier près de la porte du parking. La Mercedes décapotable noir métallisé d'Ethan et quelques véhicules appartenant à des vampires haut placés – c'est-à-dire pas des nouveaux comme moi – étaient garés à l'intérieur.

— Je suis capable de me vêtir selon les circonstances.

— Apparemment, marmonnai-je d'un ton irrité.

C'était une réaction puérile, je l'avoue, mais ce type n'était pas censé avoir meilleure allure que moi. Il aurait dû être en admiration devant mon nouveau style si élégant.

Pfff, comme si je me souciais de ce qu'il pense ! me mentis-je à moi-même.

Ethan déverrouilla la voiture à distance, puis m'ouvrit la portière côté passager.

— Comme c'est aimable, dis-je en grimpant dans le coupé avant de ranger mon katana dans le petit habitacle.

— Je sais l'être à l'occasion, répondit-il en inspectant le parking autour de nous avant de refermer la portière.

Une fois installé, il démarra et remonta la rampe jusqu'à la porte de sécurité qui se leva à notre approche, puis la voiture s'élança dans la nuit estivale, dépassant en trombe une poignée de paparazzis postés au coin de la rue, appareils photo au poing. Puisque nous étions un groupe captif – presque un tiers des vampires de la Maison rentrait au bercail juste avant le lever du soleil –, les journalistes ne se donnaient pas la peine de nous suivre lorsque nous quittions Hyde Park.

— Où allons-nous exactement ?

— Un bar du nom de *Little Red*, répondit Ethan. Quelque part dans Ukrainian Village.

Il désigna de la tête le GPS sur le tableau de bord. L'instrument établissait déjà notre trajet vers le quartier concerné, un coin de Chicago connu aussi sous le nom de West Town.

— *Little Red*, répétai-je. Ça veut dire quoi ?

— C'est une référence au *Petit Chaperon rouge*, je suppose.

— Alors les métamorphes sont des loups ? Jeff m'a dit que leur forme était liée à leur pouvoir.

— Ce ne sont pas tous des loups. Chaque métamorphe se transforme en un animal et cet animal est le même pour toute une famille.

— Alors si un des Breck était un blaireau, tous les Breck le seraient aussi ?

Ethan ricana.

— Et étant donné nos expériences passées avec Nick Breckenridge, je serais ravi d'apprendre que c'en est un.

Nick avait été complice sans le savoir du chantage mis au point par Peter. Et dans l'affaire, il était passé du statut d'ex-petit ami de votre Sentinelle préférée à celui d'emmerdeur patenté. « Blaireau » semblait tout à fait approprié.

— Je suis d'accord.

— Malheureusement, dit Ethan, les familles ne divulguent jamais la nature de leur animal totem. Alors à moins d'être en très, très bons termes avec un métamorphe, la seule manière pour un étranger de la découvrir est d'assister à la transformation. Cela étant, on peut supposer que les membres les plus puissants de la Meute – le Meneur et autres membres alpha – sont des prédateurs. Plus grands, plus mauvais, plus féroces que le reste des membres.

— Donc plutôt des loups ou des grizzlis, ou des animaux de ce genre que des belettes naines.

— Des belettes naines ?

— Ça existe, confirmai-je. J'en ai vu une dans un parc naturel une fois. C'est tout petit. Et Gabriel, que savons-nous exactement de lui ?

— La famille Keene – le père de Gabriel, son grand-oncle, son grand-père et d'autres encore – est à la tête de la Meute des Grandes Plaines depuis des siècles. Nous avons confirmation par une source indépendante qu'il s'agit bien d'une famille de loups.

— Indépendante ? Est-ce que l'information vient de ta source secrète vampire ?

Mon grand-père comptait parmi ses employés des représentants de trois groupes de créatures surnaturelles – Catcher pour les sorciers, Jeff pour les métamorphes, et un troisième, un vampire qui restait discret afin d'éviter la colère de son Maître. Sans briser cet anonymat, mon grand-père partageait parfois ses renseignements avec Ethan.

Il m'était venu à l'esprit que Malik, le Second d'Ethan, pouvait être ce vampire anonyme. Malik savait tout de ce qui se passait dans la Maison, mais restait en général en retrait. Tout en se montrant très impliqué, il paraissait être du côté de la vérité et de la justice. Fournir des informations secrètes mais cruciales à l'Agence de médiation afin de préserver la paix surnaturelle à Chicago semblait tout à fait dans ses cordes.

— Une source indépendante, répéta Ethan, et ce n'est pas un vampire. Je suppose que nous t'envoyons dans la gueule du loup, ajouta-t-il après un moment, bien que tu ne sois pas du genre à traînasser dans les bois, un panier à la main, pour te rendre chez ta grand-mère !

— Non, convins-je, en effet. Mais je suis du genre à aller en Volvo au bureau de mon grand-père, armée d'un seau plein de poulet grillé !

— Ça me paraît être une bonne idée.

— Ça l'était. Tu sais combien j'aime manger ! Et combien j'aime mon grand-père. Mais pas nécessairement dans cet ordre.

Même si la circulation n'était pas trop dense en direction du nord, il nous fallut vingt bonnes minutes pour atteindre West Town. Ethan conduisait de façon détendue – un bras appuyé sur la portière, une main sur le volant.

Finalement, on quitta l'I-95 et on tourna plusieurs fois jusqu'à atteindre une rue commerçante bordée de bâtiments en briques, qui avait dû connaître des jours meilleurs dans les années 1960. Les immeubles étaient aujourd'hui en grande partie vides, mis à part quelques-uns, occupés par des teintureries industrielles et des boulangeries internationales. À cette heure de la nuit, on ne voyait aucun piéton. Des motos, en revanche…

C'était, je supposai, un signe de présence des Meutes. Dans ce cas précis, il s'agissait d'une rangée de grosses routières rétro – des motos basses, aux formes harmonieuses et avec beaucoup de chrome et de cuir rouge –, une dizaine en tout, alignées en face d'un immeuble qui occupait le coin de la rue. Une enseigne lumineuse, blanche et ronde – comme une pleine lune au milieu de Wicker Park –, était barrée des mots LITTLE RED en simples lettres rouges.

— Ce doit être là, dis-je tandis qu'Ethan garait la Mercedes.

On sortit de la voiture sous le flot de musique rock qui se déversait dans la rue chaque fois que la porte de l'établissement s'ouvrait. Un homme vêtu de cuir avec une courte barbe et une queue-de-cheval blond foncé enfourcha l'une des motos, démarra, puis s'éloigna.

— Voilà un métamorphe que nous ne connaîtrons pas, murmurai-je à Ethan qui grommela une réponse.

Katana à la taille, on se dirigea vers la porte pour entrer dans le bar.

Les motos n'étaient pas le seul signe d'une activité spéciale dans Ukrainian Village. À notre arrivée devant la porte au coin de la rue, je remarquai trois fentes dans le mur de briques. Je m'approchai pour y voir de plus près et toucher le mur du bout des doigts. C'étaient de longues rainures bien nettes, régulièrement espacées, qui s'enfonçaient profondément dans la brique et le mortier.

Je compris soudain qu'il ne s'agissait pas de fentes, mais de marques de griffes.

— Ethan, dis-je en désignant les entailles dans le mur.

— C'est un signe, expliqua-t-il. C'est un des repères de la Meute.

Et les deux vampires que nous étions s'apprêtaient à pénétrer dans leur antre.

Mais puisque nous étions là et qu'il n'y avait pas grand-chose d'autre à faire, je pris les devants et ouvris la porte.

Le bar était une salle étroite, meublée de quelques tables devant une grande vitrine et d'un long bar en bois à l'opposé. Je grimaçai aussitôt, assaillie par la musique violente et suffisamment forte pour m'agresser les tympans. Le vacarme provenait d'un jukebox qui était la seule décoration n'arborant pas de publicité pour la bière, le whisky ou le Mälort, une sorte d'absinthe très forte, spécialité de Chicago.

Des hommes en veste de cuir, dont le dos était brodé de lettres géantes – MGP –, étaient attablés et buvaient un verre en bavardant malgré le rugissement du jukebox. Je supposai que MGP signifiait Meute des Grandes Plaines.

J'eus la chair de poule. Il y avait quelque chose de troublant dans cette pièce, une atmosphère magique qui rendait l'air électrique.

Les métamorphes levèrent la tête à notre arrivée, affichant des expressions pas vraiment accueillantes. Aucun d'eux n'avait l'air de se réjouir de la présence de deux vampires et ils se levèrent en repoussant leurs chaises. Mon cœur s'emballa et je portai aussitôt la main à la poignée de mon katana, mais les métamorphes se dirigèrent vers la porte d'entrée. En quelques secondes, tous avaient disparu, nous laissant seuls au milieu du bar avec la musique braillant tout autour de nous.

Je lançai un regard à Ethan.

— Peut-être que la cuisine n'est pas bonne !

Mais je savais pertinemment que ce ne pouvait être la raison de leur départ.

Malgré les mauvaises vibrations, l'odeur qui flottait dans l'établissement était merveilleuse. Sous la note dominante de fumée de cigares flottait un parfum délicieux – chou et viande braisés, comme si on venait tout juste de cuisiner des choux farcis. Mon estomac se mit à gronder.

— Je peux vous aider ?

Je me tournai vers le bar derrière lequel se tenait une femme baraquée, vêtue d'un tee-shirt marqué LITTLE RED, avec une petite fille de dessin animé en jupon et cape rouges imprimée sur le devant. Ses cheveux courts et blond décoloré étaient hérissés, et elle nous jaugeait d'un air suspicieux.

Il devait s'agir de Berna.

— Gabriel, dit Ethan par-dessus la musique en se plaçant à côté de moi. Il nous a demandé de le retrouver ici.

Une main sur le comptoir, l'autre sur la hanche, la femme nous désigna une porte en cuir rouge près de l'extrémité du bar.

— C'est derrière que ça se passe, dit-elle d'une voix forte avant de hausser un sourcil à ma vue. T'es trop maigre. Il faut que tu manges.

J'aurais bien aimé pouvoir lui donner une réponse – étant donné l'odeur de viande et de légumes qui flottait dans l'air, ça aurait été un « oui » retentissant –, mais Ethan lui sourit poliment.

— Non merci ! cria-t-il.

Elle renifla d'un air dédaigneux et se tourna vers son comptoir laqué qu'elle se mit à astiquer à l'aide d'un torchon humide.

Ethan se dirigea vers la porte rouge.

Tant pis pour les choux farcis, pensai-je en lui emboîtant le pas.

Avant d'ouvrir, la main posée sur le cuir rembourré, il initia notre connexion télépathique.

— *Sentinelle ?* demanda-t-il en vérifiant que je l'entendais bien.

Je m'ébrouai pour me défaire du soudain – et heureusement bref – vertige. Je m'accoutumais peut-être à la sensation.

— *Je suis prête*, répondis-je avant que nous entrions.

Je me réjouis en constatant que l'arrière-salle était plus calme que le reste du bar, mais l'air y était épaissi par une magie ancienne. Je ne sais pas si j'aurais été capable de la distinguer de la magie nouvelle en temps normal, mais elle était différente de celle que j'avais sentie en présence de vampires ou de sorciers. C'était le jour et la nuit. Il s'agissait là d'une magie de la terre, qui appartenait au domaine des sols détrempés par la pluie, des éclairs, des plaines herbeuses balayées par le vent sous un ciel nuageux. Une magie qui évoquait la poussière, la fourrure, les antres à l'odeur de musc et les feuilles mouillées. Ce n'était pas désagréable, mais c'était si différent de la magie à laquelle j'étais habituée que je me sentis déstabilisée. La sensation sur ma peau était également – et de manière exponentielle – plus puissante que les picotements que j'avais sentis en compagnie des quelques métamorphes que je connaissais.

Quatre hommes – des métamorphes – étaient assis autour d'une table vieillotte au plateau de Formica et aux pieds en aluminium. Ils levèrent les yeux à notre arrivée ; parmi eux se trouvait Gabriel. Il me regarda des pieds à la tête avant de m'adresser un sourire.

Je supposai qu'il appréciait le cuir.

Après m'avoir examinée, Gabe se tourna vers Ethan et son expression se fit plus sérieuse.

J'essayai de ne pas quitter le Meneur des yeux afin de laisser le temps aux autres membres alpha d'observer les deux vampires qui venaient de pénétrer sur leur territoire. Mais les coups d'œil occasionnels que je jetai me permirent de rassembler quelques informations de base : trois d'entre eux avaient les cheveux bruns et leurs épaules raides montraient qu'ils ne se réjouissaient pas de se trouver dans l'arrière-salle d'un bar de Ukrainian Village en compagnie de vampires.

Enfin, Gabriel hocha la tête et désigna un des murs, nu à l'exception de deux petites affiches de cinéma mal encadrées. Je suivis Ethan dans cette direction et me plaçai à côté de lui. Je ne m'attendais pas à ce que la situation s'envenime immédiatement, mais je saisis la poignée de mon katana de la main gauche, frottant mes doigts contre la corde de cuir, et trouvant du réconfort dans ce simple geste.

L'action ne se fit pas attendre.

— On joue en cinq coups, dit Gabriel en prenant un jeu de cartes au milieu de la table.

Il les battit deux fois, puis les reposa sur la table. L'alpha sur sa droite, les cheveux courts et bruns, et la mâchoire carrée, le reste du visage caché derrière des lunettes de soleil d'aviateur, se pencha en avant et tapota le paquet.

Avec une rapidité digne d'un professionnel, Gabriel commença à distribuer les cartes autour de la table.

— Nous sommes ici, déclara-t-il, parce que sauf objection, les Meutes se rassemblent dans deux jours. Nous sommes ici pour discuter de la convention.

Le mâle affalé sur sa chaise à la gauche de Gabriel arborait une barbe de plusieurs jours, des petits yeux marron et des cheveux bruns mi-longs repoussés derrière ses oreilles. Il nous lança un regard suspicieux.

— Devant ces deux-là ? demanda-t-il.

Il dévisagea Ethan avec mépris pendant quelques secondes, puis me déshabilla du regard. Quelques mois plus tôt, j'aurais un peu rougi, j'aurais peut-être même été embarrassée au point de détourner les yeux. Vu que j'avais affaire à un métamorphe et, d'après son apparence, à une brute, c'est probablement ce que j'aurais dû faire.

Mais même si je manquais de pratique au combat, j'étais malgré tout une vampire et bluffer était une des premières choses que Catcher m'avait enseignées. Je savais comment réagir à l'arrogance de certaines créatures surnaturelles.

Lentement, tranquillement, je haussai un sourcil sombre et esquissai un semblant de sourire, espérant exprimer à la fois le cran des vampires et la ruse féminine. Je ne sais pas s'il fut intimidé, mais il finit par baisser les yeux. Ça me suffisait.

Gabriel prit ses cartes d'un geste nonchalant et les écarta en éventail dans sa main.

— Tu étais d'accord pour cette rencontre, Tony, si tu te rappelles bien.

La brute, c'était donc Tony, le chef de la Meute du Grand Nord, celui qui était pour la retraite des métamorphes à Aurora.

— Ne dis pas de conneries ! croassa Tony en guise de réponse. (Il aurait pu être beau, mais l'énervement crispait ses traits de manière peu flatteuse.) Mon lieutenant a accepté cet arrangement parce que c'était le seul moyen pour nous d'avoir voix au chapitre, poursuivit Tony. C'est toi qui as lancé cette idée de convention, Keene. Pas moi, ni Robin ni Jason. Toi. Si je parle pour les miens, nous n'en voulons pas. (Il haussa les épaules.) La mer de Béring était belle et bleue quand je suis parti. Les choses se passent bien à Aurora et nous sommes heureux de les préserver ainsi.

— C'est ton boulot de les préserver, déclara le troisième homme.

— *C'est Jason*, m'informa Ethan.

Jason était d'une beauté brute – yeux verts, cheveux noirs à peine ondulés, pommettes à se damner, lèvres boudeuses et un minuscule accent traînant dans sa voix douce. Un dangereux mélange.

— Tu es le protecteur du bastion, poursuivit-il.

— Et c'est exactement ce que je veux démontrer, marmonna Tony en jetant deux cartes sur la table d'un geste du poignet. Je suis le protecteur du bastion. Et quand le temps est venu de s'y retirer, il faut le faire. Nous n'avons pas besoin d'une convention pour en discuter. Ce ne sont que des conneries politiques et stratégiques. (Il jeta un coup d'œil vers Ethan.) Des conneries de vampires. Avec tout le respect que je te dois, vampire.

— Idem, répondit Ethan d'une voix débordante de venin.

Je réprimai un sourire de fierté ; il paraissait adopter un peu de mon mordant.

Gabriel prit la parole :

— La situation à Chicago…

— Ce qui se passe à Chicago ne nous regarde pas, dit Tony. Il n'y a pas de Meute à Chicago et ce n'est pas pour rien : Chicago n'est pas une ville de métamorphes.

L'animosité de Tony surchargeait l'air de magie et le picotement était à présent suffisamment fort pour me hérisser les poils des bras. Je me balançai d'un pied sur l'autre d'un air embarrassé, la poitrine serrée, tandis que l'atmosphère devenait oppressante, comme un effet secondaire magique de la tension croissante entre les métamorphes.

— Chicago est une ville de pouvoir, répondit calmement Gabriel en jetant une carte sur la table pour en prendre une nouvelle dans la pile et l'ajouter à l'éventail dans sa main.

Du moins, c'est tout ce que je le vis faire, mais ces gestes simples rompirent la magie de l'air. J'inspirai un grand coup, la poitrine soulagée d'un poids. C'était le Meneur, nul doute là-dessus.

— Et que nous n'ayons aucune présence officielle ici, poursuivit Gabe, ne signifie pas que nous ne serons pas touchés. Les vampires sont visibles. Ils sont dans le collimateur du public, et nous ne devons pas nous attendre à ce que les humains croient que les saigneurs sont les seules créatures surnaturelles au monde.

— Alors c'est ta position ? demanda Jason. Tu nous fais venir ici pour… quoi au juste ? Que nous tombions d'accord sur le fait de révéler notre existence ? (Il secoua la tête.) Je ne le ferai pas. Les vampires ont fait leur *coming out*, et tout ce qu'ils ont récolté, ce sont des émeutes et des audiences du Congrès. Si nous faisons la même chose, que va-t-il se passer ?

— Nous servirons de cobayes, déclara le quatrième et dernier métamorphe, qui devait être Robin, le chef de la Meute de la Côte Ouest, et qui portait des lunettes de soleil. On nous emprisonnera dans des installations militaires, on nous enverra Dieu sait où afin que des officiers experts en stratégie et communication puissent découvrir de quelle manière ils peuvent nous utiliser comme armes.

Il releva ses lunettes et je tressaillis presque en découvrant ses yeux : d'un bleu laiteux, ils regardaient dans notre direction sans rien exprimer. Était-il aveugle ?

— Non merci, dit-il tranquillement avant de rabaisser ses lunettes. Ne comptez pas sur moi ni sur le reste de la Meute de la Côte Ouest. Ça ne nous intéresse pas.

— J'apprécie que vous ayez deviné ce que j'avais en tête et que vous soyez prêts à voter, déclara Gabriel d'un ton sec. Mais ce n'est pas le sujet de cette réunion et je n'ai proposé aucune solution, alors gardez pour vous vos prédictions de diseuse de bonne aventure, vous voulez bien ? (On entendit quelques grommellements autour de la table mais aucune objection directe.) Ce que je veux, poursuivit Gabriel, c'est exposer la question et interroger les Meutes. Voilà ce que j'ai en tête. Resterons-nous pour affronter le raz-de-marée qui se prépare ? (Il leva la tête vers Ethan et ils se dévisagèrent, l'expression de Gabriel véhiculant un mélange de peur, de pouvoir et de colère, puisque le « raz-de-marée » évoqué était de toute évidence lié aux vampires.) Ou bien partons-nous dès maintenant ?

— Laquelle de ces deux options est la plus sûre ? demanda Tony.

— Et laquelle est la plus irresponsable ? intervint Jason.

— L'instabilité, déclara Robin. La mort. La guerre. Et pas parmi les métamorphes. Pas parmi les Meutes. Les affaires des vampires ne sont pas les nôtres. Ça n'a jamais été le cas.

— *Et voilà le hic*, me dit Ethan. *Ils ne veulent pas prendre position.*

Non, ils ne veulent pas se sacrifier ni sacrifier leurs familles en notre nom, corrigeai-je en gardant cette pensée pour moi. C'était une décision qu'ils avaient déjà prise par le passé, au cours de la Seconde Purge. Et même si je compatissais avec les vampires qui avaient péri, je comprenais le désir des métamorphes de se protéger du chaos. Les philosophes jugeraient si ce qu'ils avaient fait était moralement répugnant.

— La viabilité de ce monde nous regarde, poursuivit Gabriel. Les Meutes sont grandes. Les réseaux sociaux, les affaires, les intérêts financiers n'étaient pas un problème il y a deux siècles. C'en est un aujourd'hui.

Tony posa une carte sur la table d'un geste décidé, puis il en piocha une autre dans le jeu.

— Jusqu'à quel point tes deux copains armés de sabres sont pour quelque chose dans ta nouvelle attitude ? (Il se tourna vers moi, la lèvre retroussée, les yeux emplis de haine et d'une sorte de désir effrayant.) En particulier la gonzesse ?

Gabriel émit un grondement sourd qui me fit frémir. J'agrippai mon katana et lui adressai un regard menaçant que je n'avais pas besoin de feindre.

— Parce que tu es un invité dans cette ville, dit Gabriel, je vais te donner une chance de présenter tes excuses à Merit, Tonya et moi.

— Toutes mes excuses, lâcha Tony.

Gabriel leva les yeux au ciel mais, peut-être par respect pour le statut de Tony, il laissa tomber. Il jeta un regard à Robin.

— Les enfantillages mis à part, je t'ai bien entendu, mon frère. Je ne fais que soumettre la question aux Meutes. Elles décideront.

Le silence s'abattit sur la pièce. Robin finit par hocher la tête et Jason l'imita.

Il se passa un long moment avant que Tony reprenne la parole.

— Quand nous nous sommes réunis à Tucson, dit-il, nous nous sommes engagés à respecter les règles des Meutes. À laisser la majorité décider du destin des autres. (Il baissa les yeux sur la table en secouant la tête à regret.) Mais merde, on n'a jamais pensé que cette décision aurait comme résultat d'envoyer nos enfants à la guerre !

Quand il leva de nouveau les yeux, ils reflétaient quelque chose de profond et d'insondable. Je reconnus la même révélation mystique que j'avais décelée dans le regard de Gabriel la première fois que je l'avais rencontré, juste avant qu'il fasse cette remarque énigmatique concernant nos avenirs et le fait qu'ils soient liés. C'était l'expression visuelle d'une connexion avec les choses qu'il avait vues, les endroits où il était allé, les vies qu'il avait connues… et perdues.

Je ne savais pas quelle avait été la vision de Tony ni même pour quelle raison il réagissait aussi vivement. Je savais néanmoins ce que nous demandions aux métamorphes – Gabriel l'avait assez expliqué la veille. Et il avait également évoqué ces révoltes naissantes d'humains mécontents de cohabiter avec des vampires. Mais il y avait un monde entre les plaintes et la violence, et nous n'en étions pas encore là.

En dépit de la profondeur de son émotion et du caractère injustifié de sa peur, Tony paraissait également prendre conscience que les autres étaient contre lui. Il finit par céder avec un hochement de tête.

— Nous nous réunirons donc dans deux jours, conclut Gabriel. Nous étudierons la possibilité de partir ou de rester, et nous laisserons le sort en décider.

La convention des Meutes aurait lieu et le jeu reprit.

Ils jouèrent aux cartes pendant près de deux heures, au cours desquelles leurs annonces et leurs décisions de passer ou de surenchérir furent les seules paroles prononcées. Dans leur dos, Ethan et moi, un Maître vampire et sa jeune garde, observions quatre métamorphes parier dans l'arrière-salle miteuse d'un bar qui sentait le chou.

— Puisque nous avons accepté la convention, dit Gabriel, le regard toujours rivé sur ses cartes, si nous prenons la décision de rester à Chicago, je crois qu'il sera alors temps d'envisager de s'allier avec une des Maisons.

Un pic de magie traversa la pièce, qui n'émanait pas entièrement des métamorphes. Quand je me tournai vers Ethan, il avait les yeux écarquillés et la bouche entrouverte. Son visage exprimait l'espoir.

— Il n'y a jamais eu d'alliance entre une Meute et une Maison, déclara Jason.

— Pas de manière formelle, convint Gabriel. Mais comme une collègue me l'a récemment fait remarquer, les Maisons n'avaient pas à l'époque le pouvoir politique et économique qu'elles ont aujourd'hui.

Je me redressai, comprenant que j'étais la collègue à laquelle il faisait allusion.

Jason pencha la tête.

— Tu suggères qu'une alliance serait à notre avantage et ne profiterait pas seulement aux vampires ?

— Dans le cas où nous resterions, il serait important d'avoir des amis. Je pense que les Maisons seraient ouvertes à ce type de relations.

Gabriel jeta un coup d'œil à Ethan qui faisait de son mieux, je pouvais le voir, pour ne pas paraître trop empressé.

— Non ; en réalité, ce que tu suggères, c'est que nous passions une sorte d'arrangement permanent avec des vampires.

Tony cracha ses propos, et autour de lui tourbillonna une magie poivrée, vinaigrée, comme si la colère en modifiait le parfum.

— Le monde change, répondit Gabriel. Si nous ne restons pas en contact avec lui, nous risquons de finir comme les lutins – des créatures de rêves, de fantasmes et de contes de fées. Ils n'avaient jamais imaginé une telle fin, n'est-ce pas ? Et pourtant, le fait de fuir dans la forêt ne les a pas sauvés.

— Nous ne sommes pas des putains de lutins ! marmonna Tony.

En ayant apparemment assez du poker et de la politique de vampire, il jeta ses cartes sur la table et se leva.

Ma main se resserra sur le katana, mais Ethan me retint d'un hochement de tête.

— La convention est une chose, dit-il en tapant de l'index sur la table pour souligner son propos. (La colère flambait dans ses yeux comme un feu tout juste attisé.) Mais je refuse de faire ami-ami avec les vampires. Je ne perdrai pas ma famille parce que tu culpabilises pour un événement qui s'est passé il y a deux cents ans, dans lequel aucun de nous n'était impliqué. Qu'ils aillent se faire foutre !

Tony tapa des mains et les leva d'un coup, un geste de croupier qui quitte la table de jeu. Puis il disparut par la porte en cuir rouge qui claqua derrière lui.

6

L'ennemi de mon ennemi est mon… « ennami » ?

Tony était parti, mais il laissait une tension palpable derrière lui. Tout le monde se tourna vers Gabriel, attendant son avis.

— Laissez-le partir, dit-il avant de rassembler les cartes que Jason et Robin avaient jetées sur la table. Il va se calmer.

— Il finit toujours par se calmer, marmonna Jason.

Je supposai que ce n'était pas la première fois que Tony piquait une crise. Son inquiétude était compréhensible, les risques étaient réels. Mais dramatiser la situation ne servait à rien.

— Je ne sais pas, dit Robin en regardant d'un air soucieux vers la porte. J'ai l'impression que c'est différent aujourd'hui.

La porte s'ouvrit de nouveau et un homme qui avait les mêmes cheveux éclaircis par le soleil que Gabriel, et aussi ses yeux dorés, passa la tête à l'intérieur, haussant un sourcil amusé. Il était grand et mince, vêtu d'un tee-shirt noir moulant et d'un jean. Ses cheveux mi-longs étaient un peu plus blonds que ceux de Gabe, sa barbe d'une semaine plus foncée.

Cette différence mise à part, impossible de se tromper sur leur lien de parenté. Les deux hommes avaient des yeux enfoncés dans un visage à la beauté brute. Le plus jeune dégageait la même aura de pouvoir et de virilité naturelle que son aîné. C'était un Keene, sans aucun doute.

— Des ennuis, frangin ? demanda-t-il.

— Une dispute, répondit Gabriel avant de se tourner vers nous. Ethan, Merit, je vous présente Adam. Adam, voici Ethan et Merit. Adam est le plus jeune des frères Keene.

— Le plus jeune et de loin le plus gentil, ajouta Adam en nous scrutant.

Quand son regard se posa sur moi, j'y décelai une pointe d'intérêt. Il apprécia visiblement le cuir bien coupé et l'acier dans son fourreau. Nos regards se croisèrent quand il leva les yeux et je ressentis le même impact de pouvoir et d'histoire que lors de ma première rencontre avec Gabriel. Mais Adam, sans doute parce qu'il était plus jeune, dégageait une aura plus verte, plus crue.

Néanmoins, il me fallut un moment pour détacher mon regard d'Adam Keene et de ses yeux dorés hypnotiques. Quand j'y parvins, je fus fustigée par un autre regard. Vert, celui-ci.

Bon, c'était peut-être de la jalousie.

Je haussai un sourcil à l'attention d'Ethan, puis me tournai vers Gabriel.

— Vous êtes frères ?

— Je suis l'aîné. Maman voulait avoir une grande famille et elle a pensé que ce serait amusant si nos prénoms suivaient l'alphabet à rebours. Elle est allée jusqu'à bébé Adam, ici présent.

— Bonjour, bébé Adam, dis-je.

Quand il sourit, une profonde fossette se creusa au coin gauche de sa bouche. Mon ventre se noua un peu. C'est sûr, celui-ci était dangereux.

— Calme-toi, mon garçon, dit Gabe. Si cette fille est destinée à un Keene, ce ne sera pas toi.

Il m'adressa un clin d'œil. Si je ne l'avais pas vu avec sa femme enceinte de son futur fils et n'avais pas senti à quel point il était heureux en mariage, j'aurais pensé qu'il me draguait. En fait, je crois qu'il crânait devant son petit frère.

Sans prévenir, Gabriel, le visage sévère, repoussa soudain sa chaise et se dirigea vers la porte en cuir rouge.

Troublée, je regardai Ethan.

— *Que se passe-t-il?* demandai-je.

Il se tourna vers la porte et, pour la première fois depuis que je le connaissais, il sembla douter de la marche à suivre.

Mais quand les autres métamorphes suivirent Gabriel dans le bar, Ethan leur emboîta le pas. Je l'imitai.

Les membres alpha et le petit frère se tenaient devant la vitrine du bar, nous tournant le dos, les regards braqués sur la rue. L'établissement était silencieux – quelqu'un avait éteint la musique – et l'attitude des métamorphes était tendue. L'air picotait de magie autour de nous et ils retenaient leur respiration comme s'ils attendaient qu'il se passe quelque chose.

— Robin ? demanda Gabriel sans se tourner.

Robin secoua la tête.

— Je ne le sens pas. Je ne sens personne.

— Je n'aime pas ça, dit Gabriel. Il y a quelque chose qui cloche. C'est bien trop calme dehors.

— Sentinelle, dit Ethan. Sens-tu quelque chose ?

— De quel genre ? demandai-je.

— Le métamorphe qui est parti, ajouta Gabriel. Est-ce que tu sens qu'il attend ?

Je fermai les yeux et, avec un peu d'inquiétude, m'ouvris aux bruits et aux odeurs du monde. Je m'immergeai dans une épaisse et chaude vague de sensations, de magie cachée, mêlée de la chaleur et de l'odeur dégagées par les corps près de moi.

Mais il n'y avait rien d'extraordinaire – si l'on partait du principe qu'un bar rempli de métamorphes très tendus et irradiant de magie relevait de l'ordinaire.

— Rien, dis-je en rouvrant les yeux. Je ne sens rien d'inhabituel dehors.

J'avais parlé trop vite. C'est alors que j'entendis le grondement de pots d'échappement. J'en eus la chair de poule. Quelque chose dans l'air extérieur bouleversait mes instincts de vampire, quelque chose qui faisait vibrer l'air d'une façon que la moto n'expliquait pas. Une odeur forte emplit le bar – celle irritante et vive de la fumée d'échappement mêlée à autre chose… de la poudre ?

Peut-être à cause de mon dernier entraînement, ma bouche et mon corps réagirent d'instinct avant que mon cerveau soit capable de former une idée.

— Tous à terre ! commandai-je en courant jusqu'aux métamorphes et en posant les mains sur leurs épaules pour les forcer à se baisser.

Comme ils ne bronchèrent pas, je hurlai une seconde fois.

Ils se jetèrent sur le sol juste quelques millièmes de secondes avant que les balles fracassent la vitrine.

Adam s'était affalé sur Gabriel, entourant la tête de son frère de ses bras. Ethan avait fait la même chose avec moi. Son corps me couvrait et ses lèvres étaient tout contre mon oreille. Son contact me fit frissonner de désir alors même que le chaos faisait rage autour de nous. Et l'idée que les rôles avaient été inversés ne me réjouissait pas : c'était moi son garde, après tout. J'étais censée le protéger. Malgré tout, mon rang de Sentinelle ne l'empêcha pas de me faire un bouclier de son corps et de crier « Ne bouge pas ! », alors même que je me débattais sous lui pour tenter d'inverser nos positions et le mettre hors de danger.

— *Ne bouge pas*, me répéta-t-il en silence.

Je me recroquevillai sur le sol, enveloppée par son contact, sa chaleur et son odeur.

— Bordel mais qu'est-ce qui se passe ? hurla Gabe avec colère, sa magie mettant le feu à l'air empli de fumée et d'éclats de verre.

— Tout le monde derrière le bar ! cria Jason, ses yeux exprimant la même colère.

Je n'avais vu que deux métamorphes mus par la rage jusqu'à ce jour : Nick Breckenridge et son père, Michael. Ils s'étaient emportés contre Ethan et moi car ils pensaient que nous les avions menacés. Ils avaient protégé leur famille, ce qui était instinctif pour tout métamorphe. Je lisais à présent la même férocité dans les yeux de Jason : cette colère en réaction à la menace, le besoin de protéger la famille.

Je hochai la tête dans sa direction, pris une des mains d'Ethan dans la mienne et la tirai d'un coup sec pour lui faire passer le message.

— Derrière le bar, hurlai-je alors que les balles continuaient de pleuvoir autour de nous telle une averse de grêle métallique.

La proximité du danger enflamma mes instincts de plus belle et me donna envie de me battre et de pourchasser nos agresseurs – et pas seulement parce que mon Maître, celui qui m'avait transformée, se trouvait dans leur ligne de tir.

Non, j'éprouvais l'envie de me battre parce que j'étais une prédatrice. Deux mois après m'être trouvée aux prises pour la première fois avec ce dilemme – fuir ou me battre. J'avais trempé l'acier de mon arme dans mon propre sang, et à présent, j'étais prête à nourrir le métal avec le sang d'un autre.

Ethan dégagea son corps du mien, puis me laissa l'aider à se redresser. On progressa en rampant à moitié jusqu'au comptoir, pour se laisser tomber derrière, en gagnant aussitôt son extrémité pour laisser de la place aux métamorphes. Ils rampèrent à leur tour derrière nous, puis s'adossèrent au comptoir en se préparant à répondre à la fusillade.

— Rangez vos armes ! ordonna Gabriel par-dessus le raffut. Les flics vont rappliquer. Nous n'avons pas besoin qu'ils retrouvent nos balles partout.

Les métamorphes obtempérèrent et sortirent aussitôt leurs téléphones portables. Je supposai qu'ils appelaient les membres alpha des différentes Meutes.

Je me tournai vers Ethan et l'examinai rapidement.

— *Ça va ?* lui demandai-je.

Ses yeux étaient argentés.

Mon estomac se noua. Ma première pensée fut qu'un des métamorphes avait été touché et qu'Ethan entrait en mode vampire. Il ne pouvait y avoir pire moment pour avoir envie de mordre.

Puis il porta une main à ma joue, parcourant mon visage de son regard argenté comme s'il s'assurait que j'allais bien.

— *Je vais bien,* lui dis-je.

Ce fut alors que Gabriel laissa échapper un chapelet de jurons. Je regardai aussitôt sur ma gauche et jurai à mon tour : Berna, l'air choqué, venait d'apparaître à une porte de l'autre côté du bar.

— Bon sang mais qu'est-ce que…

— Berna ! Baisse-toi ! Va-t'en ! cria quelqu'un.

Elle regarda dans notre direction, mais elle était trop surprise pour obéir alors même que les balles volaient en tous sens.

Quelqu'un devait aller la sauver.

Quelqu'un de rapide.

Je courus vers elle sans laisser à Ethan le temps de m'arrêter, sautant par-dessus les alphas dans ma course. Notre agresseur était visiblement bien armé et équipé pour un assaut prolongé, et les balles sifflaient encore tout autour de nous – mais je n'en tins pas compte.

Après tout, j'étais immortelle.

Et pas Berna.

Des balles me touchèrent, provoquant des douleurs semblables à des coups de poignard tranchant la chair et le muscle. Berna était paniquée quand je la rejoignis et un nuage de peur acide marquait son emplacement dans le bar. Mes yeux devaient être argentés – à cause de l'adrénaline, pas de la faim – et cette vision avait dû l'effrayer. Mais il fallait que nous bougions et je n'avais pas le temps de la rassurer.

J'avais aussi moins d'une seconde pour décider si je devais la ramener dans la pièce dont elle sortait ou l'emmener avec moi derrière le bar.

Je n'avais aucune idée de l'endroit – ni de la personne – qui se trouvait derrière cette porte. La cuisine ? L'issue de secours ? Ou un autre assaillant ?

Non merci. J'optai pour le bar et les démons que je connaissais déjà. Me plaçant entre Berna et la vitrine, j'utilisai la vitesse et la force dont j'avais été dotée pour la traîner vers le comptoir.

Une fois qu'on fut dissimulées derrière le bar, je la laissai dans le coin qui, selon moi, offrait le plus de protection contre les balles.

Elle leva les yeux vers moi, pâle comme la mort mais folle de rage. Une tache de sang s'épanouissait sur son épaule.

— C'était des balles ! dit-elle en désignant sa blessure du menton. Ils m'ont tiré dessus !

Je ne tins pas compte de la faim soudaine qui me crispa le ventre. Ce n'était pas seulement du sang, c'était du sang de métamorphe. C'était comme comparer du jus de tomate et un Bloody Mary, l'odeur plus relevée avait quelque chose d'animal.

D'enivrant.

Je secouai la tête pour m'éclaircir les idées. Ce n'était définitivement pas le moment…

Me concentrant sur ma tâche, je dégageai l'épaule de Berna de son tee-shirt. La balle avait creusé un sillon tout près de la clavicule. La blessure saignait abondamment, mais le projectile ne paraissait pas être entré.

— Je pense que la balle a juste éraflé votre épaule, dis-je.

— C'est une blessure superficielle, répondit-elle.

Je parcourus des yeux les étagères sous le comptoir et attrapai une pile de serviettes blanches. J'en mis une de côté, levai le bras de Berna – qui me gratifia d'un sifflement de douleur pour mes efforts – et pressai le reste de la pile sur l'entaille. J'utilisai la serviette restante pour maintenir le bandage de fortune autour de son bras, en serrant assez fort pour faire pression sur la blessure, mais pas trop pour ne pas lui couper la circulation. C'était une serveuse, après tout ; elle aurait probablement besoin de son bras.

— J'ai vu pire, dit-elle avec humeur en restant assise sans broncher pendant que je nouais les extrémités de la serviette.

— Je m'en fiche, lui répondis-je avant de pointer le doigt vers son visage quand je vis qu'elle allait répondre. Vous saignez et je suis une vampire. Ne me poussez pas à bout.

Elle referma la bouche d'un coup sec.

Je me rassis. La douleur des balles qui m'avaient touchée commençait à rayonner et le monde autour de moi sembla ralentir.

En un clin d'œil, Ethan fut devant moi, auscultant mon corps à la recherche de blessures. J'entendis un tintement de métal sur le côté et je baissai les yeux sur une balle au bout aplati qui venait de rouler par terre. La cuisse de mon pantalon arborait un trou de même taille ; la peau en dessous était tachée de sang mais intacte et rose. La guérison grande vitesse des vampires était un sacré atout.

Ethan ne m'avait pas quittée des yeux et tenait une autre balle dans la main. D'après la douleur dans mon épaule, je devinai que j'avais été touchée là aussi.

— *Tu aurais pu mourir.*

— *Peu probable. Berna, elle, oui.*

Il me dévisagea un moment avec inquiétude. Puis finalement, son expression changea. La peur laissa la place à la fierté. L'initiative que j'avais prise de porter secours à Berna l'avait sans doute effrayé, mais il était fier de ce que j'avais fait.

Bien sûr, il avait, lui aussi, joué au héros.

— *Merci de m'avoir protégée devant la vitrine, au fait.*

Il hocha la tête et ses pommettes parfaitement sculptées s'embrasèrent. Je me mordillai le bord de la lèvre. Son regard protecteur réveillait quelque chose au plus profond de mon ventre. Il ne dit rien et se contenta d'acquiescer comme s'il admettait l'émotion dans ses yeux.

Et je ne savais pas quoi en penser.

Il se passa quelques secondes pesantes avant que je me tourne vers les métamorphes. Adam et Robin avaient toujours leur arme à la main, mais ils avaient obéi à l'ordre de Gabriel de ne pas répondre aux tirs. Jason, à quatre pattes, rampait vers la porte la plus éloignée, peut-être pour savoir si on pouvait tenter une sortie.

L'adrénaline faisant place à la peur, cette idée fut soudain très attrayante. Bien sûr, le tireur se trouvait à l'extérieur et nous étions coincés derrière un solide comptoir en chêne. Mais qu'est-ce qui l'empêchait d'avoir envie d'un corps-à-corps et de se ruer dans le bar ? Oui, j'avais prouvé que je savais jouer mon rôle de Sentinelle en cas de nécessité, mais l'idée de me sortir de là était sacrément alléchante.

Je repensais à l'offre de Noah et au partenaire que j'aurais – Jonah – si j'acceptais de rejoindre la Garde Rouge. Du renfort aurait été bienvenu, même s'il était peu probable que les métamorphes apprécieraient qu'une armée secrète de vampires intervienne pour régler leurs problèmes.

Heureusement, la situation m'évita de songer davantage à la proposition de Noah. Les tirs cessèrent subitement et le grondement sourd d'une moto nous signala que le tireur battait en retraite.

Le bar fut soudain plongé dans le silence – du moins jusqu'à ce que les jurons se mettent à fuser.

Adam se releva le premier pour scruter la rue devant le bar.

— C'est dégagé, dit-il et tout le monde le suivit.

J'aidai Berna à se relever afin qu'elle soit prête à monter dans l'ambulance dont nous entendions la sirène au bout de la rue, certainement à la suite de l'appel d'un voisin alerté par la fusillade.

J'étais presque gênée de regarder Ethan. Ce qui s'était passé entre nous au beau milieu de l'attaque avait été trop personnel pour être évoqué devant des étrangers. Malgré nos positions respectives, il n'avait pas hésité à se jeter sur moi et à me servir de bouclier contre le danger. Et son regard… Il était peu probable que j'aie été la cible de cette attaque. Pour autant, ça ne rendait pas son geste moins important que la dernière fois où il était venu à mon secours – la nuit où j'avais été agressée et transformée en vampire.

Malgré le courage dont il avait fait preuve, nous avions l'air mal à l'aise, comme deux ados qui prennent conscience de leur attirance réciproque.

Ethan me jeta enfin un coup d'œil neutre. Il avait verrouillé ses émotions. J'adoptai donc la même attitude de Maître vampire et hochai la tête, un mouvement rapide et efficace qui ne disait rien de ce qui s'était passé entre nous. Le déni paraissait être la réponse la plus simple.

— Je suppose, dit Ethan à voix haute en se tournant vers les métamorphes, que l'un d'entre vous était la cible de cette attaque ?

— Tout semble désigner Gabriel, répondit Jason, les bras croisés en examinant le bar détruit. Cette convention des Meutes était son idée.

Je comprenais son amertume. Le bar était dévasté. Il ne restait rien de la vitrine, mis à part quelques éclats de verre encore coincés dans le cadre ; le reste était en petits tas sur le carrelage noir et blanc, éparpillé parmi les débris de néons et de posters déchirés. Un courant d'air pénétrait dans la salle par le trou béant de la façade du bar, apportant des odeurs de métal chaud et de poudre, ainsi que les hurlements des sirènes qui approchaient à toute allure.

— Nous avons trois chefs de Meute ici, fit remarquer Adam, pas seulement celui de la Meute des Grandes Plaines. La cible pouvait être n'importe lequel d'entre vous.

— C'est vrai, convint Gabriel.

Adam se pencha vers moi.

— Au fait, tu as bien réagi. Je ne suis pas sûr que Sullivan t'apprécie à ta juste valeur.

Je savourai le compliment. Il aurait été encore meilleur accompagné de choux farcis, mais on prend ce qui vient. Je lui souris.

— Je sais. Je suis un sacré numéro !

Il ricana d'un air amusé.

— Un des chefs de Meute brille par son absence, déclara Ethan. Et cette attaque – nous avons entendu une moto avant et après – suggère qu'il s'agit d'un métamorphe.

— Tony était déjà très remonté en arrivant…, intervint Robin.

Un silence suivit cette suggestion.

Jason finit par secouer la tête.

— Tony n'est pas stupide. Pas au point de tenter de nous attaquer après son coup d'éclat. De plus, ajouta-t-il alors que trois véhicules de police s'arrêtaient devant le bar, ça ne fait que compliquer la situation. Ça attire d'avantage l'attention sur les Meutes.

Les portières claquèrent et les policiers bondirent hors des voitures, la main au holster.

Davantage d'attention, pensai-je. *Exactement ce que les métamorphes veulent éviter. Et si c'était justement la motivation du tireur ?*

— Est-ce que des ennuis qui les feraient remarquer pousseraient les Meutes à fuir vers Aurora ? Pour éviter que leur existence soit révélée ?

Les têtes se tournèrent vers moi.

— Ce n'est pas une mauvaise idée, dit Gabriel. Si c'est que le tireur avait en tête, ce serait un plan ridicule, mais ton idée est bonne. (Sa voix se fit murmure.) Puisque nous allons tous être interrogés, efforçons-nous de ne pas en faire trop en matière d'histoires surnaturelles et de mensonges compliqués, vous voulez bien ? Laissez de côté les détails biologiques, mais racontez le reste. On jouait au poker tout en planifiant une réunion de famille. Nous avons terminé la partie et mis un terme à notre réunion, et ensuite…

Et ensuite, la police de Chicago passa la porte.

Ils recueillirent nos déclarations. Quatre policiers en uniforme et deux officiers en civil nous firent passer en revue les détails de la fusillade, tandis qu'une équipe d'experts fouillait le verre brisé et les débris à la recherche de balles et autres preuves qui pourraient les conduire au tireur. Je m'en tins aux informations de base que Gabriel avait énoncées et racontai la soirée exactement comme elle s'était déroulée, mais en laissant de côté la raison pour laquelle les métamorphes avaient prévu de se réunir.

Les flics semblèrent gober l'histoire. Ils étaient probablement curieux de savoir ce que deux vampires faisaient dans Ukrainian Village, katana à la ceinture, à un rendez-vous de motards organisant une réunion de famille. Mais ils me connaissaient – parce que j'étais la fille de Joshua Merit ou la petite-fille de Chuck Merit, je ne savais pas trop –, aussi se gardèrent-ils de poser trop de questions indiscrètes. Je jouais l'innocente (je l'étais vraiment) et ils parurent se satisfaire de mes réponses.

Après avoir été interrogés, Ethan et moi étions plantés sur le trottoir en face du bar, répugnant à laisser les métamorphes se débrouiller seuls, mais sans aucune envie d'être accusés d'interférence dans une enquête policière. Nous étions encore dehors quand une Oldsmobile familière s'arrêta.

— Nous avons de la compagnie, dis-je en désignant la voiture d'un hochement de tête, un sourire s'épanouissant sur mon visage.

Mon grand-père sortit du côté conducteur ; son bras droit, Catcher, resta sur son siège côté passager, son téléphone portable rivé à l'oreille. À vingt-neuf ans, il était un peu bourru, mais cela le rendait encore plus attirant. Il avait le crâne rasé et des yeux vert pâle, et son corps était une masse de muscles tendus agrémentée de quelques tatouages – notamment un cercle découpé en quadrants sur le ventre.

Jeff descendit de la banquette arrière. Il était vêtu de sa tenue habituelle – une chemise dont les manches étaient roulées sur les avant-bras et un pantalon kaki. Aux yeux d'un inconnu, Jeff, qui avait vingt et un ans, aurait pu passer pour un garçon timide au grand cœur, mais avec peu d'expérience de la vie. Rien n'était plus faux. Jeff était un métamorphe qui savait s'y prendre avec les femmes et qui, d'après Catcher, était plus que capable de se débrouiller tout seul. Je le croyais sur parole.

Jeff s'approcha d'un pas tranquille, sourit, puis me donna un coup d'épaule.

— Comment va ma vampire préférée ?

— Elle aime être la préférée de quelqu'un, surtout les jours où on lui tire dessus.

— Tu es blessée ? Montre. Tu vas bien ?

Il posa ses mains sur mes bras et entreprit de m'examiner. Ses yeux s'écarquillèrent devant le trou dans ma veste par lequel la balle avait pénétré.

— Il faut que tu fasses plus attention !

C'est alors que je levai les yeux et que je surpris Ethan en train de sourire ; il appréciait visiblement la scène. J'écartai les mains de Jeff et lui posai un léger baiser sur la joue.

— Je vais bien. C'est pour les tiens que tu devrais t'inquiéter aujourd'hui. Qu'est-ce qui s'est passé ici ? Je pensais que les Meutes étaient censées former une grande et belle famille ?

Il prit soudain une expression sérieuse, inhabituelle chez lui.

— C'est exactement ce que je compte découvrir.

Sans un mot de plus, il tourna les talons et se dirigea vers la porte du bar. Les deux métamorphes qui montaient la garde à l'extérieur s'écartèrent pour le laisser entrer et lui adressèrent un hochement de tête respectueux.

Ce gamin était décidément une merveille.

— Quelle surprise de vous rencontrer ici ! dit mon grand-père en m'adressant un sourire et en tendant la main à Ethan.

— Monsieur Merit, dit-il.

— Chuck, je vous en prie, Ethan, répondit mon grand-père. M. Merit était mon père.

Il se tourna de nouveau vers moi, l'air inquiet.

— Tu as été blessée ?

— Deux balles. C'est donc vrai cette histoire d'immortalité…

Il soupira de soulagement, puis se pencha et posa ses lèvres sur mon front.

— Je me fais du souci pour toi.

— Je sais. Je fais attention.

Du moins, autant que c'est possible, ajoutai-je pour moi-même en jetant un regard entendu à Ethan. Et même si je ne prenais pas autant soin de moi que je l'aurais pu, j'avais un vampire pour veiller sur moi et prendre une balle à ma place.

Pas sûr que cette pensée soit rassurante.

— Tu as intérêt, dit mon grand-père avant de reculer.

— Tout le monde se porte bien sauf la serveuse, expliqua Ethan. Elle a pris une balle dans l'épaule, mais ça n'a fait que traverser. Merit a procédé aux premiers soins. Elle s'en est bien sortie.

Mon grand-père expira en grognant.

— Bien sûr qu'elle s'en est bien sortie ! C'est ma petite-fille. (Il avança d'un pas et baissa le ton.) Il semblerait que vous vous soyez mouillés dans une nouvelle histoire avec les métamorphes. On raconte que vous rendez service à Gabriel ?

Ethan acquiesça.

— Il nous a demandé d'être présents à ce rendez-vous ainsi qu'à la convention.

Surpris, mon grand-père haussa ses sourcils broussailleux.

— Alors ils se réunissent ?

— Ils sont parvenus à un accord, dit Ethan. Du moins c'était le cas avant que le chaos éclate.

— Non pas que ce chaos soit très surprenant, déclara une voix derrière nous.

Catcher scrutait le bar d'un air préoccupé et glissa son téléphone portable dans sa poche. Il arborait toujours des tee-shirts parfaitement assortis à ses sautes d'humeur. Ne dérogeant pas à la règle, il portait ce soir-là un jean et un tee-shirt noir marqué : C'EST TA FAUTE, PAS LA MIENNE.

— Ethan, Merit, dit-il sans nous regarder. C'est une tentative d'assassinat ?

— C'est ce qu'on dirait, pour l'instant, répondit Ethan avant de pencher la tête vers mon grand-père. Étant donné que la ville n'est pas au courant des caractéristiques biologiques de Gabriel et des Meutes, je suppose que vous êtes ici à cause de nous ?

— L'administration connaît l'existence des métamorphes, expliqua mon grand-père, mais nul besoin de les exposer plus qu'ils ne le souhaitent. Des vampires sont impliqués, ce qui signifie que je le suis aussi. Nous ferons ce qu'il faut pour nous assurer que les policiers de Chicago aient toutes les informations dont ils ont besoin, sans révéler celles que le maire juge préférable de garder secrètes.

Même si Seth Tate, le maire de Chicago, connaissait notre existence – celle des vampires comme des métamorphes –, il gardait ses distances quand il était question d'interagir avec les Maisons.

— Il ne veut pas qu'on apprenne l'existence des métamorphes ? demandai-je.

Mon grand-père acquiesça avec philosophie.

— Il veut surtout que les habitants de sa ville se sentent en sécurité chez eux, et il n'a aucune envie de les voir descendre dans la rue et provoquer des émeutes parce qu'il y a plus d'étrangers qu'ils ne le croyaient.

Puisque l'annonce de l'existence des vampires par Célina avait mené aux émeutes et au chaos, je comprenais sa position.

Catcher désigna le bar d'un hochement de tête.

— Pourquoi cette attaque ?

— Rivalité politique, proposa Ethan. Il semblerait que les relations entre Meneurs soient un peu tendues au sujet de leur décision de rester à Chicago…

— Ou de fuir, finis-je à sa place.

— Les alphas ne semblent pas très enthousiastes à la perspective de ne pas retourner en Alaska. Je sais que vous n'êtes pas des enquêteurs, ajouta Ethan, mais il est possible que Tony Marino, le chef de la Meute du Grand Nord, soit à l'initiative de toute cette violence. Il est parti en colère et les coups ont été tirés par un homme à moto quelques minutes plus tard. Pas de preuves formelles, mais c'est peut-être une piste.

Mon grand-père acquiesça.

— Nous allons voir ça. Je ne suis pas certain que nous apprendrons grand-chose, mais nous allons nous en occuper.

Je me demandais si Noah ou la Garde Rouge possédaient des informations auxquelles mon grand-père n'avait pas accès. Serait-il payant de rejoindre la Garde Rouge et d'augmenter mon accès aux renseignements sur les Maisons à un niveau national ?

— Keene vous a-t-il donné des détails concernant le travail de sécurité qu'il veut vous confier ? demanda Catcher.

— Il s'avère que leur dispositif de sécurité, c'est Merit et moi. Il tenait à ce que nous soyons là ce soir et il veut que nous assistions à la convention vendredi. (Ethan fronça les sourcils.) Mais si des métamorphes veulent s'en prendre à lui dans l'ombre, je ne suis pas certain que nous puissions faire grand-chose sinon minimiser les dommages collatéraux.

— Je suppose que la serveuse était un dommage collatéral ? demanda mon grand-père.

— Je pense pouvoir affirmer que les balles ne lui étaient pas destinées, confirma Ethan.

Une fois le débriefing fini, mon grand-père se dirigea vers le bar. Je me tournai vers Catcher. Il fallait que nous discutions de certaines choses tous les deux et je posai une main sur son bras avant qu'il s'éloigne. Il me jeta un coup d'œil interrogateur, les sourcils haussés.

— Comment va Mallory ? demandai-je, mais les questions que je gardais pour moi étaient tout autres : *Est-ce qu'elle parle de moi ? A-t-elle mentionné mon nom ? Est-ce que je lui manque ?*

— Pourquoi ne l'appellerais-tu pas pour lui demander toi-même ?

— Le téléphone fonctionne dans les deux sens, fis-je remarquer en lui adressant un regard vide.

De plus, c'était elle qui m'avait cherchée au sujet d'Ethan et qui m'avait balancé mes problèmes avec mon père à la figure. C'était immature de refuser d'appeler la première, mais elle avait autant de choses à se reprocher que moi.

Catcher, exaspéré, leva les yeux au ciel.

— Tu lui manques, d'accord ? Ma vie sera beaucoup plus simple quand vous serez réconciliées.

Que Dieu le bénisse de croire en cette possibilité.

— Comment se passe sa formation ? demanda Ethan.

Malgré les mauvaises relations de Catcher avec l'Ordre – l'instance gouvernante des sorciers, qui employait désormais Mallory –, un sourire de fierté s'épanouit sur son visage.

— Parfaitement bien. Elle est très forte.

— Bien sûr qu'elle l'est, dis-je, et quand mon grand-père, parvenu à l'entrée du bar, se retourna pour regarder Catcher, je poussai ce dernier. Va jouer avec Chuck.

— J'y vais, dit-il. Et rappelle-toi ce que je t'ai dit : fais un geste, Merit. Appelle-la même si c'est gênant.

Je savais qu'il fallait en passer par là. Malheureusement, je ne doutais pas que la discussion serait gênante. Je n'avais jamais été à l'aise au téléphone. Mais même si ma copine me manquait et que je n'avais pas envie que les vampires et la magie s'interposent entre nous, je n'étais pas encore prête à l'appeler.

Parfois, ça ne servait à rien d'être adulte.

Il fallut une demi-heure de plus pour que les voitures de police quittent les lieux et dix minutes encore avant que Jeff, Catcher et mon grand-père sortent du bar en laissant les métamorphes derrière eux.

— Qu'est-ce qu'ils disent ? leur demandai-je.

Mon grand-père secoua la tête.

— Gabriel ne pense pas que Tony soit capable de faire ça.

— Est-il objectif ? demanda Ethan.

Catcher haussa les épaules.

— Difficile à dire, mais il connaît mieux Tony que le reste d'entre nous.

— Ça ne ressemble pas à une tentative d'assassinat contre Gabriel, déclara Jeff, ses traits délicats tendus par la concentration. Les coups ont été tirés sur le bar, pas sur un métamorphe en particulier. L'agresseur aurait pu essayer de pénétrer dans l'établissement, ou il aurait pu se servir d'un fusil et jouer les snipers. (Il fronça les sourcils.) On dirait plus un message, une attaque contre les Meutes ou contre ce rendez-vous, mais pas contre Gabriel en particulier.

— Les experts vont analyser les balles, dit mon grand-père. Ils découvriront peut-être quelque chose qui leur permettra de déterminer qui étaient la cible et le tireur.

— Je me sentirai mieux quand je saurai que le tueur de métamorphes fou ne court plus les rues, déclara Jeff, les mains dans les poches, avant de me regarder avec une étincelle dans les yeux. À moins que quelqu'un ait besoin d'une garde rapprochée ?

— Tu rêves, dis-je en lui tapotant amicalement l'épaule.

— Allez, Casanova ! lança Catcher en le tirant vers la voiture. Allons voir ce disque dur que tu as réformé.

— Reformaté.

— Peu importe.

Après un « au revoir », mon grand-père suivit Catcher et un Jeff tout penaud vers l'Olds et leur bureau du South Side.

Les métamorphes qui étaient encore sur les lieux – Gabriel, Adam, Jason, Robin et une poignée de blonds que je soupçonnais appartenir à la fratrie alphabétique des Keene – sortirent pour se regrouper près de la porte. Un camion de livraison s'arrêta près du trottoir et deux hommes en bondirent ; ils commencèrent à transporter des panneaux de contreplaqué pour remplacer la vitrine brisée. Pendant que les autres frères donnaient des ordres aux réparateurs, Gabriel, Adam et les autres Meneurs se dirigèrent vers nous.

— Nous avons apprécié que vous ayez agi avec prudence ce soir, dit Gabriel.

— Prudence est mère de sûreté, fis-je remarquer.

Ethan leva les yeux au ciel.

— C'est un luxe auquel les vampires n'ont plus droit, mais je comprends que les circonstances l'imposent. La convention sera-t-elle maintenue après ce qui vient de se passer ?

— Je ne m'inquiète pas. Nous viendrons, nous nous réunirons et repartirons vers nos territoires respectifs.

— Et de qui dépend le territoire de Chicago ? demanda Ethan en penchant la tête. Tu as dit que Chicago était une ville de pouvoir. De quel pouvoir parlais-tu ?

Gabriel secoua la tête.

— Il vaut mieux que tu ne connaisses pas la réponse à cette question. Restons concentrés sur l'enquête en cours en attendant la convention.

— Et d'ici-là ? demanda Ethan en considérant les hommes, les uns après les autres. Disposez-vous de toute la sécurité nécessaire ?

Gabriel acquiesça.

— Je ne m'inquiète pas pour la gestion du quotidien ; c'est la réunion de tous les membres de Meutes qui me préoccupe. Vous êtes toujours d'accord pour y assister, étant donné les événements ?

Ethan réfléchit.

— Quelles sont les chances pour que ma Sentinelle et moi nous trouvions en pleine ligne de tir ?

Gabriel s'esclaffa.

— Vu ce qui s'est passé jusqu'ici, je dirais cent pour cent de chances ! (Il se pencha vers moi.) Amène tout l'acier que tu pourras trouver, chaton. Tu auras probablement besoin de tout ton arsenal.

— Vous avez déterminé le lieu de la convention ? demanda Ethan.

— Même quartier mais nous finalisons les détails. (Sa voix se fit plus neutre quand il regarda ce qui restait du bar. Il consulta sa montre.) Il est deux heures et demie. Nous allons nettoyer ici et je vous appellerai avant l'aube.

Ethan hocha la tête.

— Nous attendrons ton appel et nous nous préparerons au pire pour vendredi.

Gabriel éclata de rire quand ils se serrèrent la main.

— Tu seras toujours un vampire, Sullivan. Toujours.

— Que pourrais-je être d'autre ? demanda Ethan d'un air amusé.

L'affaire conclue, je le suivis jusqu'à sa voiture.

— Au fait, me dit-il quand le moteur se mit à vrombir. J'aime bien ta veste.

L'embarras qui semblait s'être installé entre nous plus tôt s'était atténué. Et peut-être parce qu'il aimait ma veste, peut-être parce que j'avais dû me priver des choux farcis de Berna, il me laissa passer commande chez *Saul's*, ma pizzeria préférée de Wicker Park. Il se gara devant le restaurant et je ressortis un quart d'heure plus tard avec une « *Saul's Best* » extra-large : sept centimètres d'épaisseur de pâte croustillante, de fromage, de viande et de sauce tomate – dans cet ordre, je vous assure. Ethan allait sans doute se moquer de moi à cause de toute cette graisse, mais c'était idéal pour satisfaire la faim nocturne d'une vampire tout juste réchappée d'une fusillade. Ou c'est du moins ce que je pensais, étant donné que c'était une première pour moi.

Ethan était au téléphone quand je remontai en voiture. L'appareil était sur haut-parleur et je l'écoutais donc informer Luc et Malik des événements de la nuit, du coup de fil que nous attendions de Gabe et de nos plans pour la soirée de vendredi.

Il haussa un sourcil dans ma direction quand je me glissai sur mon siège, la boîte à pizza sur mes genoux, sans doute surpris de la taille du monstre. Mon pantalon de tailleur, sous le carton chaud, s'en sortirait sûrement avec des taches de graisse. Heureusement, j'en possédais plusieurs car Ethan n'approuverait certainement pas une Sentinelle dans des vêtements souillés.

Une fois la communication finie et alors que mon estomac grondait assez fort pour être audible dans l'habitacle, Ethan reprit le chemin de Hyde Park.

— La nuit a été longue, dit-il. Si tu me laisses une ou deux parts de pizza, on pourrait aller dans mes appartements pour attendre le coup de fil de Gabriel ?

Puisque je m'étais déjà trouvée dans sa suite la veille – et puisque j'avais trois à quatre kilos du meilleur de chez *Saul's* sur les genoux –, je n'accordai pas à cette invitation le genre de réflexion lucide qu'elle aurait mérité. Et il semblait tout à fait normal de se détendre en mangeant une pizza dans les quartiers d'Ethan. Nous pourrions attendre le coup de fil de Gabriel, ressasser les événements de la nuit et réfléchir à la stratégie à adopter pour la convention.

Bon.

J'avais à moitié raison.

7

Aime celui qui est à tes côtés

— Arrêt au stand, dit Ethan quand on arriva au rez-de-chaussée de la Maison.

Il s'engagea dans le couloir qui menait à la cafétéria, mais s'arrêta devant une porte sur sa droite. Il l'ouvrit et je le suivis dans la cuisine où l'acier inoxydable étincelait. Quelques vampires en veste blanche impeccable et pantalon bouffant de cuisiniers découpaient et mixaient des aliments sur différents plans de travail.

— Voilà le genre de cuisine qu'un vampire Novice mérite, dis-je en appréciant le spectacle, les bruits et les odeurs.

— Margot ? appela Ethan.

Une des chefs lui sourit et lui répondit en français en désignant le fond de la cuisine. Ethan la remercia d'un signe de tête, me prit la boîte à pizza des mains et avança entre les plans de travail des cuisiniers en saluant les hommes et les femmes qu'il croisait. Puisque je ne les connaissais pas tous, je me contentai de sourires polis.

Je ne savais pas qu'Ethan parlait français.

Mais je savais, en revanche, qui était Margot. Assise sur un tabouret à côté d'une plaque de marbre géante, elle observait un jeune homme brun qui roulait de la pâte sur le plan de travail tapissé de farine.

— Attention à ne pas trop appuyer, dit-elle avant de lever les yeux et de sourire à Ethan. Sire, ajouta-t-elle en bondissant de son tabouret. Qu'est-ce qui vous amène avec – elle regarda de mon côté pour identifier celle qu'Ethan avait fait entrer dans son repaire, avant de m'adresser un sourire plein de curiosité – Merit dans cette partie de la Maison ?

Ethan déposa la boîte à pizza sur un coin propre du comptoir.

— Merit et moi allons attendre un appel dans mes appartements. Pourrais-tu t'occuper de faire chauffer cette pizza et de la faire monter avec des assiettes et des couverts ?

Elle haussa un sourcil d'un air interrogateur, puis souleva le couvercle de la boîte.

— Ça vient de chez *Saul*, dit-elle avec un sourire tendre, une main sur le cœur. Il m'a beaucoup aidée quand j'étudiais la cuisine. Étant donné notre culture culinaire, je suppose, Sire, que notre Sentinelle a eu une quelconque influence dans ce choix ?

— Ce n'est pas ma nourriture habituelle, convint-il.

Margot m'adressa un clin d'œil.

— Dans ce cas, excellent choix, Merit !

Je lui souris.

Margot referma la boîte, puis frappa des mains.

— Eh bien, je vais m'en occuper. Vous désirez quelque chose à boire, Sire ? Vous n'avez pas encore ouvert la bouteille de Château Mouton Rothschild que vous avez achetée à Paris.

Mon père m'avait enseigné à faire la différence entre un Cabernet et un Riesling. Je savais donc qu'elle parlait d'un vin coûteux… et qu'elle l'associait à de la *junk food*.

— Vous voulez boire un Mouton Rothschild en mangeant une pizza ?

Ethan eut l'air amusé.

— Tu m'étonnes, Sentinelle. Vu ton régime, j'aurais pensé que tu apprécierais cette association. Et nous sommes à Chicago, après tout. Que boire d'autre qu'un bon vin français avec ce qu'il y a de meilleur dans cette ville ?

Difficile de contredire une telle logique.

— Le Rothschild ira tout à fait, déclara Ethan en posant une main dans mon dos pour me faire pivoter vers la porte. Merit a faim et j'apprécierais donc que notre repas nous soit monté rapidement.

Puisqu'il avait raison, je m'épargnai un commentaire sarcastique, mais je ne pus m'empêcher de me retourner pour vérifier l'expression de Margot. Pas terrible : sourcils froncés, bras croisés et un regard bien trop curieux.

J'allais certainement en entendre parler.

Les lumières étaient déjà allumées dans sa suite, on y entendait une musique douce et, malgré la saison, une lueur dorée émanait de la cheminée dans le coin. On aurait dit que la pièce avait été préparée pour son retour. Apparemment les Maîtres vampires jouissaient d'un service spécial « lever du soleil ».

Je déposai soigneusement mon fourreau sur une table basse.

— Fais comme chez toi, me dit Ethan, puisque ça l'est un peu.

Il se débarrassa de sa veste, la fit tourner comme une cape de matador et la plaça sur le dossier d'un fauteuil de bureau.

Quand il brancha son agenda électronique sur son ordinateur pour le consulter, j'en profitai pour parcourir encore une fois la pièce des yeux. Elle renfermait, après tout, la somme des presque quatre cents années d'existence d'Ethan. Je ne voyais pas de meilleur endroit pour recueillir des indices sur le mystère Sullivan.

Les mains derrière le dos, je me dirigeai vers le mur opposé à l'œuf de Fabergé, où une broderie d'armoiries héraldiques était montée dans un cadre en merisier. Elles représentaient un chêne aux glands rouges, symbole que j'avais déjà vu.

Je désignai le cadre en jetant un regard à Ethan qui se tenait debout, une main posée sur le dossier du fauteuil et son BlackBerry dans l'autre.

— Ce sont les mêmes armoiries que sur le bouclier de la salle d'entraînement, non ?

Il releva la tête et acquiesça avant de reporter son attention sur son appareil.

— Ce sont les armoiries de ma famille. Elle est originaire de Suède.

— Ah bon ? Quel était ton nom ? demandai-je.

Morgan m'avait raconté que les vampires changeaient d'identité tous les soixante ans environ afin d'éviter d'éveiller trop de soupçons chez les humains, étant donné qu'ils ne vieillissaient pas au même rythme que leur famille et leurs amis. Ethan Sullivan n'était sans doute pas né sous ce nom – pas en Suède, près de quatre cents ans plus tôt.

— Mon nom de famille était Andresen, dit-il en pianotant sur les touches. Je m'appelais Jakob Andresen.

— Des frères et sœurs ?

Il sourit d'un air nostalgique.

— Trois sœurs : Elisa, Annika et Berit, même si j'ai souvent vécu loin d'elles. J'étais dans l'armée, un simple soldat jusqu'à ce que mon lieutenant m'envoie en mission. Quand je suis revenu avec des informations sur les positions ennemies, il m'a fait monter en grade.

Ethan replaça son BlackBerry sur l'ordinateur, glissa les mains dans ses poches et me regarda.

— J'étais capitaine d'artillerie quand mon heure est venue.

Ethan ne parlait jamais de son passé. Je croisai donc les bras pour lui accorder toute mon attention.

— Tu veux dire : quand tu as été tué ?

— Quand j'ai été transformé, corrigea-t-il. (Il désigna un endroit au creux de son épaule gauche et de son cou.) Une flèche à la tombée de la nuit. Les vampires sont arrivés, ils ont pris tout le sang qu'ils pouvaient trouver sur le champ de bataille, y compris le mien. Les champs de bataille n'étaient pas rares, à l'époque, et les vampires pas très regardants. Ce n'était pas comme aujourd'hui, ils étaient plus proches des animaux que des êtres humains. Des bandes de charognards errants, qui prenaient le sang qu'ils trouvaient. Dans la bande de cette nuit-là, il y avait un chef, Balthasar. Il avait surveillé les camps, il connaissait mon grade et il avait décrété que j'en savais assez en matière de guerre et de stratégie pour être un atout pour le reste du groupe.

D'une certaine manière, nos transformations se ressemblaient. Ethan avait été changé au beau milieu d'une guerre, victime d'une attaque. La transformation lui avait offert une nouvelle vie au lieu d'une mort certaine, mais elle lui avait été néanmoins imposée. Il avait été intégré dans un groupe de vampires pour y être un guerrier et pour apporter ses compétences de stratège. Quant à moi, j'avais été changée au beau milieu de la bataille que Célina avait initiée dans sa quête de célébrité, j'avais été victime de l'agression qu'elle avait orchestrée. Ethan m'avait changée pour me sauver la vie, sans mon consentement, et intégrée à Cadogan pour faire de moi une guerrière, un soldat protégeant la Maison.

Quand le changement génétique d'humain à vampire avait commencé en moi, Ethan m'avait droguée. Il n'avait pas voulu que je subisse la douleur de la transition puisque je ne l'avais pas désirée.

Je comprenais peut-être à présent pourquoi.

Ethan marqua une pause, le visage baissé mais le regard mobile pendant qu'il remuait de vieux souvenirs.

— Quand je me suis réveillé après la transformation, j'ai pensé que j'étais un monstre, un être contre-nature. Je ne pouvais plus rentrer chez moi, je ne pouvais pas retrouver ma famille. Pas après ce que j'étais devenu. Pas comme ça. Alors j'ai rejoint la bande de Balthasar et nous avons voyagé ensemble pendant dix ans.

— Que s'est-il passé ensuite ?

— Un jeune vampire ambitieux – que Balthasar avait changé – a décrété que la bande se porterait mieux sous son commandement. Et ce fut la fin de ma relation avec cette troupe. Après ça, j'ai voyagé. Les guerres étaient assez fréquentes à cette époque et j'avais des connaissances en matière de stratégie, des compétences aussi. J'ai rejoint des bataillons ici ou là, voyagé vers le sud jusqu'à trouver un endroit paisible que je puisse appeler mien. J'ai vécu de la terre. J'ai appris à lire et à écrire. J'ai essayé de construire une nouvelle vie sans trop attirer l'attention des humains.

— Tu as déjà été marié ? demandai-je d'une voix douce.

— Non, dit-il en secouant la tête. Quand j'étais soldat, je pensais que je ne pouvais pas me permettre d'avoir une famille et un foyer. (Il eut un sourire mélancolique.) J'avais déjà eu mes sœurs, après tout. J'ai été lâche, je suppose, de ne pas retourner les voir, de ne pas leur donner une chance d'accepter ce que j'étais devenu. Mais c'était une époque complètement différente, et chez moi, on m'aurait vu comme un démon. Un véritable monstre. Je ne pouvais m'y résoudre.

— Quand as-tu rejoint la Maison ?

— Des années et des années après avoir quitté la Suède, j'ai rencontré Peter. Il a fondé la Maison Cadogan et je l'ai rejoint au Pays de Galles. Quand il nous a quittés, je suis devenu Maître, et j'ai déplacé la Maison ici, à Chicago. (Il écarta les bras en désignant la demeure autour de nous.) Voilà tout.

— Voilà tout, répétai-je.

Je me doutais que ce n'était pas là toute son histoire. Mais je connaissais suffisamment les détails scandaleux de son passé plus récent – sa liaison avec Amber, celle avec Lacey Sheridan, une ancienne garde Cadogan qui était devenue Maîtresse de la Maison Sheridan – pour ne pas lui en demander davantage.

— Un conseil, Sentinelle, dit-il. Écris les choses dont tu souhaites te souvenir et garde tes comptes rendus enfermés en sécurité. C'est fou comme on oublie au fil des années !

Sur ces mots, il s'approcha, s'immobilisa juste devant moi, nos pieds assez proches pour se toucher et… ne bougea plus. Mon cœur se mit à battre à tout rompre. J'attendais qu'il fasse quelque chose – qu'il me touche ou m'embrasse –, qu'il mette un terme à l'attente qui me faisait frissonner.

Je décidai de mettre fin à la tension moi-même.

— Tu n'aurais pas dû me protéger quand les tirs ont commencé. (Il m'adressa un regard impérieux.) Ethan, c'est mon boulot. Je suis censée te protéger, pas le contraire. Luc aurait planté ma tête au bout d'une lance si tu avais été touché.

— Comment sais-tu que ce n'est pas le cas ?

J'ouvris la bouche pour la refermer aussitôt.

— Sérieux ?

Il abaissa les paupières d'un air sensuel.

— Tu veux jeter un coup d'œil ?

— Pas particulièrement.

Ouh ! La menteuse, elle est amoureuse !

Ethan, un sourcil haussé, commença à se pencher. Puis il tendit le bras pour prendre quelque chose sur la table derrière moi. Quand il se redressa, un dossier à la main, je levai les yeux au ciel, décontenancée par ma réaction. Ce type me troublait vraiment.

Il feuilleta le dossier en déambulant dans la pièce. Je soupirai et me détendis peu à peu. Malgré ses attitudes ambiguës, nous étions bel et bien là pour travailler. Quelle que soit l'attirance entre nous, il restait avant tout un chef de vampires.

On frappa à la porte.

— Entrez, dit Ethan sans lever les yeux.

Les portes s'ouvrirent avec beaucoup moins de cérémonie que la dernière fois qu'on nous avait livré de la nourriture. Après m'avoir jeté un regard diabolique, Margot poussa le chariot devant elle. Pas de cloche métallique cette fois. La pizza avait été posée sur un plat à pied entouré d'une armée de denrées et d'ustensiles, des lamelles de piment rouge, du parmesan râpé, des petites bouteilles d'eau, des serviettes, des couverts, des verres à vin et, bien sûr, la fameuse bouteille…

Ethan observa l'ensemble.

— Pas mal, le dîner que nous as trouvé cette fois-ci, Sentinelle !

Les poings sur les hanches, j'inspectai le plateau et la pizza.

— Eh bien, dis-je, j'avoue que même une native de Chicago a parfois besoin de faire une entorse à son régime de hot-dogs et de double-cheeseburgers !

— Quel dommage ! gloussa Margot, me faisant sourire.

J'avais comme l'impression que j'allais aimer cette fille. Puis je fus distraite par le dessert.

Je désignai deux pâtisseries constituées de plusieurs couches de bruns différents.

— Des gâteaux au chocolat ?

— Des gâteaux à la mousse de chocolat, corrigea Margot. Une génoise au chocolat sous des couches de mousse de chocolat au lait et de ganache. Nous sommes en train de former un nouveau chef pâtissier et il voulait s'entraîner à la fabrication de la mousse. (Elle regarda Ethan en attendant sa réaction.) Autre chose, Sire ?

— Je crois que le bonheur d'une Sentinelle fera le mien.

— Très bien. Bon appétit, dit-elle en s'inclinant légèrement avant de se tourner vers la porte.

— Merci, Margot, répondit Ethan.

Elle disparut dans le couloir. Les portes se refermèrent derrière elle, mais le butin resta avec nous.

La pizza était parfaite et le vin fabuleux. Ethan avait eu raison : cher ou pas, il se combinait merveilleusement bien avec la pizza dégoulinante de sauce et de fromage.

Quand Gabriel appela, nous étions passés dans la partie salon de la pièce, un téléphone de conférence et nos verres de vin posés sur la table basse entre nous.

J'étais assise en tailleur par terre et j'avais ôté mes bottes. Ethan était installé sur le canapé, les jambes croisées.

Gabriel commença très fort :

— Salut, Chaton ! Alors, Sullivan t'a donné une augmentation ?

Les mains croisées sur la table, je me penchai vers le téléphone.

— Malheureusement, non, Gabriel. Je crois que mes talents sont sérieusement sous-estimés.

— J'ai du mal à le croire, chaton. Mais les vampires ne changeront jamais !

J'avais comme l'impression que les métamorphes utilisaient souvent cette phrase et pas de manière flatteuse. Mais quand je levai les yeux vers Ethan, il paraissait amusé. Un coude appuyé sur le dossier de son fauteuil, le menton entre le pouce et l'index, il penchait la tête, un sourire au coin des lèvres. Il avait l'air un peu ailleurs, comme s'il était… détendu.

— Des progrès dans l'enquête ? demanda-t-il.

— J'aurais préféré ne pas savoir. La moto de Tony a été retrouvée à cinq cents mètres du bar. Les experts l'examinent en ce moment même. Le Médiateur fait son boulot. Il nous a indiqué que la police recherche des résidus de poudre, des indices de ce type.

Ethan fronça les sourcils.

— Je suis désolé de l'apprendre.

— Nous sommes deux alors, dit Gabe. L'objectif de la convention est de définir une nouvelle voie pour les métamorphes, pas de revenir aux vieux comportements éculés. (Il poussa un soupir audible.) Bon, on n'y peut pas grand-chose, de toute façon.

— En effet, répondit Ethan. Je suppose que ça signifie que Tony a été propulsé en tête de la liste des suspects ?

— J'en ai bien l'impression. Cela complique tout, bien entendu. Mettre en danger les alphas n'est pas très bien vu, comme tu peux l'imaginer. Je n'aime pas l'idée de rassembler les Meutes avec ce type de menace au-dessus de nos têtes, mais nous n'aurons peut-être pas le choix.

— Vous avez défini un endroit pour la convention ?

— Oui. Nous serons à la cathédrale Sainte-Bridget. C'est dans le quartier.

Je ne pus retenir une exclamation.

— Sainte-Bridget ? Vous vous réunissez dans une église ?

— En effet, Sentinelle. Tu croyais que les métamorphes étaient étrangers à tout ce qui est sacré ?

L'humiliation m'embrasa les joues.

— Bien sûr que non… Mais bon, c'est une église. Ce n'est pas le premier endroit qui me serait venu à l'esprit.

Particulièrement pour une réunion, comme Gabriel le disait lui-même, de motards et de buveurs de Jack Daniel's.

— Moins de regards curieux et moins de dommages collatéraux, dit Gabriel. Sullivan, je ne sais pas quel genre d'informations tu aimerais avoir avant. Je peux demander à mes hommes d'envoyer les plans du bâtiment, ce genre de choses.

— Ça me va, convint Ethan. Est-ce qu'on peut faire autre chose pour toi ce soir ?

— À vrai dire, oui. (Gabriel marqua une pause assez longue, et Ethan m'adressa un regard plein de curiosité. Je haussai les épaules.) J'ai apprécié ce que vous avez fait ce soir. Vous vous êtes portés volontaires pour intervenir dans un conflit qui n'est pas le vôtre et je ne pourrais jamais assez remercier Merit pour ce qu'elle a fait pour Berna. Elle a pris des risques pour la protéger. Tu as bien agi, chaton. Vraiment.

Je souris.

— Merci, monsieur.

— Nous organisons une petite fête pour la Meute demain soir. Jeff s'est dit que vous aimeriez peut-être vous joindre à nous. Ce serait l'occasion de rencontrer d'autres membres de la famille Keene et de comprendre qui nous sommes en tant que groupe. C'est une façon de vous remercier en quelque sorte. Et je ne pense pas que nous aurons à nous soucier des mêmes problèmes de sécurité.

Je sondai la réaction d'Ethan. Il écarquilla les yeux et afficha un sourire très satisfait.

— Nous serions honorés, Gabriel. Merci pour l'invitation.

— Bon. Un petit problème cependant, nous serons chez les Breck. Ils ont une grande maison, comme vous le savez, et peuvent nous accueillir tous. (Il y eut un silence embarrassé.) Ils ont proposé que le pot se fasse chez eux pour essayer de recoller les morceaux, dit-il. De plus, c'est entre les Breck et la Meute. Est-ce que ça vous dérange ?

— Pas de problème, répondit Ethan en me voyant hocher la tête pour le rassurer.

— Ravi de l'entendre. 10 heures demain soir. Je file.

Sur ces mots, il raccrocha.

Ethan appuya sur un bouton du téléphone avant de me regarder.

— De retour dans la tanière, je suppose ?

— On dirait. Je me demande si nous aurons également une chance de recoller les morceaux avec les Breck.

— Ou si nous les agacerons davantage en débarquant au beau milieu d'une soirée de métamorphes ?

— J'y ai pensé aussi, admis-je. Quoi qu'il en soit, il ne nous reste plus qu'une chose à faire maintenant.

Je décroisai les jambes et me levai. Ethan sourit.

— Vivre deux ou trois siècles de paix ?

— Oui, bien sûr. Mais je pensais plutôt à la mousse au chocolat !

D'une certaine manière, j'étais devenue la guide culinaire d'Ethan pour toutes les spécialités de Chicago : pizza aussi épaisse et bien garnie qu'une tourte, hot-dog aux graines de pavot et aux pickles, et même un cheeseburger avec double bacon. Je n'étais pas certaine de pouvoir m'attribuer le mérite du chocolat puisque c'était Margot qui avait préparé le plateau, mais mon enthousiasme sincère comptait pour quelque chose.

Pendant qu'Ethan appelait Luc pour l'informer que Gabriel allait lui faire parvenir des informations sur la convention, je déposai des parts de cette merveille – depuis la couche de génoise jusqu'à la mousse moelleuse et le glaçage au chocolat – dans des assiettes, puis je pris deux fourchettes. Je me tournai pour emporter tout ça dans le salon, mais Ethan était déjà derrière moi. Je lui tendis sa part et plantai la fourchette dans la mienne.

Je lui jetai un coup d'œil au moment où je m'apprêtais à prendre une bouchée et vis qu'il me dévisageait, la tête inclinée, le regard doux.

— Quoi ? demandai-je.

Il esquissa un sourire du coin des lèvres.

— Tu ne tiens probablement pas à savoir.

— Très drôle, dis-je en supposant que ses pensées devaient être déplacées, avant de porter la fourchette pleine de chocolat à mes lèvres.

Je savourai les yeux fermés. C'était vraiment un délice et Margot était une déesse.

— C'est bon ? me demanda-t-il d'une voix si basse et si lente que je n'étais pas certaine qu'il parlait du dessert.

Je me concentrai sur le goût intense du chocolat pour ne pas trop penser à ce qu'il pouvait vouloir dire.

Quand j'ouvris de nouveau les paupières, il m'observait toujours, ses yeux comme deux émeraudes.

— Quoi ? répétai-je. (Il haussa un sourcil d'un air sardonique. Je secouai la tête.) Chocolat ou pas, on ne joue pas à ça.

Ethan grommela et avança d'un pas.

— Tu en as oublié un peu, dit-il en levant la main.

Il la posa sur ma joue et passa son pouce sur mes lèvres.

Et alors que nous étions là, à nous regarder, il le porta à sa bouche magnifique pour en sucer le chocolat.

J'entrouvris les lèvres.

— Tu triches, parvins-je à murmurer malgré ma peau en feu et mes lèvres comme gonflées à son contact.

— Je ne joue pas, Sentinelle.

Il y eut un moment de silence, aucun de nous ne souhaitant répondre à cette évidente invitation. Ethan m'enleva l'assiette et la fourchette des mains, et les posa sur le chariot. Puis il me prit la main et la posa sur sa poitrine, sur le coton de son tee-shirt. Son cœur cognait sous ma paume, son sang s'emballait sous mes doigts.

Je me rappelai soudain le sang que nous avions partagé – moi sur mon ancien lit dans la maison de Mallory, Ethan à genoux devant moi, offrant son poignet pour me nourrir pendant la fin de la transformation. Même rendue à moitié folle par la soif de sang, j'avais refusé. Je ne pouvais pas boire ; je n'étais pas prête à franchir ce pas, et surtout pas avec lui. Partager son sang m'avait paru un acte trop intime avec une personne qui éveillait chez moi des sentiments conflictuels. Il avait alors soigneusement mordu son poignet et me l'avait de nouveau proposé. Et, lui qui exerçait toujours une telle maîtrise de soi, il avait baissé sa garde et laissé ses yeux devenir argentés. Il m'avait autorisée à voir son désir, et cela m'avait suffi. J'avais agrippé son bras pour porter son poignet à mes lèvres. Je buvais – véritablement pour la première fois – et, alors que j'apaisais ma fièvre, nous baignions tous les deux dans un halo de faim, de désir et d'excitation suffisamment fort pour rendre l'air électrique.

Je fus frappée par ce souvenir et reculai ma main d'un coup, choquée par son intensité.

Quand je levai le visage vers Ethan, je lus dans ses yeux qu'il savait. Il savait à quoi j'étais en train de penser, mais aussi que ce souvenir n'allait pas me faire changer d'avis.

— Tu es tellement obstinée.

Je lui adressai un regard appuyé.

— Tu l'as toujours su. Tu sais qui je suis depuis le début.

— Je sais que tu es différente des autres.

— Je n'ai pas été transformée comme les autres, lui fis-je remarquer avant de baisser la tête. Je n'ai pas demandé à être un de tes vampires. Je le suis devenue parce que tu as choisi ce que tu voulais faire de moi.

— Et qu'ai-je fait de toi, Sentinelle ?

Le silence perdura jusqu'à ce que je relève les yeux vers lui. Je me demandais ce qu'il y décelait. Y voyait-il le même désir puissant, tempéré par mon hésitation ?

— T'ai-je rendue forte ? demanda-t-il. Plus capable ?

J'eus un demi-sourire.

— Je suis ce que je suis. Tu as juste fait de moi une vampire. (Pendant que j'en avais encore la force, je reculai de quelques pas et me détournai.) L'aube approche. Je devrais probablement retourner dans ma chambre. Tu as encore besoin de moi ?

— J'ai besoin de toi pour pas mal de choses.

Oh ! Mais c'était tellement simple de se sentir flattée par la pensée qu'un homme aussi intensément beau me désirait aussi violemment. Bien sûr, c'était ça, le problème.

— Tu me veux pour satisfaire un besoin physique.

Il ne me répondit pas et je tournai la tête vers lui, pensant que mon insolence l'avait mis en colère. Mais je ne décelai aucune fureur dans son regard ; juste une couleur vif-argent, liquide et riche – la couleur de la faim.

Un frisson me parcourut l'échine. Il ne s'agissait pas seulement d'excitation, mais de quelque chose d'encore plus basique – une sorte de goût propre à la vampire en moi, un intérêt dans le jeu que nous étions en train de jouer.

Mais étais-je prête à perdre ?

Il s'avança et entremêla nos doigts avant de lever nos mains jointes entre nous.

— Tu n'as pas de prix.

— Que j'aie un prix ou pas n'est pas la question.

Ma voix, rauque et chaude, me surprit par sa profondeur. Apparemment, le courage que j'avais feint en présence de Lindsey n'avait pas été que de la comédie. J'étais une vampire sûre de ses charmes. Et, plus important, c'était à moi de décider s'il méritait mes attentions.

— Pourquoi n'as tu pas confiance ?

— Parce que nous avons déjà eu cette conversation. Chez Mallory. Puis dans la bibliothèque.

— Je commence à me rappeler…

Il s'interrompit et secoua la tête avant de reprendre :

— Je commence à me rappeler ce que cela signifie d'avoir besoin de choses. Du rire. D'une compagne. D'amour. (Il se pencha en avant pour poser son front contre le mien.) Et j'ai besoin de toi, Merit.

Je déglutis. C'était des paroles auxquelles je ne m'attendais pas, je n'étais pas préparée à cela. « Je te veux », oui. « Je te désire », bien sûr. Mais pas « j'ai besoin de toi » – pas l'aveu de faiblesse que cela évoquait. Ce simple mot de six lettres me démunit et me dépouilla de toutes les défenses que j'avais si soigneusement élaborées.

— Ethan…

Ma voix était à peine un murmure, à peine capable de forcer l'épaisseur du silence ; elle contenait un avertissement.

Un avertissement qu'il ignora.

Il prit mon visage entre ses mains et posa ses lèvres contre les miennes. Il resta ainsi un long moment, avant de s'écarter. Mais il garda les mains sur mes joues et ne me quitta pas de ses yeux étincelants.

— Je suis défait devant toi, Merit. Complètement. Tu ne me crois pas sur parole. Tu me défies en toute occasion. Et cela signifie que lorsque je suis avec toi, je suis moins que le chef de cette Maison, et en même temps plus que le chef de cette Maison. Je suis un homme. (Il me caressa les joues de ses pouces.) Au cours de ma très longue existence, je n'ai jamais rien désiré autant que toi.

Cette fois, je n'attendis pas qu'il vienne à moi.

8

Affamés

Je l'embrassai. Je passai mes mains autour de sa taille alors qu'il glissait les siennes autour de mon cou, qu'il emmêlait ses doigts dans mes cheveux et m'attirait à lui. Il me rendit mon baiser avec fièvre et avidité, comme s'il avait faim de moi.

Chacune des cellules de mon corps s'embrasa et je répondis avec fougue, comme si je ne pouvais être assez proche de lui. Je lui mordillai la lèvre et fis jouer ma langue contre la sienne, la magie se répandant dans la pièce au fur et à mesure que la passion nous enflammait.

— Enlève ton tee-shirt, dis-je, et il se recula, les yeux écarquillés devant mon audace.

Je souris intérieurement. J'avais eu raison d'exercer mon courage.

Ethan s'éloigna d'un pas en s'humectant les lèvres.

— Cela fait si longtemps que je t'attends.

Les doigts tremblant de nervosité et d'excitation, je saisis le bas de son tee-shirt gris et le relevai très lentement, révélant petit à petit sa peau parfaite.

— Je ne veux pas te presser, dit-il, mais j'ai encore des choses de prévues avant le lever du soleil.

— La patience est une vertu, rétorquai-je.

Je fis courir mes mains sur son ventre plat, mettant progressivement ses muscles à nu. Une fois le tee-shirt remonté jusqu'aux bras, Ethan le fit passer par-dessus sa tête.

— Je ne vais pas pouvoir te laisser me taquiner comme ça trop longtemps, dit-il

Il ferma les yeux en soupirant. Ses muscles se crispèrent quand je descendis ma main le long de son ventre.

Je le sentis retenir d'un coup sa respiration. Quand je tirai sur son ceinturon, son visage prit une expression de plaisir douloureux. Les doigts rendus agiles par le maniement du sabre, je défis la boucle de sa ceinture avant de la retirer pour la laisser tomber par terre.

Ses yeux s'ouvrirent d'un coup, brillant d'un éclat argenté.

— Merit ! gronda-t-il.

Je levai le visage vers lui, me débarrassai de ma veste en cuir et ôtai l'élastique de mes cheveux pour les laisser retomber librement sur mes épaules.

Ethan avança d'un pas pour glisser ses mains dans ma chevelure et presser sa bouche contre la mienne.

Après ce long baiser affamé, il recula, haletant, les lèvres entrouvertes. Il me dévisagea, ses pupilles complètement argentées, et il laissa pousser ses crocs.

Mon cœur cognait dans ma poitrine. L'humaine en moi était excitée et la vampire pressée d'entrer en action.

— Merit, dit-il en baissant le visage vers mon cou, frôlant de ses crocs ma peau, sous laquelle le sang battait dans mes veines. Tu sais ce que ce serait…, murmura-t-il, son souffle chaud dans ma nuque, m'entraînant vers un nouveau souvenir du sang que nous avions partagé. Tu sais ce que tu ressentirais en prenant ce que je t'offre.

Je frissonnai au souvenir du goût de vin chaud de son sang sur mes lèvres, une saveur enrichie par la chaleur, la vie et la magie. Cela avait été comme boire un grand cru infusé d'électricité pure.

Et il me le proposait encore… Il voulait que je le morde de nouveau.

J'ouvris la bouche pour répondre – ne sachant pas encore quelles paroles allaient passer mes lèvres –, mais il s'écarta.

— Mais commençons par le commencement, dit-il avant de me prendre la main pour me guider vers la double porte qui menait à sa chambre.

Je marquai une pause sur le seuil, nos bras tendus entre nous, submergée par un doute soudain. Il avait déjà fait ça avant avec une femme qui l'avait trahi, une femme qui avait été assignée à la satisfaction de son plaisir.

N'étais-je que le deuxième round ?

Ethan m'observait et je levai les yeux vers lui avec réticence. Il m'attira à lui en me souriant doucement. Quand nos corps furent de nouveau l'un contre l'autre, il approcha ses lèvres de mon oreille.

— Je n'ai jamais rien désiré autant que toi, répéta-t-il avant de reculer. Et tu es bien trop vêtue.

J'aurais pu m'effaroucher, mais j'étais au-delà de ce stade. Le désir dans le regard d'Ethan rendait la timidité inutile. J'entrai dans la pièce et fermai les portes derrière nous. Puis je fis passer mon débardeur par-dessus ma tête et défis mon pantalon qui tomba sur mes chevilles.

Ce qui me laissa au milieu de la chambre d'Ethan Sullivan uniquement vêtue de mes longs cheveux bruns et de quelques morceaux de soie noire.

Puis j'enlevai la soie.

Je n'aurais pu prévoir meilleure manœuvre de séduction.

Ethan eut un soupir saccadé, son regard argenté effleurant mes seins nus. Il s'humecta la lèvre inférieure, puis releva la tête pour me dévisager sous ses longs cils, paupières mi-closes. Ce regard exprimait une telle faim, un tel désir que mes crocs poussèrent.

À la vitesse d'un vampire, il ôta son jean et son boxer. Puis il se tint nu devant moi, cet homme qui avait été témoin de l'effondrement de plusieurs empires et avait accumulé des connaissances que les humains ne seraient jamais capables d'égaler. La vue de cet homme nu – ce vampire qui avait été mon pire ennemi, et mon désir le plus violent – chassa toute pensée rationnelle de mon cerveau. Dès les premières secondes qui avaient suivi ma transformation en vampire, le monde avait vacillé sur son axe. Il était devenu plus brillant, plus vif, plus tout.

Mais tout ce nouveau monde n'était rien comparé à la vision qu'Ethan m'offrait à présent, son impressionnante érection montrant la férocité de son désir. Chaque muscle de son corps se dessinait sous sa peau, depuis ses longues jambes minces jusqu'à ses hanches, son torse et ses bras.

Sans attendre, comme le prédateur qu'il était, il avança lentement vers moi. Instinctivement, sans tenir compte de mon désir, je reculai devant lui comme la proie qui essaie d'échapper au fauve.

Ce qui ne fit qu'exciter sa convoitise.

Je reculai jusqu'à buter contre la porte. Je n'avais plus nulle part où fuir.

Le visage encadré de ses cheveux blonds, il m'adressa un demi-sourire victorieux. Puis il m'attrapa les poignets, les hissa au-dessus de ma tête et les plaqua contre le bois de la porte.

— Tu es coincée, Sentinelle…, dit-il d'une voix rauque.

Je levai les yeux vers lui, les paupières à demi fermées.

— Je n'essayai pas de t'échapper, Sullivan.

Nous nous défiions jusque dans le désir, nos corps comme deux adversaires dans la bataille qui nous opposait.

Il m'embrassa, fit jouer ses lèvres sur les miennes ; la chaleur, le frottement et la peau nue étaient tout ce qu'il restait entre nous. Puis il s'approcha encore et se pressa contre moi, une cuisse entre les miennes, son désir dressé contre mon ventre.

Il me libéra les mains et je l'enlaçai, agrippant son dos. Il porta les mains à mon visage, les doigts posés sur ma mâchoire tandis qu'il me faisait fondre sous ses baisers, sous les mordillements légers de ses crocs prometteurs de délices.

Sans prévenir, il tomba à genoux, faisant glisser ses mains sur mon corps, entourant mes seins de ses longs doigts fins. Je fermai les yeux et me cambrai sous cette caresse.

— Superbe, murmura-t-il.

Puis je sentis sa bouche sur mon ventre, embrassant mon nombril, ses mains sur mes seins, ses doigts occupés à attiser mon désir sauvage et violent.

Je grognai ; cette sensation était tout à la fois délicieuse, excitante et complètement frustrante. Ma respiration s'affolait et j'avais l'impression que ma peau était en feu.

Ethan laissa échapper un petit rire.

— Tu apprécies, on dirait, Sentinelle…

J'ouvris lentement les yeux.

— Pas de « Sentinelle ». Pas de « Sullivan ». Ethan et…

Je me tus, n'étant pas sûre d'être prête à franchir ce pas, de lui faire cadeau de mon prénom, de lui donner ce droit.

Il sourit doucement.

— Et Merit, décida-t-il à ma place, d'une voix dépourvue de toute tension.

Il ne parlait pas comme un Maître vampire mais comme un dieu parmi les hommes. Il posa sa joue contre mon ventre.

— Je suis vaincu, dit-il doucement.

Je me sentis fondre ; mon cœur battait à un rythme désordonné. Je caressai ses boucles soyeuses et dorées jusqu'à ce qu'il prenne une de mes mains pour en embrasser la paume.

Puis il se releva.

— Au lit, murmura-t-il sévèrement et, refermant une main autour de mon poignet, il me guida.

Arrivé devant le lit, il se tourna pour m'y allonger. Je le regardai, les yeux écarquillés, bouger au-dessus de moi et remonter sur toute la longueur de mon corps. Puis sa masse musculeuse fut sur moi, et ses lèvres et ses dents s'emparèrent de ma bouche, et ses baisers devinrent fous, lèvres, langue, dents, et mains me pressant, m'attirant, me mordillant, me mordant, dans une tentative violente de faire corps avec moi.

Appuyé sur un coude, il me torturait de son autre main, le bout de ses doigts glissant sur mes côtes, alors que l'excitation me soulevait presque du matelas, puis sur mon ventre et le haut de mes cuisses.

Et puis il atteignit le cœur de mon intimité, et je m'arc-boutai, le moindre contact embrasant ma peau.

— Ethan !

— Je ne fais que commencer, Merit, m'avertit-il.

Puis il commença vraiment.

Quelques minutes ou heures ou jours plus tard, alors que je reposais complètement alanguie et satisfaite, Ethan leva de nouveau les yeux sur moi. Son regard était argenté et ses crocs étaient visibles.

— Impossible de revenir en arrière, dit-il. Pas après ce qui vient de se passer.

Mais j'avais déjà pris la décision d'aller de l'avant. Je ne voyais aucun intérêt à faire machine arrière.

— J'ai envie de toi, lui dis-je en me redressant pour embrasser la ligne de sa mâchoire.

C'était une preuve suffisante pour lui. Il se rapprocha et quand nos corps furent l'un contre l'autre, il vint peser contre moi et chassa l'air de mes poumons.

Je me cambrai, une main accrochée à la tête de lit derrière moi. Je savourais le feu dans mon ventre, la chaleur de son corps, l'odeur de son eau de Cologne, plus forte à présent que nous étions ensemble.

De toutes les façons possibles qui soient.

Je refermai les paupières.

Un bras sur le lit pour soutenir son poids, il prit mon visage dans sa main libre.

— Merit, murmura-t-il tout contre mes lèvres.

Il avait dit qu'il était impossible de revenir en arrière, mais il me demandait encore une fois, sans l'exprimer, si j'étais sûre. Si j'étais prête. Pour l'acte, pour le pacte et tout ce qui s'ensuivrait, les changements qui en découleraient.

Je répondis de la même manière qu'il me l'avait demandé – avec mon corps. Je pressai mes hanches à la rencontre des siennes et enfonçai mes ongles dans sa peau, l'attirant encore plus près. Il gronda, puis posa son front contre le mien, et commença à remuer, me comblant totalement, son corps ondulant contre le mien. La lenteur démoniaque de son rythme, tandis qu'il collait sa bouche contre la mienne, était comme une préparation, une attente.

Une promesse.

— Ethan, soufflai-je en lui mordillant les lèvres.

— Oui, Merit ? demanda-t-il d'une voix amusée.

— Je ne vais pas pouvoir te laisser me taquiner comme ça trop longtemps.

Il eut un rire de gorge.

— Quelqu'un m'a dit que la patience était une vertu.

Je lui entourai la taille de mes jambes.

— Cette personne ne devait pas être très pressée à ce moment-là.

Il avança d'un coup avec une telle force que j'en eus vraiment le souffle coupé et j'ouvris brutalement les yeux sous le choc de cette sensation sauvage.

— Cette personne devrait apprendre à ne pas être trop pressée, dit-il, les lèvres tout contre mon oreille avant de me mordiller le cou.

— Ethan, murmurai-je, les paupières déjà tremblantes.

Il interpréta ceci comme un ordre et il se mit à bouger sauvagement, me dévorant de baisers tandis que ses hanches roulaient contre les miennes. Mon corps brûlait de l'intérieur et fondait au fur et à mesure qu'Ethan en attisait davantage les flammes.

— Je veux tes dents sur moi, chuchota-t-il d'une voix rauque. Maintenant !

Les quelques parcelles de mon corps qui n'étaient pas encore en feu s'embrasèrent instantanément.

Sans cesser de se mouvoir, Ethan abaissa le visage pour placer son cou à portée de mes crocs. Je glissai mes mains dans ses cheveux et déposai un baiser sur sa peau juste au-dessus de la jugulaire. Son pouls battait sous mes lèvres.

Mes crocs s'étirèrent davantage.

— Maintenant, insista-t-il.

Sans réfléchir, je me redressai et le mordis. J'eus aussitôt le goût du feu, du vin et d'Ethan, l'essence de son existence, sa force de vie. La boisson de toutes les boissons. La faim de tous les vampires.

Son sang.

Ma gorge s'activait au rythme de ses violents coups de reins. Au-dessus de moi, il grogna, un son rauque et guttural, comme s'il laissait sa jouissance s'exprimer.

Mes bras se couvrirent de chair de poule et la magie se répandit dans l'air alors que le plaisir nous envahissait.

Puis son corps se tendit et il prit mon visage dans sa main afin de pouvoir plonger son regard dans le mien et lire l'expression de mon visage.

— Merit, dit-il.

Son regard – possessif et primal – me bouleversa. J'inspirai, puis appelai son nom. Le feu traversa mon corps, Je fermai les yeux sous sa force, tous mes muscles crispés, contractés et, alors que la flamme et le pouvoir formaient comme un arc électrique entre nous, la jouissance nous emporta.

Des secondes ou des minutes ou des heures plus tard, je m'agrippai à son dos, ses lèvres contre mon oreille, son souffle haletant. Mon corps était encore secoué de tremblements et ma respiration s'échappait par saccades.

Au bout d'un moment, Ethan se redressa sur ses coudes et m'embrassa sauvagement avant de poser ses lèvres plus délicatement sur mon front. Puis il se laissa retomber sur le lit, sur le flanc, et attira mon corps contre le sien. Je me lovai contre lui, son bras sous ma tête, sa chaleur m'enveloppant comme un cocon.

Nous demeurions étendus paisiblement alors que le soleil luttait contre l'horizon derrière les volets de la chambre, comme deux amants savourant l'obscurité précaire.

— Qu'est-ce que tu préfères dans la vie ? murmura-t-il.

— Ce que je préfère ?

Je caressai ses longs doigts du bout des miens en suivant les veines de ses mains.

— Dis-moi quelque chose que tu n'as jamais dit à aucun vampire.

La question était aussi triste que douce. Il voulait connaître ce qui m'était cher, tant qu'il s'agissait d'un secret que je n'avais partagé avec personne. Quelque chose de moi que je n'aurais pas encore fait entrer dans le monde surnaturel qu'il m'avait ouvert.

— Tu sais que je suis une fan des Cubs ?

— Oui, bien que la raison m'échappe.

Je lui jetai un coup d'œil.

— Tu n'es pas un fan des White Sox, n'est-ce pas ?

— Bien sûr que non, souffla-t-il. Je ne suis quasiment aucun match de baseball.

— Mais si c'était le cas ?

Il y eut un silence.

— Si je devais, je serais pour les Yankees.

J'émis un grognement.

— Je n'arrive pas à croire que je viens de faire ce que je viens de faire avec un fan des Yankees. Tu aurais vraiment dû m'avertir. Et même déclarer forfait. Enfin quelque chose...

— Il ne s'agit que de baseball.

— C'est exactement ce que dirait un fan des Yankees. Peu importe, tu m'as demandé ce qui comptait le plus à mes yeux. Une année, je me suis promis de faire dédicacer une balle par tous les joueurs des Cubs. Et j'avais prévu d'en faire don à cette organisation caritative dans laquelle ma mère était impliquée. J'avais dix ans et j'ai passé beaucoup de temps à Wrigley Field cette année-là, à l'entraînement, à essayer de convaincre les gars de signer. Il m'a fallu quatre mois entiers pour rassembler toutes les signatures. Je n'ai rencontré qu'un obstacle.

— Pour une Merit ? Dis-moi que ce n'est pas possible.

— Bon, d'accord. Joe Mitchell lançait à l'arrière à l'époque, et il n'arrêtait pas de se défiler devant mes demandes. Il savait ce que j'essayais de faire, mais il savait aussi qui j'étais. Une fois, j'ai réussi à le coincer, mais il refusait de signer la balle tant que je n'avais pas toutes les signatures des autres joueurs. C'était voulu, je crois. Il voulait m'endurcir, voir si une Merit était capable de faire quelque chose toute seule sans s'appuyer sur son père.

— Et il a signé ?

— Oui. Il m'a lâché un « Beau boulot, gamine ! », et tout le reste, exactement comme dans la pub. Mais à ce moment-là, on était presque en septembre et je suivais ces joueurs depuis des mois. J'avais accompli le défi que je m'étais fixé, mais il m'était difficile de me séparer de cette balle.

— Tu ne l'as pas gardée quand même ?

— Oh non ! Je l'ai donnée, mais ça m'a tuée. Cette balle était comme un symbole. Pas parce qu'on pouvait la collectionner, bien qu'ils aient fait une très bonne saison cette année-là…

— Allez les Cubs !

Je souris.

— Tu vois, quand tu veux ! Bref, cette balle était devenue une sorte d'album de l'été que j'avais passé. Un souvenir des matchs, des joueurs, de la chaleur, des hot-dogs, de toute cette aventure. (Je me tus un instant.) J'aimerais l'avoir encore. Pour me rappeler les journées d'été, la lumière du soleil. La chaleur.

— Ces symboles aident en effet, dit-il. Ce sont des souvenirs tangibles des gens et des endroits que l'on souhaite se rappeler une fois qu'ils ont disparu.

— Est-ce pour cette raison que tu as tant de souvenirs ?

— Eh bien, en partie parce que le temps passe. J'ai vécu les existences de plusieurs hommes. J'ai vu des choses et j'ai trouvé mes propres symboles, comme tu dis. Mais tu as raison : ces objets nous rappellent ce que nous avons été. Que nous soyons immortels ne les rend pas moins importants.

— Ça se tient, dis-je, mais il me fallut un peu de temps avant de lui répondre, pour forcer les mots à sortir de ma bouche.

Le soleil s'était levé et je commençais à m'assoupir.

— Dors, dit Ethan comme s'il s'agissait d'un ordre auquel je ne pouvais désobéir.

Je m'exécutai.

À un moment dans la journée, alors que je reposais dans un demi-sommeil engourdi, je pris conscience de ses mains sur mon ventre. J'émis un petit grognement interrogateur.

Il posa un baiser sur mon épaule.

— J'ai besoin de toi.

Le corps alangui comme si je me déplaçais dans l'eau, je tournai la tête et consultai, les yeux plissés, le réveil sur sa table de chevet.

— Il est 14 heures, grommelai-je avant de m'enrouler sur moi-même en m'éloignant de lui, remontant les genoux et repliant mes mains contre ma poitrine. Rendors-toi. Tu pourras m'avoir à la tombée de la nuit.

Il eut un petit rire dans mon dos avant d'étaler ses doigts sur mon ventre et de les plonger entre mes cuisses. Il m'embrassa dans le cou, puis fit courir sa langue sur le bord de mon oreille.

— S'il te plaît, Merit.

Les yeux toujours clos, je souris d'un plaisir tout féminin. J'étais certaine que c'était la première fois qu'Ethan me disait « s'il te plaît » de la sorte. Comment aurais-je pu dire « non » ?

Puis sa voix se fit plus pressante.

— Maintenant, gronda-t-il, pressant son érection contre mon dos.

En guise de réponse, je glissai ma main derrière moi jusqu'à toucher le creux de ses reins pour rapprocher son corps du mien.

— Si on continue à ce rythme, dis-je calmement, nous allons nous tuer.

Il roula pour se placer au-dessus de moi, son regard d'argent baissé sur mon visage.

— Nous sommes immortels. Il faudrait une sacrée bataille !

Je repoussai une mèche de ses cheveux qui cachait ses yeux.

— Une bataille historique.

— Une bataille légendaire. Tu pourrais écrire là-dessus.

C'était sûrement dû à l'heure et au fait que le soleil brillait haut dans le ciel, mais je trouvai ses paroles du plus haut comique. Je gloussai et caressai son dos aux muscles sculptés.

— Loin de moi l'idée de refuser un tel sujet d'étude !

Quelques heures et deux interruptions supplémentaires plus tard, le soleil se coucha de nouveau. Je me réveillai avec le ventre tiraillé par la nervosité. Nous avions finalement franchi la frontière entre nous.

Et maintenant ?

Je bâillai et m'étirai, encore ensevelie sous des couches de douces couvertures de coton, puis j'ouvris les yeux. Ethan se tenait près de son bureau, déjà douché et habillé d'un pantalon noir qu'il n'avait pas encore boutonné. Il commençait juste à fermer sa chemise. Il me jeta un coup d'œil, m'adressa un sourire poli et finit de s'habiller.

— Bonsoir.

— Bonsoir ?

Ce n'était pas censé être une question, et cependant même moi, j'entendis l'interrogation contenue dans ma phrase.

Ethan eut un petit rire, puis s'approcha du lit, se pencha vers moi et m'embrassa sur le front. Il avait dû lire la surprise dans mon regard.

— Je t'ai dit que je n'étais pas ton père.

— De toute évidence, je ne t'ai pas cru.

— Et je suis certain que ce n'est pas la première fois.

Il s'assit sur le bord du lit, enfila ses chaussettes puis de grosses chaussures noires de marque.

Je me redressai en remontant la couette sur moi.

— Et ce ne sera probablement pas la dernière.

Ethan ricana et, une fois chaussé, retourna à son bureau pour y prendre des babioles et des pièces de monnaie qu'il glissa dans ses poches.

— Il est 20 h 30. Nous allons partir chez les Breck dans peu de temps ; aussi, si tu veux te faire une beauté avant, c'est peut-être le moment.

Je baissai les yeux sur la couette.

— Une couverture serait certainement une tenue un peu trop détendue !

— Probablement, convint-il.

— Je n'arrive pas à croire que je suis en train de te poser cette question mais… qu'est-ce que tu aimerais me voir porter ?

Il s'appuya d'un coude sur le bureau et croisa les doigts.

— Ils veulent que nous les voyions dans leur habitat naturel, si l'on peut dire. Je suppose qu'ils attendent la même chose de nous.

— Donc Armani pour toi ?

Il désigna son pantalon de costume et sa chemise.

— Et un jean pour toi, je suppose ?

— Mais bien sûr. Les occasions de pouvoir porter du jean au bureau ne se présentent pas si souvent dans la Maison Cadogan.

Ethan rit de nouveau en se redressant et prit une veste noire sur un valet.

— Ouais, j'ai entendu dire que le Maître était un vrai tyran.

Il avait vraiment de bons côtés.

9

Dans l'antre des loups

Je descendais l'escalier de la Maison – propre, vêtue d'un jean et d'un haut noir à manches courtes et à col mandarin, le tout assorti du katana et du médaillon Cadogan – quand mon téléphone portable sonna. Je le sortis aussitôt en espérant un texto de Mallory.

C'était bien un message, mais pas d'une vieille amie – plutôt d'un aspirant nouvel ami. Noah m'adressait une question simple : « Tu réfléchis toujours ? »

Puisque c'était effectivement le cas, j'effaçai le message – et la preuve qu'il représentait.

— Bonsoir, beauté.

Je jetai un coup d'œil derrière moi vers l'escalier principal tout en glissant le téléphone portable dans ma poche. Lindsey descendait les marches en faisant sautiller sa queue-de-cheval. Elle était de service ce soir-là et, de toute évidence, vêtue pour une journée dans la salle des opérations de la Maison, en tenue noire Cadogan, son katana à la ceinture.

Dans l'entrée, elle se dirigea vers moi et mit les mains sur les hanches.

— Tu n'as pas l'air aussi fatiguée que je m'y attendais. Peut-être qu'il te fallait vraiment ça pour aller mieux !

Je la dévisageai.

— Pardon ?

Elle leva les yeux au ciel.

— Oh ! Je t'en prie, Merit ! Nous vous avons tous les deux entendus la nuit dernière, et une partie de la journée, en fait. Mais Dieu merci, il était temps que vous passiez à l'acte !

Même si elle semblait m'approuver, je rougis, profondément mortifiée.

— Vous nous avez entendus ?

Elle sourit.

— Vous avez fait trembler les fondations. Et vous avez dégagé pas mal de magie à vous deux !

J'étais trop sous le choc pour parler. Il m'était venu à l'esprit que la rumeur pouvait se répandre – lancée par Margot ou quelqu'un d'autre – que je me trouvais dans la suite d'Ethan. Je n'avais pas du tout pensé qu'on avait pu nous entendre ou sentir la magie que nous avions libérée.

— Mon Dieu…, murmurai-je.

Lindsey me tapota le bras.

— Ne sois pas gênée. Il était temps que vous passiez aux choses sérieuses.

J'articulai avec effort.

— Il y a tellement de choses qui sont fausses dans ce que tu dis que je ne sais pas par où commencer.

— Commence par donner des détails, frangine. Comment c'était ? Et lui, comment il était ? Est-ce qu'il est aussi phénoménal que nous l'imaginons tous ?

Sérieusement. N'omets aucun détail, anatomique ou autre.

— Je ne te donnerai aucun détail. Anatomique ou autre, ajoutai-je avant qu'elle puisse corriger sa requête.

Elle me gratifia d'une expression dégoûtée.

— Je n'arrive pas à y croire. Tu as couché avec le Maître et tu ne veux pas desserrer les dents ? (Elle fit claquer sa langue.) Ça, c'est petit. Au moins, raconte ce qu'il faut savoir sur ce que vous vous êtes dit le soir d'après ? C'est officiel entre vous ? Vous sortez ensemble ? C'est une vraie relation ? Allez, quoi, dis-moi !

— Eh bien, nous ne sommes pas vraiment rentrés dans les détails, mais il était toujours là quand je me suis réveillée ce soir. Pas de regrets, d'après ce que j'en ai vu. Et il sait qu'une aventure ne m'intéresse pas. J'ai été suffisamment claire à ce sujet.

J'eus un petit sourire, auquel elle répondit de la même manière.

— Je te reconnais bien là. Faut lui montrer qui commande.

— Sommes-nous en train de débattre de qui commande cette Maison ?

Je fis volte-face en même temps que Lindsey. Ethan se tenait au bas de l'escalier, les mains dans les poches, un journal sous le bras.

— Bonsoir, Sire. Vous avez passé une bonne journée ?

Ethan haussa un sourcil impérieux à l'attention de Lindsey, puis il me regarda.

— Joli haut. Nous devons faire un petit détour avant d'aller chez les métamorphes.

— Oh ! chantonna Lindsey d'un air entendu. Vous allez à la Maison Navarre ?

— Nous nous rendons à la Maison Navarre, confirma Ethan.

Je clignai des yeux. Quand il avait parlé de « détour », je l'avais aussitôt imaginé s'arrêter en chemin pour acheter un petit cadeau pour l'hôtesse de maison et l'idée d'une visite à la Maison Navarre ne m'avait même pas effleurée. Je n'y étais jamais allée et je n'avais franchement aucune envie de m'y rendre ce soir. Et pourquoi donc ? Faisons le point : pour la première fois depuis notre séparation, j'allais devoir affronter mon ex-petit ami alors que je serais précisément au bras de celui avec qui il m'avait soupçonnée de coucher, et ce, à peine quelques heures après avoir vraiment fait l'amour avec lui.

Fabuleux.

— Elle est au courant ? demanda Lindsey en me désignant d'un mouvement de tête.

— Je te rappelle que je suis là. Au courant de quoi ?

— Je vais lui dire, dit Ethan. Mais nous n'avons pas beaucoup de temps. J'ai oublié d'appeler Luc – s'il te plaît, dis-lui que je veux lui parler avant l'aube pour revoir les plans pour la convention.

— D'accord, Sire, dit-elle.

Mais elle se pencha vers moi avant de s'éloigner :

— Sérieusement, bien joué ! Et je le pense vraiment.

Je souris en la suivant des yeux, puis tournai un regard interrogateur vers Ethan.

— De quoi devrais-je être au courant ? Et pourquoi allons-nous à Navarre ?

Il me fit signe de le suivre, puis se dirigea vers l'escalier menant au sous-sol. Quand j'arrivai à sa hauteur, il tira le journal qu'il avait plié sous le bras. C'était un exemplaire du *Chicago Sun-Times* du jour. Il l'ouvrit et le tourna dans ma direction.

— Oh ! mon Dieu ! murmurai-je en lui prenant le journal des mains.

La une – carrément ! – titrait : « UNE JUSTICIÈRE À QUEUE-DE-CHEVAL SAUVE LES CLIENTS D'UN BAR AU COURS D'UNE FUSILLADE ». Une photo de moi aidant Berna à monter dans l'ambulance figurait sous le titre. Et il y avait une autre surprise : la signature. Nick Breckenridge était l'auteur de l'article.

Je lus la première partie du texte, qui parlait de la fusillade et de mon sauvetage, en descendant avec précaution les marches derrière Ethan. Jusque-là, ça allait. Mais je ne comprenais absolument pas pourquoi Nick Breckenridge, parmi tous les reporters de la ville, avait écrit cet article. D'accord, c'était son boulot : c'était un journaliste d'investigation à la réputation sans tâche. Seulement, il ne m'appréciait pas vraiment.

— Comment… pourquoi ?

— Peut-être que Breckenridge a radicalement changé d'avis à ton sujet. Avant, il te détestait, maintenant, il te met à la une.

Nous nous trouvions devant la porte du sous-sol.

— Je n'ai pas vraiment le sentiment que Nick me vénère en tant qu'héroïne. Tu sais ce qu'il pense de moi…

— Tu as entendu comment Gabriel a hésité quand il a mentionné la maison des Breckenridge. Peut-être que Nick et Gabriel sont encore en froid. Gabriel s'est excusé, après tout. Il n'était pas particulièrement ravi que Nick cherche des noises aux vampires.

— D'accord, mais convaincre un prix Pulitzer d'écrire un article à la gloire d'une vampire – une vampire qu'il n'apprécie pas vraiment – nécessiterait pas mal de pression. Je ne suis pas sûre que Gabriel souhaite perdre de son capital politique en me soutenant. De plus, j'ai du mal à l'imaginer faire pression sur Nick pour qu'il nous mette en première page du *Sun-Times*. Gabe ne cherche pas ce genre d'attention. Cela risquerait de soulever trop de questions concernant la présence de vampires armés dans le bar et d'amener les paparazzis à croire qu'il s'agit d'un nouveau lieu de rendez-vous des vampires. Il ne peut pas souhaiter ça. Il doit y avoir une autre raison.

Et cette mystérieuse raison m'amena à m'interroger sur le prix que je devrais payer à Nick. Je ne savais pas s'il valait mieux qu'il ait écrit cet article sous la pression de son patron, ou pas.

— Je ne serais pas ravie si mon Maître me faisait la même chose, murmurai-je.

— Qu'est-ce que tu dis ?

— Rien. Et quel est le rapport avec notre visite à la Maison Navarre ?

— Le reste de l'article n'est pas très sympathique pour eux.

— Comment ça ?

— Il rappelle aux lecteurs que les vampires de Navarre ne sont pas aussi, comment dire, philanthropes que les vampires de Cadogan.

— Il parle des meurtres du parc ?

Ces morts avaient été les résultats des escapades meurtrières de Célina dans les parcs de Chicago… et sur le campus de l'université. J'aurais dû être la victime numéro deux, si Ethan ne m'avait pas trouvée.

Il acquiesça.

— C'est pourquoi Morgan veut nous voir. Puisque tu es mentionnée dans ce texte et que tu étais amie avec Nick, il pense probablement que nous sommes pour quelque chose dans la parution de l'article.

Considérer que Nick et moi avions été amis, c'était donner beaucoup plus d'importance à cette relation qu'elle le méritait.

Ethan composa le code, puis ouvrit la porte du sous-sol.

— Et toi, qu'est-ce que tu penses dudit article ? demandai-je en le suivant dans le garage.

— Eh bien, de toute évidence, je sors avec la Justicière à la queue-de-cheval, ce qui me convient tout à fait !

Je m'arrêtai pour lui lancer un regard sarcastique. Quand il me dépassa pour se diriger vers sa voiture, en arborant un sourire satisfait, je levai les yeux au ciel. Mais je n'étais pas vraiment mécontente. Après tout, il avait dit qu'il sortait avec moi.

Quelques minutes plus tard, nous étions sur la route et le silence régnait dans la Mercedes alors que je finissais de lire l'article. C'était une sorte de résumé sur Cadogan et Navarre, depuis les positions de leaders des deux Maisons jusqu'à leur histoire. Il était également mentionné qu'une femme du nom de Nadia était la nouvelle Seconde de Morgan. Je n'étais pas au courant qu'il avait promu quelqu'un. D'un autre côté, je n'avais pas vraiment pensé à lui demander.

Cet oubli en disait long sur notre manque de potentiel en tant que couple…

— D'où vient cette information ? demandai-je en levant les yeux pour constater que nous étions déjà parvenus sur Lake Short Drive.

Navarre était située dans le quartier de Gold Coast, une zone chic où fleurissaient des maisons, des immeubles et de grandes demeures près du lac, au nord du centre-ville de Chicago.

— C'est la deuxième question que je me suis posée, répondit Ethan d'un air sinistre, juste après m'être demandé quelle décision antipolitique notre jeune Maître de Navarre risquait de prendre en lisant cet article. (Il me jeta un coup d'œil.) Tu lui as parlé récemment ?

— Pas depuis notre dispute.

Il y eut un moment de silence dans la voiture et la tension était encore plus sensible dans le faible bourdonnement de la magie.

— Je vois, dit-il.

Son ton était désapprobateur. Je me crispai en me préparant à une discussion musclée.

— Tu as quelque chose à dire à ce sujet ?

Quand il se tourna vers moi, son expression était douce. Et je n'aurais su dire s'il se forçait ou non.

— Pas du tout, dit-il. Mais cela aurait pu contribuer à l'agacer davantage en lisant l'article.

Je me rappelai ce que Morgan avait dit au cours de nos deux dernières conversations, les accusations qu'il avait formulées ainsi que son ton condescendant.

— Ouais, il risque de ne pas être de charmante humeur.

— Tu as une suggestion quelconque ?

— Je doute qu'il ait radicalement changé d'attitude… Tu aurais peut-être dû lui apporter un de ces petits gâteaux à la mousse au chocolat !

La Maison Cadogan était une demeure ancienne de Hyde Park qui avait été transformée en dortoir pour vampires – une merveille de restauration.

La Maison Navarre, en revanche, immense et d'un blanc cru, occupait un morceau du quartier le plus cher de la ville. Elle s'élevait sur trois étages, et sa façade tout entière était recouverte de marbre blanc. Un de ses angles s'ornait d'une tourelle géante.

— Je crois que leur tourelle est plus grande que la nôtre, déclarai-je quand Ethan gara la voiture.

— Célina a toujours eu un goût pour le spectaculaire, admit-il.

Je posai une main sur son bras tandis que nous nous dirigions vers la porte d'entrée qui était complètement cachée de la rue par de gros arbres feuillus. Il s'arrêta, puis baissa les yeux sur ma main avant de les lever sur mon visage.

— Un des désaccords entre Morgan et moi…

Je choisis soigneusement mes mots en cherchant un moyen d'expliquer sans être trop anatomique, comme aurait dit Lindsey.

— Morgan pensait que toi et moi avions une liaison. Avant, je veux dire.

Je m'arrêtai là en espérant qu'Ethan avait compris. Je ne tenais pas à énoncer précisément ce que Morgan m'avait accusée de faire avec Ethan.

— Ah ! fit-il. Je vois.

— Ça n'était pas le cas, on le sait, mais il ne voulait pas me croire. Alors, en plus des autres raisons pour lesquelles il ne sera pas content de me voir, je pense que me voir avec toi ne va pas le réjouir.

Ethan ricana à moitié, puis grimpa les marches. Sans même frapper, il ouvrit la porte et m'invita à entrer.

— Qu'y a-t-il de si amusant ? demandai-je quand je parvins à son niveau.

— L'ironie de la situation. En t'accusant de tels actes dévergondés, il a permis que se produise exactement ce qu'il cherchait à éviter.

— Je ne suis pas certaine qu'on puisse parler « d'actes dévergondés ».

Ethan se pencha vers moi, ses lèvres tout près de mon oreille.

— Merit, pour ma part, je qualifierais sans hésiter ces actes de « dévergondés ». (Je ne pus réprimer le sourire qui releva un coin de ma bouche ni le rouge qui envahit mes joues.) De plus, chuchota Ethan en me suivant dans la Maison, j'ai décidé que si l'article du *Sun-Times* ne met pas un terme aux accusations qu'il pourrait porter contre nous aujourd'hui, j'aurais encore moins foi en ses aptitudes à être Maître.

Nous n'avions trouvé aucun dispositif de sécurité à la porte de la Maison Navarre, pas de portail de trois mètres de haut, pas de fées mercenaires gardant les lieux. Les vampires Navarre réservaient ces réjouissances pour le hall d'entrée. Sauf que les gardes étaient moins costauds que ce à quoi on aurait pu s'attendre.

Trois femmes étaient assises derrière un comptoir semi-circulaire de verre et d'acier surélevé, installé juste à l'entrée. Chacune d'elles était face à un écran d'ordinateur aux lignes pures. Elles avaient toutes les cheveux sombres et de grands yeux marron, et elles portaient toutes une veste de tailleur blanc ajustée. Leurs cheveux étaient relevés, mais chacune dans un style différent : de gauche à droite, coiffure bouffante, queue-de-cheval et chignon impeccable.

Elles levèrent la tête à notre entrée, puis se mirent à chuchoter et à tapoter sur leur clavier.

— *Je suppose qu'il s'agit des gardes ?* demandai-je en silence.

— *Ce pourrait tout aussi bien être les trois Parques*, me répondit-il.

— Vos noms, demanda celle du milieu en levant les yeux de son écran pour nous adresser un regard suspicieux.

— Ethan Sullivan, Maître de la Maison Cadogan, déclara Ethan. Merit, Sentinelle, de la Maison Cadogan.

Les deux autres femmes cessèrent de pianoter et me dévisagèrent. Leurs expressions véhiculaient toute une palette d'émotions – dégoût, curiosité, pur calcul féminin. Toutes ces émotions, supposai-je, motivées par toutes les altercations que j'avais eues avec leur ancienne Maîtresse, Célina, et avec Morgan. Je n'avais pas la cote avec les Maîtres Navarre.

— Votre pièce d'identité, dit la femme la plus proche d'Ethan.

Il mit la main dans la poche intérieure de sa veste et en sortit une carte qu'il tendit à la femme en la tenant entre deux doigts. Elle l'examina, puis se mit à pianoter avec application.

Comprenant que nous risquions d'être coincés là pour un moment, j'en profitai pour examiner les lieux. Je fus surprise.

Deux escaliers partaient de l'entrée immense pour se rejoindre à la galerie du premier étage. L'ouverture de l'atrium montait jusqu'au toit et était surmontée d'une verrière de style victorien. Même si tous ces éléments me semblaient typiquement européens, la décoration semblait tout droit sortie d'un musée d'art moderne. L'espace n'était pas encombré de mobilier ni de bibelots, et les quelques éléments présents avaient tous une qualité sculpturale. Il y avait un canapé en cuir blanc, une table basse en bois laqué, taillé dans le cœur d'un arbre géant, et des lumières encastrées illuminaient des photographies en noir et blanc ainsi que des toiles *pop art*. Tout cela, agencé dans un décor de sols de marbre blanc et de murs tout aussi immaculés.

— C'est…, commençai-je, le regard posé sur un tableau qui semblait représenter des bouchons d'oreille de toutes les couleurs, mais je ne trouvais aucun mot pour décrire ce que je voyais.

— Oui, dit Ethan, c'est tout à fait ça.

Il bouillait sur place, probablement parce qu'il n'était pas habitué à ce qu'on le fasse attendre, puis il baissa de nouveau les yeux vers les trois femmes.

— Nous sommes attendus.

Sans lever la tête, la fille du milieu pointa un doigt à l'ongle manucuré derrière nous. Elle nous indiquait un banc dans une alcôve à côté de la porte d'entrée. Trois superbes vampires, qui avaient l'air de s'ennuyer ferme, y étaient déjà installés – deux hommes entourant une femme, tous les trois en costume ou tailleur, avec une mallette posée sur les genoux. Tous les trois étaient parfaitement impeccables, mais leur regard morne et leurs épaules voûtées dégageaient une certaine lassitude. Ils paraissaient attendre depuis un moment.

— Super ! marmonnai-je.

Ethan soupira, mais il souriait de nouveau quand il se tourna vers les trois Parques.

— Comme il vous plaira, dit-il avec majesté.

Il s'avéra que le « comme il vous plaira » dura sept minutes.

— Merit, lança enfin l'hôtesse de droite.

Je baissai les yeux sur le badge en plastique transparent de la taille d'une carte de crédit qu'elle me tendait. Il y était inscrit VISITEUR sur un côté. Y figurait également un hologramme représentant une abeille aux ailes déployées – un symbole des origines françaises de la Maison, pensai-je, mais représenté par la technologie du XXIe siècle.

— Joli, dis-je en fixant le badge au bas de mon chemisier.

— Nous avons également des badges pour les visiteurs à la Maison Cadogan, marmonna Ethan comme s'il était blessé par la possibilité que la Maison Navarre soit mieux organisée – ou plus exclusive – que la nôtre.

Il accepta le sien et l'accrocha à sa veste, puis il regarda les trois femmes avec l'air d'attendre quelque chose.

Silence.

Il désigna l'escalier de la main.

— Est-ce que nous devons…

— Nadia va venir vous chercher, déclara l'hôtesse du milieu.

— Nous apprécions votre aide, répondit Ethan avant de se diriger vers le centre de la pièce.

— Il nous faut un atrium sur trois niveaux, dis-je.

— La Maison Cadogan est parfaite comme elle est. Nous ne la changerons pas pour assouvir les fantasmes d'une Sentinelle architecturalement jalouse. Ah ! ajouta-t-il d'un ton joyeux. La voilà !

Je levai les yeux.

Une femme dévalait les marches de l'escalier, sa main délicate glissant sur la rampe en marbre.

Non, pas seulement une femme. Un top-modèle. Une beauté naturelle. D'immenses yeux verts, un nez fin et droit, des pommettes hautes. Son corps était long et mince ; elle portait un legging, des bottes hautes et une longue tunique en maille avec une ceinture. C'était le genre de tenue que j'aurais portée pour traîner dans les rues de Manhattan pendant mes années de fac. Ses cheveux mi-longs châtains s'étalaient sur ses épaules telle de la soie.

Je me penchai vers Ethan.

— Tu aurais dû m'informer que la nouvelle Seconde de Morgan était un mannequin.

— Tu es encore jalouse ?

— Pas le moins du monde, répondis-je d'un ton crispé avant de lui assener un coup de coude dans les côtes. Mais tu baves un peu, Sullivan.

Il feignit d'être estomaqué par mon coup de coude, puis il se dirigea vers Nadia, la main tendue.

— Ethan, dit Nadia avec un sourire béat en prenant sa main.

Ils se firent la bise et se murmurèrent quelques mots. Mon ventre se noua aussitôt.

Ce devait être la jalousie qui se réveillait.

— Nadia, voici Merit, ma Sentinelle, dit-il en me désignant.

Nadia tourna vers moi un visage rayonnant avant de me tendre les deux mains.

— Merit, susurra-t-elle en se penchant pour m'embrasser sur la joue. Quel plaisir de te rencontrer !

Sa voix était teintée d'un léger accent français et son parfum était exotique. À la fois complexe et démodé – comme une fragrance qu'on aurait pu acheter dans une petite boutique d'un arrondissement parisien –, il évoquait des senteurs de fleurs, de citron, de riches épices et de soleil. Tout ça dans le même flacon.

— Mon Maître est dans son bureau, si vous voulez bien me suivre.

Ethan acquiesça et emboîta le pas à Nadia qui remonta les marches en trottinant, ses cheveux sautillant sur ses épaules. Sans blague, on se serait crus dans une pub pour du shampoing. En haut de l'escalier, il fallait prendre à gauche et suivre un large couloir en marbre sur une vingtaine de mètres. La porte était ouverte. J'expirai un bon coup et me préparai à une scène.

10

Mon (ex) petit ami : le retour

Le bureau de Morgan était une grande pièce rectangulaire qui donnait sur l'arrière-cour de la Maison Navarre, un petit espace bien entretenu, coincé entre les immeubles du quartier. Toute la paroi du fond de la pièce était en verre et un éclairage extérieur illuminait le jardin en contrebas afin d'offrir une belle vue au Maître des lieux – et de permettre à tous les vampires qu'y se seraient trouvés de pouvoir contempler leur Maître. C'était bien le genre d'architecture qui allait à Célina : une scène en guise de bureau pour le public de vampires en contrebas.

De grands panneaux de soie écarlate étaient suspendus de part et d'autre de la baie, probablement pour la calfeutrer durant la journée. Le reste de la pièce était épuré et moderne, et beaucoup moins féminin. Un bureau en verre agrémenté d'un ordinateur et de divers accessoires blancs trônait à une extrémité. Deux fauteuils ultramodernes, dans les tons noir et acier, étaient disposés devant la table, et un espace salon, composé de meubles modernes que mes parents auraient certainement appréciés – belles lignes mais d'apparence peu confortable –, occupait le coin opposé. Le bureau était quasiment exempt de bibelots et de livres. Je ne sais si c'était par respect pour le mobilier moderne ou simplement parce que Morgan, qui n'avait qu'environ soixante-dix ans, n'avait pas eu le temps d'accumuler trop de souvenirs.

Le Maître vampire se tenait face à la baie et dos à la porte.

— Sire, dit doucement Nadia d'un ton respectueux. La délégation de la Maison Cadogan.

Morgan jeta un coup d'œil par-dessus son épaule.

Ses cheveux sombres semblaient avoir poussé de quelques centimètres depuis la dernière fois que je l'avais vu, même si ça ne remontait qu'à une semaine. Leurs ondulations encadraient ses yeux bleu marine et ses longs sourcils noirs. Le monde était rempli d'hommes beaux, dont beaucoup avaient des yeux magnifiques. Mais ceux de Morgan étaient différents : c'étaient des yeux de velours, comme je les qualifiais, parce que son regard semblait plonger en vous, vous inviter, vous tenter, tant il était profond.

Ce même regard frôla rapidement Nadia, puis s'assombrit en découvrant Ethan, pour s'obscurcir complètement quand il se posa sur moi. Morgan aimait les drames, mais il parvint assez vite à étouffer les expressions de son visage – colère, trahison, tristesse. Peut-être était-il vraiment en train de devenir un Maître après tout.

— Merci, Nadia.

Elle hocha la tête avant de quitter la pièce.

D'après les réactions très respectueuses dont j'étais témoin, j'avais l'impression que le Maître de Navarre occupait une position différente de celui de Cadogan. Ou peut-être que la déférence envers son Maître était obligatoire pour un Second, et qu'il devait faire preuve de soumission jusqu'à ce que la couronne lui soit donnée. Malik, après tout, paraissait en général révérencieux à l'égard d'Ethan.

Et Ethan, sûr de son autorité, attaqua d'entrée de jeu.

— Merit n'a pas été en contact avec Nicholas Breckenridge concernant cet article. Elle ne l'a pas vu, en fait, depuis l'accident.

Morgan se tourna vers moi.

— C'est vrai ?

J'acquiesçai.

Il se dirigea vers son bureau et s'assit. Ethan désigna la baie vitrée.

— Je peux regarder ?

— Je t'en prie, répondit Morgan d'une voix crispée.

Ils échangèrent leurs places, ce qui me laissait malgré tout entre eux deux. *Très poétique*, pensai-je.

— Tu sais que Gabriel nous a rendu visite après l'affaire du chantage ? demanda Ethan, le regard tourné vers la cour en contrebas.

— Je suis au courant. Je sais aussi, grâce au *Sun-Times*, que Merit et toi vous trouviez dans un bar de Ukrainian Village. Ça t'ennuierait de m'expliquer ?

Ethan se retourna, les bras croisés. Il n'avait certainement pas informé Morgan de nos interactions avec les métamorphes. Ce qui ne me surprenait pas, vu qu'il avait plutôt tendance à tout garder pour lui.

— Gabriel nous a demandé d'être présents au rendez-vous des alphas. Nous lui avons rendu ce service.

Morgan se carra dans son fauteuil, les mains croisées derrière la tête.

— Pourquoi avait-il besoin de vous ?

— Pour des raisons de sécurité, plus particulièrement. Il voulait aussi que des vampires soient présents, des personnes qui pourraient rappeler aux métamorphes la finalité de la convention.

— Hmm, lança Morgan avant de lever un exemplaire plié du *Sun-Times*. Apparemment, vous n'avez pas été très efficaces question sécurité.

Ethan crispa les mâchoires.

— L'attaque était extérieure. Un des Meneurs est sorti. On a tiré des coups de feu sur le bar quelques minutes plus tard. Il est possible que ces deux événements soient liés, mais Gabriel semble en douter. Ils sont en train d'enquêter.

Ethan se tut, puis baissa les yeux comme s'il réfléchissait à ce qu'il pouvait révéler à Morgan. Je savais qu'il doutait du Maître de la Maison Navarre, de sa capacité à garder son calme et à prendre le genre de décisions politiques qui s'imposaient.

Je jetai un coup d'œil vers Morgan qui affichait une expression soucieuse, la tête inclinée sur le côté. Il aurait pu me parler par télépathie ; même si seuls un Novice et le Maître qui l'avait changé étaient censés en être capables, Morgan et moi avions déjà établi cette connexion quand il avait défié Ethan en l'accusant d'avoir offensé Célina. Peut-être ne souhaitait-il pas parler… Il avait ses propres mystères à éclaircir.

Il se tourna soudain vers Ethan.

— Alors les loups ont invité les moutons dans leur antre. (Il agita le journal.) Je vais t'épargner le laïus sur le fait qu'il vaut mieux informer tous les Maîtres de Chicago, Ethan, puisque je suppose que tu n'en tiendras pas compte.

Un point pour le jeune Maître, pensai-je, même s'il avait raison : de toute façon, il n'avait aucune chance. Une leçon donnée par Morgan n'empêcherait en rien Ethan de ne pas divulguer d'informations concernant sa stratégie.

— Si nous les aidons, déclara Ethan, d'une voix lasse – certainement parce qu'il n'avait pas l'habitude que quelqu'un de son rang discute ses décisions –, ce que nous allons faire, nous leur prouverons notre volonté d'agir en tant que communauté surnaturelle unifiée. Nous rendons service en espérant qu'ils nous rendront service en retour.

— S'ils avaient vraiment besoin de votre protection, dit Morgan, alors tu aurais raison. Mais les métamorphes sont capables d'assurer leur propre sécurité. Deux vampires armés de sabres n'y changeront rien, même si l'une porte une tenue de pute en cuir.

Je m'efforçai de ne pas laisser transparaître ma colère. Ethan savait rester froid, mais Morgan pouvait se montrer carrément odieux.

— Je prends note de ton opinion, répliqua Ethan d'un ton neutre. Et nous agirons comme bon nous semblera dans l'intérêt de notre Maison.

— Oh ! Nous le savons très bien ! répondit Morgan avant de jeter le journal au travers de la pièce.

Propulsé par la force du vampire, le journal fusa dans l'air comme un Frisbee pour tomber aux pieds d'Ethan. Ce dernier baissa les yeux sur le projectile avant de relever la tête vers le Maître de Navarre.

— Nous ne sommes pour rien dans ce qui est écrit dans cet article, dit-il. Nous ne savions pas qu'il allait paraître et nous n'avons eu aucun contact avec son auteur. (Il avança d'un pas menaçant vers Morgan, le regard froid et brillant.) Mais plus important encore, ajouta-t-il en baissant le ton, aucune des informations mentionnées dans cet article n'est mensongère. Tu peux toujours essayer de te cacher derrière ta position de Maître, mais n'oublie pas la Maison d'où tu viens. Célina est responsable de la mort d'humains. Des morts causées par sa soif de sang. Des meurtres qu'elle a apparemment commandités parce que les humains étaient des pions nécessaires dans sa quête du pouvoir. Tu peux trouver confortable de te réfugier dans le déni, mais Célina a été la Maîtresse de cette Maison et vous porterez la charge des décisions qu'elle a prises, aussi horribles soient-elles, aussi pénibles qu'en soient les conséquences. Si tu veux changer la perception que les gens ont de cette Maison, alors transforme-la. Fais-en ta Maison, une Maison honorable, qui va vers les autres communautés, qui défend tous les vampires, au lieu de prendre les armes pour un individu qui n'a fait que nous desservir par ses actes. Elle nous a gravement porté préjudice, ajouta-t-il.

Morgan, assis dans son fauteuil, déglutit. Le silence s'abattit sur la pièce, jusqu'à ce que le téléphone d'Ethan se mette à vibrer. Il palpa les poches de sa veste, puis sortit l'appareil et consulta l'écran. Il regarda Morgan.

— Puis-je sortir pour prendre cet appel ?

Morgan se tut un moment. La porte du bureau s'ouvrit et Nadia entra.

— Sire ? demanda-t-elle.

Il avait dû l'appeler par télépathie.

— Ethan a besoin de s'isoler pour téléphoner. Peux-tu l'accompagner dans ton bureau ?

— Certainement, dit-elle.

Elle fit un geste en souriant. Ethan sortit et elle lui emboîta le pas avant de fermer la porte derrière elle, me laissant seule avec Morgan.

Ensemble.

Je gardai les yeux baissés et m'efforçai de me rendre invisible.

— Comment ça va entre vous deux ? demanda Morgan sans préambule.

Vu le rouge qui avait envahi mes pommettes, je fus contente de m'être tournée pour regarder par la baie vitrée, mais je ne tins pas compte du sous-entendu de sa question.

— Je pense que notre relation est assez saine.

— Ce n'est pas ce que je voulais savoir.

— Non, corrigeai-je, ne souhaitant pas répondre de manière révérencieuse alors qu'il était incapable d'une conversation polie avec moi. Ce n'est pas ce que tu veux entendre, mais cela répond à ta question.

— J'ai entendu dire que vous vous étiez battus. Est-ce que c'est notre discussion qui a provoqué ça ?

— C'est surtout dû au fait que Célina m'a attaquée dans la rue.

Je ne donnai pas de détails, supposant qu'Ethan l'avait au moins informé du retour peu judicieux de son ancienne Maîtresse à Chicago.

Le silence dura un moment, suffisamment pour que je tourne la tête vers Morgan. Son visage exprimait le regret.

— Tu le savais, lui dis-je. Tu savais qu'elle était en ville et tu n'en as parlé à personne. (Puis je me rappelai ce que j'avais vu quand Célina m'avait agressée.) Elle portait un nouveau médaillon Navarre. Elle est venue ici, déclarai-je en comprenant d'un coup. Elle est revenue dans cette Maison et tu l'as vue. Voilà comment elle a obtenu ce médaillon.

Morgan baissa la tête, le regard fuyant, alors qu'il réfléchissait à sa réponse.

— Elle a construit cette Maison, répondit-il calmement. Elle est ma Maîtresse et elle a construit ma Maison. Elle a demandé à avoir un médaillon pour remplacer celui qui lui avait été pris.

Quand il releva la tête, son conflit intime était lisible dans ses yeux. Il souhaitait vraiment honorer la vampire qui lui avait donné l'immortalité, être juste envers elle. Mais je n'étais pas certaine qu'abriter une criminelle – Maîtresse ou pas – soit une bonne solution.

Et avec de telles pensées, peut-être étais-je prête à rejoindre la Garde Rouge…

— Elle est encore à Chicago ?

— Je ne sais pas. (J'imitai Ethan et haussai un sourcil tout en regardant Morgan fixement.) C'est vrai, insista-t-il en levant les deux mains, je l'ai avertie qu'elle ne pouvait pas rester ici. Je lui ai promis que je n'informerais pas le Présidium de sa présence mais qu'elle ne pouvait pas rester ici. (Puis quelque chose d'intéressant se produisit : il y eut une soudaine étincelle dans ses yeux, signe d'une stratégie de Maître.) Mais je n'ai pas promis de ne pas t'en parler.

C'était gentil de sa part de se décharger sur moi, mais je n'y pouvais plus rien à présent.

— Tu as une idée de l'endroit où elle se trouve ?

Morgan se recula dans son fauteuil.

— Rien de très précis. Mais il s'agit de Célina, elle aime ce qui est à la mode et élégant. (Il montra le bureau autour de nous.) Cette pièce en est un bon exemple, c'est pratiquement un musée.

— Un hommage à sa personne ?

Il leva un regard amusé vers moi et, un instant, je retrouvai ce qui m'avait attirée chez lui dès notre première rencontre. Malgré tout ce qu'Ethan pouvait reprocher à Morgan, qui lui paraissait « trop humain », c'était bien cette humanité qui lui donnait ce sens de l'humour juvénile et qui expliquait sa compassion pour son ancienne Maîtresse, même si elle ne la méritait pas.

— Un truc dans le genre, tu as raison, admit-il. Alors si elle a décidé de s'établir à Chicago, on peut s'attendre à ce qu'elle ait choisi un bel endroit. Elle n'irait pas dans un petit immeuble modeste. Mieux vaut la chercher du côté de Hyde Park, de Gold Coast ou de Streeterville. Un endroit avec un portier, un ascenseur, une vue. Un appartement en terrasse. Un loft face au lac. Une demeure de la belle époque. Quelque chose de ce style.

Mais je doute qu'elle reste ici. On l'a vue à la télévision et trop de gens pourraient la reconnaître.

Je ne pouvais pas croire qu'après avoir fait le voyage vers les États-Unis pour me harceler, elle soit repartie en Europe. Mais c'était vrai également que Célina savait se montrer imprévisible.

— Alors où penses-tu qu'elle soit ?

Morgan souffla.

— Franchement ? Je parierais sur la France. Elle vient de là-bas et, en restant en Europe, elle n'a ni le Présidium ni la police de Chicago sur le dos.

Malgré mes doutes, je devais avouer que ça se tenait.

— Eh bien, je te remercie pour l'info.

Il haussa les épaules.

— Que vas-tu faire à présent ?

— Je vais en parler à Ethan.

Je n'avais aucune idée de ce qu'Ethan déciderait. Mais il souhaiterait probablement approfondir le sujet après la convention s'il y avait une chance, aussi mince soit-elle, que Célina se trouve encore à Chicago. Mais pour le moment, nous avions de quoi nous occuper.

— Évidemment que tu vas lui en parler, dit Morgan.

Et je perçus un des travers de sa personnalité humaine : son mauvais caractère, mâtiné d'immaturité.

— Tu te rappelles sans doute qu'il est mon Maître. Je fais preuve de la même déférence envers lui que toi envers Célina.

Morgan se redressa, puis fit pivoter son fauteuil pour se retrouver face aux papiers étalés sur son bureau.

— Et je suis persuadé que votre relation est entièrement professionnelle puisque tu prends toujours sa défense.

— Je défends Cadogan. C'est le travail d'une Sentinelle.

— Peu importe, dit-il. Tu as attaqué Ethan.

— En effet.

— Et pourtant, tu es là. (Il m'examina des pieds à la tête et ce regard que j'avais trouvé incontestablement attirant se teintait à présent d'une sensualité qui me mettait mal à l'aise.) Le professeur n'a pas puni sa chouchoute ?

— J'ai été punie, lui assurai-je, bien qu'être nommée responsable du comité des fêtes, même pour une grande timide comme moi, soit un châtiment bien léger.

D'un autre côté, Célina était libre après s'être livrée à un saccage meurtrier. Peut-être que les critères de châtiments chez les vampires étaient particulièrement bas.

— Hmm, fit-il.

— Je comprends que tu ne sois pas content, mais pourrait-on essayer de travailler ensemble sans se balancer des réflexions sournoises ?

Morgan ouvrit la bouche pour répondre mais, avant qu'il ait le temps de parler, la porte du bureau s'ouvrit. Ethan entra en glissant son téléphone dans sa poche.

— Pouvons-nous partir, dit-il, si nous en avons fini avec cette discussion ?

Morgan me dévisagea pendant un moment avant de se tourner vers Ethan.

— J'apprécie que vous soyez passés.

— Nous avons sans doute tous besoin de nous rappeler qu'il existe trois Maisons à Chicago, déclara Ethan, et que ces Maisons ne sont pas ennemies.

Sur ces paroles, il se tourna vers moi, et je le suivis hors du bureau.

11

En famille

La propriété des Breckenridge – et il s'agissait bien d'une propriété – était située dans la campagne vallonnée de l'Illinois en dehors de Chicago, ce qui nous faisait un long trajet. Sachant que nous aurions bien assez de temps pour parler, j'attendis d'être dans la voiture pour cracher le morceau concernant Célina.

— Morgan a vu Célina avant qu'elle vienne à Cadogan, annonçai-je à Ethan. C'est lui qui lui a donné son nouveau médaillon Navarre. Elle le portait quand elle m'a agressée.

— C'est triste à dire, mais ça ne me surprend qu'à moitié. Tu as d'autres informations ?

— Morgan pense qu'elle n'est plus en ville. Il parie qu'elle a décampé en Europe. Mais si elle est encore ici, il croit qu'elle aura certainement choisi un endroit luxueux.

— Ce qui correspondrait à son ego démesuré.

— Bien que je déteste l'admettre, une fois que la convention des Meutes sera passée, nous devrons probablement commencer à prendre des mesures pour, je ne sais pas, minimiser les dégâts qu'elle pourrait causer, non ?

— Il n'y a pas grand-chose qu'on puisse faire dans ce sens étant donné l'attitude protectrice du Présidium. Ils ont choisi de la libérer, après tout.

— Je sais. Mais si le Présidium ne l'empêche pas de monter les Maisons et les Meutes les unes contre les autres, ça nous donne une raison d'y réfléchir.

— Peut-être, dit-il avant de marquer une pause. Il m'est venu à l'esprit que j'avais commis une erreur en t'encourageant à sortir avec Morgan.

Je réprimai un sourire.

— Es-tu en train d'admettre que tu as eu tort ?

— Façon de parler. Nous n'aurions pas eu à subir cette tension qui existe entre vous si vous n'aviez pas eu une histoire. Vous supportez à peine d'être dans la même pièce.

Mon ventre se noua et je me demandai si la prochaine phrase qui sortirait de sa bouche serait quelque chose du genre : « Et en parlant de liaisons peu judicieuses… » Mais s'il s'inquiétait à propos de nous, il ne l'exprima pas.

— Bon, l'eau va couler sous les ponts, dit-il.

— Tu te rappelles m'avoir dit une fois qu'il était trop humain ? Je n'étais pas d'accord avec toi alors, puisque moi-même, je n'étais transformée que depuis peu ; mais aujourd'hui, je comprends ce que tu voulais dire. Il est intelligent, capable, amusant…

— Peut-être devriez-vous ressortir ensemble finalement ?

— Très drôle. Mais il peut parfois être terriblement puéril. Il est vampire depuis quarante ans. Il aurait déjà dû dépasser l'adolescence et la crise de la quarantaine.

— Sentinelle, il y a des hommes qui sont humains depuis quarante ans et qui n'ont pas dépassé le stade de l'adolescence ni celui de la crise de la quarantaine.

Il n'avait pas tort. Je me rendis soudain compte que je n'avais pas réellement entendu le téléphone d'Ethan sonner alors que nous nous trouvions dans le bureau.

— Aurais-tu simulé un faux appel pour nous laisser seuls, Morgan et moi ?

— Non. Même si je pensais que cela pourrait être bien que vous mettiez les choses au point.

— Je vois. Qui a appelé ?

— Catcher, malheureusement. Les unités d'experts ont analysé la moto de Tony. Ils ont trouvé de la poudre sur le réservoir et le siège.

— Hmm… Ce qui ne lie pas forcément la moto à la fusillade ; mais ça prend une mauvaise tournure. Est-ce que Tony ou sa Meute ont revendiqué l'attaque ?

— Pas que je sache, répondit Ethan. J'ai prévu de poser la question à Gabriel ce soir.

Ethan alluma la radio et une station publique nous tint compagnie tout le reste du trajet. Les immeubles et les parkings laissèrent la place aux arbres et aux champs, et finalement au faux château français perché au milieu des hectares du domaine des Breckenridge. Ethan s'engagea dans la longue allée qui était flanquée ce soir-là de dizaines de motos stationnées sur deux rangées. Elles créaient un contraste intéressant avec la demeure de luxe et ses cheminées, son toit en pente et sa façade de pierre claire.

Ethan gara la voiture à l'extrémité d'une des rangées de motos. J'hésitai à emporter mon katana et je levai le fourreau en interrogeant Ethan du regard.

— Prends-le, dit-il en attachant son sabre à sa ceinture. Si l'attaque contre le bar visait Gabriel, nous ne pouvons pas écarter la possibilité qu'un membre de la Meute soit impliqué.

— D'accord, dis-je en accrochant le fourreau.

Il nous fallut parcourir l'allée à pied jusqu'à la porte d'entrée. La dernière fois que nous étions venus, un domestique ganté de blanc nous avait ouvert la portière de la voiture et Mme Breckenridge – la mère de Nick – nous avait accueillis à l'intérieur.

Ce soir-là, l'hôtesse était un peu différente.

Elle ouvrit la porte violemment, puis posa une main sur sa hanche.

— Je m'en occupe, madame B., cria-t-elle derrière elle avant de se tourner vers nous.

Grande et musclée, la jeune femme portait un tee-shirt moulant, des bottes montantes par-dessus son jean serré, et ses ongles courts étaient peints d'un noir brillant. Ses oreilles s'ornaient chacune d'une dizaine de boucles et ses poignets étaient tatoués de bracelets d'inspiration tribale. Sur son visage aux traits fins et délicats brillaient les mêmes yeux dorés que ceux de Gabriel, et la masse de ses boucles blondies par le soleil tombait sur ses épaules.

Une autre Keene, pensai-je.

Elle m'adressa un rapide coup d'œil, puis reporta son attention sur Ethan.

— Sullivan ?

Ethan hocha la tête.

— Et Merit.

— Vous avez frappé à la bonne porte, dit-elle. Mme B. a dit que vous aviez déjà passé l'épreuve de l'invitation vampire, alors elle vous a également conviés à cette soirée. (Elle s'écarta en tenant la porte ouverte pour nous laisser le passage.) Entrez donc.

Je suivis Ethan et respirai une bouffée de parfum épicé aux pointes d'agrumes quand je dépassai la jeune femme.

— Je n'ai pas retenu votre nom, dit Ethan.

Elle lui tendit la main.

— Je suis Fallon Keene.

— Ethan Sullivan, dit-il en lui serrant la main.

Elle se tourna vers moi.

— Merit, dis-je en la saluant également.

— Je vais prévenir Gabe que vous êtes arrivés, déclara-t-elle en inclinant la tête. Des vampires à une fête de la Meute. Pas de doute, nous entrons dans une nouvelle ère !

Son ton était suffisamment neutre pour que je sois incapable de savoir si elle approuvait ou pas cette nouveauté.

La réponse d'Ethan ne fut pas aussi équivoque.

— Espérons-le. Espérons-le.

La maison grouillait d'invités, de bonheur et de magie terrienne. Hommes et femmes mangeaient, buvaient et bavardaient pendant que les enfants couraient dans tous les sens, le visage radieux, des jouets à la main. Les portes donnant sur l'élégante salle de bal étaient ouvertes et un long buffet surchargé de victuailles était disposé le long d'un mur. Cela ressemblait plus à une fête de famille qu'au dernier repas avant une convention.

— Merit ! (Avant que je puisse réagir, Jeff me serrait dans ses bras et me plaquait un gros baiser sur la joue.) Nous sommes tellement contents que tu sois là.

Je souris en l'étreignant à mon tour. Je supposai que son allégresse était due au béguin qu'il avait pour moi, du moins jusqu'à ce qu'il se tourne vers Ethan et lui broie les os de la même manière.

Ethan m'adressa un regard désemparé auquel je répondis par un clin d'œil.

— C'est vraiment génial que vous soyez venus, dit Jeff en relâchant Ethan avant de reculer d'un pas. Génial ! Vous êtes les premiers vampires à être invités à une de nos fêtes.

— Et quelle fête ! dit Ethan en parcourant la foule des yeux.

— C'est fabuleux ! Vous devriez aller vous chercher de quoi manger. Vous avez rencontré Fallon ?

J'acquiesçai.

— C'est elle qui nous a ouvert la porte. C'est la sœur de Gabriel ?

— La seule fille, et la seconde dans la fratrie pour accéder au trône, confirma Jeff. La plupart des frères sont ici ce soir.

Il désigna dans la foule plusieurs hommes qui avaient tous en commun la chevelure blonde des Keene. Adam nous aperçut et nous fit signe, ses fossettes visibles aux coins de la bouche. Deux jeunes garçons avec des voitures en plastique dans les mains se ruèrent tout à coup entre nous en semant des « vroum » dans leur sillage.

— L'ambiance est vraiment joyeuse, fit remarquer Ethan.

— Nous sommes ensemble, dit Jeff. Nous sommes une famille. Voilà une bonne raison de faire la fête même si la convention des Meutes peut signifier que nous allons vous quitter. (Il tourna vers moi un regard inquiet.) Je ne veux pas partir. Je ne veux pas t'abandonner.

— Je sais, Jeff, le rassurai-je en lui serrant la main. Je ne veux pas que tu partes non plus. (Il écarquilla les yeux et ses joues devinrent écarlates.) C'est platonique, Jeff. Comme pour un ami très cher.

— Ouf! soupira-t-il en secouant les épaules d'un air soulagé. Je voulais justement te parler de ça.

En le voyant rougir à son tour, je devinai aussitôt.

— Jeff, il y a quelqu'un d'autre ?

Il émit quelques grognements équivoques, mais quand son regard dériva de nouveau vers la foule pour suivre les tressautements de la chevelure bouclée de Fallon Keene dans la pièce, j'eus ma réponse.

— Est-ce qu'elle est au courant ?

Il se tourna vers moi et son rougissement juvénile se transforma en une expression plus mûre.

— Bien sûr. Il y a des fois où je me comporte sérieusement, Merit.

Je me penchai pour l'embrasser sur la joue.

— Je sais que tu en es capable, Jeff. Bon, à part tes amours avec Fallon Keene, quel est le programme de la soirée ?

Jeff haussa les épaules.

— Pas grand-chose d'autre. Se rappeler le bon temps. Profiter de l'occasion. Gabe fera un petit discours plus tard. Et manger, bien sûr ! (Il haussa les sourcils.) Tu as vu le buffet ?

— Seulement de loin.

Jeff fit claquer sa langue en regardant Ethan.

— Si tu veux te comporter honorablement avec elle, tu ferais mieux d'aller lui remplir une assiette.

Sur ce conseil, il disparut dans la foule. Ethan resta un moment sans bouger à mes côtés.

— Je suppose que c'est mon rival ?

— Exactement, répondis-je en lui glissant un regard en biais. Est-ce que tu as une meilleure stratégie que la sienne pour obtenir mes faveurs ?

Il sourit d'un air malicieux.

— Je crois que je t'ai démontré ce dont je suis capable pour obtenir tes faveurs, Sentinelle.

Je soufflai, en souriant intérieurement, surprise et amusée par cette répartie inattendue. Étions-nous vraiment ensemble ? Est-ce que tout cela était bien vrai ?

— Bon, je crois que je vais suivre son conseil. Tu as faim ?

— Aussi surprenant que cela puisse paraître, pas pour le moment.

— Les miracles ne cesseront-ils jamais de s'enchaîner ?

— Très drôle, rétorquai-je avant de parcourir du regard l'assistance de métamorphes.

Les parents portaient leurs enfants, les assiettes passaient entre membres de la famille et les amoureux s'étreignaient.

— Ce n'est pas le genre de fête que donnent habituellement les Breckenridge.

— Mes parents organisent toutes sortes de fêtes, dit une voix derrière moi.

Je me retournai en même temps qu'Ethan. Nick Breckenridge – grand, beau et ténébreux – se tenait derrière nous, les mains dans les poches. Il portait une chemise sombre dont il avait roulé les manches et un jean foncé. Ses courtes boucles encadraient son visage aux yeux bleus. Il avait le nez romain et l'arcade sourcilière prononcée. Il était beau à la manière d'un soldat sparte – d'une beauté stoïque.

Pour le moment, il retenait ses émotions. On verrait bien combien de temps cela durerait…

— La Justicière à la queue-de-cheval ? demandai-je.

— Ce n'était pas mon idée.

— L'article non plus, je présume ?

Nick hocha la tête.

— Le rédacteur en chef l'avait tout d'abord confié à quelqu'un d'autre. Je les ai convaincus que cet article serait difficile à rédiger et j'ai pris le relais. Nous n'avons pas besoin qu'un journaliste ambitieux traîne autour du bar en se posant des questions sur des types en veste MGP.

— L'article était terriblement pro-Cadogan. Et pro-Sentinelle.

— Il se peut que je vous aie jugés de façon un peu trop hâtive, reconnut Nick. Je suis capable de l'admettre quand j'ai tort. Mais le plus important, c'est que l'attention reste concentrée sur les vampires.

— Et pas sur les métamorphes ? ajoutai-je. (Il acquiesça.) C'est compréhensible. Je ne savais pas que tu travaillais pour ce journal.

— Juste en free-lance pour le moment. (Nick nous regarda l'un après l'autre.) C'est un sacré événement que vous soyez là tous les deux. Vous avez le soutien de Gabriel.

— Nous avons cru comprendre, dit Ethan. Et nous apprécions beaucoup.

Un instant, les deux hommes se jaugèrent en silence, se demandant quelle option choisir entre la guerre et la paix.

— En parlant de Gabriel, dis-je en désignant la salle de la main, est-ce une manière de vous réconcilier ?

— Comme tu le sais, j'ai été à l'origine de quelques remous qu'il n'a pas appréciés, admit Nick d'un air penaud, mais j'espère que je finirai par regagner sa confiance. C'est un premier pas sur cette voie. Quant à la convention des Meutes, je ne crois pas que la nôtre votera pour que nous restions ici.

— Il est évidemment possible que vous partiez, dit Ethan. Et si c'est ce qui est décidé, il nous faudra trouver un moyen de nous adapter.

Je me demandais si les Breck auraient à s'adapter, eux aussi. D'après ce que j'en avais vu, ils se démarquaient des métamorphes standard – pas de Harley, pas de cuir. Au contraire, ils formaient une famille solidement attachée à Chicago et encore plus à ses terres.

— S'ils votent dans ce sens, lui demandai-je, est-ce que tu partiras ? Est-ce que tu vas rassembler Michael,

Fin, Jamie et tes parents pour prendre la route du nord ?

— Je ne peux pas répondre à ta question.

Je penchai la tête.

— Parce que c'est un secret ?

— Parce que je n'en sais rien.

Sa voix exprimait la défaite ainsi que la culpabilité d'un homme qui voulait croire mais n'avait pas encore décidé s'il allait suivre le chef. Et même en tenant compte des ennuis que Nick avait créés aux vampires, mon cœur se serra de compassion. Le doute était un sentiment effrayant.

La foule s'écarta, épargnant à Nick davantage de questions. Les hommes et les femmes se tournèrent dans notre direction, et soudain, Berna fut devant nous après s'être frayé un chemin à coups de coudes parmi les métamorphes. Elle tenait une assiette qui débordait d'un assortiment de viandes, de ragoût et de légumes, un petit pain chaud couronnant le tout comme une cerise sur une crème glacée.

Les invités autour de nous s'étaient tus et observaient les deux femmes qui se faisaient face : moi, la grande et mince vampire, queue-de-cheval sombre et fourreau rouge rutilant, et Berna, la petite femme ronde aux cheveux décolorés et aux doigts noueux, qui tendait les bras vers moi comme pour une offrande.

— Mange.

Je faillis protester, mais son regard farouche m'y fit réfléchir à deux fois.

— Merci, Berna. C'est très prévenant de votre part de m'avoir préparé cette assiette.

— Pff, cracha-t-elle avant de sortir de la poche de sa chemise zippée en polyester une fourchette qu'elle me donna.

Je jetai un coup d'œil vers Ethan et, obéissant à son hochement de tête – et devant les mines amusées des métamorphes qui avaient été témoins de la scène –, je plongeai la fourchette dans la part de ragoût et en pris une bouchée.

Les yeux fermés, je savourai les pommes de terre fondantes, le beurre, le paprika et la crème...

— Oh ! Berna ! C'est merveilleux.

— Hmm, fit-elle avec une certaine fierté.

J'ouvris les yeux juste à temps pour la voir tourner les talons et s'éloigner, aussitôt dissimulée par la foule.

Je piquai une nouvelle bouchée de ragoût, puis dirigeai mon couvert vers Ethan. Il l'examina un moment puis, devant mon regard menaçant, se pencha.

Une demi-seconde plus tard, les paupières closes, il se régalait.

— Je te l'avais dit.

— Tu as un don.

— Je sais, répondis-je d'un air absent, mais j'étais déjà ailleurs, à la dérive sur une mer crémeuse.

Au bout d'un moment, Nick retourna se mêler à la foule et Ethan disparut pour aller passer un coup de fil en m'abandonnant au milieu de la Meute. Adam en profita alors pour faire son approche. Il était vêtu d'une chemise en coton fin et d'un jean, chaussé de grosses bottes, et portait une longue chaîne avec un médaillon celte autour du cou.

— Vous avez du succès tous les deux, dit-il. Berna ne cuisine pas pour tout le monde. Je sais qu'elle apprécie ce que tu as fait pour elle.

— Je suis contente d'avoir pu agir à temps, répondis-je. Apparemment, tout le monde s'amuse.

— Ça se passe souvent de cette façon. C'est ce qu'on organise quand on rentre au pays. De grosses soirées, des barbecues, ce genre de festivités.

— J'ai entendu dire que Gabriel vivait à Memphis. Toi aussi ?

Adam eut un sourire narquois qui fit apparaître ses séduisantes fossettes. Je suppose qu'on aurait pu qualifier ce sourire de « vorace » puisque c'était sans équivoque celui d'un prédateur.

— Je vis où je veux.

— Tu es nomade ou tu as peur de t'engager ?

Cette fois, son sourire découvrit ses dents.

— Tu veux tenter ta chance avec moi ?

Je ricanai.

— J'ai déjà bien assez de difficultés à gérer les vampires dans ma vie.

— Ce serait peut-être plus simple avec les métamorphes, qui sait ?

— Ce n'est pas une question de difficulté. J'aimerais surtout rester à l'écart de gens qui demandent à être gérés. J'aspire à une existence dénuée de drames.

— Tu n'aurais probablement pas dû devenir une vampire.

— Je n'ai pas eu le choix.

Ma réponse le figea. Son sourire s'effaça pour laisser la place à une expression de curiosité légèrement malsaine.

— Tu n'as pas eu le choix ? Je croyais que les vampires devaient prêter serment ! Et consentir à la transformation – ou quel que soit le nom qu'ils lui donnent !

Je détournai le regard en m'humectant nerveusement les lèvres. Même si toute la ville savait que j'étais une vampire, les détails de mon changement malgré moi n'étaient connus que de rares personnes. J'avais fait cette remarque désinvolte sans y penser, mais je n'étais pas certaine d'être prête à révéler la vérité à ce type, fossettes ou pas.

— Il y a d'autres choses à prendre en considération au-delà de la transformation, lui dis-je en espérant que cela répondrait suffisamment à son interrogation pour lui faire passer l'envie d'en demander davantage. Il n'était pas seulement question de devenir une vampire. (Non, il avait été question de rester en vie.) C'est ce qui se passe pour un certain nombre d'entre nous.

Quand je levai de nouveau les yeux vers lui, je lus dans son regard un sentiment surprenant : le respect.

— Tu es une battante, conclut-il. Une guerrière, en quelque sorte.

— Je suis la Sentinelle de la Maison, répondis-je. Une garde, si on peut dire.

— Comme un chevalier parmi les rois ?

Je souris.

— Quelque chose dans le genre, oui. Et vous, à quoi passez-vous vos journées, monsieur Keene ? À part à courtiser les filles en les charmant avec vos fossettes ?

Il baissa les yeux d'un air timide, mais je n'y crus pas, surtout quand il releva la tête en affichant un sourire malicieux.

— J'aime les plaisirs simples, Sentinelle.

— Et quels sont-ils ?

Il haussa les épaules avec désinvolture, puis adressa un signe de la main à un homme qui passait en portant un plateau garni de verres de jus de fruits. Une attitude amicale, entre gens de la même famille, pensai-je. Adam prit deux verres et m'en tendit un.

— La prochaine fois que nous prendrons un verre, je choisirais un lieu plus luxueux. Quelles sont mes chances ?

Je bus une gorgée de mon jus de pomme tiède.

— Presque nulles.

Il gloussa avec bonne humeur.

— Tu es avec quelqu'un ?

— Et je ne suis pas intéressée.

— Ouille ! dit-il en faisant traîner la dernière syllabe. Tu as de la répartie, j'aime ça.

Je souris malgré moi. Je n'étais pas tentée par son offre – et de fait, je n'étais pas disponible, semblait-il –, mais cela ne rendait pas sa cour moins flatteuse. Adam Keene était un mélange redoutable de beauté, de charme et d'un soupçon de malice.

— Je suis aussi une fille curieuse, admis-je. Et depuis que nous discutons, tu as pris soin d'éviter de répondre à toutes mes questions personnelles.

Il leva sa main libre.

— Désolé. Je n'avais pas l'intention de me montrer fuyant. Tu es une vampire et je suis un métamorphe. Et même si j'apprécie assez cette atmosphère *Roméo et Juliette*, nous avons tendance à rester sur nos gardes quand il s'agit de répondre à vos questions.

— Je peux le comprendre, mais ça ne fait pas de moi quelqu'un de moins curieux pour autant.

— Tu es têtue, n'est-ce pas ?

J'entendais un peu trop souvent cette critique ces derniers temps.

— En effet. Alors essayons encore une fois. Comment un métamorphe comme toi occupe-t-il son temps libre ?

— Eh bien, dit-il en baissant la tête et en clignant des yeux, je me dépense. Je soulève de la fonte. J'envoie pas mal à la guitare.

Je haussai les sourcils.

— Tu envoies à la guitare ? Comment ça, tu jettes des grattes ?

Je m'imaginais deux hommes dans une sorte de cage en train de se taper dessus à coups de guitares acoustiques, du bois et des cordes volant dans tous les sens.

Il gloussa.

— J'envoie, je joue quoi ! Je me débrouille avec une douze cordes. Rien de bien sérieux. C'est juste pour me détendre, tu vois, derrière la maison, sous la véranda, avec une bière en regardant les étoiles.

— Ça me semble une façon assez sympa de passer une soirée, dis-je en me demandant où cette véranda pouvait bien se trouver. Tu viens d'où ? demandai-je pour la deuxième fois.

Il se tut un moment en triturant le bord de son gobelet en plastique.

— Tu avais raison à propos de Memphis, dit-il enfin. Nous avons une baraque sur l'East Side – en dehors de la ville, comme ça, les lumières ne viennent pas masquer les étoiles. (Il fronça les sourcils.) Ça fait bizarre d'être ici. La ville est chouette, il y a beaucoup de choses à voir et j'aime l'eau, mais on ne voit pas les étoiles.

— Pas beaucoup en tout cas, convins-je. Mais je n'en ai pas beaucoup vu ailleurs non plus, pour tout te dire. J'ai vécu à New York et en Californie.

— Tu as l'air d'aimer le béton.

— Il semblerait que oui. Même si l'idée de me tenir sous une véranda avec une bière à la main me plaît assez.

— C'est exactement le problème, n'est-ce pas ?

Je penchai la tête.

— Comment ça ?

Adam désigna l'assistance d'un mouvement du bras.

— Ça. Tout ça. Nous pourrions tous être assis sous une véranda en train de boire une bière. Au lieu de quoi, nous sommes tous rassemblés dans une maison luxueuse de Chicago en attendant de nous disputer au sujet de notre avenir. (Il haussa les épaules.) Je ferai ce que Gabe me demandera, mais je comprends le besoin de rentrer à la maison.

— Et puisqu'on parle de ça, vous avez eu des nouvelles de Tony ? Est-ce qu'il revendique la responsabilité de la fusillade ? Il défie Gabriel ?

Adam secoua la tête.

— Pas que je sache. C'est une question que tu devrais poser à Gabriel.

— Tu sais, je crois que nous venons d'avoir une vraie conversation. Et ça ne s'est pas trop mal passé, non ?

Il porta une main à son cou.

— Ma carotide a l'air intacte, alors oui, tu avais raison, ça n'était pas difficile.

— Nous ne passons pas notre temps à nous jeter crocs en avant sur les gens pour les saigner, tu sais !

Bon, à moins qu'on me mette dans la même pièce qu'Ethan Sullivan.

12

Ameuter la lune

Jusqu'à ce que Gabriel grimpe sur une ottomane au milieu du salon des Breck, il semblait, comme Adam l'avait dit, que nous avions été invités à une simple réunion de famille.

Jusque-là.

Gabriel attira l'attention de l'assistance par un puissant sifflement qui faillit me faire exploser les tympans. S'ensuivit une cacophonie de tintements produits par une centaine de fourchettes en argent qu'on tapait contre autant de verres à vin et qui cessa enfin quand le Meneur bondit sur l'ottomane et leva les mains.

— Meute ! cria-t-il.

Le vacarme d'une centaine de voix – hurlements, ululements, sifflements, cris et braillements – emplit aussitôt la pièce. Ce brouhaha s'accompagna d'une brusque altération de la magie présente dans l'atmosphère. L'air crépitait d'un bourdonnement électrique, à la fois plein de vie et effrayant. Après tout, il s'agissait d'une énergie prédatrice qui n'était pas la mienne.

J'éprouvai une furieuse envie de bouger et sursautai presque lorsque Ethan s'approcha suffisamment de moi pour que nos corps se touchent. Je ne savais pas si c'était un élan qui le poussait vers moi ou s'il s'éloignait des membres de la Meute autour de nous, mais sa proximité avait quelque chose de naturellement rassurant. C'était apaisant, une présence familière au milieu de sensations que ma sensibilité de vampire n'appréciait pas trop.

—*Ne bouge pas*, m'ordonna-t-il en silence.

Ce n'étaient pas des mots d'amoureux mais ceux d'un Maître intimant à sa Novice de se calmer. Et comme si mon corps lui obéissait, mon cœur commença à ralentir.

Jeff, qui se dirigeait vers le devant de la salle, s'arrêta près de nous.

—Il appelle la Meute, expliqua-t-il. D'après ce que je sais, vous êtes les premiers vampires à assister à ce spectacle.

—Les premiers vampires de Chicago ?

—De toute l'histoire, répondit-il avant de repartir.

—Nous sommes la Meute ! déclara Gabriel.

Les métamorphes se rassemblèrent autour de lui. Comme le fond de la salle se vidait, je vis Nick se tenir à la lisière de la foule, une position qu'il avait sans doute adoptée parce qu'il était toujours en froid avec Gabriel. Et être en froid avec Gabriel revenait certainement à être en froid avec toute la Meute.

Les autres se prirent par le bras comme s'ils formaient une immense mêlée de rugby. Mais cette fois, la magie ne se répandit pas vers l'extérieur. Elle se condensa au milieu du groupe, créant une frontière palpable pour nous qui nous tenions à l'écart. Les métamorphes formaient des cercles, bras dessus, bras dessous, autour de Gabriel. Puis les hurlements reprirent. Certains étaient constants, comme une harmonie à quatre voix de cris d'animaux ; d'autres membres lançaient des jappements au hasard. Les cris s'élevèrent en un crescendo fou, et les rangées enchevêtrées de métamorphes chantaient et se balançaient chacune à leur tour.

Je compris soudain : il ne s'agissait pas de simples vocalises. Ils communiquaient entre eux. Ils s'assuraient, entre membres de la Meute, qu'ils étaient ensemble, que leurs familles étaient sauves et la Meute en sécurité.

— *C'est superbe*, dis-je à Ethan.

J'avais de la chance d'être témoin de ce qu'aucun vampire n'avait jamais vu.

L'appel continua pendant dix ou quinze minutes, les métamorphes se détachant les uns des autres progressivement, un cercle après l'autre, jusqu'à ce qu'ils soient tous séparés.

Gabriel était toujours debout sur l'ottomane, les mains en l'air, son tee-shirt noir moulant trempé de sueur. Appeler la Meute – et peut-être s'imposer au milieu de toute cette magie – ne devait pas être une mince affaire.

— Bienvenue à Chicago, dit-il avec un sourire las en provoquant de nouveaux ululements de la part de l'assistance. Bientôt, nous nous réunirons. Nous porterons la décision de notre destin collectif devant les Meutes et nous choisirons de rester ou de partir.

La foule se fit silencieuse.

— Le temps viendra de prendre cette décision. Mais pas ce soir.

Il se baissa et, quand il se releva, il portait un bébé aux joues roses dans les bras. Il déposa un baiser sur le front de l'enfant.

— Notre avenir est sombre. Mais nous allons persévérer, quel que soit le résultat. La Meute est éternelle.

Il se pencha pour remettre l'enfant dans les bras tendus de sa mère.

— Ce soir, nous accueillons des étrangers parmi nous. Nous les appelons « vampires », mais ils sont nos amis. Ils ont pris soin de l'une d'entre nous et ils sont invités ici en toute amitié.

Gabriel fit un geste dans notre direction, et les membres de la Meute se tournèrent vers Ethan et moi. Certains souriaient. D'autres arboraient des expressions de franc dégoût et de mépris. Mais toutes ces femmes et tous ces hommes hochèrent la tête, acceptant à contrecœur la présence des vampires parmi eux, des vampires qui avaient sauvé l'une d'entre eux.

— *Heureusement que Berna est saine et sauve,* dis-je à Ethan.

— *C'est parce que tu as agi assez rapidement. Heureusement que tu étais là.*

— Nos vies sont inextricablement liées, poursuivit Gabriel. Vampire ou métamorphe, homme ou femme, les battements de nos cœurs font écho à ceux de notre terre. Et nos cœurs ne sont pas les seuls à être liés entre eux. (Il regarda Ethan, puis moi. Quelqu'un lui tendit une coupe et Gabriel la leva dans notre direction.) Nous vous offrons notre amitié.

Ethan écarquilla aussitôt les yeux, mais il verrouilla très vite cette émotion et adressa une humble révérence aux métamorphes autour de nous alors qu'ils portaient leur toast.

— Mais nous ne nous réunissons pas ce soir pour décider, déclara Gabriel. Ce soir, nous sommes en vie, nous respirons, nous nous aimons et nous apprécions la compagnie de nos amis et de notre famille. Ce soir, dit-il en m'adressant un clin d'œil, nous mangeons.

Dix ou quinze minutes passèrent avant que Gabriel traverse la foule à pas de loup dans notre direction. Son visage exprimait toute une palette d'émotions. Même la magie qu'il dégageait semblait mêlée de conflit.

— Merci de nous permettre d'être ici avec vous, lui dit Ethan. C'était une sacrée expérience de vous voir tous ainsi.

Gabriel acquiesça.

— Vous avez pris un risque que tous n'auraient pas osé prendre.

— C'était le moins qu'on puisse faire, répondit Ethan.

Gabriel se tourna vers moi.

— Tu es allée chercher Berna. Tu t'es mise en danger pour qu'elle soit à l'abri, en sécurité.

— J'ai fait ce que n'importe qui d'autre aurait fait.

— Tu as sauvé une vie.

Ses paroles étaient graves, mais je sentis quelque chose de cinglant dans sa voix et son expression était empreinte de tristesse.

— *Il semble très ambivalent sur ce sujet*, indiquai-je à Ethan.

— Y a-t-il quelque chose qui t'inquiète ? lui demanda Ethan.

Gabriel secoua la tête.

— Je vais être redevable à Merit, annonça-t-il. J'ai payé une partie de ma dette en m'occupant des Breckenridge et de leur animosité infondée.

Nous étions déjà au courant de cette partie de l'affaire, puisque Gabriel nous en avait parlé quand il était venu à la Maison Cadogan. Je ne savais pas à quelle dette il faisait allusion, mais je supposais que cela avait à voir avec la famille. Que ce soit la sienne ou la mienne, Meute ou vampire, je n'en savais rien.

Et je ne risquais probablement rien en posant la question.

— Quelle est cette dette dont tu parles ?

— Je ne peux t'en dire plus, Sentinelle. L'avenir est comme une mer. Je peux en voir les vagues au loin, mais ça ne veut pas dire que l'avenir est immuable ou que les événements ne peuvent être changés.

Les métamorphes étaient différents des sorciers en ce domaine. Les sorciers livraient des prophéties dès qu'ils le pouvaient, même si ces prédictions étaient généralement difficiles à interpréter.

— Tu peux me donner une piste ? Tu as parlé de famille. Est-ce la mienne ou la tienne ?

Gabriel se tourna vers l'autre bout de la salle. Je suivis son regard jusqu'à une femme qui se tenait en périphérie, avec des amis ou des membres de sa famille. Ses cheveux longs étaient détachés et ses mains soutenaient son ventre rond. C'était Tonya, la femme de Gabriel, et Connor, son enfant, un futur membre du clan Keene et de la Meute des Grandes Plaines. Un futur Meneur, peut-être ?

— Je ne peux que te dire ceci : la sécurité de ma famille dépendra de toi.

Le silence s'établit entre nous, l'atmosphère alourdie par la confidence qu'il venait de faire. Je n'étais pas certaine d'être flattée que Gabriel me croie capable de protéger sa famille – ou même qu'il s'inquiète que cette responsabilité repose sur mes épaules.

— D'un autre côté, les Meutes ne devraient pas porter le poids de mes dettes envers les autres. (Il déglutit avec difficulté.) Je ne peux rien vous garantir concernant les alliances. Tout ce que je peux dire, c'est que je ne me fermerai pas complètement à cette idée. C'est tout ce que j'ai à vous offrir.

Et grâce à cette simple suggestion – l'idée qu'il pourrait être en mesure d'envisager une alliance avec les vampires –, Gabriel Keene entra dans l'histoire.

— Avant que nous partions, dis-je en nous ramenant à des sujets d'inquiétude plus immédiats, tu es au courant pour la moto de Tony ? Les résultats des analyses ?

Il acquiesça.

— Je sais qu'ils ont trouvé des résidus de poudre.

— Est-ce qu'il s'est manifesté ? demanda Ethan.

— Pas un signe. Pourquoi ?

— Nous nous demandions s'il revendiquerait la fusillade du bar, dit Ethan, s'il essaierait de s'opposer franchement à toi ou à la convention. S'il est impliqué et qu'il essaie réellement de faire basculer l'équilibre du pouvoir, ce serait une démarche logique.

Gabriel fronça les sourcils avant de secouer la tête.

— Nous n'avons pas de nouvelles de lui, et son lieutenant non plus. Je suppose qu'il s'est planqué pour protéger ses fesses.

— C'est une possibilité, convint Ethan.

Le regard de Gabriel dériva quand Fallon lui fit un signe depuis l'autre côté de la salle.

— Il faut que j'y aille. Je vous verrai demain soir.

Sans un mot de plus, il retourna vers le bar.

Ethan n'attendit pas pour aborder le sujet principal.

— Il n'a peut-être pas offert une alliance officielle, mais on n'en a jamais été aussi proches.

— Nous formons une bonne équipe, dis-je avec un sourire insolent.

Il soupira mais souriait malgré tout.

— Maintenant que j'ai réussi à nous faire inviter à une petite fête de Meute et que je suis peut-être parvenue à te livrer une alliance sur un plateau, je vais aller voir ce que réserve ce buffet.

— Mais tu viens de manger!

Je lui jetai un regard sardonique.

— Je suis une vampire avec un métabolisme plus rapide qu'une balle de mitraillette. De plus, il n'y avait que de la viande et des légumes dans cette assiette. Je n'ai pas eu de dessert.

— Vas-y, dit-il en me chassant d'un petit geste de la main. Va te chercher du chocolat.

Je le gratifiai d'un sourire majestueux avant de me diriger vers le buffet géant.

Il était encore plus impressionnant de près. La nourriture était faite maison, des ragoûts fumants jusqu'aux légumes rôtis et aux gâteaux recouverts d'un glaçage rose parsemé de noix de coco. Je filai droit vers les desserts, prenant une petite assiette et une fourchette au passage pour recueillir mon butin.

Les ennuis commencèrent alors que je posai un cookie sur mon assiette.

— Tu es une vampire, c'est ça ?

Je me tournai vers le métamorphe qui m'avait parlé. Grand, large carrure, épais cheveux noirs tirés en une natte basse. Une barbe couvrait en grande partie son visage.

— Oui, dis-je en lui souriant poliment. Je suis une vampire.

Il grogna, puis se pencha vers moi en me gratifiant de ses odeurs de cuir, de mauvais whisky et de fumée de cigare.

— Tu te crois terriblement sexy, hein ? Petite vampire ?

Le désir exprimé par Gabriel que métamorphes et vampires soient amis n'était de toute évidence pas unanime. Mais cette amitié était en jeu. Aussi je gardai ma colère naissante pour moi et m'éloignai de quelques mètres le long de la table.

— Je prends juste un dessert, déclarai-je sur un ton léger. Ils ont l'air délicieux.

Il émit quelques grognements porcins, comme s'il était choqué que j'aie le culot d'ignorer sa tentative de me mettre en rogne.

— Hé, je te parle ! me dit-il enfin d'une voix basse et menaçante.

— Et je t'ignore poliment. (Je rassemblai tout mon courage et lui adressai un regard d'avertissement.) Je suis une invitée dans cette maison et j'ai l'intention de me comporter comme telle. Peut-être devriez-vous en faire autant.

Ce fut la fin de notre discussion – puisque sa réponse fut physique. Il m'attrapa par le bras et me tira en avant d'un coup sec en vomissant des jurons. J'essayai de libérer mon bras et laissai tomber mon assiette, qui se brisa par terre, des miettes et des morceaux de porcelaine volant en tous sens.

Mais avant que j'aie le temps de réagir, il avait disparu. Ethan l'avait saisi par le col et l'avait repoussé contre le mur.

— Ne la touche pas ! siffla-t-il, dents serrées.

Le métamorphe se libéra d'Ethan d'une torsion rapide des poignets, puis le repoussa avec force.

— Bordel, mais pour qui tu te prends ?

Ethan vacilla en arrière, mais se redressa assez vite avec l'intention apparente de se jeter une deuxième fois sur le type.

— Tu l'approches encore une fois et c'est à moi que tu auras affaire, métamorphe ou pas.

Une certaine lucidité politique prit le pas sur ma surprise ; j'attrapai le bras d'Ethan, puis le tirai vers moi pour éviter que les deux hommes s'affrontent.

— Ethan, murmurai-je. Calme-toi.

Gabriel se précipita vers nous, Adam et Fallon à sa suite.

— Mais qu'est-ce qui se passe ici ?

La salle de bal fut aussitôt plongée dans le silence et tous les yeux se tournèrent vers les vampires qui provoquaient un incident au beau milieu de la fête.

Le métamorphe roula des épaules comme s'il se débarrassait de l'insulte, puis il désigna Ethan du doigt.

— Je discutais avec cette vampire et ce connard m'a poussé. Et maintenant, c'est mon tour.

Dieu merci, ma force de vampire me permit de retenir Ethan. Il s'élança une nouvelle fois, avec suffisamment d'énergie pour m'emporter avec lui sur quelques pas avant que je puisse l'arrêter.

Adam et Fallon bondirent entre les deux hommes, prêts à intervenir en cas de nouvelle attaque.

— *Ethan*, lui dis-je mentalement. *Arrête ! Ça suffit !*

— Il l'a attrapée par le bras, dit Ethan, les mâchoires serrées avant de se libérer de ma prise. Ça va. (Il se passa les mains dans les cheveux.) C'est bon, mais tu ferais mieux de contrôler tes métamorphes.

Gabriel, les poings crispés, dévisagea Ethan avec une expression féroce. La magie s'éleva de nouveau, cette fois en un nuage suffocant, pendant que Gabriel décidait de notre sort.

Je jurai intérieurement, supposant que c'était déjà la fin de la détente entre vampires et métamorphes.

Mais juste à ce moment, Tonya apparut derrière son mari. Une main sur son ventre, elle toucha de l'autre le dos de Gabriel. Comme s'il répondait à sa caresse, le Meneur nous regarda tour à tour. Au bout de quelques secondes, sa colère s'apaisa sur son visage.

Il avait compris qu'Ethan avait failli s'en prendre à un des membres de sa Meute uniquement parce que ce dernier avait failli s'en prendre à moi.

Après un moment de silence, Gabriel avança d'un pas vers Ethan et se pencha vers lui comme s'il donnait un conseil à un collègue.

— Si tu veux que cette amitié fonctionne, alors tu as intérêt à te tenir à carreau. Je comprends tes raisons, dit-il avant de marquer une pause pour souligner ses propos. Mais je n'accepterai pas ce genre de conneries. Pas avec ma Meute. Pas avec les miens. (Ethan acquiesça, les yeux baissés. La voix de Gabriel s'adoucit.) Seras-tu prêt pour la convention, demain ?

— Bien sûr.

Gabriel hocha la tête.

— Eh bien, ta parole me suffit. (Il se redressa.) Nous en avons fini, annonça-t-il à la salle. C'est fini. Tout va bien, alors reprenons notre soirée, si vous le voulez bien. (Puis il prit la main de Tonya, s'approcha de mon agresseur et posa une main ferme sur son épaule.) Allons boire un verre et causer bonnes manières…

Alors qu'il s'éloignait dans l'assistance, le vacarme et les conversations nous enveloppèrent de nouveau.

— Nous devrions y aller, dit Ethan.

Je le laissai ouvrir le chemin.

Il garda le silence jusqu'à la voiture. Ce silence et la tension qui s'ensuivit alourdirent l'ambiance entre nous jusqu'à ce que nous nous soyons éloignés de la propriété des Breckenridge sur le chemin du retour de Hyde Park.

C'était la seconde fois qu'Ethan me protégeait de cette façon. Ses gestes avaient été forts, mais ils avaient également créé un certain malaise entre nous – comme si, justement, les gestes étaient trop exagérés pour une relation aussi récente que la nôtre.

— Ma réaction était déplacée, dit-il enfin.

— Tu as cru qu'il allait me faire du mal.

Ethan secoua la tête.

— Je critiquais Morgan et sa manière d'agir sans réfléchir, de laisser ses émotions se mettre en travers des besoins de sa Maison.

Mon estomac se noua et j'eus l'impression malsaine que je savais où cette discussion allait nous mener.

— Ethan, murmurai-je.

Il secoua la tête.

— Si Morgan avait fait un truc pareil, je l'aurais attrapé, traîné hors de la salle, et puis, je lui aurais rappelé ses devoirs envers la Maison et le reste des personnes présentes. Je suis vraiment surpris que Gabriel n'ait pas réagi plus violemment.

Gabriel n'en avait rien fait, pensai-je, parce que Tonya, d'un simple contact, lui avait rappelé pour quelle raison Ethan s'était emporté – et cette raison, c'était moi.

— Tu es intervenu pour me protéger. Ça peut se comprendre.

— C'est inacceptable, répliqua-t-il.

Ce mot me piqua au vif et je me tournai vers la vitre afin qu'il ne voie pas les larmes qui commençaient à me monter aux yeux. Malgré la grandeur de son geste dans la demeure des Breck, Ethan était en train de préparer son esquive.

— J'aurais pu foutre en l'air toutes les propositions de Gabriel, détruire les bonnes relations qu'il essaie d'instaurer entre les métamorphes et les vampires.

Uniquement à cause de ma réaction. Comme ça, ajouta-t-il en claquant des doigts. (Il se tut un instant.) Cela fait longtemps que je n'ai pas éprouvé de l'affection pour une femme, que je n'ai pas laissé mes instincts prendre le dessus. (Sa voix se fit plus douce comme s'il avait oublié que je me trouvais, moi aussi, dans la voiture.) J'aurais dû le voir venir. J'aurais dû prévoir que je réagirais ainsi.

Étais-je censée apprécier l'aveu de ses sentiments pour moi alors qu'il était en train de les regretter ?

— Et si Gabriel nous offre en effet une alliance et son amitié parce que tu as sauvé Berna ? Imagine que nous continuions notre relation, que nos émotions viennent parasiter la situation et que tout cela finisse comme entre Morgan et toi ? Que va-t-il se passer ? Qu'allons-nous faire de toute cette amertume ? Cette rancune ?

Qu'étais-je supposée répondre à ça ? Est-ce que je devais me disputer avec lui ? Lui rappeler l'extase physique que nous avions partagée ? Le rassurer sur le fait qu'il n'était pas Morgan et que notre histoire était différente ?

— Si nous prêtons allégeance à la Meute, ce sera historique. Un événement unique. Et aujourd'hui, mon comportement a mis cette alliance en danger. Si c'est ainsi que je dois réagir dorénavant, alors je n'y suis pas prêt. Peut-être en suis-je tout simplement incapable. Surtout si cela met en danger la sécurité de la Maison. (Il se tut encore une fois.) J'ai la responsabilité de trois cents vampires, Merit.

Et je suis l'une d'entre eux, pensai-je.

— Qu'est-ce que tu essaies de me dire ? m'obligeai-je à lui demander.

— J'essaie de te dire que je ne peux pas vivre cette relation. Pas maintenant. La situation est trop fragile.

Je ne repris la parole qu'une fois certaine que ma voix ne tremblerait pas.

— Je ne veux pas faire comme s'il ne s'était rien passé.

— Et je ne peux pas m'offrir le luxe de m'en souvenir. Une fille n'est pas une raison suffisante pour que je laisse tomber ma Maison.

La gorge serrée, les joues couvertes de larmes, je pris une décision. J'avais repoussé les avances d'Ethan quand il ne m'avait proposé qu'une aventure physique. Mais j'avais cédé quand il m'avait avoué avoir besoin de moi.

Finalement, il avait décidé que j'étais un produit jetable.

Je me sentais stupide et naïve. Mais en aucun cas je ne souhaitais le lui montrer. Aussi je verrouillai mon cœur et découvris que j'étais capable d'adopter un ton aussi froid que le sien.

— Tu as déjà changé d'avis par le passé. Si tu choisis de mettre un terme à notre histoire et que tu le regrettes un jour, je ne reviendrai pas sur ma position. Je resterai Sentinelle. Je serai ton employée, mais pas ta maîtresse.

Il mit un moment à répondre… et me brisa le cœur.

— Je prends le risque.

Le trajet du retour se poursuivit dans le silence qu'Ethan interrompit uniquement pour me rappeler que nous devions voir Luc avant le lever du soleil afin de parler de la convention. Je réussis à me retenir de l'étrangler, mais une fois la voiture garée dans le parking, je me précipitai hors du véhicule vers l'escalier du sous-sol avant de sortir par la porte d'entrée.

Le soleil n'allait pas se lever avant plusieurs heures et je n'imaginais pas les passer dans la Maison.

J'étais trop gênée pour rester à l'intérieur, trop humiliée d'avoir été larguée avec aussi peu d'élégance uniquement pour préserver l'amitié naissante entre Ethan et Gabriel. Il m'avait laissé tomber parce que le fait de sortir avec moi pouvait perturber sa relation avec la Meute.

Une relation que j'ai aidée à initier, pensai-je avec ironie.

Je montai dans ma voiture et traversai le fleuve vers le nord en espérant que prendre de la distance soulagerait ma douleur. Au moins les vampires de Cadogan ne m'entendraient pas pleurer.

J'aurais dû être un peu plus clairvoyante. J'aurais dû me douter qu'il n'était pas capable de s'adapter, qu'il favoriserait toujours la stratégie aux dépens de l'amour. Peu importaient les mots qu'il employait, il était toujours ce suceur de sang au cœur froid comme la pierre.

J'envisageai un instant d'appeler Noah pour accepter de rejoindre immédiatement la Garde Rouge et de faire équipe avec Jonah pour surveiller les Maîtres, les juger et intervenir quand ils ne rempliraient pas leurs obligations. Mais c'était là une trahison à laquelle je n'étais pas encore prête. Ethan avait ses raisons pour mettre fin à une relation qu'il pensait impossible. Même si je n'étais pas d'accord avec lui, je pouvais le comprendre.

Malheureusement, rien de tout ça n'atténuait ni ma honte ni le sentiment que je m'étais livrée à lui et que j'avais été rejetée, ni même l'impression que j'étais responsable de cette rupture.

Et plus important encore, l'impression qu'en choisissant Ethan, j'avais repoussé une des deux personnes au monde qui m'aimaient sans condition.

Ce regret me mena directement à Wicker Park. Je n'étais pas sûre que Mallory soit là, mais je n'avais pas de meilleure idée. Je me garai devant la maison étroite et grimpai les marches d'un bond avant de frapper à la porte.

Elle l'ouvrit une seconde plus tard. Ses cheveux bleus avaient poussé et tombaient à présent sur ses épaules. Elle portait une jupe toute simple et un chemisier à manches courtes, les pieds nus, ses ongles vernis des couleurs de l'arc-en-ciel, de l'indigo au rouge.

Son sourire disparut presque aussitôt.

— Merit ? Qu'est-ce qui se passe ?

Malgré le petit discours que j'avais préparé en chemin, je ne parvins qu'à prononcer un « je suis désolée, tellement désolée », lourd de regrets.

Mallory m'inspecta des pieds à la tête avant d'affronter de nouveau mon regard.

— Oh ! Merit ! Ne me dis pas que tu as…

13

Tu es ma meilleure amie

Mallory me connaissait trop bien. Je lui répondis par un sourire pitoyable.

Elle s'écarta pour me laisser passer. Dans l'entrée, les bruits et les odeurs de la maison me rassurèrent aussitôt – l'encaustique au citron, la cannelle et le sucre, le léger parfum de moisi d'une maison ancienne, le murmure de la télévision.

— Allez, viens ! Va t'asseoir sur le canapé ! m'ordonna-t-elle.

Je m'exécutai et m'installai sur le coussin du milieu.

Mallory prit une poignée de mouchoirs en papier dans une boîte sur la table basse, s'assit à côté de moi et me les tendit avant de repousser les cheveux de mon visage.

— Raconte-moi.

Et je lui racontai. Je lui parlai du bar des métamorphes, de la pizza, du chocolat. Je lui racontai la soirée, l'amitié de Gabriel et la bousculade ; puis la réaction d'Ethan et le « risque » qu'il acceptait de prendre en me perdant. À la fin de mon histoire, j'étais dans ses bras, à pleurer sur son épaule. Je sanglotais comme une fille dont le cœur venait d'être brisé en mille morceaux, même si je me sentais en faute d'avoir cédé en premier lieu.

— Je lui ai accordé le bénéfice du doute, dis-je en me tamponnant le visage. Au début, j'ai pensé : « Oh ! Il a juste la trouille, il ne veut pas me donner plus parce qu'il n'en est pas encore capable. » (Je secouai la tête.) Mais ce n'est pas parce qu'il n'en est pas capable. C'est plutôt parce qu'il veut autre chose.

L'écœurement me submergea de nouveau. Seul le dégoût pouvait faire aussi mal au ventre.

Mallory, calée contre le dossier du canapé, les mains sur les genoux, émit un long soupir sonore.

— En réalité, Merit – et même si je ne souhaite pas le faire passer pour un martyr car on ne le porte pas vraiment dans notre cœur en ce moment –, je dirais qu'il y a probablement un peu des deux. Je l'ai vu avec toi. J'ai vu de quelle manière il te regarde. Je sais que je suis dure avec lui. (Sa voix se fit plus douce.) Et je sais que j'ai été dure avec toi. Mais il y a bien plus que du désir dans le regard qu'il pose sur toi. Ce n'est pas seulement physique. Il y a autre chose, une certaine affection. Tu réveilles chez lui autre chose que ses hormones ou ce qu'il a dans le pantalon. Le problème, c'est que tu as affaire à un vampire de presque quatre cents ans. Ce n'est pas un humain et cela fait bien longtemps qu'il n'en est plus un. Nous ne savons même pas s'il est capable de penser comme un humain ou de désirer les mêmes choses.

— Ne mets pas tout sur le dos du vampire, lui dis-je. Ça ne le sortira pas d'affaire.

— Oh ! Tu peux me faire confiance, répondit-elle. Laisse-moi dix minutes en tête à tête avec Dark Sullivan et il découvrira le sens du mot « colère ».

Une étincelle de magie embrasa l'air et un frisson de pressentiment me parcourut l'échine. Elle était puissante, mon amie sorcière.

— Tout ce que je dis, c'est qu'il a l'impression de ne pas avoir le choix. Ce n'est pas une excuse, mais ça explique sa décision.

J'essuyai quelques larmes du revers de la main en soupirant.

— Mais je sais tout ça. Je sais que ce n'est pas un humain, pas vraiment en tout cas – même s'il lui arrive d'avoir ces moments de fragilité incroyable qui me vont droit au cœur. Tu l'aurais vu bondir sur ce métamorphe, Mallory. Il était comme fou, il l'a coincé contre le mur.

— J'aurais fait la même chose. Mais avec la force d'une sorcière au lieu de celle d'un vampire.

— Mais toi, tu ne l'aurais pas regretté ensuite. Lui, si. Gabriel a compris les raisons de sa réaction, j'en suis certaine. Mais ça n'a pas suffi. Tu vois, c'est comme si j'étais punie parce que la pierre froide qui lui sert de cœur s'était remise à battre.

— Je suis d'accord avec toi, mon chou, ce n'est pas juste. Et j'aimerais régler toute cette affaire par un brin de magie, mais c'est impossible.

— Écoute, je sais qu'il n'est pas parfait. Il est froid et calculateur. Mais j'ai vu la passion, ce sentiment qu'il a verrouillé. Je sais ce dont il est capable. Il est… Il est aussi… Oh ! Je ne sais plus…

— C'est Ethan, tout simplement.

Je levai les yeux vers elle en reniflant.

— Oui, c'est Ethan. Et pour une raison étrange, il semble t'être destiné. Et toi, tu sembles être sa Merit. Il n'y a pas un jour où cette histoire ne me tape pas sur les nerfs.

— Je suis vraiment trop conne.

— Mais non. Tu es simplement trop humaine pour être heureuse.

Je ne mentionnai pas le fait qu'Ethan et moi avions dénigré Morgan exactement pour cette raison.

— Parfois trop humaine, parfois pas assez. Et quoi qu'il en soit, une abrutie finie.

— Là, je suis d'accord, dit Mallory.

— Il a déjà été amoureux, tu sais.

Mallory se tourna brusquement vers moi.

— Ethan ? Amoureux ?

Je hochai la tête et lui rapportai ce que m'avait appris Lindsey.

— Elle s'appelait Lacey Sheridan. Elle a été garde pendant une vingtaine d'années, je crois. Lindsey pense qu'Ethan était amoureux d'elle, même s'ils ont rompu il y a des années quand elle a formé sa proprc Maison.

— C'est une Maîtresse ?

— Un des douze Maîtres, oui.

— Mais ce serait parfait ! Imagine que tu deviennes la prochaine Maîtresse. Cela ferait de toi la treizième.

— Vu la chance que j'ai, ça tomberait à pic !

Elle se leva et se dirigea vers le couloir.

— Suis-moi, petit génie. Je vais te préparer quelque chose à manger.

Je posai les mains sur mon estomac qui se dénouait à peine.

— Je n'ai pas faim. (Elle m'adressa un regard catégorique.) Bon, d'accord, mais juste un peu, dis-je avant de la suivre dans la cuisine.

Après tout, j'avais été privée de dessert.

— Seigneur Dieu ! m'exclamai-je en entrant dans la cuisine.

Ce qui avait été autrefois une minuscule cuisine était devenu… eh bien, je ne savais pas trop comment décrire ce que j'avais sous les yeux. La salle des potions de Poudlard peut-être ?

Je m'approchai de l'îlot central et fis courir mes doigts sur des piles de livres, un jeu de tarot, des boîtes de sel, des pots de verre renfermant des plumes, des feuilles de vigne, des bouteilles d'huiles, des allumettes et des pétales de rose séchés.

Je tirai une carte dans le jeu de tarot : l'as d'épée. Tout à fait approprié, pensai-je, en reposant la carte sur le tas.

— C'est quoi tout ça ?

— De quoi faire mes devoirs, grommela-t-elle.

— Oh ! mon Dieu ! C'est vraiment Poudlard, ici !

Elle me jeta un regard mauvais et entreprit de déblayer une partie de l'îlot.

— J'essaie de rattraper le niveau de petites sorcières qui pratiquent depuis des années.

Je tirai un tabouret pour m'asseoir.

— Je croyais que tu te formais toute seule.

— C'est le cas. Mais je ne suis pas la première élève de mon professeur. Avant qu'il soit exilé dans la Sibérie de la sorcellerie…

— À Schaumburg ?

— C'est ça, confirma-t-elle. Avant de partir, il a enseigné à beaucoup d'enfants. Des gamins qui étaient bien plus jeunes que moi quand ils ont pris conscience de leur magie. Découvrir mon potentiel magique à vingt-sept ans me donne un sacré retard par rapport au reste du groupe !

— Mais je suis certaine que tu compenses par ton culot et ton charme.

Elle plissa les yeux.

— Je compense en étant deux fois plus puissante que les autres.

— Pour de vrai ?

— Absolument.

J'examinai les objets étalés sur la table.

— Alors pourquoi tous ces devoirs à la maison ? Je me rappelle très précisément les propos de Catcher, comme quoi les sorciers ne faisaient pas usage de formules magiques ni de potions. (Je baissai ma voix d'une octave et remuai les épaules dans une imitation de Catcher digne d'un Oscar.) Les sorciers canalisent le pouvoir directement à travers leur corps.

— Tu imitais Catcher, là ?

— Ouais.

— Ça ressemblait plus à John Goodman.

— Je ne suis pas actrice. Je ne suis passée qu'une fois à la télé. Vas-y, continue.

— Tu risques d'être choquée, dit Mallory en tirant un tabouret près du mien avant de s'y installer, mais il semblerait que Catcher soit un peu prétentieux quand il est question de magie.

Je ricanai.

— Et tu ne t'en rends compte que maintenant ?

— Comme si c'était possible de passer à côté. Tout ce qui sort de sa bouche concernant la magie – à l'exception des Clés supérieures, là, il ne se plante pas – est discutable. Il considère que la seule manière réglo de pratiquer la magie est de provoquer les choses par la volonté. C'est faux, dit-elle, les épaules courbées alors qu'elle examinait son matériel. Les sorciers sont comme des artisans de la magie.

— Dans quel sens ?

— Eh bien, les quatre Clés fonctionnent un peu comme la peinture. Tu as des gens qui font de la peinture à l'huile, d'autres à l'acrylique, d'autres encore préfèrent l'aquarelle. Au final, c'est quand même de l'art. Ce sont juste les outils utilisés qui diffèrent. Tu peux te servir de n'importe laquelle des quatre Clés pour pratiquer la magie.

Elle éleva à la lumière un bocal fermé par un bouchon en liège rempli de poudre blanche et le fit tourner comme un connaisseur le ferait avec un verre de vin avant d'en boire une gorgée. Le scintillement nacré du contenu paraissait extraordinairement blanc et dense.

— De la corne de licorne pilée ? demandai-je.

— Des paillettes que j'ai trouvées dans cette boutique d'artisanat sur Division Street.

— J'y étais presque, dis-je.

Je tripotai le médaillon de Cadogan à mon cou en essayant de trouver le courage d'aborder le sujet que nous n'avions pas encore évoqué – tout ce que j'avais à lui dire.

— Tu m'as manqué.

Elle déglutit sans me regarder.

— Toi aussi, tu m'as manqué.

— Je n'ai pas su être là pour toi comme tu l'as été pour moi.

Mallory soupira lentement.

— En effet, Merit, tu n'as pas été là. Mais j'ai mal réagi au sujet de ton histoire avec Morgan. Je ne voulais pas te forcer à quoi que ce soit, je voulais juste éviter que tu souffres. Et ce que je t'ai dit…

— Au sujet de mes problèmes avec mon père ?

La blessure était encore douloureuse.

— C'était tout à fait déplacé. Je suis vraiment désolée.

Je hochai la tête, mais le silence s'imposa de nouveau comme si nous n'étions pas vraiment parvenues à dépasser la gêne entre nous.

— N'empêche que j'avais raison au sujet d'Ethan.

Je levai les yeux au ciel.

— Et tu ne t'en vantes pas, c'est bien. Bon, d'accord, tu avais raison. Il était – non, il est – dangereux et je suis tombée dans le panneau.

Elle ouvrit la bouche, puis la referma aussitôt et secoua la tête comme si elle était incapable de décider si elle devait ou non exprimer sa pensée. Quand elle se lança, les mots se bousculèrent.

— Bon, je suis désolée, mais il faut que je te pose la question. C'était comment ? Je veux dire, sérieusement. Trou du cul de première ou pas, ce type est trop beau !

J'eus un demi-sourire.

— Ça valait presque le coup du traumatisme émotionnel qui a suivi.

— Comment ça « presque » ?

— D'accord, ça valait vraiment le coup.

— Ouais, railla-t-elle. On pouvait s'en douter, beau gosse comme il est. Et en même temps, ça énerve. On pourrait espérer qu'un type capable d'un coup fourré comme il t'a fait ce soir manque sérieusement de talent au pieu. Et toi, tu étais comment ?

— Mallory…

Elle fit le signe de croix.

— D'accord, j'exagère.

Je levai les yeux au ciel en souriant malgré moi.

— J'ai été impressionnante.

— Au point que la prochaine fois qu'il te croisera dans ta tenue en cuir, il va s'en mordre les doigts de t'avoir larguée ?

— Maintenant, je sais pourquoi tu es ma meilleure amie.

— T'as la mémoire qui flanche. C'est moi qui ai décrété que tu étais ma meilleure amie.

On se dévisagea une minute avec des sourires de lycéennes stupides.

On s'était enfin retrouvées.

Quelques minutes et quelques détails dignes de *Sex and the City* plus tard, Mallory se dirigea vers le réfrigérateur.

— Il me reste de la pizza froide si ça te dit, proposa-t-elle, mais je te préviens, elle est un peu… spéciale.

Je pris une longue plume noire que je fis tourner dans ma main.

— Comment ça, « spéciale » ?

— Spéciale à la Catcher.

Elle ouvrit le réfrigérateur pour en sortir une grande boîte à pizza. Je poussai les pots sur la table afin de dégager un espace suffisant pour la poser. Elle venait d'un autre restaurant de Wicker Park, d'un de ceux qui vendaient des pizzas au fromage de chèvre et aux plantes aromatiques bio. Ce n'était pas mes préférées, mais je pouvais bien leur faire une place dans mon répertoire. Après tout, tant que la pâte était travaillée à la main, avec une sauce maison et des morceaux de mozzarella fraîche…

— En quoi serait-elle si spéciale ? demandai-je.

Puis Mallory déposa la boîte sur le plan de travail et l'ouvrit.

Je regardai la chose en inclinant la tête pour essayer d'imaginer ce qui était arrivé à cette pizza.

— C'est quoi, ça : du céleri ? Et des carottes ?

— Et de la purée de pomme de terre.

C'était comme si je me faisais larguer pour la seconde fois, mais cette fois-ci par quelque chose que je n'aurais jamais cru capable de me blesser. Je levai un regard désespéré vers Mallory, puis désignai une nouvelle fois la boîte.

— Et ça, c'est bien un petit pois ? Sur une pizza ?

— C'est un truc du genre hachis Parmentier. Un jour que sa mère faisait des expériences culinaires, elle a inventé ça, et comme c'est le seul bon souvenir qu'il a de son enfance, il a demandé cette préparation au restaurant. Ça lui a coûté pas mal de fric.

Mes épaules s'affaissèrent et l'irritation pointa dans ma voix.

— Mais… c'est une pizza !

— Si ça peut te rassurer, le type du restaurant n'était pas vraiment d'accord, dit Mallory. Ils ont essayé de nous vendre une pizza fromage blanc et double bacon…

— La pizza officielle de l'équipe Merit/Carmichael, intervins-je.

— Tu sais, Catcher est capable de supplier comme n'importe qui d'autre, dit Mallory avec un sourire entendu. Et je suis bien placée pour le savoir !

Je grognai avec un sourire. Si Mallory acceptait de partager les détails croustillants de sa vie avec Catcher, alors aucun doute : notre amitié était en voie de guérison. Mais bon, je n'avais pas envie d'en savoir trop à ce sujet.

— C'est dégoûtant. Il a été mon entraîneur quand même.

— Comme Ethan, fit-elle remarquer. Et regarde comme ça a bien tourné. Au moins, tu pourras faire figurer un Maître vampire à ton tableau de chasse avant de passer à autre chose. (Elle fut soudain très calme.) Tu vas passer à autre chose, dis ?

Mon ventre se noua. Il me fallut une minute avant de pouvoir répondre.

— Ouais. Je lui ai dit que c'était son unique chance. Que s'il me larguait, c'était à ses risques et périls. (Je haussai les épaules.) Il a décidé de le faire malgré tout.

— C'est lui qui y perd le plus, Merit. Pas toi.

— C'est facile à dire, mais je me sentirais mieux s'il sombrait soudain dans une profonde dépression.

— Je parie que c'est le cas. Il est probablement en train de se flageller à l'heure qu'il est.

— Pas besoin d'en faire un drame. De même que ça ne sert à rien non plus de gâcher cette… je ne peux vraiment pas appeler ça une pizza… cette chose à la carotte.

Je la laissai donc me servir des restes de ce truc au hachis Parmentier. Et quand j'eus fini ma part, parce qu'elle m'avait donné ce qu'elle m'avait refusé auparavant – à savoir sa compréhension au sujet d'Ethan –, je lui accordai ce dont je l'avais privée : du temps.

— Je peux te parler de ma magie, maintenant ? demanda-t-elle d'un air penaud.

— Ça roule, ma poule, répondis-je avant de lui offrir toute mon attention.

Assise en tailleur sur son tabouret, les mains levées, elle s'apprêtait à m'expliquer des choses que je n'avais pas pris le temps d'écouter par le passé. Elle commença par les bases.

— D'accord, dit-elle, alors tu sais qu'il existe quatre Clés majeures.

J'acquiesçai.

— La magie se divise en quatre domaines : les armes, les êtres, le pouvoir et les textes.

Catcher m'avait déjà enseigné cette leçon.

— Bien. Comme je te l'ai dit tout à l'heure, c'est assez similaire à la peinture. Tout ce que tu vois là, ce sont mes outils pour provoquer des choses.

Je fronçai les sourcils, un coude appuyé sur le plan de travail, le menton dans la main.

— Et quel genre de choses tu peux provoquer exactement ?

— Tout ce que tu veux, dit-elle, depuis le registre de Merlin à celui de Marie Laveau[1]. Et tu peux utiliser une ou plusieurs Clés à la fois. Le pouvoir, c'est la première Clé. La force élémentaire, l'expression de la volonté pure.

— La seule manière de pratiquer la magie selon Catcher.

Mallory acquiesça.

— Ce qui est ironique, c'est qu'il est un Maître de la deuxième Clé.

— Les armes donc, dis-je.

— Exact. Mais les armes regroupent pas mal de choses. (Elle désigna d'un geste large les piles d'accessoires.) Tous ces trucs : les potions, les runes, le fétichisme. Qui n'a rien de sexuel, ajouta-t-elle comme si elle anticipait une remarque de ma part, ce en quoi elle avait raison. Rien de tout cela n'est magique en soi, mais quand on les assemble selon les bonnes combinaisons, on crée un catalyseur pour une réaction magique.

Je fronçai les sourcils.

— Et mon sabre ?

— Tu te rappelles quand Catcher t'a piqué la paume et qu'il a trempé la lame avec ton sang ?

Je hochai la tête. Cela s'était passé dans le jardin de mon grand-père le soir de mes vingt-huit ans. Depuis cette nuit-là, je pouvais sentir la présence de l'acier.

— Ouais, acquiesçai-je en me frottant la main à ce souvenir.

1. Marie Laveau était une sorcière réputée qui pratiquait le vaudou à la Nouvelle-Orléans au XIXe siècle. (*NdT*)

— Ta lame avait un potentiel. Quand tu l'as trempée, tu as révélé ce potentiel, tu lui as donné une réalité. Ensuite, les deux dernières Clés sont évidentes. Les êtres, c'est-à-dire les créatures qui sont par définition magiques. Les sorciers peuvent créer la magie. Les vampires, eux, la diffusent. Et les métamorphes baignent dedans. Pour finir, les textes : les livres, les charmes, les noms. Les mots qui agissent comme le sang que tu as versé sur ta lame.

— Et qui sont des catalyseurs de magie ?

— Exactement. C'est pour cette raison que les charmes et les incantations fonctionnent. Ce sont des mots mis bout à bout et dans le bon ordre, et avec le bon pouvoir derrière eux.

— Maintenant que tu as appris tous ces trucs, tu peux vraiment utiliser la magie ? demandai-je en me redressant.

— Peut-être bien. (Elle décroisa les jambes pour se tourner vers le plan de travail, sur lequel elle prit un bocal en verre rempli de ce qui ressemblait à de l'écorce de bouleau.) Tu peux aller me chercher quelque chose ? Il y a un petit carnet noir avec une inscription dorée au dos sur la table basse du salon.

— Est-ce que tu vas me montrer tes pouvoirs magiques ?

— Si tu te bouges les fesses avant que je te transforme en crapaud, oui.

Je bondis de mon tabouret.

— Si tu me changeais en crapaud, ça reviendrait à me montrer tes pouvoirs magiques !

— Ça te perdra d'être aussi intelligente ! me cria-t-elle alors que je me trouvais déjà dans le couloir.

La maison n'avait pas vraiment changé depuis ma dernière visite, deux semaines plus tôt. Cela dit, on y observait quand même plus de traces d'une présence masculine – des reçus de cartes bancaires ici et là, une paire de chaussures de sport usées, un exemplaire de *Men's Health* sur la table de la salle à manger et une chaîne stéréo dans un coin.

Aussi, en entrant dans le salon, je m'attendais à trouver davantage de trucs qui traînent. Des chaussettes sales en boule, peut-être, ou une bouteille de bière à moitié vide.

Je ne m'attendais certainement pas à pénétrer dans une pièce vide, alors qu'elle était remplie de meubles quelques minutes auparavant.

— Putain, dis-je, les mains sur les hanches en parcourant le salon des yeux. Mallory ! Viens voir ! Je crois que tu as été cambriolée !

Mais comment des cambrioleurs auraient-ils pu vider toute une pièce de ses meubles et bibelots sans que ni Mallory ni moi ne nous en rendions compte ?

— Regarde en l'air !

— Je ne plaisante pas, Mallory ! Viens voir !

— Merit ! me hurla-t-elle. Regarde au plafond !

J'obéis. Et les bras m'en tombèrent.

— Oh ! merde !

La pièce s'était changée en un décor de *Poltergeist*. Tous les meubles – du canapé à la table basse en passant par la console de jeux vidéo et la télévision – étaient collés au plafond. Tout se trouvait à sa place, mais tête en bas. C'était comme se tenir sous une image inversée. Ou bien comme si la gravité avait pris des vacances. Je repérai le petit carnet de notes que Mallory m'avait demandé d'aller chercher, mais il était collé sur le dessus – ou le dessous – de la table basse qui était à présent perchée à quelques dizaines de centimètres au-dessus de ma tête.

— Je peux peut-être l'attraper en sautant, murmurai-je avant de jeter un coup d'œil vers la porte.

Mallory se tenait sur le seuil, bras et chevilles croisés, un sourire de satisfaction suprême sur les lèvres.

— Tu sais, là, tu as vraiment la tête de Catcher.

Mallory, la fille qui chahutait la gravité, me tira la langue.

— Visiblement, tu as appris pas mal de choses. (Elle haussa les épaules avant de s'écarter de la porte.) Comment tu as fait ça ? demandai-je en marchant dans la pièce, la tête levée pour examiner son œuvre.

— Première Clé, dit-elle. Le pouvoir. L'univers est empli d'énergies qui agissent sur nous tous. Je déplace les énergies, je détourne un peu les courants et l'univers bouge sur son axe.

Ethan avait donc eu en partie raison.

— Alors c'est comme la Force dans *La Guerre des étoiles* ?

— Ce n'est pas une mauvaise comparaison.

Ma meilleure amie pouvait bousculer l'univers. Et moi qui croyais être une dure à cuire…

— C'est tout simplement… hallucinant.

Elle gloussa avant de faire la grimace.

— Le problème, c'est que je n'arrive pas toujours très bien à tout faire redescendre.

— Alors qu'est-ce que tu vas faire ? Tu vas laisser Catcher s'en occuper ?

— Surtout pas. Il a déjà tout remis en place trois fois cette semaine. Je vais juste essayer la bonne vieille méthode. (Elle se racla la gorge et leva les bras avant de me jeter un coup d'œil.) Il vaut peut-être mieux que tu t'écartes. Ça risque d'être un peu le bazar.

Je pris son avertissement au pied de la lettre et rejoignis à toute allure l'encadrement de la porte entre le salon et la salle à manger, d'où je pouvais surveiller.

Mallory ferma les yeux et ses cheveux se soulevèrent comme si elle avait mis les doigts dans une prise électrique. Ma queue-de-cheval s'envola également alors que l'énergie tourbillonnait dans l'air avec autant de force que les courants et les remous d'une rivière.

— Il faut juste que j'inverse les courants, dit Mallory.

Je regardai le plafond. Les meubles commencèrent à trembler, puis à s'agiter sur leurs pieds, les vibrations de tous ces objets en mouvement faisant tomber une fine pluie de plâtre.

— C'est là que ça se corse, dit-elle.

— Tu vas y arriver.

Comme une fanfare à la mi-temps, les meubles se mirent à défiler en petits rangs au plafond. Je regardai avec admiration la causeuse suivre le canapé, lequel suivit un guéridon en décrivant en cercle, avant de passer sur le mur après un petit saut. La gravité n'avait pas plus d'effet sur le mur que sur le plafond, et les meubles poursuivaient leur marche, comme dans *Fantasia*, en descendant vers les plinthes.

— C'est délicat, dit Mallory quand le mobilier réintégra le plancher.

Je me tournai vers elle. Les bras écartés, couverte de sueur, elle tremblait sous le coup de l'effort. Je l'avais déjà vue dans un état similaire, la première fois qu'elle avait utilisé la magie. Nous nous trouvions alors dans la maison où une rave avait eu lieu, et elle avait délivré une prophétie. Sa performance l'avait complètement vidée et elle s'était endormie dans la voiture durant le trajet du retour.

Il se passait à peu près la même chose à présent, mais les conséquences étaient beaucoup plus lourdes.

— Mallory ? Tu as besoin d'aide ?

— Je vais m'en sortir, répliqua-t-elle.

Les meubles poursuivaient leur danse et le sol vibrait à présent sous nos pieds alors qu'ils reprenaient leur place.

— Oh oh ! fit-elle.

— Comment ça, « oh oh » ? répétai-je en reculant d'un pas. Je n'aime pas ce « oh oh ».

— Je commence à remuer de la poussière.

Je marmonnai un juron juste avant qu'elle éternue et que le reste du mobilier s'écrase au sol. Heureusement, les appareils électroniques étaient déjà redescendus. Mais, quand les débris eurent fini de retomber, je vis que le reste était complètement dévasté.

— Mallory ?

— Ça va, dit-elle.

Elle apparut dans un nuage de plâtre, épaissi par la poussière qui s'était accumulée au cours de la vingtaine d'années que sa tante avait passées dans la maison. Mallory vint près de moi, puis regarda autour d'elle pour estimer les dégâts. Une pluie de bibelots était tombée sur le sol : des chatons, des roses en porcelaine et d'autres objets achetés par la tante de Mallory au cours de ses frénésies de télé-achat. Le canapé avait fini le voyage dans le bon sens, mais la causeuse reposait sur le côté, dans un équilibre précaire. La bibliothèque était renversée, mais les livres s'empilaient en ordre juste à côté.

— Hé, ça a bien marché pour les livres !

— Fous-toi de moi et je te botte le cul !

Je dus serrer les lèvres pour réprimer un petit rire.

— Je suis encore en train d'apprendre, dit-elle.

— Même les vampires ont besoin de s'entraîner ! ajoutai-je sur un ton encourageant.

— C'est sûr, vu comment Célina t'a coursée comme dans un épisode de *Tom et Jerry* !

Je lui décochai un regard pas vraiment amical.

— Quoi ? protesta-t-elle en haussant les épaules. Célina aime jouer avec sa nourriture, et alors ?

— Au moins, j'ai empêché Célina de détruire la maison Cadogan, moi !

— Ah ouais ? Attends un peu !

Elle repartit en tapant littéralement des pieds dans la cuisine, contourna l'îlot central et ouvrit le long tiroir qui contenait ma réserve de chocolat.

Sans me quitter des yeux, elle y plongea la main, farfouillant jusqu'à trouver une longue barre de chocolat noir supérieur. Considérant son butin avec un sourire malveillant, elle le tint devant elle, puis arracha un coin de l'emballage.

— C'est un de mes préférés, la prévins-je.

— Ah bon ? demanda-t-elle avant d'en croquer une généreuse bouchée.

— Mallory ! C'est tout simplement cruel !

— Parfois une femme doit savoir être cruelle, articula-t-elle en mastiquant le chocolat noir à 73 % de cacao, introuvable ailleurs que dans une petite boutique près de l'université.

D'un autre côté, je m'en étais passée jusque-là…

— Très bien, dis-je en croisant les bras.

Si elle voulait que nous nous battions comme des adolescentes, mieux valait tenir la distance.

— Finis-la devant moi.

— Peut-être…, lâcha-t-elle, la bouche pleine de chocolat, en levant sa main libre. Peut-être que c'est ce que je vais faire, tiens !

Comme par défi, elle haussa un sourcil, puis croqua une nouvelle bouchée – une minuscule cette fois.

— Ne me nargue pas avec mon propre chocolat.

— Je te narguerai avec ce que je veux, quand je veux. Je suis ici chez moi.

— C'est mon chocolat.

— Alors peut-être que tu n'aurais pas dû le laisser ici, dit une voix d'homme sur le pas de la porte.

Je me retournai vers Catcher qui se tenait sur le seuil, les mains sur les hanches.

— Est-ce que l'une d'entre vous peut m'expliquer ce qui se passe dans cette maison ?

— Nous nous réconcilions, dit Mallory, la bouche pleine de chocolat.

— En détruisant le salon et en risquant la crise de foie ?

Elle haussa les épaules et avala.

— Sur le moment, ça nous a semblé être une bonne idée.

Et comme si elle prenait soudain conscience que l'homme bourru qu'elle aimait était rentré à la maison, elle sourit. Tout son visage s'illumina.

— Salut, mon cœur !

Il secoua la tête d'un air amusé en s'approchant d'elle. Je levai les yeux au ciel.

— Est-ce qu'on peut essayer de rester décents ? Il y a des enfants ici, merci.

Catcher s'arrêta devant Mallory et lui releva le menton.

— Puisque c'est comme ça, on va baiser comme des fous.

Je secouai la tête et détournai le regard, mais pas avant de le voir pencher la tête pour embrasser Mallory. Je leur accordai quelques secondes avant de me racler la gorge, le message universel signifiant l'embarras des amis ou des colocataires.

— Alors ? dit Catcher en contournant le plan de travail pour prendre le dernier morceau de pizza au ragoût. Comment ça se passe à la Maison Cadogan ?

— Merit et Ethan ont couché ensemble.

Il s'immobilisa alors qu'il allait mordre dans sa part de pizza et se tourna vers moi.

Les joues me cuisaient.

— Si tu es là au lieu de prolonger l'extase, je suppose qu'il a ensuite agi de manière tout à fait stupide.

— Oh ! Toi, je t'aime ! dit Mallory avant de lui assener une tape sur les fesses et de se diriger vers le réfrigérateur.

Elle en sortit deux canettes de soda sans sucre et m'en tendit une avant d'ouvrir l'autre.

— Quel imbécile ! dit Catcher avant de reposer son morceau de pizza dans la boîte. (Les mains sur les hanches, il avait l'air tout bonnement perplexe.) Tu sais que ça fait un bail que je connais Sullivan ?

Quand il leva les yeux sur moi, les sourcils haussés, je hochai la tête. Je ne connaissais pas les circonstances de leur rencontre, mais je savais que ça ne datait pas d'hier, en effet.

— Je sais que ce ne sera pas d'une grande consolation pour toi après ce qu'il a fait, mais il va le regretter, et probablement plus tôt qu'il le pense. Mais il en est ressorti quelque chose de bon, malgré tout.

Devant mon air interrogateur, il désigna Mallory.

— Vous vous parlez de nouveau.

Mallory me regarda depuis l'autre côté du plan de travail.

— C'est marrant, non, que ce soit Dark Sullivan qui nous permette de nous retrouver ?

— Oui, même s'il a quand même eu l'honneur de nous éloigner l'une de l'autre en premier lieu.

Elle tendit les bras en agitant les doigts.

— Viens là. Dans mes bras.

Et c'est ce que je fis.

Quand Catcher eut retrouvé son appétit, il avala la dernière part de pizza pendant que Mallory et moi farfouillions dans ma réserve de chocolat. En signe de bonne foi, je fis don de la quasi-totalité des tablettes à la maison Carmichael/Bell, mais ça ne m'empêcha pas d'en fourrer quelques-unes aux amandes et aux cerises confites dans ma poche avant de partir. Je chipai aussi un sachet de noix de pécan enrobées de chocolat avant de m'asseoir avec l'amoureux de Mallory pour faire le point. Il n'avait pas d'informations supplémentaires concernant l'enquête sur la fusillade du bar, mais je lui transmis en gros les détails de la réunion de la Meute chez les Breck.

Je finis par consulter ma montre. Le lever du soleil approchait et j'avais encore à voir Ethan et Luc pour discuter de la convention.

— Il faut que je rentre à la Maison.

— Peut-être qu'Ethan aura retrouvé la raison le temps de ta visite, dit Mallory. Peut-être qu'il fait le planton devant ta porte.

Après avoir envisagé cette possibilité pendant une seconde, on grogna en même temps.

— C'est ça, et les lutins vont venir chier des arcs-en-ciel sur ton oreiller, dit-elle.

— Qu'est-ce que je dois faire, Mallory ? Est-ce que j'en discute avec lui ? Je lui dis qu'il a tort et que ça peut très bien marcher ? Ou je l'ignore ? Je crie ? Comment je suis censée continuer de travailler avec lui, moi ?

— Je crois qu'il se pose les mêmes questions, Merit. Quant à en discuter avec lui : tu as vraiment envie d'être avec un homme que tu aurais besoin de convaincre qu'il serait bien avec toi ?

— Vu comme ça, non.

Elle hocha la tête avant de me tapoter la joue.

— Tu es prête. File.

Je savais quand il fallait que j'obéisse.

14

La Maison de la douleur

Je trouvai Luc assis sur le bord de la table de réunion qui occupait la moitié de la salle des opérations. Lindsey était installée devant l'ordinateur en face de Luc. De là, elle pouvait garder un œil sur les images des caméras de surveillance dans la Maison et aux alentours, ou bien faire des recherches sur d'éventuels problèmes surnaturels susceptibles d'arriver jusqu'à Hyde Park.

Ils levèrent tous les deux la tête quand j'entrai.

— Ça s'est vraiment mal passé ? demanda Luc.

Ethan et lui avaient déjà dû parler de la soirée chez les Breck.

— Disons que ce n'était pas génial.

Lindsey pivota sur sa chaise.

— Est-ce qu'il y a autre chose dont tu voudrais parler ? demanda-t-elle d'une voix où résonnait l'inquiétude.

— Pas vraiment.

— Ethan avait l'air bizarre, dit-elle. Il ne nous a rien dit concernant vous deux, mais il avait l'air vraiment bizarre.

Je faillis lui répondre d'un ton sec, mais quand je vis son expression anxieuse et perçus l'angoisse dans sa voix, je lui lâchai la vérité.

— Il m'a larguée et j'aimerais penser à autre chose pour le moment. (Je désignai des documents sur la table.) Qu'est-ce que c'est ?

— Je... Qu'est-ce qu'il a fait ?

Je fus sensible au choc et au désarroi dans la voix de Lindsey, mais je secouai la tête.

— On parle boulot, s'il te plaît.

— C'est toi qui décides, Sentinelle, dit Luc avant de bondir de la table et de se tourner vers les feuilles posées dessus. Voici les documents de préparation pour votre petite sortie à la convention. En gros, les plans de la cathédrale Sainte-Bridget.

La porte s'ouvrit derrière nous et Ethan entra dans la salle des opérations. Il m'adressa un bref hochement de tête avant de porter son attention sur les documents.

Je me rappelai que depuis toutes ces nuits que je fréquentais Ethan, j'étais parvenue à entretenir une relation relativement professionnelle avec lui... jusqu'à la nuit dernière. S'il comptait me rejeter par crainte de mélanger le privé et le travail, je pouvais très bien jouer la vampire concentrée sur son boulot.

— Les plans ? demanda Ethan.

Luc acquiesça.

— Il suffit de demander.

— Plus précisément, dit Lindsey en se tournant vers son écran, il suffit de consulter ta messagerie pour voir si le Meneur de la Meute des Grandes Plaines te les a envoyés.

— C'est un détail, dit Luc. Les voilà.

Ethan contourna la table pour rejoindre Luc. Je le suivis et me plantai de l'autre côté de notre Capitaine de la Garde.

— Quelle est ton analyse ? demanda Ethan.

Luc adopta un visage sérieux.

— J'avais deux objectifs. Le premier : identifier les endroits qui pouvaient poser problème. Là où des tireurs d'élite pouvaient se faufiler, les recoins ou ce genre de cachettes. Le second : identifier les issues.

— Et qu'as-tu trouvé ? demanda Ethan.

Luc feuilleta les plans.

— L'église est constituée de deux parties principales. Tout d'abord, la structure initiale, construite à la fin du XIXe siècle. Les vieux bâtiments religieux de Chicago comportent toujours des anomalies. L'architecte de la cathédrale était apparemment parano et l'endroit regorge de cachettes.

— C'était un métamorphe ! m'exclamai-je en même temps qu'Ethan.

— C'est probable, dit Luc. Nous avons découvert deux trappes dans la partie principale du bâtiment.

Il les désigna sur le plan : une dans le sanctuaire, juste derrière la chaire, et une entre les stalles du chœur, également derrière la chaire.

— Quoi d'autre ? demanda Ethan.

Luc feuilleta quelques pages.

— Dans les années 1970, le bâtiment a subi des travaux et on y a ajouté une aile comprenant une salle de classe. Et à la même époque, il semblerait qu'une pièce de survie ait également été intégrée. (Il la désigna sur les plans.) Elle se trouve au sous-sol, sans doute utilisée initialement comme un abri anti-bombes. Mais, lors des travaux, les parois de cette pièce ont été renforcées avec du béton et on y a installé l'électricité. Ces endroits restent des points d'interrogation pour vous.

Ethan hocha la tête.

— Les issues ?

Luc revint au plan du rez-de-chaussée de l'église.

— Les portes d'entrée, évidemment. Il y a une autre sortie dans le sanctuaire sur la droite. (Il la désigna, puis fit courir son doigt le long de l'étroit sanctuaire jusqu'à une porte sur la gauche qui donnait sur une autre série de pièces.) Voici les bureaux et les salles de classe. (Il montra la porte au bout de ce couloir.) Le point d'issue se trouve ici, même s'il y a des fenêtres dans toutes les pièces au cas où les choses partiraient vraiment en vrille.

Je me penchai vers Lindsey qui s'était levée pour nous rejoindre à la table. Elle arborait toujours le casque sans fil qui la gardait en liaison avec la garde de patrouille ce soir – soit Kelley, soit Juliet, puisque c'étaient les deux seules qui restaient – et avec les fées en dehors de la propriété.

— Il a l'air de prendre son pied, lui soufflai-je.

— Il est dans son élément, murmura-t-elle. Tout a été si calme pendant si longtemps qu'il n'avait plus besoin de faire ce genre de travail de recherche. Et tout à coup, nous voici avec une Sentinelle, et les métamorphes veulent jouer avec les vampires.

— Ouais, dis-je assez sèchement. De toute évidence, l'intérêt de cette histoire de convention est de mieux me connaître. C'est la petite fête dont tu as toujours rêvé.

— Mais en plus excitante, répondit-elle. Beaucoup plus excitante.

Ethan se frotta le menton.

— Qu'est-ce que nous avons besoin de savoir, encore ?

— C'est à peu près tout en ce qui concerne la disposition des lieux, répondit Luc. (Il tira une chaise et s'assit. Ethan l'imita, et je suivis le mouvement. Lindsey retourna à son ordinateur.) Mais si vous êtes seulement vous deux face à trois cents métamorphes, il faut envisager des imprévus. Et des scénarios catastrophe.

Ethan croisa les jambes, se préparant à parler stratégie.

— Qu'en penses-tu ?

— J'anticipe trois scénarios. Le premier : une attaque extérieure à la réunion et qui ressemblerait un peu à ce que vous avez vécu au bar. Le deuxième : les métamorphes n'apprécient pas votre présence et ils s'en prennent à vous.

— Sympa, murmura Lindsey.

Je hochai la tête, le ventre noué. M'accroupir derrière un comptoir pour échapper aux balles – ou même me faire un peu secouer par une brute de la Meute – était une chose, mais affronter des représentants de quatre Meutes de métamorphes était une situation complètement différente.

— Troisième scénario : les métamorphes n'arrivent pas à prendre de décision, ils se disputent et on se retrouve dans une galère magique.

Ethan lui jeta un regard.

— « Galère » ? C'est ta conclusion officielle ?

— Parfaitement. Maintenant, tu as une idée globale de la situation.

Ethan souffla.

— En effet. Ça ne me réjouit pas, mais je sais à quoi m'en tenir. Bon, que pouvons-nous faire pour préserver le calme ?

J'intervins :

— De quelle marge de manœuvre on dispose à ce sujet, exactement ?

Les têtes se tournèrent vers moi.

— À quoi penses-tu, Sentinelle ? demanda Ethan.

— Les vampires sont capables de charmer. Il semble que je n'en sois pas capable, mais je parie que toi, si, dis-je en me tournant vers Ethan.

Le silence dura un moment.

— Tu penses que nous pouvons charmer une église pleine de métamorphes pour maintenir le calme ? Tu voudrais qu'on les anesthésie, en quelque sorte ?

— Est-ce que c'est possible ?

Luc se pencha sur la table, appuyé sur un coude et le menton dans la main.

— En théorie, ça l'est, mais nous n'avons jamais vraiment eu la preuve que les métamorphes étaient réceptifs à nos charmes. Ce sont des créatures magiques. J'aurais peur qu'ils le sentent. Et s'ils soupçonnent que nous essayons de les manipuler...

— Alors ce sera la catastrophe, conclut Ethan. C'est une proposition intéressante, Sentinelle, mais restons-en à des techniques basiques. Nous serons là avec nos sabres et nos sourires polis, et nous ne dégainerons que si la situation s'envenime.

— Oh ! En parlant de ça..., dit Luc en se redressant.

Il se dirigea vers son bureau où il prit une petite boîte blanche brillante.

— La fin de l'année fiscale approche et il nous restait un peu d'argent dans les caisses.

— Merci de le dépenser pour la Maison, marmonna Ethan, mais je vis clairement une lueur de plaisir puéril dans ses yeux quand Luc ouvrit la boîte pour en sortir deux minuscules oreillettes.

— Ce sont les plus petites du marché, précisa Luc en revenant vers nous, les gadgets dans la main, pour les déposer sur la table. Récepteur, micro et transmetteur sans fil. Il y en a une pour chacun de vous deux. Nous vous capterons avec les récepteurs. Et si la situation devient vraiment problématique, faites-le nous savoir et nous aurons une douzaine de gardes à l'extérieur de l'église.

— Une douzaine ? demandai-je, surprise. Nous avons perdu un garde, et même si Lindsey, Juliet, Kelley et toi étiez là-bas, il manquerait encore huit gardes et il ne resterait plus personne pour protéger la Maison.

— Depuis votre visite à Navarre, expliqua Luc, nous avons discuté avec les Capitaines de Navarre et de Grey. Ils nous prêtent des vampires en cas d'urgence.

Je me redressai à la mention de Jonah, mon aspirant équipier de la Garde Rouge. Je supposais qu'il ne dédaignerait pas filer un coup de main à la Sentinelle de Cadogan, même s'il n'avait pas beaucoup d'estime pour ses compétences.

Ethan inclina la tête vers moi.

— Ça va, Sentinelle ? Tu as l'air d'avoir chaud.

— Ça va, mentis-je en souriant à peine. Je suis juste surprise par cette coopération entre les Maisons.

Ethan secoua la tête.

— Nous n'avons pas discuté de gardes supplémentaires avec Gabriel et je ne suis pas sûr que les métamorphes apprécieront de voir une douzaine de vampires de plus à leur convention.

Luc haussa les épaules.

— Je ne transige pas. Il est hors de question que je vous envoie là-bas sans renforts. De plus, si la situation devient critique au point qu'on doive faire intervenir une douzaine des nôtres, je suppose que Gabriel ne s'en formalisera pas.

Ethan acquiesça.

— Nous n'avons pas vraiment le temps de négocier les détails d'un contrat, mais je pourrais aussi appeler les fées pour savoir si elles accepteraient de poster des factions ou des tireurs autour de l'église.

Ethan réfléchit, bras croisés, sourcils froncés.

— Je pense que le coût du recrutement et de la négociation avec les fées excéderait les avantages que nous pourrions en tirer, surtout parce que nous ne sommes pas certains que nous aurons besoin d'elles.

— C'est vous qui décidez, Sire, dit Luc.

— Ce n'est pas la première fois que je prends des décisions dans ce domaine, déclara Ethan sur un ton sec mais malgré tout approbateur. Et notre code de sécurité ?

— *Wonderwall.*

Lindsey se tourna pour jeter un regard sardonique à Luc.

— Ton code est le titre d'une chanson d'Oasis ?

— Lindsey, c'est moi qui décide de ce qui est à la mode dans cette Maison. Alors pourquoi pas en matière de musique ?

Lindsey ricana avant de se retourner vers son ordinateur et de cliquer sur divers écrans.

— Et c'est un type en santiags qui dit ça… Franchement. Qui porte des santiags de nos jours ?

Il portait en effet de vieilles bottes en alligator.

— C'est la quintessence de la mode, déclara Luc. Je regarde MTV et je vois bien ce que portent les gamins.

— Ces gamins ont un siècle de moins que toi, terreur !

— Calmez-vous, les enfants, intervint Ethan malgré son expression amusée, ne nous dispersons pas. Je dois m'occuper de certaines choses.

Lindsey, assagie, se concentra de nouveau sur son écran. J'éprouvai la même envie de me détourner d'Ethan, mais je n'en avais pas d'ordinateur devant moi. J'étais habituée à leurs badinages et j'y prenais part habituellement. Mais aujourd'hui, leurs enfantillages exacerbaient mon vide intérieur. C'était trop détendu et je n'étais pas encore parvenue à reprendre pied. J'appréciais qu'Ethan ait l'air aussi embarrassé que moi ; il n'avait fait que prononcer des questions de deux ou trois mots et il ne s'était exprimé que brièvement sur la préparation de la convention. On parlait travail, bien sûr, mais même Ethan savait faire preuve d'humour. En certaines occasions, du moins.

— Quel est notre plan en cas d'imprévu ? demanda-t-il.

Luc se leva de nouveau pour prendre un plan de Ukrainian Village au milieu de la table.

— Si la situation devient vraiment trop épineuse, sortez du bâtiment de n'importe quelle façon, dit-il. Puis retrouvez-nous à cet endroit.

Il tapota un point sur la carte à environ deux rues de l'église que tout le monde se pencha pour regarder.

— Le point de rendez-vous est le restaurant *Joe's Chicken and Biscuits*, expliqua Luc. Comme son nom l'indique, c'est un des établissements de la Ville des vents où l'on sert les meilleures brioches au poulet. S'il se passe quoi que ce soit, rendez-vous là-bas. Nous viendrons vous chercher. Je vous demanderai juste de nous prendre au passage dix petits sandwichs pour cette demoiselle et moi-même.

— Et si les choses tournent mal, on se bat ? (Ethan me regarda.) Certains métamorphes se méfient déjà de nous, poursuivis-je en me gardant bien d'ajouter que ce qui s'était passé ce soir les avait certainement confortés dans leur attitude. Je ne tiens pas à aggraver les choses.

Ethan se frotta le front.

— Le Présidium de Greenwich nous dicte une ligne de conduite concernant les métamorphes.

— N'ouvrez pas le feu et ne tirez que pour vous défendre, dit Luc.

Ethan acquiesça.

— Nous ne sortirons les armes que si nous ou Gabriel sommes menacés.

Le silence se fit pendant un moment, chacun de nous se demandant probablement si j'avais été suffisamment menacée pour justifier la réaction d'Ethan… ou si le Présidium allait vouloir en discuter avec notre Maître.

La sonnerie du téléphone portable d'Ethan nous fit tous sursauter. Il sortit l'appareil de sa poche, consulta l'écran, puis repoussa sa chaise pour se lever.

— Tu peux riposter en cas de nécessité, mais nous sommes là pour apporter notre soutien, pas pour nous faire des ennemis alors qu'ils ne nous provoquent pas. Il existe probablement des alliances au sein de la Meute tout comme il en existe à l'extérieur, et nous ne souhaitons pas créer de conflit.

Je venais d'une des familles les plus riches de Chicago. On m'avait appris à me tenir à distance.

— J'ai un rendez-vous, déclara Ethan avant de glisser le téléphone dans sa poche. Vous pouvez disposer. Nous nous retrouverons ici demain soir à 22 heures.

— Sire, dis-je sur un ton respectueux.

Je surpris Lindsey qui levait les yeux au ciel à ma révérence reconnaissante – le terme poli pour qualifier le léchage de bottes chez les vampires. Quand Ethan eut quitté la pièce, probablement en route vers un rendez-vous important, et que la porte fut refermée, Lindsey ricana.

— Je n'arrive pas à croire que tu puisses encore être polie avec lui après qu'il t'a larguée.

— Je t'ai déjà prévenue. Pas de remarques personnelles.

— Je peux te poser une ou deux questions ? Elles sont assez précises. Anatomiquement précises, je veux dire.

— Luc, ton employée m'agace.

— Bienvenue dans mon monde, Sentinelle. Tu comprends ce que je vis tous les jours ! répondit Luc.

Le soleil se levant dans quelques minutes, Lindsey et Luc éteignirent les écrans de contrôle de la Maison et passèrent officiellement le relais aux fées mercenaires qui la gardaient pendant que les vampires dormaient. Lindsey me proposa de monter avec moi pour m'apporter son soutien moral. Plus précisément, elle voulait passer du temps avec moi pour m'interroger concernant la décision qu'Ethan avait prise de ne pas sortir avec moi.

— Tu pourrais me raconter deux ou trois choses ! dit-elle une fois la porte de la salle des opérations refermée derrière nous.

— Il n'y a rien à raconter. Nous avons eu une aventure et il a décidé qu'il ne pouvait pas se permettre de sortir avec moi. Maintenant, j'essaie de me mettre en mode *I will survive.*

Au rez-de-chaussée, un groupe de vampires se mit sur notre chemin – Margot, Katherine et une autre que je ne connaissais pas, avec le crâne rasé et une peau couleur chocolat. Elles s'immobilisèrent devant nous, nous bloquant le passage.

— Qu'est-ce qui se passe ? demanda Lindsey.

Les filles échangèrent des regards avant de se tourner vers moi puis vers Lindsey.

— Je n'aime pas être porteuse de mauvaises nouvelles, dit Margot, mais nous avons de la visite.

Lindsey fronça les sourcils.

— Maintenant ? Mais le soleil va bientôt se lever. Et personne n'était annoncé dans le planning.

Chaque jour, les gardes recevaient un dossier contenant les nouvelles et les événements planifiés par la Maison, les visites et les déplacements hors site d'Ethan ou de Malik. La nuit avait été consacrée à la réception des métamorphes. Je secouai la tête.

Margot, l'air légèrement embarrassé, se mordillait la lèvre.

— Je ne suis pas censée dire quoi que ce soit.

Katherine lui balança un coup de coude.

— Allez, raconte !

— C'est juste qu'Ethan m'a demandé il y a quelques heures de préparer un gros repas pour le coucher du soleil, dit Margot. Du steak au poivre, un soufflé – le grand jeu. Et j'ai trouvé ça étrange parce que ça fait des années qu'il n'a pas demandé de steak au poivre.

La première idée qui me vint à l'esprit, étant donné le plat français et la visite secrète, fut qu'Ethan avait invité Célina pour un entretien. Puisqu'elle avait tenté de me tuer, il me paraissait normal qu'il ne veuille pas ébruiter cette rencontre.

— Ensuite on a appris qu'il y avait une invitée, dit la fille que je ne connaissais pas, et qu'elle arrivait de l'aéroport.

— Au fait, je te présente Michelle, murmura Lindsey distraitement en me désignant l'inconnue, à qui je souris en faisant un signe de la main.

— Si ça peut t'aider, dit Katherine, si ça compte pour toi, c'est vraiment un gros connard et nous sommes toutes de ton côté.

Il y avait de la pitié dans son expression.

Mon estomac se noua d'appréhension.

— D'accord, les filles, dit Lindsey en levant les mains. Le soleil se lève dans quelques minutes, alors l'une d'entre vous va recommencer depuis le début. Que se passe-t-il, bon sang ?

Les trois filles échangèrent de nouveaux regards avant que Michelle, la mine douloureuse, se tourne vers Lindsey.

— C'est la Reine des glaces.

— Oh ! merde ! murmura Lindsey.

Margot hocha la tête.

— Lacey Sheridan est sur le chemin de la Maison en ce moment même.

Mon cœur faillit s'arrêter de battre.

La nausée réapparut, me tordant l'estomac et menaçant de faire remonter la pizza que j'avais mangée plus tôt. Non seulement Ethan avait décidé que je ne valais pas le coup, mais il avait déjà pris ses dispositions pour se consoler avec une autre.

Il m'était difficile de ne pas prendre ça de manière personnelle.

— Seigneur ! marmonna Lindsey. Beau gosse ou pas, ce type a un problème.

— Je n'arrive pas à croire qu'il lui ait demandé de revenir, déclara Margot. Surtout maintenant.

Surtout maintenant qu'il a couché avec moi ou parce qu'il m'a larguée ?

La pitié dans la voix de Margot me fit monter les larmes aux yeux, mais je clignai des paupières pour les chasser et levai les yeux vers le plafond pour les empêcher de couler sur mes joues. Dans ce moment de faiblesse, alors que je me concentrais uniquement sur mon refus de pleurer devant des étrangères, certaines des barrières mentales que j'avais érigées contre le bruit s'effondrèrent. Les murmures que je ne parvenais plus à filtrer commencèrent à me cerner. Je compris trop tard que nous n'étions pas les seules vampires rassemblées dans l'entrée à attendre que quelque chose se passe.

D'autres Novices, vêtus de noir, se tenaient en groupes de trois ou quatre, certains la tête inclinée et en plein conciliabule, d'autres le regard rivé sur moi, d'autres encore à guetter au dehors par les fenêtres qui flanquaient la porte d'entrée.

— Elle arrive, dit quelqu'un.

— Et Merit ? demanda quelqu'un d'autre.

Je crispai les paupières. On murmurait mon nom dans toute la pièce. Quatre-vingt-dix vampires avaient entendu nos ébats et allaient à présent assister à l'arrivée de Lacey, répondant à la requête d'Ethan de venir « le plus vite possible ».

Je rouvris les yeux. La peau commençait à me brûler alors que l'humiliation et la défaite laissaient la place à une émotion beaucoup plus gratifiante : la colère. Le chagrin se transforma en fureur ; je compris alors exactement de quelle manière la rupture de Célina avec un petit ami anglais avait pu déclencher une déflagration émotionnelle et faire exploser la tristesse en une pluie d'éclats amers. Elle n'était certainement pas la seule personne dans l'histoire du monde pour qui le rejet était devenu le carburant d'une fureur sans bornes la poussant à la violence, la guerre et la destruction.

L'ego d'un vampire n'était pas moins fragile que celui d'un humain.

Cette colère était rassurante. J'étais encore capable de diriger ma rancœur contre Ethan au lieu de considérer cette rupture comme un échec personnel. Je fermai les yeux et m'abandonnai à ce sentiment comme si je plongeais dans un bain brûlant.

Quand le silence s'abattit sur la pièce, je rouvris les yeux.

Les filles avaient mis un terme à leur concert de pleureuses et toutes les têtes étaient tournées vers Ethan qui traversait l'entrée pour se diriger vers la porte.

— Elle doit être arrivée, murmura Margot.

Tout notre groupe le suivit du regard.

Lacey avait dû être l'objet du coup de téléphone qu'il avait reçu quand il avait quitté la salle des opérations et la raison pour laquelle il nous avait donné congé.

Ethan ouvrit la porte, puis se pencha pour étreindre une femme.

— Lacey, dit-il, je te remercie d'être venue aussi rapidement.

Il parlait d'une voix chaude et ses paroles étaient sans ambiguïté : il lui avait bel et bien demandé de venir.

Elle devait être le sorbet rafraîchissant après la sauce à l'ail que j'avais été, le rince-bouche dont il avait besoin après une nuit passée avec moi. Je ravalai une subite nausée.

Quand il la relâcha et s'écarta d'elle pour serrer la main aux vampires de son escorte, j'aperçus Lacey pour la première fois.

Elle était grande et élancée, les cheveux blonds coupés en un carré net juste au-dessous du menton. Elle avait un visage de mannequin : un nez droit et long, une grande bouche, des yeux bleus aux reflets de glace. Son tailleur pantalon bleu ciel moulait son corps mince.

Sur sa main droite, une seule bague brillait, ornée d'une énorme perle.

Elle était belle, posée et élégante.

Elle était tout ce qu'il pouvait désirer.

Et elle était venue de San Diego parce qu'il le lui avait demandé.

— La Maison est très jolie, Ethan. J'aime ce que tu en as fait.

Il se retourna vers elle en souriant. Mais quand il parcourut la pièce des yeux et remarqua les groupes de vampires dans l'entrée, son sourire disparut. Il nous observa, tendu, et croisa enfin mon regard.

Alors que nous ne nous quittions pas des yeux, je me demandai pour quelle raison il lui avait demandé de venir, quel réconfort elle pouvait lui apporter.

Pourquoi sortir avec moi aurait-il été un sacrifice pour lui alors qu'inviter une ancienne maîtresse ne l'était pas ?

Je ne trouvai aucune explication dans ses yeux, juste le choc que je le surprenne en flagrant délit. Je ne savais pas ce que j'allais lui dire, mais je ne pouvais pas rester silencieuse, et j'avançai d'un pas.

— Oh ! non ! me souffla Lindsey en se plaçant devant moi. Ne va pas faire d'esclandre. Tu ne tiens certainement pas à donner cette image de toi.

Je ricanai. L'attention de la moitié des vampires se concentrait dorénavant sur moi.

— Quelle image ? L'image d'une fille qu'on remplace en quelques heures ? chuchotai-je sauvagement avant de regarder autour de moi. Ils ne savent peut-être pas qu'on a rompu, mais là, c'est on ne peut plus clair. Tu crois qu'il y a quelqu'un ici qui ne l'a pas compris, maintenant ?

Margot, Katherine et Michelle détournèrent les yeux.

— Merit, dit Lindsey en posant ses mains sur mes bras. Nous sommes tes amies, tes camarades Novices. Mais Ethan est un Maître, comme Lacey. Te donner en spectacle devant eux serait une humiliation d'un tout autre ordre.

Elle avait raison. Je n'allais pas me confronter à lui, mais je ne comptais pas non plus souffrir davantage en les regardant ensemble.

Je tournai les talons et, sans prononcer un mot, montai l'escalier jusqu'au premier étage, gagnai ma chambre et m'y enfermai. Je ne pleurai pas, je m'y refusais. Pas encore une fois.

Je n'arriverais pas à dormir non plus.

Quelques minutes avant le lever du soleil, j'enfilai mon pyjama et me mis au lit. La nuit avait été longue, mais je restai éveillée, un bras sous l'oreiller, à regarder le plafond. L'aurore arrivait, incitant mes yeux à se fermer et mon cerveau à s'éteindre. Mais ma partie humaine ne cessait de repasser en boucle les moments que nous avions partagés, aussi peu nombreux avaient-ils été. Je ne pouvais m'empêcher de me demander si j'aurais pu faire ou dire quelque chose pour nous donner une chance.

Je m'étais rendue vulnérable et j'en payais le prix. Mais ce qui était le plus humiliant, c'était que toute la Maison savait – ou saurait bien assez tôt – que j'avais été larguée sans façon, puis remplacée.

Il fallait bien reconnaître que je lui avais donné l'occasion de le faire. Mais ça ne signifiait pas que je devais continuer à prendre les mauvaises décisions. Je soupirai en me jurant de ne plus jamais sortir avec un vampire.

Ironie du sort : ce fut le moment que choisit mon aspirant partenaire au sein de la Garde Rouge pour m'appeler. Je répondis, croyant qu'il me contactait parce qu'il avait été informé par Luc de la convention des Meutes.

— Merit.

— C'est Jonah, dit-il. Tu es prête pour cette réunion demain soir ?

J'appréciai l'inquiétude qui sourdait dans sa voix, mais je n'aurais su dire s'il était préoccupé à mon sujet personnellement ou parce que j'étais un membre potentiel de la GR.

— Nous avons rencontré les chefs de Meutes, passé un moment avec la Meute des Grandes Plaines et étudié la disposition du bâtiment. Nous avons établi un plan de communication et vous nous servirez de renforts. (Je haussai les épaules.) Nous sommes aussi prêts qu'on peut l'être.

Je passai sur les détails de l'altercation ; Ethan n'aurait pas apprécié que cela s'ébruite. Ce n'est pas parce qu'il m'avait humiliée que je devais en faire autant.

Jonah émit un vague grognement d'approbation.

— Si on me pose la question plus tard, je dirai que nous n'avons jamais eu cette conversation. Mais je me demande si le moment n'est pas venu de demander les renforts de la GR ? D'avoir des gardes prêts à intervenir ?

— Ce n'est vraiment pas le moment, m'empressai-je aussitôt de répondre. J'apprécie ton offre de soutien, mais il y aura bien assez de métamorphes qui ne nous apprécient pas là-bas. (Je l'avais constaté de mes propres yeux.) Envoyer les brigades d'intervention et les hélicoptères ne va rien arranger et ne fera qu'attiser leur méfiance. Fais-moi confiance, notre position est bien meilleure depuis l'attaque du bar, mais nous ne sommes en aucun cas complètement acceptés.

Il se tut un moment.

— Et si les emmerdes vous tombent dessus ?

— Alors Luc vous appellera. Tu fais partie de la Garde Rouge, ce qui veut dire qu'à ce stade, tu auras autorité pour décider à leur place. Mais tu ne dois pas aller trop vite. Les métamorphes pensent que nous sommes trop politiques et pas assez fiables. Si nous débarquons avec un supplément de vampires – et sans qu'aucune crise le justifie –, alors nous leur prouverons qu'ils avaient raison. Partons du principe que nous serons en mesure de gérer les problèmes qui se présenteront. Et si les choses s'aggravent au point d'être de votre ressort, alors vous pourrez débarquer.

Un nouveau silence de réflexion.

— Nous nous tiendrons prêts. Bonne chance !

J'espérais que nous n'en aurions pas besoin.

15

Libère la vampire en toi !

Quand le soleil se coucha de nouveau, je restai dans mon lit pendant un bon quart d'heure. Avez-vous déjà remarqué qu'on se couche parfois avec déplaisir – la chambre est trop chaude ou trop froide, les oreillers pas comme il faut, le matelas bosselé et les draps rêches – mais qu'au moment de se lever, on a l'impression que tout est devenu paradisiaque ? La chambre est fraîche, le lit est doux et l'oreiller est sans aucun doute le repose-tête de Dieu. Ce changement se produit inévitablement quand on est obligé de se lever et de sortir alors que rien ne semble meilleur que de rester blotti sous un monceau de coton – surtout quand l'autre option qui se présente est d'affronter un ex-petit ami et l'ex-maîtresse de celui-ci.

Mais même les Sentinelles doivent se comporter en adultes, aussi je m'assis en rejetant les couvertures.

Cela faisait bien une semaine que je n'avais pas couru. Puisque j'avais quelques heures devant moi avant notre départ pour la convention, j'enfilai un soutien-gorge de sport, un débardeur et un short avec l'intention de courir cinq kilomètres dans Hyde Park. L'entraînement avec Ethan et les gardes était bien entendu de l'exercice physique, mais pas de celui qui libérait le corps et l'esprit, et vidait de tout stress au rythme du battement de vos pas sur le trottoir, de votre souffle et d'une bonne vieille suée.

Mais tout d'abord, il fallait recharger les batteries. Je n'étais pas prête à affronter le reste des vampires de la Maison ni à risquer de rencontrer Sheridan et Sullivan. Je décidai d'éviter les éventuelles histoires qui m'attendraient au rez-de-chaussée et de récupérer mon petit déjeuner au premier. Au bout du couloir, je poussai une porte battante qui donnait dans une petite cuisine rectangulaire. Des placards bas en érable, surmontés de plateaux en granit, occupaient les deux longs murs de la pièce, et un réfrigérateur et d'autres appareils ménagers étaient intégrés dans des éléments du même bois. Sur les plans de travail étaient disposés des paniers contenant des serviettes et autres accessoires ainsi que du petit électroménager. La porte du réfrigérateur était couverte de menus de restauration à emporter – chinois, grecs et pizzerias dans Hyde Park. C'était l'avantage de vivre près de l'université, les étudiants faisaient tourner ce genre d'établissements à toute heure et ça nous arrangeait bien.

J'ouvris le frigo. Son contenu ne différait pas de celui d'un réfrigérateur d'entreprise réservé aux employés : pas mal de restes de plats à emporter, des yaourts et des desserts à moitié mangés, le tout dans des récipients sur lesquels étaient inscrites les initiales de leur propriétaire. Bref : des restes que des vampires avaient étiquetés afin de les préserver de crocs étrangers.

Mais on y trouvait également des produits fournis par la Maison, y compris du sang conditionné en poches d'une pinte ou en briquettes. Je pris une seconde pour évaluer ma faim et décidai qu'il était temps de faire des réserves. Je pris deux briquettes, les agitai et piquai une paille dans l'une d'elles. Je sirotai en faisant la grimace. Boire le sang d'Ethan avait été comme déguster un vin rare : sa saveur était riche, complexe et enivrante. Le sang en briquette avait le goût de son contenant : fade, plastique et stérile. Le goût de la mort, d'une certaine manière, comme si le sang avait perdu toute l'énergie qu'on sentait lorsqu'on buvait directement à la source.

Mais puisque cet approvisionnement spécial ne m'était plus accessible, je vidai une briquette, puis deux. Ce n'était pas le moment de faire passer ses goûts personnels avant les besoins biologiques, surtout quand on songeait aux défis physiques et émotionnels que j'allais peut-être devoir relever dans quelques heures.

Je jetai les briques vides dans la poubelle et, par pure curiosité, ouvris quelques placards supérieurs. Ils étaient remplis d'en-cas diététiques comme des sachets de muesli, de noisettes, de céréales ou de pop-corn nature.

— Beurk ! marmonnai-je avant de refermer les portes et de sortir de la cuisine.

Quand les placards seraient garnis de Mars, je reviendrais. J'en ferais part à Helen, la cheftaine de la Maison.

Mon petit déjeuner dans le ventre, je sortis. C'était une nuit chaude et humide de juin. Il n'était pas vraiment tard, mais les rues étaient déjà désertes. Je me dis que chercher à éviter à tout prix les paparazzis risquait de les pousser à s'intéresser d'un peu trop près aux activités des vampires. Je tournai donc à droite pour me diriger vers le groupe des photographes postés au coin de la rue. Je leur souris en les saluant de la main et les flashs se mirent à crépiter.

— Hé ! brailla l'un d'entre eux, c'est la Justicière à la queue-de-cheval !

— Bonsoir, messieurs !

— Un commentaire concernant la fusillade du bar, Merit ?

J'adressai un sourire agréable au journaliste, un jeune type en jean et en tee-shirt arborant une carte de presse autour du cou.

— Seulement que j'espère que les auteurs seront arrêtés.

— Et un commentaire sur les agressions au pieu en Alabama ?

Mon sang se figea dans mes veines.

— Quelles agressions ?

L'homme à côté du journaliste – plus vieux, plus grassouillet, avec une tignasse de cheveux blancs frisottés et une moustache assortie – gesticula en agitant son petit carnet de notes.

— Quatre vampires ont été descendus dans ce qu'on a appelé un « nid ». Apparemment, l'agression aurait été menée par une sorte de mouvement clandestin anti-crocs.

L'inquiétude de Gabriel concernant les menaces de soulèvement était donc tout à fait fondée. Peut-être s'agissait-il d'un incident isolé. Peut-être était-ce un acte de violence horrible mais non prémédité qui n'augurait pas forcément que le vent allait tourner pour les vampires.

Et peut-être que c'était tout le contraire.

— Je n'en ai pas entendu parler, dis-je calmement, mais mes pensées et mes prières vont à leurs proches. Ce type de violence qui naît des préjugés est inexcusable.

Les journalistes se turent un moment pendant qu'ils griffonnaient mes paroles.

— Je dois y aller. Merci de m'avoir transmis ces informations, messieurs.

Ils crièrent encore mon nom afin de tenter de récupérer davantage de renseignements avant que je m'éloigne en trottinant dans la nuit, mais j'avais fait mon devoir. J'avais besoin de courir, d'un moment pour me vider la tête avant de retourner à la Maison Cadogan et aux histoires qui m'attendraient là-bas, qu'elles soient d'ordre politique ou privé.

Le premier kilomètre fut un peu difficile ; j'y arrivai – après tout, j'étais une vampire –, mais ce fut douloureux comme les premiers kilomètres le sont toujours. Puis je finis par trouver mon rythme, à accorder mes pas à ma respiration, et fis le tour du quartier. J'évitai l'université, le chagrin de ne plus faire partie de ce qui aurait dû être ma fac étant encore un peu trop vif.

Une brise s'était levée le temps que je revienne à la Maison. J'adressai un signe de tête aux gardes en rentrant dans la propriété, tout m'efforçant de ralentir mon souffle, les mains sur les hanches. En tant que vampire, il me fallait courir plus vite pour accélérer mon rythme cardiaque, et même si je n'étais pas certaine du bénéfice d'une telle course, je me sentais mieux. Cela m'avait fait du bien de sortir des limites de Cadogan et de me concentrer uniquement sur ma vitesse, mon rythme et mon énergie.

La propreté était mon prochain objectif et je remontai dans ma chambre pour prendre une douche.

Je m'arrêtai devant ma porte.

Comme celle de toutes les chambres de la Maison, elle comportait un petit panneau d'affichage. On avait punaisé quelque chose au mien, un carton épais annonçant en lettres luxueuses :

Accueillons la Maîtresse !
Retrouvons-nous samedi à 22 heures
Pour souhaiter la bienvenue à Lacey Sheridan,
Maîtresse de la Maison Sheridan.
Cocktails et ambiance musicale.
Tenue décontractée.

Je détachai l'invitation de ma porte en levant les yeux au ciel, puis je reculai d'un pas pour jeter un coup d'œil dans le couloir. Le même carton était punaisé à toutes les portes – une sorte de plébiscite forcé qui n'appelait pas au vote et n'avait rien de démocratique. Je me demandai si c'était Ethan qui en avait eu l'idée : peut-être voulait-il montrer aux Novices de Cadogan de quel côté il était…

Et plus important, cette soirée était-elle obligatoire ? Étais-je obligée d'y faire une apparition ? De boire à la santé de Lacey Sheridan ? D'apporter un cadeau ?

Je froissai l'invitation dans ma main, puis entrai dans ma chambre, mais avant que je referme la porte, j'entendis des pas dans le couloir. Comme il était rare que des vampires s'aventurent dans cette partie de la Maison, je jetai un coup d'œil indiscret dans l'entrebâillement… et ne fus pas déçue.

Ethan et Lacey avançaient de front dans le couloir. Ethan portait un jean et un tee-shirt moulant à manches longues d'un vert cendré. Il avait attaché ses cheveux et la médaille Cadogan brillait à son cou. La tenue était assez décontractée pour que je devine qu'il ne se changerait pas pour la convention.

Lacey était vêtue d'une robe en tweed gris à l'encolure croisée sophistiquée et chaussée d'escarpins noirs à talons. Pas une mèche ne dépassait de son carré blond et son maquillage était aussi parfait que celui de n'importe quel mannequin retouché sur une couverture de magazine.

— Cela devrait t'inquiéter, lui disait-elle.

— Comment ça ? demanda-t-il.

— Sentinelle ou pas, c'est un membre ordinaire de la Maison, Ethan. Un soldat ordinaire. Et je dois dire que je ne comprends pas toutes ces histoires.

J'entrouvris les lèvres. Je ne rêvais pas, elle venait de dire que j'étais ordinaire ?

— Je ne suis pas sûr qu'« ordinaire » soit le terme adéquat pour qualifier Merit, Lacey. Je ne conteste pas le fait que ce soit un soldat, mais je ne pense en aucune manière qu'elle soit ordinaire.

— Malgré tout, la force physique ne suffit pas pour devenir Maître.

— Eh bien, soit elle réussira le Test un jour, soit elle échouera.

Lacey gloussa.

— Tu veux plutôt dire que tu choisiras de la désigner – ou pas !

Lacey était la seule vampire qu'Ethan avait nommée à la tête d'une Maison au cours de ses presque quatre siècles d'existence. Lui-même n'était pas passé par le Test. Des vampires comme Ethan et Morgan, qui avaient accédé à ce rang à la mort de leur Maître, étaient autorisés à échapper à l'examen.

Cela m'agaçait qu'elle ait l'air aussi sûre qu'Ethan ne me désignerait pas.

— Je reconnais qu'elle est jeune, poursuivit Ethan. Elle a encore beaucoup à apprendre. Il faut qu'elle acquière une expérience plus longue de l'immortalité. Et seul le temps le confirmera. Mais je crois qu'elle en sera capable.

Il choisit ce moment pour lever les yeux et croiser mon regard dans l'entrebâillement de la porte. Une demi-seconde de réflexion et je décidai d'ouvrir la porte comme si je m'apprêtais à sortir.

Ethan haussa les sourcils, surpris.

— Merit – Sentinelle ?

Lacey resta en retrait. Je jouai l'innocente.

— Bonjour, j'allais partir.

Ils examinèrent tous les deux ma tenue de sport trempée de sueur et j'eus l'impression d'être une héroïne de comédie, l'air tout embarrassée et les yeux écarquillés.

— Tu allais partir ? répéta-t-il.

Réfléchis, m'intimai-je ; quand le trait de génie me vint, j'acquiesçai et attrapai un des mes pieds relevé par derrière pour feindre de pratiquer un exercice.

— Je suis allée courir et j'allais faire quelques étirements dans l'escalier.

Ethan eut soudain l'air inquiet. Craignait-il que j'aie entendu leur discussion ? Est-ce qu'il se souciait que j'aie été blessée par les propos de Lacey ?

— Tu comptes nous présenter ? demanda Lacey.

Le temps d'une seconde, juste assez pour qu'il me jette un coup d'œil sans qu'elle le remarque, j'inclinai la tête vers Ethan, pour qu'il lise dans mon regard cette question ironique : *Oui, Ethan. Tu comptes nous présenter ?*

— Lacey Sheridan, me dit-elle en devançant Ethan.

Elle ne me tendit pas la main et se contenta de se tenir là avec un air suffisant comme si la seule mention de son nom était censée me clouer le bec.

— Merit. Je suis la Sentinelle de la Maison, ajoutai-je au cas où elle aurait eu besoin que je lui rappelle que c'était moi qui occupais dorénavant cette fonction dans la Maison d'Ethan.

Je réprimai un sourire en remarquant le tressaillement de sa mâchoire.

— J'ai été garde, moi aussi, répondit-elle en me toisant des pieds à la tête, telle une adversaire se préparant au combat.

Est-ce qu'on était sur le point de se battre pour Ethan ? Quel que fût l'enjeu, je refusais de jouer. J'avais déjà tout misé – et tout perdu – dans cette affaire.

— En effet, c'est ce qu'on m'a dit, répondis-je poliment. Je suis une amie de Lindsey. J'ai cru comprendre que vous aviez été gardes ensemble, avant que vous passiez le Test.

— Oui, je connais Lindsey. C'est une garde fiable. Elle est particulièrement forte quand il s'agit de découvrir les motivations de chacun.

Elle me livrait une évaluation de Lindsey comme si je lui avais demandé les références professionnelles de cette dernière, plutôt que de parler d'elle comme une amie ou une collègue.

Je me tournai vers Ethan.

— Je suppose que tu as entendu parler de ce qui s'est passé en Alabama ?

Son expression s'assombrit.

— Oui. Tu penses qu'il s'agit des agitations dont parlait Gabriel ?

Je hochai la tête.

— Je suppose.

Il soupira.

— On verra bien. J'aimerais qu'on parte au rendez-vous dans une heure.

— Oui, Sire, répondis-je d'une voix obéissante.

Il ne gronda pas, pas vraiment, mais ma déférence l'agaçait clairement. Je m'éloignai en souriant.

J'étais douchée et habillée – en jean, débardeur sous ma veste en cuir et bottes – et me dirigeais vers le bureau d'Ethan quand mon portable sonna. Je le sortis de ma poche pour consulter l'écran. C'était Mallory.

— Salut ! répondis-je.

— Je sais que tu es sur le point de partir, mais j'arrive à la Maison Cadogan. Catcher souhaite parler à Ethan et j'ai quelque chose pour toi.

— Quelque chose de bon ?

— Est-ce que tu ne m'aimes que pour mes talents de cuisinière ?

— Non, mais j'admets que c'est une des raisons.

— Tant que tu en as plusieurs et qu'elles sont variées ! Ramène tes fesses en bas.

Sachant très bien qu'il ne servait à rien de discuter, je fourrai mon téléphone dans ma poche, puis gagnai la porte d'entrée. Il n'y avait aucun vampire dans le hall et je fus contente de pouvoir sortir de la Maison sans histoires.

Mallory, vêtue d'un jean slim et d'une tunique, les mains sur les hanches, m'attendait au portail de la propriété. Elle semblait être en train d'interroger le garde. Je descendis les marches en sautillant, puis marchai vers eux. Catcher arriva à côté de Mallory, certainement après avoir garé la voiture, l'air à la fois amusé et frustré.

— Et j'ai entendu dire que vous autres étiez vraiment bons en troisième Clé, disait Mallory. Vous pourriez me donner des conseils ?

La fée mercenaire à la porte baissa un regard mauvais sur mon amie.

— « Vous autres » ?

Mallory sourit.

— Désolée. Mais je trouve vos traditions tellement intéressantes. Tellement naturelles et bucoliques. Ça vous dirait qu'on en parle ? Vous pourriez peut-être m'apprendre…

— Bon, intervint Catcher en posant ses mains sur les épaules de Mallory pour la tourner vers la Maison. Ça suffit. Excusez-nous, dit-il au garde avant d'entraîner sa petite amie dans l'allée.

— Tu te fais de nouveaux amis ? demandai-je à celle-ci.

— Ce sont des gens vraiment fascinants !

— Je crois que ces gens préféreraient qu'on les appelle par leur nom.

Mallory adressa un regard vide à Catcher.

— Tu connais le nom de ce garde ?

Catcher se tourna vers moi et je haussai les épaules.

— Je ne fais que travailler ici.

— Le racisme latent entre les créatures surnaturelles est le dernier bastion de préjugés acceptable dans ce pays, déclara Mallory qui parut soudain remarquer que j'étais habillée de cuir et que j'étais armée. Tu as l'air prête à pourchasser du métamorphe !

— Espérons que je n'en aurai pas besoin. Tu n'es pas à Schaumburg ?

Elle secoua la tête.

— J'ai encore des exercices pratiques ce soir, ce qui veut dire que je devrais être à la maison à confectionner des potions et autres trucs.

— Bonne chance alors !

— Bonne chance avec tes métamorphes ! Et c'est pour ça que je suis venue, dit-elle en glissant les doigts dans une poche étroite sur sa hanche. Tends la main.

Je lui obéis avec méfiance. Mallory pêcha quelque chose dans sa poche et le déposa sur ma paume.

C'était un bracelet ancien : une chaîne en or, noircie par les années, à laquelle était accroché un médaillon circulaire. Je le levai pour examiner l'oiseau qui y était gravé.

— C'est un apotrope, dit-elle avec fierté.

— Un quoi ?

— Un apotrope. C'est un talisman qui te protège des pouvoirs maléfiques. (Elle se pencha pour me montrer la gravure.) C'est un corbeau, un symbole de protection. J'ai trouvé le bracelet dans le quartier scandinave.

Je fronçai les sourcils, l'air intrigué.

— Il y a un quartier scandinave à Chicago ?

— Non, répondit Catcher. Mais la boutique était à côté d'un restaurant qui servait du hareng mariné. Elle a décidé que c'était le quartier scandinave.

— D'abord tu déplaces les meubles, puis tu fais la même chose avec les quartiers de la ville !

— Je progresse, dit-elle. Peu importe ce que je suis, j'ai pratiqué un peu de deuxième Clé sur ton médaillon et voilà.

— Eh bien, c'est très gentil de ta part, même sans la réorganisation des quartiers de la ville. Merci, Mallory.

Elle haussa les épaules.

— Je voulais t'offrir de la teinture d'aconit, mais monsieur pisse-vinaigre, ici présent, a refusé.

— D'aconit ? demandai-je en les regardant alternativement.

— C'est un poison pour les métamorphes, expliqua Catcher en levant les yeux au ciel.

J'acquiesçai.

— Ouais, ça aurait fait mauvais genre d'apporter du poison contre les loups à une convention de métamorphes.

— Je n'en aurais mis qu'un peu sur le bracelet, précisa Mallory. Pas assez pour provoquer ne serait-ce qu'un mal de ventre et encore moins tuer qui ce soit. Et personne n'aurait eu besoin d'être au courant.

— Il vaut quand même mieux s'en tenir au corbeau. Merci de me l'avoir apporté.

Je tendis mon poignet droit afin qu'elle puisse y accrocher le bracelet, mais je levai les yeux quand Catcher émit un petit sifflement d'avertissement.

— Nous avons de la compagnie, dit-il, et puisque son regard était toujours tourné vers la porte, je devinai de qui il s'agissait.

— Oh ! Elle est jolie ! murmura Mallory, une fois le bracelet attaché. Qui c'est ?

— Sans doute Lacey Sheridan.

Mallory cligna des yeux de surprise.

— Lacey Sheridan ? La vampire dont Ethan…

Je l'interrompis.

— Tu comptais me dire que son ex-petite amie était en ville ?

— J'ai supposé que tu avais eu ta dose de Merit humiliée pour la semaine.

Elle me tapota le bras.

— Arrête tes bêtises. L'humiliation de vampire, c'est comme le bon vin. Ça se partage entre amis.

Je lui tirai la langue, mais Catcher agita la main.

— Ils arrivent, nous prévint-il. Souriez.

Je me composai un rictus hypocrite et me retournai pour les accueillir. Son katana à la main, Ethan s'adressa à Lacey.

— Je te présente Mallory Carmichael et Catcher Bell, dit-il. Catcher, je crois que Lacey et toi vous êtes déjà rencontrés quand elle faisait partie de la Maison.

— En effet.

Ce fut tout ce qu'il répondit ; il ne prit même pas la peine de tendre la main.

— Je suis contente de te revoir, Catcher.

Il accusa à peine réception du salut de Lacey et sa réaction me réchauffa le cœur. Catcher était bourru, c'était bien connu, mais il n'avait pas pour habitude de repousser les gens ouvertement, du moins pas d'après mon expérience. J'avais été dure avec Mallory et lui à propos de leurs parties de jambes en l'air, mais il se rappelait tout de même de quel côté il était.

— Mallory est l'ancienne colocataire de Merit, expliqua Ethan à Lacey, et elle a été récemment identifiée comme étant une sorcière. Elle suit en ce moment une formation avec un représentant de l'Ordre à Schaumburg.

Lacey inclina la tête.

— Je pensais que l'Ordre n'avait aucun représentant dans la région de Chicago.

Mallory posa une main sur le bras de Catcher avant qu'il se mette à gronder, mais rien qu'à son expression, on sentait qu'il crevait d'envie d'intervenir. Catcher avait été exclu de l'Ordre dans des circonstances qui n'étaient pas tout à fait claires pour moi, mais l'absence d'un bureau de l'Ordre dans la région y était indéniablement liée.

— C'est une longue histoire, répondit Mallory, et je suis ravie de vous rencontrer. (Elle jeta un coup d'œil à Ethan.) Tu vas prendre soin de ma copine ce soir, n'est-ce pas ?

— Je prends toujours soin de mes vampires.

Mallory lui adressa un sourire doux.

— Tout tend à prouver le contraire.

Catcher posa une main sur l'épaule de Mallory et regarda Ethan d'un air grave.

— Nous ne sommes pas venus ici pour te contrarier, mais pour t'apporter une mauvaise nouvelle. On a découvert un cadavre dans un entrepôt à environ huit rues du bar. C'était le corps de Tony.

Ethan poussa un long soupir.

— Ça m'inquiète pour plusieurs raisons, notamment parce qu'il était notre principal suspect.

— Il pourrait malgré tout être l'auteur de l'agression du bar, fis-je remarquer. Il est également possible que cela n'ait pas plu à quelqu'un qui aurait voulu faire taire Tony.

Catcher acquiesça.

— Au moins, nous savons qu'il y a plus d'une personne impliquée dans ce qui se passe en ce moment chez les métamorphes.

— Gabriel est au courant ? demanda Ethan.

Catcher hocha la tête.

— Jeff s'est chargé de le prévenir.

— Ce n'est pas le genre d'informations que j'aime apprendre deux heures avant la convention.

— Je comprends, convint Catcher. Et ce n'est certainement pas le dernier problème de la soirée.

— Je m'attendrais à des incidents à votre place, intervint Lacey. Il est fort peu probable que la première attaque soit due au hasard, et puisque les auteurs ne sont pas parvenus à retarder la convention, il faut certainement s'attendre à une seconde tentative imminente.

— Nous nous sommes arrangés pour avoir du renfort, expliqua Ethan, le regard baissé sur la pelouse, l'expression vide comme s'il nourrissait des pensées désagréables. Des gardes de Grey et de Navarre. Nous serons en communication avec eux.

— C'est le mieux que tu puisses faire, dit Catcher.

On resta là pendant un moment, réfléchissant certainement tous à ce que la nuit nous réservait.

— Je vais installer Lacey afin qu'elle puisse travailler dans mon bureau pendant notre absence, me dit Ethan.

Retrouve-moi au pied de l'escalier du rez-de-chaussée dans cinq minutes.

— Bien, Sire, répondis-je en inclinant la tête dans une démonstration parfaite de révérence reconnaissante.

Il retroussa sa lèvre supérieure en signe de mécontentement, puis, après un signe à Catcher et Mallory, un « au revoir » embarrassé entre mon amie et Lacey, il escorta son ex-maîtresse vers la Maison.

— « Sire » ? répéta Catcher. Je pourrais compter sur les doigts d'une main le nombre de fois où je t'ai entendue lui parler comme ça.

— J'ai opté pour l'obéissance, dis-je sans quitter des yeux les Maîtres qui s'éloignaient.

Catcher eut un petit sourire mauvais.

— Je parie que ça le fout en rogne !

Je souris à mon tour.

— Je pense qu'il déteste ça. Ce qui ne rend la situation que plus appréciable.

— Et puisqu'il a toujours voulu que tu te montres obéissante depuis le jour où tu as mis le pied dans cette Maison, fit remarquer Mallory, ta réaction n'est même pas immature. Tu ne fais que lui donner ce qu'il t'a toujours demandé.

— Exactement ! admis-je, même si je n'étais pas totalement d'accord car c'était amusant, et approprié d'une certaine manière, mais malgré tout immature.

— Tu sais, dit Mallory en les observant la tête inclinée, elle est blonde et vieux jeu comme une avocate ou un truc dans le genre. Et tu peux me croire, ce n'est pas un compliment.

— Ça reste des suceurs de sang quoi qu'il en soit, marmonna Catcher.

Je lui tapotai le bras.

— Tu sais, c'était vraiment gentil ce que tu as fait. Tu n'étais pas obligé d'être désagréable avec Mademoiselle Parfaite.

— Ne t'affole pas. Je ne suis pas en train de prendre ton parti, répondit Catcher avant de désigner Mallory d'un signe de tête. Mais je risque de dormir sur le canapé pendant une semaine si je ne suis pas dans son camp à elle.

— Et mon camp, c'est le tien ! conclut Mallory en tendant les mains. Il faut qu'on y aille. Je dois me mettre aux fourneaux. Tu vas t'en sortir ce soir, hein ?

Je la serrai dans mes bras.

— Je vais faire de mon mieux et je vous demanderai la même chose, ajoutai-je en leur adressant un regard maternel.

Catcher ricana.

— Les heures qu'on ne passe pas à jouer au Twister à poil sont des heures perdues !

— Ouais, confirma Mallory en le tirant dans l'allée, c'est l'amour de ma vie ! Au fond, c'est un grand romantique.

Comme convenu, Ethan me retrouva dans l'entrée cinq minutes plus tard, sans la Maîtresse de la Maison Sheridan. Mais Luc et Malik le suivaient. Luc était en jean et tee-shirt blanc, Malik – grand, au teint hâlé et aux yeux verts – portait un pantalon de costume noir, des chaussures à bout carré et une chemise blanche dont le col était ouvert sur le médaillon Cadogan. Malik, le seul vampire marié que je connaissais, était également un des plus beaux – cheveux ras, grands yeux clairs et pommettes saillantes. Mais je n'avais jamais vu un vampire avec une apparence aussi sérieuse.

— Je crois que nous sommes prêts, dit Ethan en les regardant tous les deux. Malik, la Maison est sous ta responsabilité. Luc, mets-toi en contact avec notre équipe sur le terrain. Si Dieu le veut, nous n'aurons pas besoin d'elle. Mais au cas où…

— C'est déjà fait, répondit Luc. Nous avons activé la liaison un peu plus tôt. Nous sommes tous en contact. Navarre et Grey se tiennent prêts. Vous avez vos oreillettes ?

Tels des élèves obéissants, chacun de nous sortit le petit accessoire de sa poche et le montra à Luc.

— C'est bien, les enfants ! dit-il en gloussant. Pas besoin de les mettre avant d'arriver là-bas. Il faudra trouver un endroit discret pour le faire, hors de la vue des métamorphes. Inutile qu'ils pensent que nous complotons plus qu'ils ne le croient déjà. Quand vous les mettrez en marche, nous pourrons communiquer avec vous.

— Tu veux que j'essaie encore d'appeler Darius ? demanda Malik à Ethan.

On se tourna tous vers lui. Darius était le chef du Présidium de Greenwich, le conseil basé en Europe de l'Ouest. Ethan secoua la tête.

— Non. Nous avons déjà essayé une fois et il ne nous a pas rappelés. À ce stade, mieux vaut s'excuser plus tard que de demander la permission maintenant.

— Tu penses qu'il pourrait ne pas être d'accord ? demandai-je.

Ethan me jeta un coup d'œil.

— Je pense que le Présidium est imprévisible. Si nous leur disons que nous sommes en contact avec des métamorphes, que nous offrons un soutien stratégique à des centaines de membres des Meutes, le Présidium risque de paniquer.

— Bref, on provoque une pluie d'emmerdes, traduisit Luc.

J'acquiesçai. Ethan soupira.

— Vous savez tous ce que vous avez à faire, alors allons-y.

— Bonne chance, dit Luc en me tapotant l'épaule. Va botter des culs, Sentinelle.

— J'espère vraiment ne pas avoir à en arriver là, répondis-je.

— Moi de même, ajouta Ethan.

Il chuchota quelque chose à Malik – cela faisait certainement partie du rituel de passation des responsabilités de la Maison –, puis tout le monde descendit l'escalier qui menait au sous-sol.

16

Les grands méchants loups

Le trajet jusqu'à Ukrainian Village se fit dans le silence. En arrivant, Ethan gara la Mercedes sur une place de stationnement dans la rue. Nous étions en avance pour la convention des Meutes, mais il était quand même tard pour un vendredi soir et le quartier était tranquille. En sortant de la voiture, chacun de nous fixa son katana à la ceinture et le groupe se dirigea vers Sainte-Bridget, illuminée par les lampadaires et les projecteurs alentour.

Je m'arrêtai un instant pour lever les yeux sur l'impressionnant édifice.

Sainte-Bridget était un superbe bâtiment en pierre de couleur pêche, agrémenté de quelques tours surmontées de dômes turquoise qui ressemblaient à des bonnets de ski. Un vitrail géant décorait le centre de la façade. Il était composé de trois panneaux rectangulaires représentant une scène bucolique d'arbres et de papillons, au milieu desquels reposait paisiblement un faon.

L'église était un joyau architectural au milieu d'un quartier populaire, comme le vestige perdu d'un vieux conte de fées, une page que l'histoire aurait oublié de tourner, un monument venu tout droit de l'Europe de l'Est jusqu'au quartier ouest de Chicago.

Cependant, l'édifice s'accordait assez bien avec son voisinage dans le sens où il était tout aussi calme. Je ne m'attendais pas à des piquets de grève ou à une manifestation, mais d'après ce que nous avions déjà vécu, les métamorphes n'étaient pas du genre à se déplacer discrètement dans la nuit.

— Je maintiens que c'est bizarre qu'ils se réunissent dans une église, dis-je.

— C'est inhabituel, répondit Ethan, près de moi, mais ce n'était pas à nous de choisir.

On resta là sans parler un moment, assez longtemps pour que je jette un coup d'œil dans sa direction et le surprenne en train de me regarder.

— Quoi ? demandai-je. (Il me toisa sans ciller.) Nous sommes là pour affaires.

— J'aimerais mettre les choses au point.

— La situation est tout à fait claire. Nous avons fait une erreur. Nous y avons tous les deux remédié, alors passons à autre chose, tu veux bien ?

— Une erreur ?

Il avait le culot de se montrer surpris par ma réponse, mais je ne marchais pas. Il n'avait pas utilisé le terme « erreur » au cours de sa petite crise de culpabilité après la soirée chez les Breck, mais c'était en gros ce qu'il m'avait fait comprendre.

— Une erreur, tout à fait, répétai-je. On peut bosser, maintenant ?

—Merit, commença-t-il, sa voix lourde de regrets, mais je levai la main pour l'interrompre.

Qu'il se sente coupable ne m'aiderait pas à me sentir mieux.

—Au boulot !

Une volée de marches montait jusqu'aux portes qui ouvraient sur la façade de l'église. Les gens devaient se rassembler là après la messe, pour serrer la main du prêtre, ou pour prévoir des déjeuners ou des dîners.

Les portes n'étaient pas verrouillées et donnaient sur un petit vestibule dont les murs étaient couverts de pancartes indiquant aux paroissiens où trouver la salle de jeux pour les enfants ou un endroit pour prendre un café.

Puis il y eut une seconde série de portes et je découvris, bouche bée, ce qui nous attendait derrière. Je passai même devant Ethan pour avoir une vue complète. L'extérieur de l'église était impressionnant, mais ce n'était rien comparé à l'intérieur. Le sanctuaire était comme une salle du trésor : des sols en pierre brillante, des murs de vitraux, des icônes dans des cadres d'or, des alcôves dorées et des fresques. Les bas-côtés étaient bordés de colonnes étincelantes et de grilles de cuivre ouvragé.

Robin, Jason, Gabriel et Adam se tenaient devant l'autel, mais ce fut Berna qui attira notre attention la première.

—Tu dois manger, dit-elle en s'avançant vers nous pour me tendre une barquette en aluminium.

De la vapeur s'en échappait malgré le couvercle, et je devinai ce qu'elle contenait : de la viande, du chou, des épices – un délice de l'Europe de l'Est.

— Prends, dit-elle en me fichant le récipient encore chaud dans les mains.

— J'apprécie ton attention, mais tu n'es pas obligée de me nourrir.

Elle fit claquer sa langue.

— Tu es trop maigre, dit-elle avant de me pincer très fort la peau du bras de deux doigts noueux.

— Aïe !

— Pas de chair, dit-elle d'un ton désapprobateur. Que la peau sur les os, tu trouveras pas d'homme comme ça. (Puis elle jeta un coup d'œil appréciateur vers Ethan qui haussa aussitôt un sourcil blond.) Toi… voilà un homme.

On ne pouvait pas le nier, mais elle pariait de toute évidence sur la mauvaise association.

— Merci, Berna, dis-je en espérant attirer de nouveau son attention sur moi afin de la distraire de ses velléités de marieuse.

Lentement, comme si elle avait deviné mes motivations, elle me scruta de la tête aux pieds avec une expression pas très enthousiaste. Après avoir fait claquer sa langue pour la deuxième fois, elle nous contourna et disparut dans l'entrée de l'église.

Je me tournai vers Ethan pour lui présenter les choux farcis.

— Est-ce que je ne pourrais pas poser ça dans ta voiture ?

Il pâlit. Visiblement, l'idée que sa Mercedes empeste comme l'arrière-salle d'un café ukrainien ne le ravissait pas.

— Bonsoir, amis vampires.

Je fis volte-face pour découvrir Adam qui souriait en considérant le récipient que je portais. Il était vêtu assez simplement, d'une chemise à carreaux par-dessus un tee-shirt gris et d'un jean recouvrant ses bottes noires, mais cela ne diminuait en rien son charme carnassier.

— Bonsoir, dis-je en tendant le plat. Elle n'arrête pas d'essayer de me gaver.

— C'est comme ça que Berna montre son affection.

Ce n'était apparemment pas pour mon physique qu'elle m'aimait. Mais j'avais encore un plat sur les bras.

— Y a-t-il un endroit où je peux laisser ça quelques heures ?

— Tu crois que le fait de porter un plat de choux farcis va entraver tes pouvoirs de vampire ?

— Je risque d'avoir du mal à manier le sabre.

— Ce serait fort regrettable, dit-il, pince-sans-rire. Je vais t'accompagner à la cuisine où tu pourras laisser tes victuailles. Ça te donnera l'occasion de visiter un peu l'église.

— Merci.

— *Je vais attendre ici*, m'indiqua Ethan en silence. *J'aimerais parler de Tony avec Gabriel.*

— *Bonne chance*, répondis-je en me demandant si l'altercation chez les Breck était vraiment de l'histoire ancienne ou si Gabe allait nous en tenir rigueur.

D'un autre côté, il n'avait pas changé d'avis puisque nous assurions toujours la sécurité ce soir. Il devait donc se sentir suffisamment à l'aise avec nous.

— *Sois vigilante.*

— *Oui, Sire,* répondis-je avec zèle.

Je suivis Adam le long de la nef latérale gauche en saluant Gabriel et Jason au passage. Puis Adam ouvrit une porte et pénétra dans l'aile que Luc nous avait montrée sur les plans. De toute évidence, nous étions passés de l'édifice originel à la partie restaurée dans les années 1970. Alors que la chapelle était somptueuse, l'aile latérale était froide et toute en lignes droites. L'aspect fonctionnel l'avait emporté sur l'esthétique dans cette partie, depuis les sols recouverts de lino jusqu'aux murs en parpaings.

Mais une fois les salles destinées aux enfants derrière nous, je compris que les paroissiens étaient moins concernés par l'apparence de l'église que par ce qui s'y passait. Je m'arrêtai devant une porte ouverte pour jeter un coup d'œil à l'intérieur de la pièce. Des dessins et des posters pédagogiques décoraient les murs. Des tables et des chaises basses destinées aux tout-petits parsemaient la salle, et des animaux en peluche usés et des jeux de construction en bois étaient empilés proprement sur un rebord de fenêtre.

— C'est une communauté très soudée, déclara Adam à côté de moi.

— Je vois ça.

Quand j'eus fini de regarder la pièce, Adam poursuivit sa route dans le couloir avant de tourner dans une cuisine de style industriel, équipée pour préparer des repas pour une grande congrégation d'affamés. Il ouvrit la porte du réfrigérateur afin que j'y glisse la barquette de Berna. Puis il s'appuya contre un des plans de travail en acier inoxydable au milieu de la pièce.

Je remarquai un panneau d'affichage sur le mur en face de moi et m'en approchai. Une feuille d'inscription à un déjeuner d'après-messe était fixée à côté d'un prospectus annonçant une collecte de produits en conserves. *Qui donne un peu reçoit beaucoup*, songeai-je.

Et en pensant à ça, je décidai d'en profiter pour en apprendre davantage sur Adam et son équipe. Je commençai par la géographie.

— Dis, je suis curieuse de savoir pourquoi vous avez choisi Ukrainian Village. Quel est votre lien avec ce quartier ?

— Tu parles des métamorphes ?

J'acquiesçai.

— Nous avons des racines en Europe de l'Est. Nos familles sont très unies. Tu additionnes ces deux éléments et tu obtiens Ukrainian Village.

— Hmm... C'est intéressant, dis-je.

Il haussa les sourcils.

— Ça t'intéresse vraiment ou tu fais la gentille pour favoriser une éventuelle alliance entre vampires et métamorphes ?

Son ton était sarcastique, mais il y avait autre chose dans sa voix. De l'agacement ? De la colère ? Du dégoût ? Je ne savais pas s'il s'agissait d'une animosité à l'égard des vampires ou de la politique en général. Que ce soit l'une ou l'autre, ces émotions étaient compréhensibles de la part d'un métamorphe.

Je n'avais pas envie de me disputer avec lui et imitai ce haussement d'épaules désinvolte qu'il avait eu plus tôt.

— On bavarde, c'est tout. Ça te pose un problème ?

— Pas du tout, madame, ça ne m'en pose aucun, me répondit-il avec une étincelle dans le regard.

On discuta encore un peu, suffisamment pour que je le cerne mieux. Je m'étais attendue à ce qu'il me fasse sentir qu'il était « le plus jeune frère du chef de Meute » et, même s'il faisait le malin, il paraissait sincèrement inquiet pour les siens.

— Cette convention me rend nerveux, admit-il alors que nous progressions dans le couloir vers la chapelle. Ce n'est pas que je croie Gabe incapable de gérer ce qui pourrait se produire, mais je préférerais qu'on évite d'avoir recours à la violence.

— Tu as une idée sur l'identité de l'auteur de la fusillade ?

Il secoua la tête, les traits crispés. Il ne me disait pas tout.

— J'ai appris que Tony…, commençai-je sans savoir comment finir ma phrase.

— Sa mort change la donne, dit Adam, mais je ne sais pas s'il faut en déduire qu'il était derrière l'attaque du bar.

— Nous avons pensé la même chose.

— Un assassinat prémédité ne colle vraiment pas à l'esprit de la Meute. Un crime passionnel, oui, mais pas un assassinat. Ça correspondrait plus aux vampires.

J'eus un regard soupçonneux. Ce n'était pas vraiment le moment d'exprimer des préjugés anti-vampires, d'après moi. Et j'étais plutôt en position d'infériorité.

— Est-ce que Gabriel a reparlé de l'incident chez les Breck ? demandai-je puisque nous abordions le sujet des préjugés.

Adam émit un petit rire sans joie.

— L'incident avec Ethan ?

Je hochai la tête.

— Eh bien, on ne peut pas dire que l'incident l'ait ravi, mais je crois que cette histoire l'a plutôt amusé.

Je croisai les bras.

— Amusé ?

Adam haussa les épaules.

— Ça fait longtemps que Gabe et Ethan se connaissent. Gabe sait qu'Ethan est quelqu'un de froid, de calme et de réfléchi. Et il n'a clairement pas réagi de manière froide, calme ou réfléchie. Gabe pense que Sullivan en pince sacrément pour toi.

— Si tu savais ! répondis-je sèchement.

Mon téléphone se mit à vibrer, m'évitant d'avoir à développer. C'était un texto, mais il ne venait ni de Luc ou Malik ni des gardes Cadogan. C'était un message de Nick Breckenridge et ce n'était pas une bonne nouvelle.

— « Info contrat sur chien de tête ; assaut imminent. »

Le message était signé « NB ».

Je m'immobilisai au milieu du couloir, le cœur battant. Nous avions eu raison : quelle que soit l'identité du coupable, la violence ne se limiterait pas à l'attaque contre le bar.

Quelqu'un cherchait à éliminer Gabriel, avec ou sans l'aide de Tony.

Je levai les yeux vers la porte qui donnait dans la chapelle. Il fallait que j'en informe Ethan et Gabriel, mais j'avais d'abord besoin de faits. Si Nick avait des informations – une source, une heure, n'importe quoi –, je voulais les entendre de sa bouche avant d'avertir les hommes qui douteraient le plus de leur véracité – à savoir le vampire et le métamorphe qui se méfiaient déjà de Nick.

Je me tournai vers Adam qui s'était arrêté à quelques mètres, la tête inclinée, pour me dévisager.

— Ça va ? me demanda-t-il.

Je désignai du pouce une des salles de garderie derrière moi.

— Je peux occuper une pièce pendant quelques minutes ? J'ai un coup de fil rapide à passer.

— Il y a du nouveau ?

Je feignis la désinvolture. Pas besoin de faire sonner l'alarme avant d'avoir toutes les preuves en main.

— Pas vraiment, mais c'est un peu urgent.

Il hocha la tête au bout de quelques secondes.

— Fais comme chez toi. Retrouve-nous dans la chapelle quand tu as fini.

Je lui adressai un sourire lumineux.

— Merci, Adam. Et merci aussi pour la petite discussion.

— Mais je t'en prie, chaton. Si un jour tu as envie de faire un peu plus que discuter avec moi, Gabriel sait où me joindre…

Pour l'instant, celui que je devais joindre, c'était Nick.

Je n'eus pas trop de mal à l'avoir au bout du fil. Une fois dans une des salles de garderie et la porte fermée, je composai simplement le numéro depuis lequel le texto avait été envoyé et il répondit à la première sonnerie.

— Breckenridge.

— Nick ? C'est Merit.

— Tu as fait vite.

— Ça avait l'air important. Qu'est-ce que c'est que cette menace de mort ? Qu'as-tu appris ?

— Quelqu'un a appelé le journal et a demandé à me parler, et à moi seul.

Je fronçai les sourcils.

— Alors cette personne en savait suffisamment pour ne pas vouloir révéler d'informations sur les métamorphes au standard ?

— C'est ce que j'ai pensé. Ce devait être un métamorphe, mais je n'aurais su dire lequel. Tu connais ce genre d'appareils qui transforment la voix et que les kidnappeurs utilisent dans les films ? Eh bien, ce type en utilisait un.

— Et qu'est-ce qu'il t'a dit ?

— Le message était clair et simple. (Je perçus un froissement de papier comme si Nick recherchait dans ses notes.) Il a dit que la fusillade du bar n'était pas un accident. Il a dit que quelqu'un avait mis un contrat sur la tête de Gabriel et que la seconde tentative devait avoir lieu ce soir.

— Dans une église pleine de métamorphes ? Ça ne serait pas très discret, comme exécution.

— Pas faux. En même temps, quand une foule de métamorphes se réunit, il a toujours des moments un peu chaotiques. Du coup, je ne pense pas qu'un tir à distance, ni même à bout portant, soit si difficile à réussir ce soir.

Voilà une info qui aurait pu nous être utile avant.

— Autre chose ?

— Non, à part un truc…, dit-il avant de marquer une pause.

Il ménageait le suspense, comme n'importe quel bon auteur.

— Il a dit que pour trouver le coupable, nous devions nous intéresser à tous les chefs de Meutes.

— Tu es au courant qu'on a retrouvé le corps de Tony ?

— Oui. Mais ça ne veut pas dire qu'il n'était pas impliqué. Il était sur les lieux, c'est sa moto qui a été retrouvée. Et il avait peut-être un mobile.

— Lequel ?

— Il aurait pu vouloir que quelqu'un prenne la place de Gabriel. Peut-être afin de tenter une unification des Meutes. Ce ne serait pas la première fois que cela arriverait. Ou plus simplement, il aurait très bien pu vouloir effrayer tout le monde pour les pousser à retourner à Aurora.

— Il y a autre chose qui me chiffonne, tu sais.

— Quoi ?

— Ce tuyau que tu as eu, dis-je. Réfléchis un peu : quelqu'un a appris que Gabriel était en danger et cette personne a pensé à t'appeler, mais elle a maquillé sa voix ?

— Peut-être parce qu'elle a eu peur de se faire coincer.

— En appelant une ligne d'information anonyme ?

— Celui qui détient cette information est probablement assez proche du crime pour être impliqué dedans.

— Ou peut-être savait-il que tu reconnaîtrais sa voix.

Il considéra cette hypothèse en silence.

— Je pense qu'il vaudrait mieux que tu ne dises pas que l'info vient de moi, finit-il par dire.

Je savais pourquoi il souhaitait rester anonyme : les Breck étaient toujours en froid avec la Meute. Ils essayaient d'arranger la situation, c'était évident, mais si Gabe apprenait que Nick était l'informateur au sujet du complot, il risquait de douter de sa réalité.

— Je suis une vampire, Nick. Si quelqu'un détient ce genre d'information, pour quelle raison s'adresserait-il à moi ?

— Parce que tu es la Justicière à la queue-de-cheval.

— Je ne me sens pas vraiment l'âme d'une justicière. Et comme tu me l'as souvent répété, je suis une vampire. J'ai peut-être sauvé la vie de Berna, mais tous les métamorphes ne sont pas de notre côté pour autant. (Je soupirai.) Je dirai à Gabe que le coup de fil était anonyme. Mais si Ethan me pose la question, je ne lui mentirai pas.

Nick se tut un moment.

— D'accord, finit-il par dire.

— Est-ce que ta famille sera là ce soir ?

— Nous ne venons pas. Nous avons donné procuration à des membres de la Meute. C'est symbolique, une façon de nous amender.

— Alors je suppose que je te verrai plus tard. Ou pas, ajoutai-je dans l'éventualité où le vote déciderait la retraite des métamorphes.

— Bonne chance, dit-il d'un ton grave avant de raccrocher.

Forte de ces nouvelles informations, je repartis vers la chapelle au pas de course pour retrouver Ethan.

Des métamorphes en nombre occupaient à présent les bancs, et quelques-uns allaient et venaient avec du matériel sono et des écritoires. Comme les chefs de Meutes, c'étaient tous des hommes, à l'exception de Fallon Keene. Vêtue d'un tee-shirt moulant noir à manches longues, d'une mini-jupe plissée et de rangers qui lui montaient aux genoux, elle était postée à l'avant de la chapelle et surveillait l'assistance d'un air suspicieux.

Je retrouvai Ethan à l'arrière en compagnie de Gabriel. Ils se tenaient tous les deux dans un coin et examinaient la foule. Ils levèrent tous les deux la tête aux claquements de mes talons sur la pierre.

— *Sentinelle?* demanda Ethan en silence.

Je ne répondis pas. Il fallait que je délivre l'information aux deux hommes.

Je décidai qu'il valait mieux ne pas trop s'éloigner de la vérité.

— J'ai reçu un appel, dis-je une fois que je les eus rejoints. Je n'ai pas pu identifier le numéro et mon correspondant utilisait un appareil pour transformer sa voix. (Je me tournai vers Gabriel.) Il m'a dit qu'il y avait un contrat sur ta tête et qu'il était censé être exécuté ce soir.

Il ferma les yeux.

— Ça ne m'étonne pas, mais ça ne tombe vraiment pas au bon moment. La violence engendre la violence et je ne tiens pas à ce qu'il y ait davantage de problèmes parce que quelqu'un pense qu'il peut être un meilleur Meneur. Je ne tiens pas à ce que l'information s'ébruite, cela pourrait affecter le vote. La Meute a besoin d'être là. Il faut prendre une décision ce soir et ce sont ses membres qui la prendront.

L'inquiétude barrait le front d'Ethan.

— Qu'est-ce que ton correspondant t'a dit, exactement ?

— Ce que je viens de vous dire : qu'un coup est prévu contre Gabriel et que cela aura lieu ce soir. C'est imminent, ajoutai-je, je crois qu'il a dit « imminent ».

— Je ne peux pas et ne veux pas annuler la convention. Les Meutes viennent ce soir avec l'esprit confus. Nous ne pouvons pas leur demander de repartir et renvoyer toute cette énergie refoulée dans l'univers sans qu'elle se soit exprimée. Ce serait très mauvais pour les Meutes et pour la ville.

Étant donné le ton grave de sa voix et le bourdonnement électrique qui commençait à monter dans la chapelle alors que les métamorphes affluaient, je ne pouvais que le croire sur parole. Nous n'avions certainement pas besoin de quelques centaines de métamorphes frustrés en liberté dans Chicago.

— Nous comprenons ta position, dit Ethan, et nous respectons ton dévouement aux tiens. Mais la convention n'est pas le seul problème. Si tu es éliminé, l'équilibre du pouvoir sera menacé. Pire, il sera bouleversé. Et cette perspective est tout aussi mauvaise.

Pour qu'Ethan parle aussi franchement à Gabriel, les deux hommes avaient dû mettre les choses à plat.

— Que proposes-tu ? demanda Gabriel.

— Vu le peu de temps dont nous disposons, nous devons prendre autant de précautions qu'il est possible, répondit Ethan. Je ne voudrais pas être pessimiste, mais si tu es victime d'une tentative d'assassinat ce soir, as-tu une idée des circonstances dans lesquelles cela pourrait se produire ?

— Le débat peut s'envenimer. Il est possible que ceux qui m'en veulent profitent du désordre et agissent à ce moment-là.

— Alors nous resterons à tes côtés dès l'instant où la convention commencera. Nous savons que tu es fort, mais tu n'es pas immortel. Comme Merit l'a prouvé, nous pouvons encaisser des coups auxquels tu ne survivrais pas.

— Ce n'est pas la peine de m'insulter, marmonna Gabriel.

— Tu sais ce que j'entends par là, l'apaisa Ethan. À qui fais-tu confiance dans l'église ?

Gabriel parcourut la foule des yeux.

— Fallon. J'ai confiance en Fallon.

— Même si c'est celle qui est en position de te succéder à la tête de la Meute ?

Gabriel tourna très lentement la tête vers moi, le regard soudain menaçant.

— Es-tu en train d'accuser Fallon de quoi que ce soit, Sentinelle ?

La magie, astringente et vive, électrisa soudain l'air entre nous. Je ne détournai pas les yeux et gardai une expression neutre, comme si j'affrontais un chien prêt à l'attaque.

— Je n'accuse personne. Malgré tout, je me fais l'avocat du diable dans le but d'assurer ta protection. Ce soir, c'est mon boulot.

Il fallut quelques secondes pour que la magie se dissipe, mais Gabriel finit par hocher la tête. Ethan posa une main sur mon dos.

— Nous allons faire le tour de l'église pour voir si nous repérons quelque chose d'inhabituel. Nous parlerons à Fallon en sortant. Fais en sorte qu'elle puisse garder un œil sur toi le temps que nous serons à l'extérieur.

— Est-il toujours aussi directif, Sentinelle ? me demanda Gabriel.

— Tu n'imagines même pas.

— Quoi qu'il en soit, ajouta Ethan, fais-nous une faveur : reste en vie jusqu'à notre retour.

Gabriel acquiesça et on partit vers le coin où se trouvait Fallon.

— Parfois, me murmura Ethan en marchant, protéger les autres consiste à les convaincre qu'ils ont en premier lieu besoin d'être protégés.

17

Des animaux politiques

Fallon ne jeta aucun coup d'œil dans notre direction, mais d'après la position de ses épaules et son regard en alerte, je ne doutai pas qu'elle savait exactement où nous nous trouvions. Il nous fallut être attentifs à ne pas lui masquer le sanctuaire en nous arrêtant près d'elle.

— Nous allons faire un tour dehors, lui dit Ethan. Gabriel a suggéré que nous pouvions te faire confiance pour garder un œil sur lui en notre absence.

Fallon lui jeta un regard en coin.

— Mon frère vous a dit ça ?

— Oui.

— Hmm, fit-elle et son visage s'illumina de plaisir. Sympa, pour une fois ! Vous pouvez sortir. J'ai la situation en main ici.

D'après les courants altérés de magie qui émanaient d'elle – signe qu'elle portait plusieurs armes en acier tranchant –, je sus qu'on pouvait lui faire confiance.

Ethan lui adressa un signe de tête, puis se dirigea vers la porte de sortie. Mais Fallon n'en avait pas fini avec nous.

— Vous êtes des amis de Jeff, n'est-ce pas ?

Je m'arrêtai pour la dévisager.

— C'est un bon ami à moi, en effet.

Elle se mordilla la lèvre.

— Est-ce qu'il est… je veux dire, quelle est sa situation ? Enfin tu vois… Il a une petite amie ?

Je dus réprimer un sourire.

— Il est célibataire. Tu devrais tenter ta chance avec lui.

Elle releva le menton et se tourna vers la foule.

— Il se passe pas mal de choses ce soir.

— C'est vrai, dis-je avant de regarder vers la porte de l'aile latérale où m'attendait Ethan. Mais dans un moment de crise, un compagnon peut être d'une grande aide. Bon, nous serons de retour dans quelques minutes.

— Compris.

Après un salut mutuel, je rejoignis mon Maître.

La pression de l'air se modifia alors que nous progressions dans l'aile latérale. Je compris seulement que la magie bourdonnait à pleins tubes dans la chapelle. Je ne m'étais rendu compte de rien lorsque je baignais dedans et je ne l'avais remarqué qu'une fois que nous nous étions éloignés. Je parlai à Ethan de cette accumulation d'énergie.

— C'est juste de la magie ou tu sens aussi de l'acier ? me demanda-t-il.

Je fronçai les sourcils.

— Je ne suis pas certaine d'être en mesure de faire la distinction. Probablement les deux.

— Probablement, convint-il avant de désigner les portes qui donnaient sur le couloir. Où mènent-elles ?

— À des salles de classe ou des garderies.

— Des endroits peu appropriés pour élaborer un plan d'assassinat.

— On pourrait le penser. Mais si quelqu'un tente de s'en prendre à Gabe, les plans ont déjà été établis ailleurs. (Je désignai la dernière porte.) Celle du fond donne sur la cuisine.

Il s'arrêta et fit demi-tour pour surveiller le couloir, son regard parcourant les feuilles polycopiées, les dessins d'enfants et les posters religieux.

— Il y a quelque chose d'intéressant là-bas ?

— Est-ce que mon plat de choux farcis peut être considéré comme tel ?

Il ricana.

— Seulement à tes yeux, Sentinelle. Et à présent que Gabriel ne peut pas nous entendre, y a-t-il quelque chose que tu souhaiterais me dire au sujet de ce coup de fil anonyme ?

— Es-tu en train de sous-entendre que je ne t'ai pas dit toute la vérité ? (Il m'adressa un regard neutre.) Il ne serait pas incorrect de penser que mon correspondant a un penchant pour le journalisme.

Ethan ouvrit la bouche pour répondre, mais avant qu'il ait le temps de le faire, la porte de sortie au bout du couloir s'ouvrit violemment. Nous fîmes volte-face, la main au sabre. Deux grands hommes en costume noir et lunettes de soleil entrèrent.

L'un d'eux portait un paquet enveloppé de papier kraft dont les côtés étaient recouverts d'adhésif noir.

Mon cœur se mit à cogner. Il n'y avait que dans les séries policières qu'on voyait ce genre de paquets, juste avant qu'ils explosent. Les vampires se fichaient des bombes, tant qu'elles ne projetaient pas d'éclats de bois.

— *Ne bouge pas, Sentinelle*, me dit Ethan en silence comme s'il ressentait ma peur soudaine.

Puisque je diffusais sans aucun doute de la magie dans l'air, il était fort probable qu'il l'avait sentie.

— On peut vous aider, messieurs ? demanda Ethan.

Les deux hommes haussèrent ostensiblement les sourcils, mais continuèrent d'avancer. Malgré mon cœur qui battait la chamade, je me déplaçai pour me positionner à côté d'Ethan et former ainsi une barricade de vampires. Une chanson des *Misérables* me vint à l'esprit de façon tout à fait inappropriée.

— Nous avons une livraison à faire, dit celui qui ne portait pas le paquet.

Il porta la main à la poche de sa veste, mais Ethan avait brandi et pointé son sabre avant que l'homme puisse en sortir quoi que ce soit.

Je débloquai la garde de mon katana d'un coup de pouce.

— Hé ! fit le type au paquet avec un accent de Chicago tellement marqué qu'il était perceptible dans cette simple exclamation. Nous sommes juste passés déposer quelque chose, d'accord ?

Il nous tendit le paquet.

— Ne bouge pas, dit Ethan avant de regarder l'homme dont la jugulaire se trouvait à quelques centimètres de la pointe de sa lame. Et toi, lui dit-il, sors ta main très, très lentement de ta poche.

Le type déglutit mais s'exécuta. Et quand sa main fut visible, elle tenait un portefeuille en cuir noir.

— Je prenais juste ma pièce d'identité, vieux.

— Ouvre le portefeuille, ordonna Ethan.

L'homme obéit et le tendit vers Ethan puis moi.

— J'ai une boîte d'import/export, dit-il. Je suis dans les affaires, c'est tout.

— Et que contient ce paquet ?

Les deux hommes échangèrent un regard.

— C'est un cadeau pour, euh, le grand chef, si vous voyez ce que je veux dire.

Il agita les sourcils comme s'il voulait convaincre Ethan.

— Pour votre grand chef ? demanda Ethan.

Les deux hommes soupirèrent, soulagés. C'était apparemment des membres de la Meute des Grandes Plaines, assez habiles dans l'art de le cacher. Ils étaient visiblement soulagés de ne pas avoir eu à l'avouer. Peut-être que vivre caché n'était pas aussi simple que ce que Tony l'avait fait croire…

— Et qu'y a-t-il dans cette boîte ? demanda Ethan.

Le type qui portait le paquet se pencha en s'humectant les lèvres d'un air nerveux.

— C'est quelque chose qui a un certain âge et un certain prix, vous voyez ce que je veux dire ? Un truc rouge d'un grand âge… C'est un cadeau de la part d'une famille en vue ici, à Chicago, à l'intention de la famille de M. Keene.

— Ah ! fit Ethan avant de se taire. *Qu'y a-t-il dans cette boîte, Sentinelle ?*

Je me penchai un peu en fronçant les sourcils et fis le vide dans mon esprit pour bloquer les bruits étrangers et la magie. Mais la boîte était comme un tableau blanc – pas de métal, pas de magie. Je passai donc à des compétences plus naturelles et reniflai le paquet.

— C'est de l'alcool, dis-je en me redressant. De bonne qualité d'après ce que j'ai senti.

L'homme qui ne portait pas le paquet fit rouler ses épaules et ajusta sa cravate.

— Bien sûr que c'est du bon. Vous nous prenez pour qui ? Des petits rigolos ?

Ethan leur adressa un sourire poli, posa sa main gauche sur son fourreau et y fit soigneusement glisser son sabre avant de s'écarter.

— Bonne convention, messieurs.

Ils remontèrent le couloir jusqu'à la chapelle.

— Je suppose que ces messieurs ont des relations, Sentinelle.

— Comment ça ?

— Ils ont des relations dans un milieu un peu plus, disons, organisé.

Il me fallut un moment pour comprendre ce qu'il sous-entendait. Ethan pensait que ces types faisaient partie de la mafia.

— Et tu les laisses entrer dans la chapelle ?

— Avec de l'alcool pour couronner le tout. Ce sont des membres de la Meute et ils apportent un cadeau. Nous ne pouvons pas arrêter tous les membres de la Meute qui vont rentrer ce soir dans l'église avec de l'alcool. (Il émit un petit grognement.) Il n'y aurait plus personne dans la chapelle !

Je gloussai malgré moi. Il désigna encore une fois la porte du fond.

— C'est donc la cuisine ?

— Oui.

— Je vais me chercher quelque chose à boire.

Je le suivis à l'intérieur et attendis près de la porte pendant qu'il inspectait le contenu du réfrigérateur. Il en sortit une bouteille d'eau qu'il but d'une traite. Puis il jeta la bouteille vide dans la poubelle avant de hocher une nouvelle fois la tête en direction de la porte.

Je m'apprêtais à sortir quand je me pétrifiai sur place. La porte du couloir donnant sur l'extérieur venait de s'ouvrir et des voix se rapprochaient de nous.

Et cette fois, je sentis le bourdonnement du métal.

La situation aurait pu être très simple : il pouvait s'agir de métamorphes armés dans le cadre de leur activité quotidienne. Mais j'avais une mauvaise impression.

Je levai une main pour faire taire Ethan et désignai la porte, puis mon oreille, avant de lever deux doigts. Il hocha la tête, s'avança et colla son oreille à la porte.

— Tu crois que tu peux le supprimer ? demanda un homme.

— Bien sûr que oui. Plus vite on fait le boulot, plus vite on empoche le fric, alors je vais prendre le risque, chuchota une voix vibrant du venin de la colère.

— Ouais, mais je ne sais pas si on pourra agir ce soir. Pas comme il veut qu'on fasse. Va y avoir un paquet de monde ici dans quelques minutes !

Les pas se rapprochèrent.

Ethan m'adressa un regard interrogateur.

— *Ils ont des armes*, confirmai-je. *Des flingues ou des couteaux, je ne sais pas, mais ils sont bien armés.*

— *Alors allons-y*, répondit-il.

Ne tenant pas compte des palpitations de mon cœur, je poussai la porte de la cuisine. Les deux hommes – en jean, bottes et veste en cuir – bondirent à notre apparition et portèrent aussitôt la main à la ceinture, probablement pour dégainer leur arme.

— Messieurs, dis-je en faisant sauter la sécurité de mon fourreau pour leur donner un aperçu de ma lame. Que se passe-t-il ici ?

Ils échangèrent un regard avant de se tourner vers moi.

— Nous avons à faire, vampire.

— Oui, j'ai cru comprendre. Le problème, c'est que j'ai l'impression que vos affaires ne vont pas nous arranger.

Celui de gauche – plus petit et avec une calvitie naissante – avança d'un pas en rejetant un pan de sa veste en cuir pour révéler un pistolet coincé à la taille de son jean style années 1980.

À la vue de l'arme, j'enfonçai les doigts dans la poignée de mon katana pour les empêcher de trembler. On m'avait tiré dessus à deux reprises cette semaine et je n'étais pas très chaude pour prendre d'autres balles.

— Mon chou, pourquoi ton petit ami et toi, vous ne rangeriez pas vos canifs avant d'aller prendre l'air ? Ce ne sont pas vos oignons.

— Le problème, mon vieux, dis-je en dégainant mon sabre devant leurs yeux écarquillés, c'est que ce sont précisément nos oignons. Il semblerait que vous ayez un problème avec le chef de la Meute et c'est un ami à moi.

Le plus grand – plus jeune, plus mignon mais avec un ego tout aussi démesuré – balança un coup de coude à son pote.

— Je m'occupe d'elle.

— *Mets-toi derrière moi*, dis-je à Ethan quand le jeune fit un pas en avant.

Il passa la main dans la poche intérieure de sa veste et en sortit un pistolet noir et mat.

— T'es mignonne, dit-il, alors je te laisse une seconde chance. (Il agita l'arme dans notre direction.) Va voir ailleurs si on y est. Pendant ce temps, nous, on s'occupe de nos affaires et tout le monde sera content. D'accord ?

Il était sans doute capable de tirer. C'était le genre de type courageux au point d'être stupide, absurdement sûr de lui. Et même s'il savait que nous étions des vampires, il n'avait aucune idée de ce que cela impliquait. En l'occurrence, qu'une balle – bien qu'elle puisse nous faire un mal de chien – ne lui serait pas d'une grande aide contre moi.

Je levai les yeux au ciel, fis tourner mon sabre puis usai d'une menace que Célina avait déjà utilisée contre moi.

— Tu seras à terre avant d'avoir pu tenter quoi que ce soit.

— Salope ! rétorqua-t-il.

Ce fut son dernier mot.

Il leva le pistolet qu'il soutint de son autre main, mais j'étais déjà en mouvement. Je pivotai sur moi-même et lui décochai un coup de pied assez haut pour lui arracher l'arme des mains. Elle tomba par terre et glissa derrière moi ; je sentis Ethan se déplacer pour la ramasser. Je finis ma rotation, puis basculai le poids de mon sabre et lui assenai un coup violent dans la poitrine à l'aide de la poignée. Comme au ralenti, il souffla et bascula en arrière, les mains crispées sur son torse.

Quand il s'affala au sol, j'avais redressé mon katana et le brandissais devant moi. Je jetai un coup d'œil vers son camarade plus petit.

— Et toi, mon gros ? Tu veux tenter ta chance, aussi ?

Paniqué – l'air était lourd de magie –, il recula en tremblant avant de se tourner vers la sortie. Mais les renforts étaient arrivés – deux frères Keene aux cheveux blonds se dressaient devant la porte, les bras croisés et le regard posé sur les traîtres. Ils avaient dû sentir qu'il y avait un problème – ou bien Fallon les avait envoyés ici pour nous surveiller, Ethan et moi. Maligne, la petite sœur !

— Pile à l'heure, dis-je sans quitter des yeux l'homme qui se trouvait à terre jusqu'à ce que les frères Keene soient près de lui.

Ils étaient tous les deux plus grands et plus musclés que les deux intrus, et ils les contrôlèrent en quelques secondes.

— On fait ce qu'on peut, répondit un des frères Keene en tenant par le col un des types, qu'il avait assommé. Nous n'avons pas été présentés. Je suis Christopher.

— Ben, dit l'autre qui avait coincé la tête du plus vieux des intrus sous son bras.

Ce dernier se débattait avec maladresse sans que Ben bronche d'un poil. Je lui souris.

— Je suis ravie de vous rencontrer, dis-je avant de me tourner vers Ethan dont les yeux, rivés sur moi, étaient comme deux disques de vif-argent.

Je supposai que j'étais parvenue à l'impressionner.

— Pas mal pour un soldat ordinaire, hein ? demandai-je tranquillement avant de glisser mon katana dans son fourreau et de prendre la direction de la chapelle.

Je sentis son regard dans mon dos alors que je m'éloignais et décidai de ne pas en rester là. Devant la porte de la chapelle, je lui jetai un coup d'œil par-dessus l'épaule, les paupières mi-closes, en lui souriant d'un air aguicheur.

— Tu viens ?

Et sans attendre, je passai la porte.

Voilà, mes amis, ce que les vampires appellent une belle sortie.

18

Donnons-leur du grain à moudre

La chapelle était quasiment pleine à notre retour. Le bourdonnement de la magie et les vibrations émanant des armes suffisaient à me survolter, comme si j'avais bu trop de café. Gabriel se tenait derrière l'autel ; il discutait avec Adam et deux autres métamorphes inconnus. En me dirigeant vers lui, Ethan sur les talons, je remarquai nos soi-disant hommes d'affaires assis sur un banc, la boîte posée sur les genoux de celui qui la portait, discutant poliment avec leurs voisins.

— On peut te parler une minute ? demanda Ethan à Gabriel qui s'excusa auprès des autres.

— J'ai appris qu'il y avait eu du grabuge dans le couloir ?

Ethan hocha la tête.

— Il se pourrait qu'on ait trouvé les types qui devaient exécuter le contrat. Nous les avons entendus parler d'argent et du coup. Et ils étaient armés.

Gabriel haussa les sourcils.

— Les types qui devaient m'éliminer ont parlé de le faire dans l'église ?

— De toute évidence, ce n'était pas des lumières, intervins-je.

Christopher et Ben s'approchèrent d'Adam pour lui chuchoter quelque chose. Celui-ci acquiesça avant de faire un signe à Gabriel.

— On s'est occupés d'eux, déclara-t-il d'une voix dure qui me fit frémir et me rappela qu'il valait mieux ne jamais le contrarier. On peut continuer ?

— Il y a des chances pour que celui qui a commandité le meurtre fasse une nouvelle tentative, l'avertit Ethan. Que nous nous soyons occupés de ces deux-là ne veut pas forcément dire que tout risque est écarté.

Gabriel lui assena une tape virile sur le bras.

— La fête continue !

Sans fanfare ni présentation, Gabriel s'avança jusqu'au pupitre. Je me postai avec Ethan sur sa droite. Sur sa gauche se tenaient Robin et Jason. Adam et Fallon se trouvaient tout à gauche. Je repérai Jeff dans la foule, à l'extrémité de la seconde rangée de bancs, bras croisés sur le torse, le visage grave.

Gabriel prit la parole. Sa voix résonnait dans les haut-parleurs et rebondissait sur les murs de pierre.

Chose étrange, il débuta son intervention en récitant un poème de Yeats [1] – si mon doctorat inachevé en littérature ne me trompait pas.

« J'ai entendu les pigeons des sept bois

Et leur léger bruit de tonnerre, et les abeilles du jardin

---

1. Merit a bonne mémoire : il s'agit bien d'un poème de Yeats intitulé *Dans les sept bois*. Traduction de Jacqueline Genet, éditions Verdier, 2003.

Qui bourdonnent dans les fleurs de tilleuls ; et je me suis défait

Des clameurs vaines et de l'amertume ancienne

Qui vident le cœur. »

Les bras m'en tombèrent. Trois cents métamorphes armés, vêtus de jean et de cuir, étaient pendus aux lèvres du Meneur de la Meute des Grandes Plaines tandis qu'il leur lisait un poème sur la nature. Ils hochaient la tête d'un air approbateur tels des paroissiens dans une église, ce qu'en définitive ils étaient.

« J'ai oublié un moment

Tara déracinée, et une vulgarité toute neuve

Sur le trône, qui crie dans les rues

Et suspend ses fleurs en papier de poteau en poteau,

Car c'est la seule façon, entre toutes, de connaître le bonheur.

Je suis satisfait… »

Gabe se tut avant de lever les yeux, puis tendit les mains vers la foule devant lui. Les métamorphes hurlèrent leur adhésion, certains debout, d'autres les bras levés, les yeux fermés de ravissement tandis qu'ils célébraient le monde et exprimaient leur contentement. J'avais la chair de poule, et pas seulement parce que la magie de la pièce avait atteint un niveau électrique.

« … car je sais que la Quiétude

Se promène en riant et ronge son cœur farouche

Parmi les pigeons et les abeilles, tandis que ce Grand Archer,

Qui n'attend que Son heure pour tirer, laisse pendre

Un carquois nuageux… »

« … au-dessus de Pairc-na-lee ! » conclut l'assistance en chœur avant que la salle explose en applaudissements bruyants.

Sans attendre que le grondement s'apaise, Gabriel lâcha la bombe :

— Tony Marino, chef de la Meute du Grand Nord, est mort.

Le silence s'abattit aussitôt sur la chapelle.

— Nous rassemblons aujourd'hui quatre Meutes, mais seuls trois représentants sont présents. Quand nous en aurons fini, la Meute du Grand Nord devra choisir une autre voix qui s'exprimera au nom du groupe, au nom de cette grande famille. Mais aujourd'hui, nous devons nous concentrer sur les sujets qui nous préoccupent.

Un grand homme mince à l'air dur se leva du banc au milieu de la pièce et pointa le doigt vers Gabriel.

— Va te faire foutre ! dit-il. Notre Meneur, notre père, est mort et tu nous l'apprends maintenant ? Quelle connerie !

D'autres métamorphes se levèrent soudain, joignant leurs voix à la clameur soudaine. On lisait la douleur et le choc du deuil sur leurs visages. Mais ce n'était rien comparé à leur colère à l'égard du chef de la Meute des Grandes Plaines.

Adam, Jason et les autres se raidirent et s'avancèrent d'un pas comme pour se préparer à une violence inévitable. Je posai ma main droite sur mon katana, ce qui me permettrait de réagir plus rapidement si nous devions nous battre.

— Et tu as fait venir ces foutus vampires à une convention ! accusa un homme avec une coupe de cheveux militaire. C'est notre réunion, notre rassemblement. Ce sont les Meutes qui se retrouvent, les amis et les parents. Ces vampires contaminent ce moment.

Gabriel, les bras croisés sur le torse, patientait pendant que les métamorphes le couvraient d'injures. Il ne paraissait pas perturbé par leurs allégations, mais j'étais assez proche de lui pour sentir une magie teintée de fureur émaner de son corps en vagues puissantes.

D'un autre côté, je comprenais à présent pourquoi il avait insisté pour que la convention ait lieu. Il y avait beaucoup d'émotion dans l'église et il valait certainement mieux pour la ville que les métamorphes se déchaînent contre Gabriel plutôt que contre le reste des habitants de Chicago.

Gabe avait la carrure suffisante pour faire barrage à tout ça, je n'en doutais pas.

Au bout de quelques minutes, il leva les mains. Et comme cela n'eut aucun effet, il hurla – en mots et en magie – dans l'église.

— Silence !

Tous se turent sans exception. Et quand Gabriel reprit la parole, il n'y avait aucun doute sur la légitimité de son rôle de Meneur ni sur ce qui pouvait advenir si on ne tenait pas compte de ses paroles.

— Vous êtes ici parce que les Meutes ont appelé à une convention. Si vous souhaitez que certaines décisions soient prises sans votre avis, nul besoin de rester ici. Celui qui le désire peut se lever et sortir de cet endroit en toute impunité. (Il se pencha sur le pupitre.) Mais que vous restiez ou que vous partiez, vous devrez respecter le choix des Meutes. C'est ainsi que nous fonctionnons depuis toujours, et je ne laisserai personne remettre cela en cause.

L'énergie collective s'apaisa comme si les métamorphes présents dans la chapelle se retrouvaient la queue entre les jambes.

— Vous avez raison, poursuivit-il. Nous avons des vampires parmi nous ce soir et c'est un changement dans le protocole de la Meute. Nous sommes différents d'eux et peut-être ne parviendrons-nous jamais à panser les blessures entre nos deux peuples. Mais soyez sûrs d'une chose : la guerre approche que nous le voulions ou non. Et vous avez également raison, il y a des vampires qui se fichent des Meutes, tout comme il existe des membres des Meutes qui veulent assassiner les Meneurs. Mais j'ai eu une révélation.

On aurait pu alors entendre une mouche voler dans la chapelle. Les membres de la Meute devaient avoir une confiance aveugle dans les prédictions énoncées par Gabriel.

— J'ai vu l'avenir, dit-il. Celui de mon enfant. (Il frappa du poing sur son torse.) De mon fils. Et j'ai vu le visage de ceux qui le protégeront quand les temps deviendront durs pour nous tous.

Il baissa les yeux, et quand il releva le visage, il tourna son regard sage vers moi.

Il m'implorait du regard.

J'entrouvris les lèvres.

— Ce sont les vampires qui le protégeront, dit-il.

Je lus les événements de sa vie – et de la mienne – dans ses yeux. Pas de scénario, pas de dates, mais j'en vis suffisamment, y compris les yeux de son enfant, et deux autres, verts, qui ressemblaient tant à ceux d'Ethan. Je n'avais aucun moyen d'être certaine de la puissance ni de la précision des visions d'un métamorphe… mais ce que je vis était d'une force indéniable.

Les larmes me piquèrent les yeux et Gabriel se détourna.

Je baissai la tête en essayant de digérer ce qu'il venait de dire, m'efforçant de respirer profondément pour ne pas m'évanouir.

—*Merit?* me demanda Ethan, mais je secouai la tête.

Il fallait que je réfléchisse avant tout. Avant que je me sente prête à en discuter… si jamais ça devait arriver.

L'assistance était toujours silencieuse. Le poids de l'information que Gabriel venait de délivrer avait plongé tous les membres présents dans une profonde réflexion et les obligeait à envisager ce qu'il allait leur demander.

—Vous allez affronter la mort, leur dit-il. La mort de Tony et vraisemblablement d'autres si nous restons. Mais nous affronterons également la mort si nous partons. Ce monde est dur. Nous le savons. Nous respectons ses lois, même si nos règles propres sont un peu différentes de celles des vampires et des humains. Voilà la décision que vous devez prendre ce soir.

Il leva les mains.

—Commençons la discussion.

« Discussion » était un bien gentil mot pour ce qui débuta aussitôt. Dès que Gabriel ouvrit le temps de parole, la plupart des métamorphes qui avaient déjà protesté contre leur Meneur se levèrent et sortirent. Ce qui poussa les deux cents autres métamorphes à se lever à leur tour pour hurler sur les déserteurs.

Un vrai chaos.

Gabriel leva les yeux au ciel, mais adressa un salut à ceux qui sortaient.

— Laissez-les partir, dit-il dans le micro. Ils ne sont pas obligés de rester. Aucun de vous n'y est obligé. Mais que vous décidiez de sortir ou de rester pour participer à la discussion, vous respecterez la décision qui sera prise ce soir.

Le ton de sa voix et son regard menaçant signifiaient clairement qu'il ne s'agissait pas d'une requête. Il donnait un ordre et rappelait leurs obligations aux membres de la Meute. Ceux qui choisissaient de ne pas tenir compte de ces obligations le faisaient à leurs risques et périls.

Les métamorphes restants se calmèrent et le débat concernant leur avenir débuta vraiment. Un micro avait été installé au milieu de la nef pour être utilisé par l'assistance. Cet emplacement ne me réjouissait pas : quiconque prenait la parole avait également le champ ouvert pour tirer sur Gabriel.

Il était trop tard pour y remédier, mais cela ne m'empêcha pas de prendre l'initiative. Sans demander la permission à Ethan – j'avais lu la peur dans ses yeux quand je m'étais portée au secours de Berna dans le bar –, je quittai mon poste à côté de lui pour me placer directement devant l'autel.

Balles ou métamorphes, il faudrait me passer sur le corps pour atteindre Gabriel.

— *Bien vu*, me complimenta Ethan. *Mais tu aurais pu me prévenir.*

— *Mieux vaut demander pardon que l'autorisation*, lui rappelai-je.

Malgré la diversité de taille, de morphologie ou de couleur de peau chez les métamorphes, les opinions qu'ils exprimèrent au micro pouvaient être classées en deux catégories. La moitié d'entre eux étaient excédés à l'idée de quitter leurs foyers et leurs affaires pour Aurora. En gros, ils nous criaient dessus, hurlaient contre Gabriel et nous adressaient des gestes grossiers.

L'autre moitié ne voulait rien avoir à faire avec les vampires et leur politique, convaincus que la menace contre leur bien-être venait de nous.

Eux aussi nous crièrent dessus, hurlèrent contre Gabriel et eurent des gestes grossiers.

Après des monologues virulents de plusieurs minutes, le dernier métamorphe s'approcha du micro.

C'était un grand costaud portant une veste en cuir noir géante sur son torse puissant. Un bandana lui couvrait les cheveux et sa longue barbe était agrémentée de plusieurs élastiques. Après avoir attendu patiemment son tour, il s'avança vers le micro et adressa un geste de la main à Gabriel.

— Vous me connaissez. Je ne suis pas à l'aise avec les mots. Vous savez que je travaille dur, que je respecte les règles et que je m'occupe bien de ma famille.

Je ne pouvais voir le visage de Gabriel, mais étant donné l'honnêteté et la douceur contenues dans la voix du grand lascar, je supposai qu'il devait approuver d'un signe de tête.

— Je ne vois pas l'avenir et donc je ne sais rien de cette histoire de guerre. J'ai tendance à rester avec les gens qui me ressemblent et je ne connais rien aux vampires ni aux autres créatures. Je ne sais pas ce qui nous attend, quel genre de choses nous verrons quand les ennuis commenceront ou que tout se calmera. Franchement, je ne sais pas exactement ce qu'on fait ici ni pourquoi on pense qu'il faut fuir. (Il déglutit avec difficulté.) Mais ça fait un sacré paquet d'années que je vis parmi les humains. J'ai participé à leurs guerres et j'ai combattu à leurs côtés quand j'ai pensé que c'était nécessaire. Ils se sont soulevés pour nous protéger, moi et les miens. J'ai aussi entendu dire que ces deux vampires se sont bien comportés envers nous. Ils sont là ce soir et ils se mettent devant vous pour vous protéger comme s'ils étaient prêts à prendre des coups à votre place. (Il haussa à moitié les épaules d'un air modeste.) La politique, je n'y comprends rien, mais je sais ce qui est bien. Ils font un geste envers nous et on ne bouge pas ? (Il secoua la tête.) Je ne veux pas vous manquer de respect, mais ça, ce n'est pas bien. Vraiment pas bien.

L'homme dans sa veste de cuir m'adressa un signe de tête, puis il se tourna et rejoignit avec humilité son banc au milieu de l'église. Il se faufila, puis s'assit en clignant des yeux comme s'il attendait la suite.

Mon cœur se serra d'émotion. Je ne pouvais pas abandonner mon poste, mais je ne le quittai pas des yeux jusqu'à ce que nos regards se croisent. Alors je lui adressai un signe de tête, et il fit de même. Nous étions deux soi-disant ennemis qui reconnaissaient les qualités de l'autre.

La vie d'une vampire était pleine de surprises.

— Comme il est de coutume, déclara Gabriel dans l'église silencieuse, vous trouverez devant vous deux billes. Une noire et une blanche. Noire : nous retournons chez nous dans l'enclave sainte des Sept Bois. Blanche : nous restons. Nous risquons d'aller à la bataille, quelle qu'elle soit. Placez votre bille dans l'urne qui va passer parmi vous. Si vous avez une procuration, vous pouvez également faire enregistrer ces votes. Choisissez selon votre conscience, conclut-il.

Jason descendit du chœur en portant une boîte de bois. Il l'emporta au fond de la chapelle où il la remit au dernier homme de la dernière rangée.

Il fallut dix-huit minutes pour recueillir tous les votes, dix-huit minutes éprouvantes pour mes nerfs, au cours desquelles presque tous les métamorphes m'adressèrent alternativement des regards curieux ou graves. Je m'efforçai de ne pas trahir ma gêne sous le poids de cette attention collective.

Quand la boîte fut revenue sur le devant de la chapelle, Jason la rapporta pour procéder au dépouillement. Une longue planche creusée de petites dépressions fut posée sur la table où se trouvait auparavant la boîte. Chaque bille fut placée dans un creux.

Noire, puis blanche, puis noire, puis trois blanches, puis six noires, et ainsi de suite. Même si mon nouvel ami s'était exprimé avec éloquence, tous les métamorphes n'avaient pas été convaincus. Quel que soit le résultat, il ne serait pas unanime.

Après quelques minutes de comptage, Gabriel descendit du chœur pour se placer à côté de moi et se rapprocher de la foule. Il les rejoignait de manière symbolique, s'engageant par ce geste à respecter leur décision, quelle qu'elle soit.

Il leva son poing fermé.

— Le dernier vote. Celui qui décidera de tout.

Il ouvrit la paume. La bille était blanche.

Ils restaient.

Pendant cinq secondes, tout le monde se tut.

Puis ce fut le chaos.

Malheureusement, nous avions eu raison. Les types que nous avions croisés dans le couloir n'étaient pas les seuls à avoir une dent contre Gabriel. Et ils se fichaient du vote. Ils avaient juste eu l'intention de renverser l'équilibre du pouvoir.

Le vacarme explosa quand des métamorphes se précipitèrent vers le chœur en sortant couteaux et pistolets. Étant la plus proche de Gabriel, je dégainai aussitôt mon sabre et bondis devant lui jusqu'à ce qu'Ethan et Adam apparaissent pour l'emmener en quatrième vitesse derrière le chœur.

Une fois Gabriel à l'abri, Fallon, Jason et Robin avancèrent aussi dans la chapelle. Fallon sortit deux dagues de ses bottes et me rejoignit. Jason et Robin allèrent chercher Jeff avant de se disperser dans les travées afin d'endiguer une attaque latérale.

Ils n'étaient pas les seuls à s'être portés au secours de Gabriel. Quel que soit le sentiment des métamorphes au sujet du vote, les billes avaient été comptées et la décision avait été prise. Le reste des membres devrait se plier à cette décision. Ils resteraient et combattraient.

Et ils n'admettraient aucun traître parmi eux.

— *Envoie Christopher et Ben vers les portes de sortie*, dis-je à Ethan. *Si tout ça finit dehors, quelqu'un va appeler les flics. Et on n'a pas besoin de ça.*

Puis j'échangeai un hochement de tête avec Fallon. Nous étions prêtes à brandir nos lames.

La première vague de métamorphes n'était que bravade. Un homme en veste de cuir se précipita sur moi avec un sourire meurtrier et un revolver.

— Oh ! C'est presque trop facile, dis-je en souriant moi aussi.

Et avant qu'il puisse rétorquer, je refermai mes doigts sur sa main armée et lui tordis le poignet vers le haut en pointant l'arme vers le plafond pour éviter qu'il ne tire sur qui que ce soit. J'utilisai ma force de vampire pour lui plier le coude et il tomba à genoux quand tendons, muscles et os furent sur le point de casser.

Quand il se mit à marmonner quelques épithètes bien sentis, je décidai qu'il serait plus heureux dans les vapes. Je lui pris son revolver et le mis hors service d'un coup de pied dans la tête.

Puis je baissai les yeux sur le bracelet au corbeau à mon poignet. Il était probable qu'il ne servait à rien pour réduire l'animosité contre les vampires, mais il convenait parfaitement pour la baston.

Le métamorphe suivant, armé d'un couteau, était plus rapide que son camarade à présent endormi. Il attaquait par petits coups qui m'auraient touchée si j'avais été plus lente. Ce qui n'était pas le cas : je les esquivai sans peine, d'autant qu'il n'était pas le plus inventif des adversaires. Malheureusement pour lui, il ne cessait de répéter les mêmes assauts. Ce fut du gâteau de le désarmer et je m'en débarrassai d'un coup de genou dans la poitrine, qui lui coupa le souffle.

Fallon me regardait d'un air amusé.

— Toi, je t'aime bien, dit-elle devant sa propre pile de métamorphes ensanglantés. Tu fais les choses proprement.

Je lui souris.

— Je déteste le désordre !

Pendant une seconde de répit, je parcourus l'église des yeux pour estimer la situation. Des membres de la famille Keene étaient postés aux portes du fond et du côté de la chapelle pour contenir la mêlée. Dans les ailes, Jason et Robin repoussaient des groupes de métamorphes en colère. La presque cécité de Robin ne l'empêchait apparemment pas de se battre. Un tiers de la congrégation était encore sur les bancs ; les autres se battaient entre eux dans tous les recoins possibles.

— Sacrée convention ! marmonnai-je avant de me préparer au deuxième round.

La seconde vague d'assaillants nous avait observés lorsque nous terrassions la première et leurs visages n'étaient plus aussi confiants. Malgré tout, les hommes arboraient l'expression lugubre et déterminée des fanatiques, et semblaient peu se soucier de gagner ou perdre ; c'était une bataille de principe. Ce furent également des adversaires plus intelligents. Ils avaient attendu que les fantassins avancent et avaient étudié de quelle manière nous nous battions.

Au moins, je dus me servir de mon sabre pour ce second round.

Ce fut tout d'abord une femme qui se rua sur moi, une petite chose aux cheveux permanentés, brandissant une dague dans chaque main. Elle était agile avec ses lames et savait se défendre, mais elle n'attaquait pas. Ce qui signifiait – c'est du moins ce que je supposai – qu'elle se fatiguerait avant moi.

Mais je n'avais aucune raison de retarder l'inévitable.

Quand elle m'entailla l'avant-bras, je passai à la phase finale. Je fouettai l'air de mon sabre tout en avançant de manière à la faire reculer devant le premier banc sur lequel je la projetai d'un coup de pied latéral dans la poitrine. Elle le percuta et s'affala sur le sol, le dos contre le banc et la tête baissée comme pour une sieste.

— Derrière toi ! hurla Fallon.

Je me baissai et entendis le sifflement de l'air quand un pied passa au-dessus de ma tête. Je roulai sur le côté et envoyai mes deux jambes vers le métamorphe qui se trouvait derrière moi. Mais je n'étais pas assez près de lui pour porter un coup puissant et il tituba en arrière avant de retrouver l'équilibre et de m'attaquer de nouveau.

Fallon, qui en avait fini avec sa bande de traîtres, repoussa ses longues boucles derrière son oreille et avança délicatement un pied botté. Le type trébucha en moulinant des bras et s'étala. Fallon lui donna un petit coup dans le dos, puis appuya son pied sur le cou de l'homme à terre jusqu'à ce qu'il s'évanouisse. Puis, les mains sur les hanches, elle se tourna vers moi.

— Merci pour ton aide, dis-je.

— C'est quand tu veux. Tu te débrouilles bien !

— Pareil pour toi ! répondis-je en pensant que Jeff trouverait en elle une compagne de sa trempe.

L'église était le théâtre d'un vrai carnage. Plusieurs bancs étaient cassés. Les cierges renversés répandaient leur cire par terre et les colonnes étaient criblées de balles. Les métamorphes belliqueux, et à présent presque tous inconscients, avaient été entassés et attendaient leur châtiment.

J'essuyai mon katana sur le bas de mon tee-shirt avant de le glisser dans son fourreau. Mon arme méritait un nettoyage plus soigné, mais cela attendrait que je sois en sécurité à la Maison.

Parcourant la foule des yeux, je repérai Jeff et Fallon dans un coin. Ils discutaient, très proches, l'air soucieux... et très attirés l'un par l'autre. Jeff me regarda.

— Tu vas bien ? articulai-je en silence.

Il leva les pouces avant de se tourner vers Fallon. *Ça y est, je l'ai perdu*, pensai-je en souriant. Mais qui pouvait mieux occuper Jeff – et lui donner le sourire – que cette superbe manieuse de dagues, héritière de la Meute des Grandes Plaines ?

Une fois assurée que Jeff était en bonne compagnie, je retournai vers le chœur pour rejoindre les gardes du corps.

Ethan, Adam et Gabriel étaient assis dans les stalles. Ethan croisa mon regard et m'adressa un hochement de tête comme un patron satisfait des efforts de son employée.

Malheureusement, cette fois, c'était Gabriel qui avait été touché. Il avait pris une balle dans le biceps gauche. Adam s'occupait de lui et entourait la blessure à l'aide de ce qui ressemblait à une nappe de l'autel pour contenir l'hémorragie. Gabriel leva les yeux vers moi.

— Bon, dit-il avec un petit sourire, apparemment nous restons.

— C'est ce que j'ai compris, dis-je avant d'adopter un ton de maîtresse d'école. Il va vraiment falloir apprendre à vous tenir, les enfants.

Il me gratifia d'un sourire majestueux.

— J'aime quand tu fais la maligne, chaton.

J'acceptai le compliment avant de me tourner vers Ethan.

— Ça va ?

— Pas mal. Fallon et toi formez une bonne équipe.

— Ne leur donne pas de mauvaises idées, marmonna Gabriel avant de plisser les yeux vers Adam. C'est pas un peu trop serré ?

Adam lui répondit par un grognement en faisant un nœud au bandage de fortune.

— C'est mon grand frère qui m'a appris à ne pas faire les choses à moitié.

— Ouais, et regarde comme ça m'a réussi ! répliqua Gabriel avec regret en parcourant la chapelle des yeux. Nous avons à moitié démoli une église. Même si les dégâts ne sont pas aussi terribles qu'à la convention de 92.

— Ou à celle de 94, ajouta Adam avec un sourire vicieux en se frottant une main sur le ventre. 94, quelle bagarre !

Gabriel émit un gloussement graveleux avant de cogner son poing contre celui de son frère.

— C'est vrai.

— Que va-t-il se passer maintenant pour les traîtres ? demandai-je.

Gabriel se leva en soutenant son bras.

— Nous allons avoir une petite discussion au sujet du comportement des membres de la Meute et du respect des règles.

— Ils essaient de t'éliminer et ils s'en tirent avec une petite discussion ?

Gabriel me jeta un regard sardonique.

— Ça dépend de ce qu'on entend par « discussion ».

— Vas-tu les punir tous de la même manière ? demanda Ethan. Je veux dire, ceux qui sont à l'origine du contrat et ceux qui ont effectivement tenté de te tuer ?

Gabriel grommela quelque chose que je ne compris pas. Vu son ton, ce n'était certainement pas un compliment à l'égard des vampires.

— Il est hors de question de les aligner pour les fusiller, Sullivan. Il existe des degrés dans la culpabilité, tout comme chez les humains. Quant à la convention, la décision a été prise. Contrat ou pas, ils ont voté selon leur conscience et les Meutes resteront. Ce dont nous avons discuté – tu sais, l'amitié entre nos peuples –, je crois que les miens sont trop tendus pour en entendre parler pour le moment. Peut-être à l'avenir, peut-être jamais, mais certainement pas maintenant.

Ethan parvint à garder son calme olympien face au rejet de Gabriel, mais je savais qu'il le maudissait intérieurement. Il avait pratiquement parié sa Maison – du moins sa Sentinelle – sur la possibilité d'une alliance entre Cadogan et la Meute.

— Compris, dit-il, mais le contrat n'a pas été exécuté. Tu es toujours en vie. Ce qui signifie qu'il est encore possible que quelqu'un tente le coup.

Gabriel secoua la tête.

— Le titre de Meneur de la Meute est familial. S'il m'arrive quelque chose, Fallon deviendra Meneuse, puis Eli, et ainsi de suite jusqu'à Ben et Adam. La seule raison qu'on ait pu avoir de m'éliminer aurait été d'influencer le vote. Mais les dés sont jetés et leur chance est passée. (Il haussa les épaules.) D'après mes calculs, je suis sorti d'affaires.

Je n'étais pas certaine d'adhérer à la théorie de Gabriel, surtout parce que la violence s'était déchaînée après le dépouillement des votes, mais je comprenais son désir de passer à autre chose et de faire partir les vampires de son territoire. De plus, nous ne pouvions pas le protéger vingt-quatre heures sur vingt-quatre. Nous avions à peine assez de gardes pour protéger notre propre Maison.

Gabriel tendit sa main indemne à Ethan.

— Merci encore pour votre aide. Ta Sentinelle fait du bon boulot.

Ils se serrèrent la main.

— Je ne le conteste pas, dit Ethan.

— C'est peut-être le moment de penser à une augmentation, glissai-je.

— N'exagère pas trop, Sentinelle.

Qui ne tente rien n'a rien.

J'avais enlevé ma veste en cuir quand on rejoignit la Mercedes. La chaleur de juin était bien suffisante. Mais ce ne fut qu'au bout de quelques minutes en voiture que je remarquai la petite bosse dans la poche de ma veste.

— Oh ! merde ! marmonnai-je.

Ethan se tourna vers moi, l'air inquiet.

— Quoi ?

Je mis la main dans la poche pour en sortir l'oreillette que Luc m'avait donnée.

— J'ai complètement oublié de m'en servir !

Un sourcil haussé, Ethan mit la main dans la poche de son jean pour extirper la sienne. Je n'avais pas été la seule à oublier. Il m'adressa un sourire de conspirateur.

— Mieux vaut peut-être ne pas en parler à Luc.

— Et tu sais quoi ?

— Non ?

— J'ai aussi oublié mes choux farcis !

Il leva les yeux au ciel en souriant.

— Tu vas devoir t'en passer. Ne compte pas sur moi pour remettre les pieds dans cette église.

— Tu as eu ta dose de métamorphes pour ce soir ?

— Largement, Sentinelle. Et l'ironie de la situation est que nous les avons convaincus de rester.

— Bon, c'est malgré tout une victoire, non ?

— Étant donné les autres options, je suppose que oui. Tu t'en es bien sortie aujourd'hui et je le pense sincèrement. Tu as fait preuve de beaucoup de courage et tu t'es bien acquittée de ta mission. Tu fais l'honneur de la Maison Cadogan.

Le ton de sa voix était grave. J'avais déjà entendu celui du Maître satisfait, mais celui-ci était différent. Cela tenait plus de l'affection que de l'approbation professionnelle. Et puisque c'était lui qui m'avait repoussée – une décision qu'il avait prise à ses risques et périls –, je choisis de ne pas tenir compte du sous-entendu. Essayer de rester professionnelle alors qu'il m'avait rejetée – et mettre de côté mes sentiments pour me concentrer sur ma mission – était assez difficile en soi. Il n'était pas question que je porte le poids de ses remords et c'était injuste de sa part de m'utiliser à seule fin de se sentir mieux.

Je gardai donc un ton léger.

— C'est le moins que je puisse faire.

Il s'agita sur son siège comme s'il se préparait à un long discours. Je réfléchis à toute vitesse, puis allumai la radio et passai d'une station à l'autre jusqu'à tomber sur une chanson que je pourrais fredonner, puis je baissai ma vitre. Un coude appuyé sur la portière, j'offris mon visage au vent et laissai la ville et le bruit me submerger.

On ne parla pas de tout le reste du trajet.

Peut-être avait-il compris.

19

Sortie entre filles

De retour à la Maison, Ethan me signifia qu'il me laissait les dernières heures de la nuit libres avant de se diriger vers la salle des opérations pour faire son rapport à Luc.

Je montai aussitôt dans ma chambre et pris une douche pour me débarrasser des résidus de magie, puis passai un tee-shirt et un pantalon de yoga avant de rejoindre la cuisine du premier étage. La convention m'avait vidée – d'un point de vue physique et émotionnel. Je dus boire deux pintes de sang pris dans la réserve du réfrigérateur avant de me sentir mieux.

Une fois rassasiée – et après avoir envoyé à Mallory un message lui disant qu'Ethan et moi étions sortis indemnes de la convention –, je décidai d'aller voir Lindsey. Il aurait été tout aussi simple de m'enfermer dans ma chambre avec un livre, mais j'étais la présidente du comité des fêtes de la Maison, après tout. Il n'y avait pas de mal à tenir mes promesses.

J'entendis les bruits qui provenaient de sa chambre avant même d'y parvenir car ils se répandaient dans le couloir par la porte ouverte. Je jetai un coup d'œil à l'intérieur et surpris Margot, Lindsey et Michelle en train de se préparer pour ce qui ressemblait à une sortie tardive en ville.

— Hé ! s'exclama Lindsey en me faisant signe depuis le miroir devant lequel elle se trouvait. On allait passer te chercher. Puisque tu as réussi à botter quelques culs à la convention (les filles applaudirent en chœur), on a décidé de t'emmener au *Temple Bar* !

— On veut que tu saches que tu as notre soutien, déclara Margot, tout sourires, en levant un verre de vin. Surtout depuis que tu as été… hmm.

— Maltraitée ? proposa Michelle.

Margot eut un sourire narquois.

— Merci, Michelle. Depuis que tu as été maltraitée.

— C'est la soirée réservée aux vampires Cadogan ce soir au *Temple*, dit Lindsey. Ce qui veut dire qu'il n'y aura ni humains ni vampires Navarre. Nous allons passer les dernières heures de la nuit à boire quelques verres, à nous détendre et, d'une manière générale, à nous amuser. Les Maîtres sont exclus. Et il est interdit de refuser, ajouta-t-elle quand elle me vit ouvrir la bouche pour me défiler.

— La journée a été longue.

— C'est pourquoi tu as besoin de sortir, dit Lindsey.

— Est-ce que j'ai une chance d'y échapper ?

— N'y pense même pas.

— Alors je suppose que je viens.

Lindsey m'adressa un clin d'œil, puis fronça les sourcils quand elle remarqua ma tenue.

—Juste un détail avant d'y aller : tes fringues. (Elle se tourna vers les autres filles en agitant un doigt.) Allez-vous préparer et retrouvez-nous dans l'entrée dans vingt minutes. Les taxis seront arrivés.

Une fois les filles parties, Lindsey m'accompagna à ma chambre.

—Bon, dit-elle une fois plantée devant ma penderie, c'est la première fois que tu sors avec nous depuis la Recommandation. C'est aussi la première fois que tu sors depuis que tu as été, enfin tu sais quoi…

—Larguée ? Rejetée ? Remplacée ?

—Y a-t-il une manière polie de le dire ?

—Pas vraiment. Où veux-tu en venir ?

—La meilleure vengeance que tu puisses avoir, c'est de vivre ta vie à fond. Ce qui veut dire que tu dois être complètement et follement belle, et que tu as besoin de passer un moment fantastique.

Elle sortit un petit haut bleu clair sans manches avec une encolure drapée et un pantalon droit noir. Elle assembla la tenue avant de se tourner vers moi.

—L'endroit sera bondé de vampires Cadogan et tu sais comme la rumeur va vite. Ce qui veut dire qu'il est temps de lui donner une leçon.

Je grimaçai. Je ne voulais pas jouer à ce jeu-là, particulièrement alors que j'essayais de renoncer à lui, mais je savais aussi reconnaître quand je n'avais pas le choix.

Je tendis la main.

—Donne-moi ça, dis-je avant de me diriger vers la salle de bains avec les vêtements.

Dix minutes plus tard, j'en sortis coiffée d'une queue-de-cheval et légèrement maquillée, mon bipeur fixé à ma taille. Lindsey m'avait conseillé de relever mes cheveux. Associé à l'encolure drapée, m'avait-elle expliqué, c'était la manière vampire d'annoncer que j'étais seule… et que ma carotide était disponible. L'amour ne m'intéressait pas franchement, mais ç'aurait été une pure perte de temps que d'en discuter avec elle.

Les filles nous attendaient au rez-de-chaussée, toutes vêtues pour séduire, le cou découvert. Bien décidée à profiter de la soirée, Lindsey fit un signe de la main, nous entraînant dehors à sa suite. Une file de taxis noirs et blancs attendaient devant la Maison, prêts à nous conduire au *Temple Bar*. Le bar officiel des Cadogan se trouvait dans mon quartier préféré, Wrigleyville, à quelques rues du stade.

Les paparazzis prirent quelques photos de nous montant dans les voitures ; leurs collègues nous attendaient devant le bar quand les taxis s'arrêtèrent après quinze minutes d'un trajet fluide. Il y avait quelques avantages à nous déplacer quand la majeure partie de la population dormait !

On nous laissa entrer dans le bar. Une pancarte annonçant SOIRÉE PRIVÉE sur la porte prévenait les humains et les autres vampires qu'ils ne seraient pas admis ce soir.

Être membre offrait quelques privilèges.

Malgré l'heure tardive, le bar était encore bondé et les deux barmen, Sean et Colin, remplissaient les verres sur fond de rock'n roll. Lindsey nous fraya un chemin parmi la foule de vampires jusqu'à une table réservée.

Contrairement à la Maison Cadogan, on ne trouvait au *Temple Bar* ni mobilier ancien ni peintures choisies avec soin. Mais on y voyait divers objets récents et vintage des Cubs, de toutes sortes et de toutes les tailles : des vestes, des fanions, des poupées qui agitaient la tête. Comme on peut l'imaginer, je m'y sentais chez moi.

Nous venions tout juste de nous asseoir quand Sean apparut de l'autre côté de la table. Comme Colin, il était grand et mince, et ses cheveux courts virant sur le roux encadraient l'ovale de son visage et ses yeux bleu vif. Sean était d'une beauté un peu rétro, comme s'il sortait de la photo d'un bataillon de la Seconde Guerre mondiale.

D'un autre côté, c'était un vampire et il était donc immortel. Il avait très bien pu faire partie d'un bataillon de la Seconde Guerre mondiale !

Sean croisa les bras en nous regardant d'un air amusé.

— Et que nous vaut la visite de la crème de Cadogan dans notre petit coin paumé ce soir ?

Tout le monde me désigna du doigt et mes joues s'enflammèrent.

— Ah ! Alors notre Sentinelle sort enfin de la Maison ?

— En effet, répondit Lindsey en passant un bras autour de mes épaules. Elle a fait son devoir avec les métamorphes, et maintenant, elle aimerait oublier un peu tout ça. Que lui recommandes-tu ?

— Hmm…, dit-il en me dévisageant. Un truc de fille ou quelque chose de plus viril ?

— Pardon ? dis-je en clignant des yeux.

Il contourna la table pour se rapprocher de moi, puis il s'abaissa sur un genou, une main posée sur le dossier de ma chaise.

— Les femmes qui boivent en public ont tendance à se diviser en deux catégories, déclara-t-il avec le ton confiant du sociologue ou du fournisseur d'alcool, les deux boulots ayant certainement beaucoup en commun. Celles qui boivent des boissons de filles : elles préfèrent des trucs colorés servis dans des verres à martini, le vin blanc ou les boissons glacées. Et celles qui boivent comme des hommes : elles n'ont pas peur de siroter un bon whisky irlandais ou un scotch un peu raide. Quel genre de femme es-tu, ma Sentinelle ?

Je lui souris en me cachant sous ma frange.

— Et si tu décidais pour moi ?

Il me fit un clin d'œil.

— J'aime les filles avec du répondant.

Eh bien, j'allais lui plaire alors !

Apparemment, Sean me jugeait digne d'une boisson d'homme. Il m'apporta un verre bombé à moitié rempli de glaçons et d'un liquide doré.

— Tu peux supporter ça, me chuchota-t-il avant de servir toutes les autres filles de la table.

Avec prudence, je portai le verre à mes lèvres pour en renifler le contenu. Je n'avais jamais vraiment bu d'alcool et l'odeur de ce liquide était à peine plus appétissante que de l'essence. Mais j'aimais assez l'idée d'être une fille qui commandait un *Scotch on the rocks*, en supposant que c'était bien ce que j'avais dans mon verre. Il y avait un côté coriace, comme si j'étais le genre de fille qui conduisait une Jeep, portait le jean de son petit ami ou jouait au foot avec les mecs par une fraîche journée d'automne.

Je bus une gorgée… et passai les quelques secondes suivantes à tousser.

Margot, qui riait à côté de moi, me tapota le dos.

— Alors, ce verre, Sentinelle ?

Je secouai la tête, le poing devant la bouche, en essayant de reprendre mon souffle.

— Du vrai gasoil, sifflai-je.

— Tu l'as laissé choisir pour toi ?

Je hochai la tête.

— Grave erreur ! Ne laisse jamais Sean ni Colin choisir à ta place, Merit. Ils sont un peu sadiques et ils font le coup à tout le monde, si ça peut te rassurer. (Elle leva son verre.) Bienvenue au club !

— En parlant de club, dis-je en faisant signe à mes complices de se rapprocher, d'où viennent tous ces gens ? Il doit bien y avoir une centaine de vampires ici.

— N'oublie pas que nous sommes encore trois cents vampires affiliés à Cadogan, même si nous n'habitons pas tous dans la Maison. Pour une raison étrange, ces quelques deux cents vampires n'éprouvent pas le désir de vivre en dortoir avec le reste d'entre nous.

Étant donné la semaine que j'avais eue jusque-là, je n'y voyais aucun mystère.

On passa l'heure suivante à bavarder. Je tenais mon verre entre mes mains, comme si j'avais besoin de me réchauffer, et ne m'aventurais à siroter une gorgée que lorsque ma gorge s'était suffisamment remise de la précédente. Les vampires autour de moi me régalèrent d'histoires de la Maison Cadogan – depuis la Recommandation de 2007, au cours de laquelle l'alarme incendie s'était déclenchée, au boycott de la société *Sang pour sang* qui avait eu lieu en 1979, jusqu'à l'intrusion dans la propriété d'un résident de Hyde Park, convaincu qu'on pratiquait des rituels occultes secrets dans la Maison.

Soudain Margot posa son verre, repoussa sa chaise et monta dessus. Depuis son perchoir, elle adressa un signe à Sean, derrière le bar. Il lui sourit et fit sonner une cloche en cuivre suspendue à un petit poteau derrière le comptoir.

Toute la salle explosa en applaudissements bruyants.

— Qu'est-ce qui se passe ? murmurai-je à Lindsey, mais elle leva la main.

— Écoute et tu vas comprendre.

— Vampires Cadogan, tonna Sean quand l'assistance se fut calmée. Il est temps de prendre part à une tradition de l'honorable *Temple Bar*. La tradition n'est peut-être pas honorable, mais le *Temple*, oui !

— Longue vie au *Temple* ! crièrent tous les vampires en chœur.

Sean exécuta une révérence royale et adressa un signe à Margot.

Il y eut des sifflements dans la foule, puis on entendit le couinement du bois des chaises que l'on tournait vers Margot. Elle leva les deux mains.

— Mesdemoiselles et messieurs les vampires, cria-t-elle, le moment est venu de porter un toast aux tics divers et variés du plus grand des Maîtres, Ethan Sullivan ! (Je ne pus m'empêcher de sourire.) Ce soir, nous accueillons dans cet antre sacré… notre Sentinelle !

Elle leva son verre dans ma direction, aussitôt imitée par tous les autres vampires dans la salle. Les joues en feu, je me joignis à eux.

Margot, son verre toujours en l'air, m'adressa un clin d'œil.

— Et que Lacey Sheridan, Dieu la bénisse, s'étouffe avec ses crocs !

De nouveau, les applaudissements retentirent. Je souriais tellement que mes pommettes en étaient douloureuses. Lindsey se pencha vers moi et me posa un bisou sur la joue.

— Je te l'avais bien dit que tu avais besoin de ça !

— Tu avais raison, en effet, admis-je.

— Que tout le monde s'amuse ! lança Margot. Que tout le monde boive sans modération. Et ensuite que tout le monde emprunte la plus géniale attraction de Chicago : les transports en commun !

Margot descendit de la chaise, aidée de la vampire qui se trouvait à côté d'elle, et se rassit. Tout le monde à notre table reposa son verre pour rapprocher sa chaise.

— Très bien, dis-je, plus du tout intimidée. Alors qu'est-ce qu'on fait ici exactement ?

— Eh bien, Sentinelle, dit Margot, tu permets que je t'appelle Sentinelle ? (Je souris en hochant la tête.) Je ne pense pas que nous révélions un grand secret en disant que notre Maître, Ethan Sullivan, est un peu...

— Particulier, finit Lindsey. Il est très, très particulier.

— Ouais, lançai-je. J'ai cru comprendre.

— C'est aussi un être routinier, expliqua Margot, pétri de tics et d'habitudes. De bizarreries qui peuvent agacer.

— Comme l'étiquette du col d'un pull qui te gratte, suggéra Lindsey.

Margot lui fit un clin d'œil.

— De temps à autre, nous nous retrouvons et passons un moment – tout à fait cathartique – à nous décharger du poids de ces bizarreries qui nous tapent sur les nerfs.

Les coudes sur la table, je me penchai en avant.

— Et de quelles bizarreries parlons-nous ce soir ?

— La première sur la liste, c'est le haussement de sourcils.

Pour démonstration, elle haussa des sourcils bruns soigneusement épilés avant de nous regarder l'une après l'autre.

— Santé ! hurla Lindsey, et chacune de nous but un coup.

— Je déteste quand il fait ça, dit Michelle en agitant son verre. Et il le fait tout le temps.

— Je crois que c'est le tic nerveux le plus agaçant au monde, convins-je.

— Tic nerveux, mon cul ! lança Margot. Il croit que ça nous intimide. C'est l'attitude du Maître vampire qui s'adresse à une Novice de bas rang.

Elle prit une voix profonde et insupportablement crispée pour nous offrir une imitation du ton parfaitement condescendant de notre Maître vampire. Peut-être y avait-elle aussi un peu de la Maîtresse en elle, après tout.

— Alors quelle est la bizarrerie numéro deux ? demandai-je.

— Moi, j'en ai une, dit Lindsey. Numéro deux : quand Ethan s'adresse à toi, non par ton nom, mais par ton titre. (Elle rentra le menton et me dévisagea sous des paupières à demi-fermées.) Sentinelle ! gronda-t-elle.

Je ricanai.

— Je me disais bien que tu me rappelais quelqu'un.

— Santé ! hurla Lindsey, et on leva de nouveau nos verres.

On passa l'heure et demie suivante à peu près de la même manière. Ethan, de façon fort peu surprenante, avait beaucoup de tics et de manies. On but donc beaucoup. Et si l'une d'entre nous évoquait une manie qui n'avait pas encore été cataloguée, nous devions boire deux fois, coup sur coup.

Comme je n'avais pas fait vraiment de progrès avec ma boisson virile, Sean eut pitié de moi et me rapporta un verre d'eau glacée. Je n'avais pas besoin d'alcool pour rire aux dépens du vampire le plus prétentieux du monde.

On trinqua à toutes les fois où il citait Amit Patel, à tous ses discours sur le devoir, à toutes les fois où il évoquait les alliances et à toutes celles où il répondait par un simple « oui » quand on frappait à la porte de son bureau. On trinqua pour toutes les fois où il secouait légèrement sa montre, où il tirait sur les manchettes de ses chemises, où il remuait des papiers quand on venait lui faire un rapport dans son bureau.

Ethan avait tellement de manies que la moitié de la table était passée au soda ou à l'eau avant qu'on ait fini d'en faire le tour. Il avait tellement de tics que je dus m'absenter de la table. Et c'est en revenant des toilettes que je vis les photos qui avaient été punaisées aux murs, des décennies de clichés de vampires, toutes prises au *Temple.*

— Cool ! murmurai-je en les parcourant des yeux.

On y voyait des tenues afro et disco, des coupes de cheveux moussantes et des épaulettes sorties tout droit des années 1980… et une photo qui était à moitié cachée dans un coin.

Du bout des doigts, je la fis pivoter sur sa punaise pour mieux l'examiner. La bande blanche du Polaroïd encadrait un beau garçon, pommettes sculptées, une mèche de cheveux blonds lui tombant sur le visage, qui tenait par le bras une blonde, un verre de Martini à la main.

Il la regardait avec adoration.

Mon ventre se noua.

C'était Ethan et Lacey – des années auparavant d'après leurs tenues, mais c'était bien eux : un garçon et une fille heureux d'être ensemble, de l'amour plein les yeux.

Je remis la photo en place en la cachant à moitié derrière une autre. Mais pas moyen de faire taire la sonnerie d'alarme qui résonnait en moi. Il avait bien des sentiments pour elle.

Et après m'avoir larguée, il l'avait rappelée.

Je m'appuyai contre le mur et fermai les yeux. Je ne pouvais pas lui reprocher d'aimer. Certainement pas. Pas si c'était en effet ce qu'ils étaient en train de vivre. Mais bon sang, comme je regrettais de me retrouver au milieu de tout ça, comme je m'en voulais d'avoir réveillé en lui le souvenir de cette émotion.

Parfois il vaut mieux ne rien savoir. Je restai dans le couloir quelques secondes avant d'être prête à affronter mes amies vampires. Quand je revins à la table, je m'arrêtai près de ma chaise et touchai l'épaule de Lindsey.

Elle leva les yeux et son sourire disparut quand elle vit mon expression.

— Ça va ?

— Ça va. (Je désignai l'entrée d'un mouvement du pouce.) J'ai besoin de prendre l'air.

— Tu es sûre que ça va ?

Je lui adressai mon plus beau sourire.

— Oui, ne t'inquiète pas. J'ai juste besoin d'un peu d'air.

C'était vrai. La migraine provoquée par la magie des métamorphes ne s'était pas atténuée au milieu de celle que répandaient une centaine de vampires.

Elle me dévisagea un moment en se demandant si je lui disais la vérité.

— Tu veux de la compagnie ?

— Ça va, je te dis. Je reviens dans quelques minutes.

— D'accord. Mais si tu tombes sur un beau gosse humain qui a besoin d'une analyse de sang, fais-le-moi savoir.

— Tu seras la première que j'appellerai.

Je me frayai un chemin dans la foule en direction de la sortie et laissai une jolie vampire souriante aux cheveux bouclés me tamponner la main à la porte.

Une fois marquée pour un éventuel retour dans le bar, je déambulai sur le trottoir en regardant les restaurants, les bars et les boutiques éclectiques qui peuplaient cette partie de Wrigleyville. Je pouvais toujours en profiter pour repérer des endroits intéressants en prévision de prochaines visites dans le quartier.

Je venais juste de dépasser un magasin poussiéreux de livres d'occasion – placé aussitôt en tête de liste de mes endroits à visiter – quand j'entendis des pas sur le trottoir derrière moi. Je posai instinctivement une main à ma taille, là où mon sabre aurait dû se trouver, avant de prendre conscience que je l'avais laissé à la Maison.

— Tu n'en aurais pas besoin même si tu l'avais sur toi, dit une voix grave derrière moi.

20

Qu'y a-t-il dans un nom ?

Je me figeai avant de jeter un coup d'œil par-dessus mon épaule.

Jonah, le visage encadré par des boucles auburn, se tenait sous la lumière d'un lampadaire. Il portait une chemise cintrée noire, un jean et des bottes en cuir marron.

— Merit.

Je haussai les sourcils.

— Jonah.

— J'étais dans le quartier.

— La Maison Grey n'est pas loin, non ?

— Sur Addison Avenue, dit-il en hochant la tête vers la gauche. Un peu plus à l'ouest. C'est un entrepôt restauré.

— Et tu as décidé de faire une petite balade pour venir voir ce qui se passait au bar des vampires Cadogan ?

Jonah détourna les yeux.

— Il se peut que ma présence ici ne soit pas une coïncidence.

J'attendis qu'il développe. Et comme rien ne venait, j'insistai un peu.

— Et jusqu'à quel point n'est-ce pas une coïncidence ?

Il avança d'un pas, les mains dans les poches. Il était assez proche de moi et assez grand pour que je sois obligée de lever la tête pour le regarder dans les yeux.

— Si tu nous rejoins, tu seras mon équipière, dit-il tranquillement. Mon atout. Celle que je suivrai dans la bataille et qui prendra les armes pour me protéger. Voilà une responsabilité que je ne prends pas à la légère.

— Est-ce que tu es là pour veiller sur moi, ou pour vérifier que je corresponds à tes critères ?

— C'est bien vu, admit-il. Probablement un peu des deux.

Il désigna une allée entre deux immeubles avant de s'y diriger. Je le suivis. La lune était assez haute pour éclairer la ruelle, même si la vue n'en valait pas le détour : des briques, des graffitis, des caisses en bois vides et les squelettes d'acier rouillé des escaliers de secours.

— Tu t'es fait une réputation, déclara Jonah en se tournant pour me faire face, les bras croisés. (L'ange et le démon tatoués sur ses bras me toisaient, les yeux vides, comme si aucun des deux n'était satisfait du camp qu'il avait choisi.) Les humains pourraient s'intéresser d'un peu trop près à la nouvelle star des vampires. Cette curiosité étant la moindre des réactions auxquelles on puisse s'attendre.

— Je ne cherche pas à me faire de la publicité, fis-je remarquer. L'article dans le journal était une sorte de faveur.

— J'ai entendu dire que tu t'en étais bien sortie à la convention des métamorphes.

Je supposai que Luc avait fait un rapport aux autres Capitaines et acquiesçai.

— Et on raconte que Gabriel Keene t'aime bien.

Ça, je n'avais pas l'intention de le confirmer. Expliquer à Jonah les bases de notre plan de protection pour la convention était une chose et Luc l'avait déjà fait. Mais ce que Gabriel avait pu dire devait rester entre Ethan, la Meute et moi.

De plus, si je devais trahir Ethan, ce ne serait pas avant de faire réellement partie de la Garde. Si je devais provoquer sa colère, j'attendrais pour cela d'avoir ma carte de membre.

— Gabriel est un type sympa, finis-je par dire.

— Tu joues la prudence ?

— Je ne suis pas un Garde Rouge.

— Pas encore.

Le ton de Jonah était prétentieux. J'avais eu ma dose de prétention pour aujourd'hui et je me retournai à moitié en désignant du pouce le bar dans mon dos.

— À moins que tu n'aies quelque chose d'intéressant à me dire, je vais retrouver mes amis.

— Tu pourrais vraiment ne pas nous rejoindre ? dit-il d'une voix surprise. Tu pourrais vraiment refuser ?

Je laissai le silence répondre à ma place.

— On m'a dit que personne n'avait jamais refusé, ajouta-t-il.

Je me retournai avec un léger sourire.

— Alors peut-être vais-je lancer une nouvelle mode, celle de faire selon sa conscience, plutôt que de faire quelque chose juste parce que les autres ont toujours fait ainsi.

— C'est absurde.

— Tout comme ce que je vis depuis plusieurs heures. Écoute, dis-je en croisant les bras, je ne voudrais pas être grossière, mais la nuit a été longue, et la semaine encore plus. Je n'aime pas l'idée d'être épiée parce qu'un type avec qui je vais peut-être travailler un jour a envie de savoir si je suis aussi incompétente qu'il l'imagine.

Il ne protesta pas, ce qui n'était pas très flatteur pour moi.

— Peut-être devrais-tu essayer de te trouver une autre équipière, poursuivis-je. Tu ne me connais pas et je ne te connais pas. Avec tout le respect que je te dois, je préférerais avoir un équipier qui attende d'avoir eu deux ou trois conversations avec moi avant de me juger.

— Et je préférerais une équipière qui prend son boulot au sérieux.

Je faillis lui montrer les dents.

— Mon gars, si tu me connaissais un tant soit peu, tu saurais que je ne prends pas mon boulot à la légère, loin de là.

Pendant une minute, cette question silencieuse flotta dans l'air entre nous : allais-je accepter de faire équipe avec lui ?

— Que vas-tu décider ? finit-il par me demander.

— Je ne sais pas, répondis-je calmement au bout d'un moment.

Je levai les yeux vers les lumières de la ville et pensai à Ethan. Je songeai à ce que nous avions fait, ce qu'il avait voulu, ce qu'il pouvait et ne pouvait pas m'offrir.

J'avais deux options.

Je pouvais envoyer balader Ethan et rejoindre la Garde Rouge. Je devrais me préparer à quitter rapidement la Maison, au cas où les humains décideraient qu'ils avaient assez supporté les vampires Cadogan – ou que Célina le décide pour eux –, à moins qu'Ethan ne découvre mes nouvelles fonctions et m'arrache le médaillon Cadogan du cou.

Je pouvais aussi opposer un « non » catégorique à Noah. Je maintiendrais mon engagement vis-à-vis de la Maison Cadogan et d'Ethan.

N'était-ce pas ironique ?

Aucune de ces options ne me disait rien qui vaille. Elles ressemblaient à des stratagèmes dans un jeu surnaturel et je n'étais pas certaine d'avoir les bonnes cartes en main. Ça ne me réjouissait certainement pas de prendre ma décision en me demandant lequel des deux vampires j'avais le plus envie d'énerver, surtout étant donné les enjeux : ma vie, mes amis et la tournure que prendrait mon immortalité.

— J'appellerai Noah quand j'aurai pris ma décision, dis-je enfin, avant de tourner les talons et de me diriger vers le bar.

Pour des raisons évidentes, je ne parlai pas de ma conversation avec Noah. Je fis mine de sourire, puis je commençai à bâiller, afin de pouvoir m'extirper de la foule et rentrer à la Maison. Lindsey décida de rester et je pris un taxi, m'apprêtant à passer les dernières heures de la nuit dans la fascination des livres. On pouvait dire ce qu'on voulait d'Ethan, mais ce type savait très bien comment remplir une bibliothèque.

D'accord, ce n'était sans doute pas la seule chose qu'il savait bien remplir, mais ne dévions pas du sujet.

La bibliothèque, située dans un coin du premier étage sur l'avant de la Maison, était un espace agencé sur deux niveaux. La pièce comprenait une galerie en hauteur, bordée d'une rampe en fer forgé rouge et garnie de livres, à laquelle on accédait par un escalier en colimaçon du même métal. Trois immenses fenêtres faisaient face à des tables disposées en rangées bien nettes au centre de la salle.

Pour faire court, c'était luxueux, le rêve d'un amoureux des livres.

Arrivée au premier étage de la Maison, je me faufilai par la double porte de la bibliothèque, puis je regardai autour de moi, les mains sur les hanches. Je n'avais aucune recherche particulière à faire, mais j'étais bien consciente de ne pas avoir les connaissances requises pour vivre et travailler main dans la main avec les métamorphes.

Animosité historique ou pas, je devais bien pouvoir trouver des ouvrages sur les métamorphes. Malheureusement, aussi grande et organisée fût-elle, la bibliothèque était encore à l'ancienne mode sur un point : la totalité des livres étaient répertoriés sur des fiches cartonnées, qui remplissaient trois énormes placards en chêne constitués de tiroirs étroits, contenant chacun des milliers de cartes classées par ordre alphabétique.

Je commençai par la lettre « M » et sortis le tiroir correspondant pour le déposer sur une tablette coulissante. Il y avait beaucoup d'ouvrages sur les métamorphes, depuis l'*Encyclopædia Tractus*, le « guide de référence sur les territoires des métamorphes dans le monde », jusqu'à *Une vie en fourrure : l'aventure d'un homme.*

Je notai les références d'une poignée d'ouvrages documentaires, sans tenir compte des biographies et des mémoires, puis remis le tiroir à sa place. Après avoir repoussé la tablette d'un coup de hanche, je consultai mes notes en me demandant dans quelle partie de la bibliothèque je trouverais ces livres, quand soudain je percutai un jeune vampire d'une vingtaine d'années aux cheveux châtains qui me jeta un regard mauvais et irrité.

— Oh ! mon Dieu ! Je suis désolée. Je ne pensais pas...

— Tu croyais peut-être que tu étais la seule Novice à utiliser cet endroit. Je suis sûr que tu croyais aussi que les bouquins se rangeaient tout seuls.

Surprise, je clignai des yeux devant le petit homme aux cheveux bouclés et à l'expression tourmentée, qui venait de m'interrompre en pleines excuses.

— Je... euh... non. Je veux dire, bien sûr que non, je ne pensais pas ça.

Bégaiement ou pas, je ne mentais pas. La première fois que j'étais venue ici, j'avais bien pensé que quelqu'un devait gérer la bibliothèque. Ça me semblait d'ailleurs bizarre de ne pas l'avoir encore rencontré. Ça devait donc être lui.

Le bibliothécaire sembla se détendre un peu, puis se passa une main dans les cheveux, ce qui les fit rebiquer davantage. Il portait un jean et un polo noir. Encore un vampire qui était dispensé du code vestimentaire Cadogan.

— Bien sûr que non, répéta-t-il. Ce serait incroyablement naïf de ta part. (Il désigna les livres derrière lui.) Il y a des dizaines de milliers de titres ici, tu sais, sans compter que nous sommes les dépositaires officiels du *Canon*.

Il haussa les sourcils comme s'il attendait une réponse de ma part, une réaction admirative.

— Ah bon ! balbutiai-je. Ça alors, c'est énorme. Des dizaines de milliers de titres. Et un dépôt officiel du *Canon* ? C'est super impressionnant.

Il croisa les bras sur son torse avec une moue sceptique.

— C'est juste par politesse ou tu es vraiment impressionnée ?

Je tentai une grimace comique.

— Tu préfères quoi ?

Il esquissa un sourire.

— T'es mignonne et pas lèche-cul. J'apprécie. Tu es la nouvelle Sentinelle, c'est ça ? La chercheuse.

— Quand j'étais humaine, dis-je en tendant la main. Et tu es ?

— Le bibliothécaire, répondit-il apparemment pas décidé à me donner son nom.

Il ne me serra pas la main. Au lieu de ça, il agita les doigts et désigna du menton les notes que je tenais.

— Donne-moi ça, on va te trouver tes livres.

J'obéis, puis lui emboîtai le pas vers la section des sciences sociales. Amusant, pensai-je, quand la plupart des bibliothèques stockaient les ouvrages sur les métamorphes et autres lycanthropes dans la section Mythes et Fantasy. Mais ici, au sein de cette bibliothèque appartenant à des vampires, ces créatures étaient réelles. Ce qui signifiait que les livres les concernant s'apparentaient plus à l'anthropologie – ou peut-être à la zoologie ? – qu'à la mythologie.

Sans quitter mes notes des yeux, le bibliothécaire se dirigea vers le coin au fond à droite. Il ne prenait pas la peine de lire les étiquettes aux extrémités des étagères, ayant de toute évidence mémorisé l'emplacement des livres.

— Les vampires parlent, commença-t-il en s'engageant dans une allée étroite entre les rayonnages.

Je le suivis au milieu des livres de tous formats et de toutes tailles, neufs et anciens, à la reliure en carton ou en cuir.

— Ils parlent de quoi ?

— De la convention. (Il s'arrêta au milieu de l'allée et se tourna vers une étagère avant de me regarder.) On raconte qu'ils ont voté de ne pas rentrer à Aurora, et puis qu'ils s'en sont pris à toi.

Des rumeurs sur la convention circulaient déjà, mais ce n'était pas la vérité, malheureusement.

— Ils ont voté de rester et de nous soutenir, et pas de fuir, le corrigeai-je. Et l'attaque visait un des chefs de Meute. Ils ne s'en sont pas pris à moi. Je n'ai fait que les aider à défendre leur chef.

— Quand même, dit-il, tout ça ne nous montre-t-il pas que ce sont de vraies girouettes ? Et voilà qu'ils se réunissent à Chicago pour discuter de leur avenir. Qui aurait cru que ça se produirait un jour ?

Le voyant faire courir un doigt sur les tranches des livres, je supposai que son commentaire était purement rhétorique. Mais une question me taraudait.

— Pourquoi les appelle-t-on les Prétendants ? demandai-je.

J'avais entendu Peter Spencer utiliser ce terme en parlant des métamorphes. Je savais que ce n'était pas très flatteur, mais je m'interrogeai sur ses origines.

Le bibliothécaire tira un long et fin livre en cuir d'une étagère, puis me le tendit. C'était en fait un portfolio contenant des esquisses de métamorphes sous leur forme animale. On y retrouvait les représentations habituelles : loups, gros félidés, oiseaux de proie. Il y avait également quelques cas plus originaux, comme les phoques. Peut-être était-ce là l'origine du mythe des selkies [1].

— Les métamorphes imitent les humains, dit-il. Ils prétendent être des humains. Ils se mélangent à eux, même s'ils n'en sont pas réellement.

Je devais admettre que ce commentaire me troublait.

— Mais nous ne sommes pas non plus des humains, pas vrai ?

— Nous sommes ce que nous sommes. Des prédateurs. Des humains avec une légère modification génétique. Nous ne changeons pas de forme pour nous déguiser. (Il recula d'un pas pour désigner son corps.) C'est bien moi, là. Et c'est pareil pour toi, dit-il d'une voix agacée avant de se retourner vers les étagères d'où il sortit d'autres livres. Chaque fois que les humains ont tenté

1. Créatures du folklore écossais, mi-humaines mi-phoques. (*NdT*)

d'éliminer des créatures surnaturelles, les métamorphes ont continué à prétendre qu'ils étaient des humains.

Je me retins de lui répliquer que les vampires s'étaient dissimulés à la vue de tous pendant des siècles, en prétendant être des humains afin d'éviter d'être empalés. Honnêtement, je n'étais pas certaine qu'il apprécierait la comparaison. C'était le genre de préjugé qui n'avait rien à voir avec la logique.

— Est-ce que c'est ce qu'ils ont fait lors de la Seconde Purge ? me demandai-je à voix haute alors que le bibliothécaire commençait à empiler les volumes dans mes bras. Prétendre être des humains et faire mine de ne pas remarquer que les vampires se faisaient tuer ?

— C'est déjà grave, non ? me demanda-t-il d'un air sinistre.

Cela devait suffire en effet pour justifier les préjugés. La blessure causée par le refus des métamorphes d'aider les vampires pendant la Seconde Purge – de se manifester pour les sauver – était profonde. Pas seulement d'ailleurs, elle était encore fraîche et douloureuse, après plus d'un siècle. J'avais constaté l'animosité des métamorphes, ils me l'avaient bien assez fait sentir. Mais leur désir de partir à Aurora paraissait être motivé par la crainte de ce qui s'annonçait, aussi je ne comprenais toujours pas pourquoi autant de métamorphes étaient si amers à propos du passé.

Et Ethan avait beau penser que ses vampires étaient des créatures éclairées, la colère et l'amertume étaient tout aussi présentes parmi les nôtres... Elles persistaient jusque dans cet antre du savoir et de la connaissance.

Il cessa enfin de retirer des livres des étagères et se tourna vers moi.

— Ça devrait te suffire, dit-il. Ces ouvrages t'apprendront les bases.

J'acquiesçai en m'efforçant de garder un sourire neutre, puis je le regardai me contourner et s'éloigner dans la travée principale.

— Je sais ce que tu penses, me dit-il en se retournant, les mains sur les hanches. (Son expression était sévère et l'inquiétude crispait son regard.) Tu crois que je suis juste un ignorant ou bien que je suis en colère à cause d'un truc qui s'est passé il y a un siècle.

Ses yeux lancèrent soudain des éclairs argentés et mes poils se dressèrent sur mes bras. La magie se répandait dans le coin de la bibliothèque où nous nous trouvions, au fur et à mesure que l'émotion de mon compagnon augmentait.

— Nous sommes immortels, Sentinelle. Ce ne sont ni nos ancêtres ni nos aïeux qui ont souffert, mais nous. Nos familles. Nos compagnons. Nos enfants. Il est question de nous.

Sur ces paroles, il s'éloigna.

Je clignai des yeux, abasourdie, ma pile de livres haute de trente centimètres dans les bras, ne songeant pas seulement à la colère que j'avais perçue dans sa voix, à la douleur qu'il montrait au souvenir des événements, mais aussi à sa peur, à son inquiétude que de telles choses puissent se reproduire si nous n'étions pas assez vigilants.

Et je pensai aussi à la passion que j'avais entendue dans la voix de Gabriel, son désir de protéger les membres de sa Meute. Je me remémorai la fureur que j'avais déjà sentie dans la voix de Nick, son besoin d'assurer la sécurité de sa famille.

Je comparai tout ce mépris et cette animosité... sans parvenir à déterminer lequel de ces deux sentiments représentait une plus grande menace.

21

Tais-toi et danse

La nuit suivante se leva, fraîche et dégagée. Je tirai le volet pare-soleil et entrouvris ma fenêtre. Une brise bienvenue soufflait sur la ville et éliminait un peu l'humidité de la veille. Il était prévu que je m'entraîne de nouveau avec Ethan. Je me levai donc et me rendis à la cuisine pour prendre du jus d'orange, du sang et un donut surmonté de bacon et glacé au sirop d'érable. Oui, vous avez bien entendu, du bacon et du sirop d'érable sur le même donut.

Cet entraînement ne m'enchantait pas. J'avais assez vu Ethan au cours de la semaine passée et je n'aurais pas craché sur une soirée pour moi, sans affaires politiques ni conflits relationnels, sans sabre ni coups de pied circulaires. Mais que pouvais-je y faire ? Parce que j'avais prêté serment, me planquer dans ma chambre avec un donut n'était pas vraiment une option viable. Après avoir avalé mon petit déjeuner, j'enfilai des tongs et une veste de sport, puis sortis dans le couloir.

J'allais descendre au sous-sol quand je la vis. Vêtue d'un tailleur noir, les bras croisés, un sourcil haussé, elle se tenait sur le palier entre le rez-de-chaussée et le premier étage.

C'était une Maîtresse faite à l'image de son propre Maître.

Je m'arrêtai une ou deux marches au-dessus d'elle.

— Vous m'attendiez ?

— Ethan et toi avez une relation unique, dit Lacey.

— Ah ? Parce que nous avons une relation ?

— Je n'ai pas envie de jouer, Merit.

Tout tendait à prouver le contraire, mais je m'efforçai de rester polie.

— Avec tout le respect que je vous dois, madame, moi non plus. Je peux faire quelque chose pour vous ?

— Je ne renonce pas facilement. Lui et moi sommes faits l'un pour l'autre.

Je faillis lui répondre méchamment mais me retins. Si elle était convaincue de ce qu'elle disait, tant mieux pour elle. De plus, comme il l'avait invitée à venir, il y croyait peut-être aussi.

— Vous savez quoi ? lui dis-je en passant près d'elle. Je vous souhaite bonne chance.

Elle me suivit au rez-de-chaussée. Ethan, toujours aussi ponctuel, choisit ce moment pour monter l'escalier à notre rencontre, vêtu d'un pantalon noir moulant, d'une chemise blanche et d'une cravate noire. Il devait certainement se rendre dans sa suite pour se changer.

Il écarquilla les yeux en nous voyant toutes les deux ensemble, comme s'il n'était pas vraiment préparé à rencontrer une ancienne maîtresse et une un peu moins ancienne en même temps. Malgré tout, il y était pour quelque chose puisqu'il nous avait jetées sous le même toit.

— Comment s'est passé ton coup de fil ? demanda Lacey. Quelle est la situation à Londres ?

C'était facile de comprendre le sous-entendu : *Chère Sentinelle, ton boss a passé un coup de fil au Présidium de Greenwich et il ne t'en a pas parlé. Apparemment, tu n'es pas au courant de tout ! Amitiés de la part de sa protégée préférée.*

C'était sa deuxième balle et elle montait directement au filet. Je réprimai un grognement.

— J'espérais davantage de leur part, mais c'est comme ça avec le Présidium, répondit Ethan. (Il me regarda, l'air soucieux.) Je te retrouve dans la salle d'entraînement.

J'acquiesçai.

— Sire.

Il passa à côté de moi.

— Lacey, suis-moi, s'il te plaît.

Elle obéit.

Je me retournai pour la regarder monter l'escalier derrière lui comme un jeune chien en laisse.

Quelque chose me frappa en la regardant. Ethan était et serait toujours son Maître. Et même si je l'avais entendue s'opposer à lui et exprimer son inquiétude quant au fait que je n'étais qu'un « soldat ordinaire », il émanait de son attitude quelque chose de consentant. Elle se déplaçait comme si elle était sa chose, comme si elle ne désirait rien tant qu'être à ses côtés. Même si elle possédait sa propre Maison, elle aurait voulu revenir à Cadogan.

Lindsey m'avait dit que Lacey était une Strat très puissante. Peut-être qu'une partie de son adoration relevait d'un calcul politique. Peut-être, tout comme lui, s'inquiétait-elle au sujet des alliances et souhaitait-elle consolider les liens avec la quatrième plus ancienne Maison du pays.

Ou peut-être était-ce plus simple que ça : c'était lui qu'elle voulait, et rien d'autre.

J'ignorais ce que l'avenir nous réservait à moi et à Ethan – ou à moi sans Ethan, les choses étant ce qu'elles étaient –, mais je m'étais juré de ne pas ressembler à ces vampires. Je m'étais juré de rester moi-même, de me rappeler qui j'étais, de penser aux alliances et aux personnes avec qui je pouvais m'associer de manière rationnelle.

Si seulement je m'étais souvenue de tout ça quelques nuits plus tôt… ou quand Mallory avait eu besoin de moi. Mais le passé était le passé.

Il fallait aller de l'avant.

Je m'échauffai en pratiquant des coups de pied quand Ethan et Lacey firent leur entrée, Ethan par la porte et Lacey sur la galerie, au milieu d'un groupe de vampires. Le balcon était presque plein. J'y vis Lindsey et Luc – qui avaient dû faire une pause dans leurs devoirs de garde –, Margot et Michelle et quelques-uns des vampires avec qui j'avais bu des verres. Ils m'adressèrent des signes de la main. Celle qui s'était tenue si longtemps à l'écart avait désormais son fan-club.

Mais la situation avait changé… et j'étais devenue l'une d'entre eux – surtout, d'ailleurs, parce que j'étais une Novice avec qui un Maître avait été injuste. Et même deux Maîtres, si on comptait Lacey. Et même quatre si on ajoutait l'ancienne chef de Navarre et le nouveau.

Aussi regrettables – et humiliantes – qu'avaient pu être ces injustices, elles avaient malgré tout créé un lien entre moi et les autres vampires Cadogan, et c'était une chance pour moi de pouvoir les côtoyer sans que mon rang soit un obstacle.

Le rayon de soleil après la pluie ? Peut-être. Après tout, le monde fonctionnait selon des règles mystérieuses.

Ethan se dirigea vers moi d'une démarche décidée, le visage presque menaçant.

— Prépare-toi à combattre, dit-il.

Visiblement, nous n'en étions plus au protocole compliqué de l'enseignement… ni aux politesses.

— Sire, dis-je en me tournant vers lui, genoux fléchis, coudes pliés, prête à frapper ou à me défendre.

Il devait avoir besoin d'éliminer son agressivité car il attaqua immédiatement en une combinaison poing-pied-poing qui m'obligea à me défendre dans l'urgence. Mais je parai ses coups avant de tenter moi-même une attaque, un coup de pied circulaire qu'il repoussa néanmoins.

Pendant un moment, on ne fit que se déplacer en sautillant sur le tapis et en lançant de petites attaques pour tester l'autre sans vraiment aller jusqu'au coup de poing franc. Un murmure commença à s'élever dans la foule qui attendait de l'action.

Je décochai un coup de pied latéral qu'il bloqua facilement.

— Tu ne fais pas beaucoup d'efforts, me dit-il sans cesser de se déplacer.

Il sautilla devant moi avant d'envoyer un coup de pied frontal parfait qui me percuta la clavicule droite. Il avait dû retenir son coup. Je fus secouée, mais s'il avait utilisé toute sa force, il m'aurait brisé l'os en deux.

Je frottai mon épaule endolorie, la colère commençant à faire bouillir mon sang. Ethan n'arrêtait pas de bondir et de se déplacer dans tous les sens lorsque j'essayais de le toucher. Il semblait penser que c'était exactement le problème : j'essayais de le frapper au lieu de le faire vraiment. Et nous nous retrouvions de nouveau en terrain connu : à court de moyens pour me motiver, il faisait usage de la peur et de la colère.

— Je veux que tu te serves des compétences que tu as acquises, dit-il. Que tu fasses confiance à tes sens et à tes instincts.

J'esquivai un autre coup.

— C'est ce que j'essaie de faire, Sullivan.

— Tu peux faire mieux que ça.

Pourquoi les gens croient-ils que ça aide de réclamer toujours mieux ? Je faisais ce que je pouvais. Mon incapacité à l'emporter sur lui n'était pas due à un manque d'efforts de ma part.

— Peut-être que tu es tout simplement plus fort que moi.

Il se figea d'un coup, puis s'approcha de moi au point que son pantalon de judo touchait mes jambes.

— Tu es la Sentinelle de cette Maison. Que je sois plus fort que toi ne devrait pas être un problème.

Son expression s'adoucit et il me dévisagea de ses yeux d'un vert profond. Au lieu de me provoquer, il choisit de m'encourager.

— Je t'ai vue à l'œuvre, Merit. Je t'ai vue exécuter les katas avec grâce et rapidité, et je t'ai vue battre des hommes deux fois plus grands que toi. Tu as les capacités. Tu peux le faire.

Je hochai la tête en soufflant et m'efforçai de ne pas regarder vers le balcon pour jauger les réactions des vampires qui m'observaient. Je ne tenais pas à voir le reflet de ma frustration ou celle d'Ethan sur leurs visages.

C'était donc ça, le problème ? J'avais un public ? Cela n'aurait pas dû avoir d'importance. Après tout, j'avais pratiqué la danse, ce n'était pas la première fois que je me produisais en public. Puis je repensai à la première fois où j'avais défié Ethan et combien il avait été fier de mes talents de jeune vampire. Et je réfléchis à ce qui avait été différent ce jour-là.

Soudain, je compris.

Au cours de ce premier combat, j'avais dansé.

Je regardai Ethan.

— On peut mettre de la musique ?

Il fronça les sourcils.

— De la musique ?

— S'il te plaît.

— Tu as une préférence ?

Je souris lentement.

— Quelque chose sur quoi je pourrais danser.

Il adressa un signe de tête à quelqu'un derrière moi. Après un moment, les Rage Against The Machine se mirent à hurler dans la salle d'entraînement.

Je restai un moment les yeux fermés pour permettre au rythme de *Guerilla Radio* de détendre mes membres. Je laissai mon corps s'adapter au tempo, et quand je fus libérée de toute tension et que la terre sembla ralentir sur son axe, j'ouvris les yeux pour regarder Ethan, pas comme sa maîtresse ni la vampire qu'il avait faite, ni même comme une Novice, mais comme un soldat fort de son droit.

— Tu es prête ? demanda-t-il.

Je hochai la tête.

— On y va, dit-il comme si c'était la chose la plus simple qui soit.

Et j'attaquai.

Je ne réfléchis pas, je n'analysai rien, je ne me posai pas la question de savoir comment il allait parer le coup ou se défendre. Non, avec la basse rugissante de la musique vibrant dans ma poitrine, je frappai. Je commençai par un coup de pied papillon haut et, avant qu'il puisse riposter, profitant du mouvement de mon assaut, je lançai un coup de pied circulaire vers son visage.

Il grogna et se laissa tomber aussi rapidement que d'habitude, puis il répondit par un coup de pied identique. Mais je l'avais vu venir. J'esquivai l'attaque en faisant un flip arrière et en atterrissant le corps tendu, prête à enchaîner.

— Il va falloir que tu sois plus rapide que ça, Sullivan.

L'assistance se leva d'un bloc.

Nous finissions nos coups de pied en bondissant sur la pointe des pieds, guettant déjà les prochaines ouvertures.

— C'est mieux, dit-il.

Je lui adressai un clin d'œil.

— Alors tu vas aimer ce qui va suivre.

— Pas si j'attaque en premier, dit-il.

Il visa mon torse d'un coup de pied latéral, mais je virevoltai, une main en appui sur le sol, pour lui décocher un coup de pied arrière à la tête.

Je manquai la tête… mais le frappai à l'épaule. Il tomba à genoux, puis se releva aussitôt d'un bond.

Les vampires au balcon lancèrent des acclamations admiratives.

Les mains sur les hanches, je le jaugeai du regard.

— C'est mieux.

Il ricana, l'air ravi.

Il m'envoya un autre coup de pied et, cette fois, je pensai à essayer une réponse un peu différente. Je fis un flip arrière doublé d'un ciseau ample qui m'envoya trois mètres au-dessus du sol et hors de portée de ses attaques.

Quand j'atterris, le combat commença vraiment. Nous bougions et tordions nos corps comme si la gravité n'avait aucune prise sur nous, comme si nous dansions un pas de deux.

— Bien, me dit-il, avec une lueur dans le regard.

Ce fut alors que j'utilisai ma meilleure arme. Je feignis de préparer un coup de pied latéral.

— Je ne suis qu'un soldat ordinaire, dis-je.

Il se figea, le visage décomposé. Profitant de cet instant de faiblesse, je pivotai pour lui assener un autre coup de pied papillon.

Cette fois, je le frappai en pleine poitrine.

Il fut projeté en arrière et percuta le sol dans un bruit sourd.

Le silence s'abattit sur la salle… puis les applaudissements éclatèrent.

Haletante, en sueur après cet effort, je m'approchai et baissai les yeux sur lui, ne sachant pas vraiment quel protocole je devais respecter dans pareille situation. Que fait-on quand on a enfin battu son professeur sur son propre terrain ?

Je décidai d'apprécier le moment. Un sourire s'épanouit sur mes lèvres et je haussai un sourcil.

— Sullivan, je crois que je viens de te botter le cul.

Ses yeux émeraude écarquillés disaient toute sa surprise. Mais même allongé sur le sol, il me sourit avec fierté et une sorte de plaisir puéril.

Dominant son corps, je lui tendis une main qu'il prit pour se relever.

— N'oublie jamais, me murmura-t-il, que tu es un soldat qui sort de l'ordinaire, quoiqu'on puisse dire. Et tu es un sacré numéro.

J'acceptai le compliment d'un hochement de tête et je levai les yeux vers la foule sur la galerie. Lindsey et Katherine se tenaient sur le devant, collées à la rambarde, et applaudissaient avec l'assistance. Je fis mine de relever le bas d'une jupe invisible et leur adressai une révérence avant de lever la main en direction d'Ethan. Il gloussa mais se courba lui aussi.

— Je crois que nous nous sommes assez amusés pour aujourd'hui, dit-il. Au travail, amis vampires.

Il y eut quelques protestations sur le balcon, mais tous se dirigèrent vers la sortie en bavardant avec animation de ce qu'ils venaient de voir.

C'est alors que je compris. Mon incapacité à l'emporter sur Ethan, le mur que j'avais dû franchir, était mental et émotionnel. Il m'avait fallu me défaire de toutes mes idées préconçues d'humaine sur le combat et les mouvements. Comme Catcher me l'avait expliqué, je devais comprendre la nouvelle et étrange relation de mon corps de vampire avec la gravité. Ethan disait qu'il fallait garder en tête les mouvements de la danse contemporaine et ne pas chercher à exécuter des gestes parfaits, gracieux ou qui semblaient corrects. Il fallait se rappeler la sensation d'être bien dans son corps, sentir ses membres bouger, ses hanches se balancer, sa peau chauffer, son cœur battre et son souffle s'accélérer.

Je remarquai son regard qui virait à l'argenté sous l'effet de la convoitise et sus qu'il venait de comprendre en même temps que moi.

Lacey Sheridan ne serait pas la seule Maîtresse vampire formée par Ethan.

Je levai les yeux et tournai très lentement le regard vers celle qui m'avait précédée. Lacey me toisa à son tour avec une émotion nouvelle. Il ne s'agissait certainement pas d'amitié ; nous ne serions jamais amies, pas avec Ethan entre nous. Mais je perçus quelque chose proche du respect dans son expression. Elle comprenait qu'elle venait de rencontrer une adversaire qui serait son égale sur le champ de bataille.

Celle que j'avais été par le passé aurait refusé cette confrontation.

Mais la nouvelle moi était joueuse, même si je n'étais pas certaine que le jeu en vaille la chandelle.

Je hochai la tête comme pour accepter le défi. Elle haussa un sourcil – sans aucun doute, une manie héritée d'Ethan, perfectionnée par vingt années de service dans sa Maison –, puis elle acquiesça, elle aussi.

Ethan se pencha vers moi.

— Va te changer, me chuchota-t-il. J'aimerais au moins que tu passes à la réception organisée en son honneur.

Je parvins à ne pas lui répondre par un grognement. À la place, j'adressai un sourire poli à Lacey, puis je montai dans ma chambre prendre une douche et revêtir l'uniforme noir de Cadogan.

22

Mets-lui en plein la vue

Je ne m'attendais pas à ce qu'il y ait des problèmes au cours de la réception, mais ma rencontre avec Jonah m'avait appris une leçon d'importance concernant mes sorties sans arme. J'avais eu de la chance que le vampire qui m'avait suivie en dehors du *Temple* n'en ait pas eu après moi – mais ce ne serait sûrement pas le cas de tous.

Aussi, une fois toute de noir vêtue, je glissai ma dague dans une de mes bottes. Je relevai mes cheveux, accrochai ma médaille à mon cou et mon bipeur à ma ceinture. J'étais prête, physiquement du moins.

Bien sûr, je ferais ce qu'il m'avait demandé. Je m'étais apprêtée et j'allais passer un moment à une réception donnée en l'honneur de son ancienne maîtresse. Mais je ne le ferais pas sans être soutenue, au moins moralement. Je pris mon téléphone sur l'étagère, m'assis sur le bord de mon lit et appelai Mallory.

Tout d'abord, j'entendis des bruits métalliques de marmites et de casseroles, et un chapelet de jurons étouffés, avant que mon amie parvienne à tenir le combiné correctement.

— Oh ! mon Dieu ! Arrête, arrête, merde, merde ! Merit ? Tu es là ?

— Mallory ? Ça va ?

— Je suis… Mais putain, arrête ! Tout de suite, je te dis !

Le vacarme cessa aussitôt.

— Qu'est-ce qui se passe chez toi ?

— Je fais des expériences scientifiques. Je dois apprendre à travailler avec un chat. Ils sont familiers, tu sais, et celui-ci va partout. Ça fait, quoi, quatre heures qu'il est là et il croit que la maison lui… Oh non ! Vilain minou ! Arrête ça ! Il croit que la maison lui appartient. Il est en train de détruire ma cuisine. Et toi, qu'est-ce qui t'arrive ? J'ai reçu ton texto concernant le grabuge à la convention !

— Il y a eu des affrontements, mais Gabriel est vivant et c'est ce qui importe.

— J'étais sûre que l'apotrope fonctionnerait comme un charme ! s'exclama-t-elle en reniflant dans le téléphone.

Je levai les yeux au ciel.

— Tu as bien fait et j'apprécie ton geste. Mais j'ai besoin que ma meilleure amie me remonte le moral.

— Qu'est-ce qu'il a encore fait ?

Elle me connaissait trop bien.

— Il organise une réception en l'honneur de Lacey Sheridan. Il m'a demandé d'y assister.

— Tu sais, je déteste ce type pour un tas de raisons.

— J'avais remarqué.

— Bon, faisons le point : tu es sur ton trente-et-un ?

— Je suis en tailleur.

— Ça ira. Est-ce que tu vas le suivre pendant toute la réception ou bien lui lécher les bottes à elle ?

— Rien de tout ça.

— As-tu prévu d'être aussi drôle et intelligente que d'habitude, pour lui rappeler en exhibant ta vivacité d'esprit et ta joie de vivre quelle ânerie il a faite ?

Voilà pourquoi j'adorais cette fille.

— Je vais faire de mon mieux, crois-moi.

— Rien de plus alors. Oh ! mon Dieu ! Vilain minou ! Merit, il faut que je te laisse. Il a encore pris mes allumettes. On se reparle plus tard, d'accord ?

— Bonne soirée, Mallory.

— Bonne soirée, Merit. Et mets-lui-en plein la vue !

Comme je lui avais dit, je ferais de mon mieux.

Tout était calme quand j'arrivai au rez-de-chaussée. Je traversai le vestibule pour rejoindre le patio à l'arrière de la Maison. La porte du bureau d'Ethan était ouverte, la pièce plongée dans le noir, comme tous les autres bureaux administratifs que je dépassai. J'étais à mi-chemin du patio, au niveau de la cuisine, quand j'entendis la musique.

À travers les fenêtres à l'arrière de la Maison, je distinguai la lueur d'un feu et la foule des vampires regroupés autour.

Aussi discrètement que possible, j'ouvris la porte en verre et fer forgé, et sortis. Les vampires, vêtus de noir, faisaient cercle autour de la source d'une mélodie obsédante. Le sanglot d'un violon accompagnait une voix de femme, claire et triste. On aurait dit un hymne funèbre, un doux chant qui célébrait l'amour ou pleurait la fin de celui-ci, du genre de ceux que j'avais étudiés au cours de mes recherches en littérature médiévale.

Les vampires étaient captivés, silencieux, tous les regards tournés vers les musiciens que je ne pouvais pas encore voir. On dit que la musique adoucit les mœurs et j'étais prête à le croire.

Je repérai les boucles ébouriffées de Luc devant moi. Quand j'arrivai à sa hauteur, il me sourit avant de se tourner de nouveau vers la musique. Et je les vis enfin : Katherine et un vampire que je ne connaissais pas. Il jouait du violon et elle chantait d'une voix claire et mélancolique.

— C'est une chanson qui date de la guerre de Sécession, me chuchota Luc. Ethan a demandé à Thomas et Katherine de chanter ce soir.

Le violoniste devait être le frère de Katherine.

— C'est superbe, dis-je.

Ils étaient assis sur un petit banc en ciment, Katherine en robe simple et sandales, et Thomas en pantalon et chemise noirs. Les yeux fermés, le violon coincé sous le menton, il balançait les épaules au rythme de la musique qui s'échappait des cordes.

Katherine avait les yeux ouverts, mais son regard semblait perdu dans le vide comme si elle se repassait des souvenirs invisibles tout en voyageant à travers les vers de la chanson.

— Ils ont été changés en 1864, poursuivit Luc toujours à voix basse. Thomas et elle. Son Maître l'a changée après que Katherine a perdu son mari, Caleb, à la guerre. Ils n'étaient mariés que depuis une semaine.

La chanson paraissait être autobiographique. Katherine chantait le retour sain et sauf d'un jeune soldat, pleurait les détonations des armes dans la vallée et la mort du combattant.

Elle portait le deuil de son véritable amour.

Je ne sais pas pourquoi je levai la tête pour chercher Ethan dans la foule. D'abord, je repérai Lacey. Son visage était vide de toute expression. Si elle était touchée par la chanson, elle ne le montrait pas.

Il se tenait près d'elle, les bras croisés. Et m'observait.

Nous échangeâmes un regard au-dessus des autres vampires, au milieu de la musique, ses yeux brillant du reflet des lumières du jardin, des siècles d'histoire en un seul regard.

Des siècles qui l'avaient rendu froid.

Puis sa voix résonna dans ma tête.

—*Merit.*

Il appelait mon nom en silence alors qu'il se tenait à côté d'elle.

—*Sire?*

Ses yeux étincelèrent.

—*Ne m'appelle pas comme ça.*

—*Je n'ai pas à t'appeler autrement. Tu es mon patron. C'est l'accord que nous avons passé.*

J'avais perçu quelque chose de fragile dans sa voix, mais je n'allais pas me laisser berner. Je tournai mon visage vers le feu qui lançait des flammèches vers le ciel et projetait des ombres lumineuses sur le petit bois. Il s'en élevait une fumée piquante dont le parfum presque enivrant évoquait une nature sauvage que les vampires du centre de Chicago, interdits de soleil, ne pouvaient autrement toucher. Je gardai le regard rivé sur le feu jusqu'à la fin de la chanson, puis j'applaudis avec les autres quand Katherine et Thomas échangèrent un triste et doux sourire.

— Où es-tu allée la nuit dernière ? demanda Luc alors que Katherine buvait et que Thomas réaccordait son violon.

Je supposai que ce n'était pas ma destination qui l'intéressait, mais plutôt celle de Lindsey.

— Au *Temple Bar*. Lindsey a pensé que ce serait une bonne idée de me sortir de la Maison.

— Tu tiens le coup ?

— Si tu parles de ma relation avec les métamorphes, assez bien. Si tu parles de mon état personnel, il a invité son ex. Tu peux imaginer ce que je ressens.

Katherine et Thomas reprirent leur tour de chant, cette fois avec un air plus gai d'inspiration irlandaise. Je me tus pour écouter la voix de Katherine qui épousait la cadence de la langue gaélique, tandis que Thomas, près d'elle, faisait courir ses doigts sur son violon.

— Je pense vraiment qu'il a de l'affection pour toi.

— Il le montre d'une bien étrange manière.

— C'est un vampire. Il est étrange par définition.

Je me tournai vers Luc. Même au milieu d'un drame surnaturel, il gardait un drôle de sourire. Mais cette fois-ci, il avait l'air las et je n'aurais su dire s'il parlait encore d'Ethan ou s'il pensait à Lindsey. Est-ce que quelque chose de similaire s'était passé entre eux ? Si c'était le cas, je compatissais. C'était difficile de porter la charge du regret d'autrui et les remords qui s'ensuivaient.

— Ça va entre Lindsey et toi ?

Son visage se durcit.

— Lindsey et moi... Nous ne sommes pas ensemble. Mais c'est un *statu quo*.

— Tu veux en parler ?

C'était bien une question de fille, mais le regard froid qu'il me jeta, les paupières plissées, était typiquement masculin.

— Non, Sentinelle, je n'y tiens pas.

— Bon. Peut-être que si c'est un des résultats de l'immortalité, nous devrions nous demander si ça en vaut le sacrifice, suggérai-je.

— On peut se poser la question en effet, répondit Luc. L'amour – quelle saloperie !

Katherine et Thomas finirent leur petit concert sous les applaudissements, qui finirent par laisser la place à la douce musique du violoncelle.

Luc soupira.

— Je vais aller me mêler aux autres. Ça va aller ?

— Nickel, lui répondis-je. Vas-y.

Je le regardai disparaître parmi les vampires. Ce n'était certainement pas une coïncidence si je repérai aussi Lindsey, déambulant dans une autre partie de la foule.

— Katherine et Thomas ont beaucoup de talent.

Je jetai un coup d'œil derrière moi et vis Ethan, l'expression neutre, les mains dans les poches.

— Ils ont beaucoup de talent, répéta-t-il.

Je me retournai vers l'assistance en me demandant où était passée sa compagne. Elle se tenait de l'autre côté du jardin et discutait avec Malik. Pour l'instant, le risque d'une éventuelle scène disparaissait.

— En effet, répondis-je.

— Gabriel a appelé, me dit-il. Il m'a confirmé que les métamorphes qui nous ont attaqués essayaient de mener à bien leur contrat pour récupérer l'argent.

— Et qui a commandité ce contrat ?

— Ils ne le savent pas et n'ont apparemment pas demandé.

— Ce n'est pas très rassurant. Est-ce que Gabriel croit encore qu'il est tiré d'affaire ?

Ethan hocha la tête.

— Il en est persuadé. Ceci étant, pour un homme qui a le don de prophétie, il a la vue remarquablement courte.

Ou alors, il était moins névrosé que les vampires qu'il côtoyait.

— Et qui est le véritable coupable ? demandai-je.

— Qui sait ? Tony a très bien pu être impliqué, mais nous ne savons toujours pas s'il tirait les ficelles ou s'il n'était qu'un pantin. Et puisque Gabriel nous a congédiés, on en restera là.

Il y eut un instant de silence entre nous.

— Tu es bien calme ce soir, me dit-il.

J'affichai un sourire agréable.

— La semaine a été longue. J'essaie juste de me détendre.

Et d'éviter des histoires supplémentaires.

Il se tut pendant deux ou trois minutes, sans que nous bougions, les vampires en noir se déplaçant autour de nous.

— Je sens que quelque chose te tracasse…

Nous avons fait l'amour et tu as fait marche arrière, pensai-je, *et maintenant tes regrets me rendent folle.*

— Je prenais plaisir à écouter la musique, c'est tout.

— Je suis désolé.

Je crispai les paupières, submergée par l'émotion. Je ne voulais pas recommencer toute cette scène. Je ne tenais certainement pas à recevoir ses excuses. Cela me donnait l'impression qu'il avait pitié de moi.

— Je t'en prie, cesse de dire ça.

— Je voudrais que…

— Et la décision que tu as prise ne facilite pas les choses.

— Et tu crois que c'est facile pour moi ?

— Hé ! Les enfants ! lança une voix familière.

Lindsey apparut devant nous avec Lacey à son côté – la traîtresse !

— Belle soirée, dit Lindsey à Ethan avant de se tourner vers moi. Et comment ça se passe pour toi ?

— Bien, répondis-je. Et toi ?

— Oh ! fit-elle en haussant les épaules. Je ne suis pas aussi populaire que notre chère Sentinelle, bien sûr. (Elle passa un bras autour de mes épaules.) On l'a emmenée au *Temple Bar* la nuit dernière et elle a fait un tabac.

C'était donc ça, le jeu : me mettre en valeur devant Lacey.

Ethan me dévisagea, l'air froid. Je suppose qu'il n'était pas impressionné par ma soudaine popularité.

— Rejoins-moi dans mon bureau dans cinq minutes, me dit-il.

Il me fallut un moment pour m'adapter à ce changement de ton, mais mon regard passa de Lacey à Ethan.

— Tu n'es pas obligé de quitter la fête. On peut parler plus tard.

Je n'eus pas le temps de finir ma phrase qu'il haussait déjà un sourcil.

— Ce n'était pas une requête.

Et sans attendre ma réponse, il s'éloigna, une main posée dans le dos de Lacey pour la guider dans la foule. Lindsey fronça les sourcils.

— Qu'est-ce qu'il a ?

— Aucune idée. Pourquoi crois-tu qu'il souhaite me voir dans son bureau ?

— Eh bien, soit il vient de comprendre que tu vas sûrement remporter le titre de reine de la soirée qu'il convoitait, soit il veut te présenter ses excuses à genoux pour s'être comporté comme un con.

On échangea un regard et elle sourit.

— Donc, comme la seconde option est fort peu probable, est-ce que tu as envie d'être reine de la soirée ?

— J'aurai droit à une couronne ?

— Il n'y a pas de reine sans couronne ! (Puis elle posa ses mains sur mon bras.) Rends-moi un service : quoi qu'il te dise au sujet de votre relation ou de ton entraînement ou de Lacey, sois sûre de toi. Ne joue pas l'humilité. Tu t'es cassé le cul cette semaine et tu lui as donné le beau rôle. Tu as de quoi être fière de toi. Promis ?

Je promis.

J'attendis un quart d'heure pendant lequel je m'obligeai à parcourir les livres et les trophées sur les étagères pour éviter de me demander pour quelle raison ou à cause de qui il était en retard.

J'étais appuyée contre la table de réunion dans son bureau quand il entra. Il ne me regarda pas, mais ferma les portes derrière lui avant de venir s'asseoir. Il rangea des papiers pendant un moment avant de poser ses mains à plat sur le plateau.

— Nous allons devoir trouver un nouveau défi physique pour toi afin de t'assurer un entraînement suffisant qui te permettra de progresser.

Bon, peut-être voulait-il vraiment parler d'entraînement.

— D'accord.

— Il faut également que nous restions en contact avec Gabriel. Les Meutes restent. Nous devrions donc réfléchir à des règles d'engagement officiel au cas où d'autres métamorphes se rebelleraient contre cette décision.

— Ça me semble approprié.

Il me regarda enfin, le regard brumeux.

— On a assez joué, Merit. Fini les « oui, Sire » et « non, Sire ». Arrête de tout approuver sans discuter. Tu m'étais d'une plus grande valeur quand tu n'étais pas de mon avis.

Pour une fois, je n'avais pas forcé le trait, je pensais vraiment que sa proposition était appropriée. Mais le ton de sa voix implorait une réponse et j'étais vraiment fatiguée de ce petit jeu.

— J'étais « d'une plus grande valeur » ? Je ne suis pas une pièce d'antiquité. Je ne suis ni un jouet ni une arme que tu peux manipuler.

— Je ne joue pas avec toi, Sentinelle.

Je haussai les sourcils. Il ne m'appelait « Sentinelle » que lorsqu'il était en colère.

— Et je ne joue pas avec toi non plus, Sullivan.

On échangea un regard agacé pendant un moment. L'air était lourd de non-dits et des conversations que nous avions évitées.

— Fais attention.

— Non, répondis-je. (Il écarquilla les yeux. Ethan Sullivan n'avait pas l'habitude que ses employés lui désobéissent.) La seule chose que tu as toujours voulu de moi, lui dis-je, c'est que je sois quelqu'un que je ne suis pas. Si je me rebelle, tu te plains que je ne suis pas obéissante. Si je suis polie, tu me reproches de trop approuver ce que tu dis. Je ne peux pas continuer à jouer ce jeu avec toi, ces perpétuels allers et retours.

— Tu sais que ce n'est pas si simple.

— Détrompe-toi, Ethan, c'est très simple. Tu m'acceptes telle que je suis ou tu me laisses partir.

Il secoua la tête.

— Je ne peux pas t'avoir à moi.

— Bien sûr que si. Tu aurais pu. Tu m'as eue. Et puis tu as changé d'avis.

Je songeai à Lacey, à la photo que j'avais vue, au fait qu'il avait eu une liaison avec elle malgré ses considérations stratégiques. Peut-être était-ce cela qui m'ennuyait le plus. En quoi étais-je différente ? Qu'est-ce qui me manquait ? Pourquoi elle et pas moi ?

— Je n'étais pas assez attirante ? lui demandai-je. Je n'avais pas assez de classe ?

Je ne m'attendais pas à ce qu'il me réponde, mais il le fit. Et ce fut presque pire.

— Il n'y a rien qui cloche chez toi.

Il s'était levé, les mains enfoncées dans les poches. Nos regards se croisèrent. Ses yeux brûlaient d'un feu vert.

— Tu es parfaite. Belle, intelligente, intraitable d'une façon incroyablement attirante. Tu es une forte tête, mais néanmoins une bonne stratège. Et une combattante étonnante.

— Mais ça ne suffit pas ?

— C'est trop. Tu crois que je n'ai pas réfléchi à ce que serait pour moi de remonter dans mes appartements chaque matin pour t'y retrouver ? De te rejoindre dans un lit, de posséder ton corps, ton rire et ton esprit ? De te regarder au milieu des autres en sachant que tu es mienne, que je t'ai gagnée. Moi. (Il tapota du doigt sur son torse.) Moi. Ethan Sullivan. Pas le chef de la Maison Cadogan, pas le vampire de quatre cents ans, pas l'enfant de Balthasar ni le Novice de Peter Cadogan. Moi. Juste moi. Juste toi et moi. (Il s'humecta les lèvres et secoua la tête.) Je ne peux m'offrir ce luxe, Merit. Je suis le Maître de cette Maison. Le Maître de centaines de vampires que j'ai juré de protéger.

— Je suis une de ces vampires, lui rappelai-je.

Il soupira et se passa une main sur le front.

— Tu es ma plus grande force, mais aussi ma plus grande faiblesse.

— Tu as fait venir Lacey. Ce n'est pas une faiblesse, elle ?

Il sembla surpris.

— Lacey ?

— Vous avez eu, enfin, vous avez une liaison, n'est-ce pas ?

Son expression s'adoucit.

— Merit, Lacey est ici pour une évaluation. Au cours du peu de temps libre dont je dispose, nous avons revu les comptes de sa Maison. Cela fait six mois que sa visite est prévue. Je ne l'ai pas fait venir ici pour avoir une liaison avec elle.

— Tout le monde pensait que…

Il m'adressa un regard sardonique.

— Je ne pensais pas que tu tiendrais compte des rumeurs qui circulent dans cette Maison.

Secrètement soulagée, je baissai les yeux face à cette réprimande bien méritée. Mais ça ne changeait rien au problème.

— Je t'ai dit que tu n'avais qu'une seule chance et tu as décidé qu'il valait mieux que nous restions collègues. Je ne veux pas me demander chaque jour où nous en sommes tous les deux. Je suis ton employée, ta subordonnée et il est temps que nous nous comportions ainsi. Aussi je te demande de ne plus évoquer notre histoire et de cesser de me montrer par un regard ou un mot combien tu es tiraillé.

— Je ne peux m'empêcher d'être tiraillé.

— Et je ne peux rien y faire. Tu as pris ta décision, Ethan, et nous ne pouvons nous permettre de reprendre constamment cette discussion. Tu n'es pas d'accord ? Comment pourrions-nous travailler ensemble dans ces conditions ?

Il posa une question bien plus pertinente.

— Comment ne pourrions-nous pas travailler ensemble ?

Le silence s'installa un moment entre nous.

— Si c'est tout ce que tu voulais me dire, je vais retourner dehors, dis-je.

Je me dirigeai vers la porte, mais il m'arrêta d'un seul mot.

— Caroline.

Je fermai les yeux et serrai les poings. Je voulais lui résister, mais il était mon Maître et il m'avait appelée par mon prénom, et ce simple mot suffisait à m'arrêter.

— Ce n'est pas juste, rétorquai-je. Ce n'est pas juste et c'est trop tard.

— Laisse-moi un peu plus de temps.

— Ethan, tout le temps du monde ne suffirait pas.

— Qu'est-ce que je t'ai dit à propos des Breckenridge, Merit ?

— De ne jamais couper les ponts, lui récitai-je avant de me tourner vers lui en sachant où il voulait en venir. Avant que tu m'accuses de quoi que ce soit, Ethan, rappelle-toi que c'est toi qui m'as plantée. Je ne fais que me plier à ta requête. Nous oublierons ce qui s'est passé, nous travaillerons ensemble et nous ferons tout ce qui est en notre pouvoir pour protéger cette Maison, et ça n'ira pas plus loin que ça.

Je m'arrêtai avant de sortir dans le couloir, incapable de franchir le seuil sans lui jeter un regard. Son expression était douloureuse. Mais j'avais fait tout ce que je pouvais et je n'étais pas prête à m'apitoyer sur un homme qui ne luttait pas pour avoir ce qu'il voulait.

— C'est tout ? demandai-je.

Il baissa enfin les yeux.

— Bonne nuit, Sentinelle.

Je hochai la tête avant de sortir.

Je traversai le rez-de-chaussée de la Maison sans m'arrêter à la porte d'entrée. J'allai jusqu'au portail où je saluai les gardes, puis parcourus la rue des yeux à la recherche de paparazzis. Ils étaient regroupés avec zèle derrière le cordon, au coin de la rue sur la droite.

Le choix était simple, je pris sur la gauche.

J'avançai, bras croisés et tête baissée. Je savais qu'Ethan réagirait ainsi. C'était sa manière de se comporter : un pas en avant, deux pas en arrière, et on recommence. Il faisait un pas en avant pour que nous soyons plus intimes, puis se rétractait. Puis il regrettait d'avoir fait machine arrière et le manège recommençait. Ce n'était pas parce qu'il ne voulait pas de moi, il avait été clair à ce sujet. Mais chaque fois qu'il laissait libre cours à son humanité, la partie stratégique de son cerveau se mettait en branle et il se repliait dans la froideur. Il avait ses raisons et je le respectais assez pour savoir qu'elles étaient importantes. Mais ça ne voulait pas dire que j'étais d'accord avec lui ni que je pensais que ces raisons – ses excuses – étaient bonnes.

Je fronçai les sourcils, tête baissée vers le trottoir, avançant machinalement. Nous allions devoir travailler ensemble, c'était on ne peut plus clair. Je devais m'adapter. Je m'étais adaptée à ma condition de vampire et j'allais devoir m'adapter à cette nouvelle situation.

Je levai les yeux quand une limousine s'engagea dans la rue.

Elle était longue. Noire, avec de belles courbes profilées. Et elle avait sans aucun doute coûté très cher.

La vitre du passager arrière s'abaissa. Adam Keene m'observait avec lassitude depuis la banquette.

— Adam ?

— Gabe voudrait te voir au bar.

Je clignai des yeux, confuse.

— Gabe ? Il veut me rencontrer ?

Adam leva les yeux au ciel.

— Tu sais comment il est. C'est comme il veut, quand il veut. Ce qui signifie généralement tout de suite. Il n'est finalement pas si différent d'un Maître vampire, pas vrai ?

— Pourquoi moi ? Pourquoi pas Ethan ?

Adam émit un petit ricanement, puis baissa les yeux sur le téléphone qu'il tenait dans sa main.

— Je ne pose pas de questions…, marmonna-t-il en tournant l'écran du téléphone vers moi.

« Ramène-moi le chaton. »

Un texto de Gabriel. Bon, la requête était réglo. Mais ça ne voulait pas dire que monter dans une limousine avec Adam était une bonne idée.

J'hésitai. Je jetai un coup d'œil vers le portail et le trottoir illuminé par la lumière provenant de la Maison. Si j'y allais, j'aurais probablement droit à des remontrances de la part d'Ethan pour avoir quitté la Maison afin d'aller parler avec Gabe sans sa permission… et sans lui.

D'un autre côté, si je n'y allais pas, j'aurais certainement droit à une leçon sur le fait que je ne la jouais pas collectif et que je ne répondais pas assez vite à la demande d'un Meneur. Et je devrais de toute façon filer au bar à toute allure, et pas à l'arrière d'une limousine super classe.

Sans compter que j'avais ma dague et mon bipeur. Ethan pouvait toujours me trouver s'il avait besoin de moi.

— Pousse-toi, grondai-je avant d'ouvrir la porte et de grimper dans la voiture. Commence par me servir un cocktail de jus de fruit, ajoutai-je en désignant le bar sur le côté de la limousine, et on verra où ça nous mène.

La voiture s'arrêta en face du *Little Red*. Aucune moto ne stationnait dans la rue et la vitrine était toujours condamnée avec du contreplaqué. La pancarte FERMÉ était suspendue à la porte.

Le chauffeur, le visage inexpressif, sortit pour ouvrir la portière arrière. Je le remerciai, puis me tournai vers Adam quand je constatai qu'il ne bougeait pas. Assis sur la banquette, il pianotait sur le clavier de son téléphone. Quand il prit conscience que je m'étais immobilisée, il leva la tête et me sourit.

— Ce n'est pas moi qu'il veut voir, dit-il avec un sourire qui fit ressortir ses fossettes. Je vais demander à M. Brown de faire le tour du quartier pour vous laisser un petit moment tous les deux, Gabe et toi, puis je vous rejoindrai. (Il leva le téléphone.) J'ai un truc à finir.

— Comme tu veux, dis-je en sortant de la limousine.

— Hé, chaton ! m'appela-t-il avant que je referme la porte. (Je me retournai.) Amuse-toi bien !

Il releva la vitre et la limousine démarra, puis tourna dans la première rue sur la droite. Je me dirigeai vers la porte.

23

Mensonges en Meute

Je parcourus soigneusement la salle du regard. Il n'y avait pas de clients dans le bar et Berna n'était nulle part en vue. Pourtant, l'air était lourd de magie. Ça sentait aussi le sang et les coups, et mon palais se mit à fourmiller à l'idée d'un repas. Mais il ne s'agissait pas de sang à boire à la source : il avait déjà été répandu.

Hank Williams chantait doucement de sa voix de crooner une chanson obsédante qui parlait d'engoulevents et de solitude. Le jukebox eut soudain un hoquet et la chanson sauta, s'arrêta, puis reprit.

Je m'avançai vers le bar, où l'odeur du sang était la plus forte, et je le touchai légèrement. Je reculai aussitôt ma main, les doigts rouges et humides.

— Oh ! Merde ! murmurai-je en les essuyant sur mon pantalon tout en inspectant la pièce à la recherche de signes de la bagarre qui avait dû avoir lieu.

Un gémissement bas résonna du fond de l'arrière-salle. C'était un bruit de douleur, teinté d'un peu de désespoir. Je sentis la chair de poule me gagner.

Du sang sur le comptoir et des gémissements dans l'arrière-salle : il y avait vraiment quelque chose qui clochait. Je jetai un coup d'œil vers la porte d'entrée en regrettant de ne pas avoir demandé à Adam de rester pour m'accompagner à l'intérieur.

Que s'était-il passé ici pendant qu'il était venu me chercher ?

La théorie de Gabriel s'avérait fausse. La convention n'avait pas mis un terme aux problèmes des métamorphes.

Je lâchai un juron et réfléchis à l'alternative qui se présentait à moi. Premièrement : je pouvais attendre le retour d'Adam, mais je resterais alors dans le bar, avec Dieu seul sait ce qui se cachait derrière la porte.

Deuxièmement : je pouvais agir. En risquant ma peau, bien sûr, et la colère d'Ethan, mais il y avait quelqu'un de blessé là derrière. Il m'était difficile de rester là en attendant qu'il meure.

Je relevai le bas de mon pantalon, sortis la dague de ma botte et l'ajustai dans ma paume pour l'avoir parfaitement en main. Je restai près du bar quelques secondes encore, le temps de rassembler assez de courage pour avancer. Une fois prête, je soufflai et me dirigeai sans bruit vers l'arrière-salle, mon arme à la main. Parvenue à la porte en cuir rouge, je la poussai.

La pièce était plongée dans l'obscurité et la lumière du bar fit comme un halo autour de moi alors que je me tenais sur le seuil, la main toujours posée sur le cuir. L'odeur du sang était plus forte ici, et il y avait autre chose… un picotement d'émotion, de peur. De la magie de métamorphe.

Mes yeux s'adaptèrent à l'obscurité et une silhouette apparut progressivement : un homme au sol, appuyé contre le mur, le visage ensanglanté et contusionné, un genou replié, l'autre jambe étendue. Son tee-shirt était déchiré et son pantalon arraché au niveau des genoux.

Même si le picotement était familier, il fallut à mon cerveau un moment pour prendre conscience de ce que je voyais.

Ou plutôt de qui.

C'était Nick.

— Oh ! mon Dieu ! dis-je en me précipitant vers lui sans tenir compte de ma douleur quand mes genoux heurtèrent le carrelage.

Laissant tomber ma dague, j'entrepris de l'examiner à la recherche de coupures et d'hématomes.

— Tu vas bien ?

Il grogna une réponse.

— Qu'est-ce qui t'est arrivé ?

Et plus important, comment cela avait-il été possible ? Nick était un métamorphe. Il n'était peut-être pas un Meneur, mais j'avais perçu le sillage de sa magie et je savais qu'il était fort. Qui avait eu le pouvoir de le blesser ?

— Gabriel, marmonna Nick avant d'être pris d'une toux rauque. C'était Gabriel.

Je clignai des yeux pour chasser la confusion de mon esprit.

— Gabriel ?

— Il pense que je..., commença Nick.

Mais avant qu'il puisse finir, ma dague ricocha sur le sol jusqu'à l'autre bout de la pièce. Je me pétrifiai de surprise. Une main sur la tempe de Nick, mon cœur cognant soudain dans ma poitrine, je regardai mon arme tournoyer sur elle-même dans le coin le plus éloigné de la pièce.

Ravalant une grosse bouffée de peur, je jetai un coup d'œil derrière moi, reconnaissant le pied botté qui avait envoyé valser ma dague et le métamorphe auquel il appartenait. Des yeux dorés scintillèrent.

Gabriel.

Mon cœur se mit à battre la chamade. Pouvoirs améliorés ou pas, je ne m'étais jamais sentie aussi chétive et vulnérable, recroquevillée devant un homme qui était assez en colère pour faire grésiller l'air de magie.

— C'était moi, confirma-t-il.

Il avait fait ça à Nick ? Un des membres de sa propre Meute ? J'essayai de comprendre, mais ça n'avait aucun sens. Qu'est-ce que Nick avait pu faire pour pousser Gabriel à une telle violence ?

Sans un mot, Gabriel se dirigea vers la porte et alluma le plafonnier qui répandit sa lumière dans la pièce. Je clignai des yeux, éblouie, puis me levai, le regardant attentivement. Les jointures de ses mains étaient à vif et un hématome s'épanouissait sur sa pommette droite. Nick était parvenu à le frapper avant d'être finalement vaincu par l'alpha de la Meute.

Et voilà que j'étais dans la même pièce que lui, alors que mes collègues étaient à des kilomètres de moi et ma dague hors de portée. Il était temps de me servir de la seule arme qui me restait : un bon vieux bluff vampire.

J'adoptai le ton le plus hautain dont j'étais capable.

— Qu'est-ce que tu lui as fait ?

Gabriel haussa un sourcil comme s'il était surpris que je défie son autorité et son droit à disposer d'un membre de sa Meute comme il le souhaitait. Après m'avoir dévisagée un moment, il se tourna, tira une des chaises qui se trouvaient près de la table et s'assit. Sa posture était désinvolte : il était affalé, les jambes écartées, un coude sur la table. Je n'étais pas certaine qu'il se fichait à ce point qu'une vampire vienne juste de découvrir… je ne savais quoi au juste, ou si c'était juste une ruse.

— Tu m'as menti, Merit.

— Pardon ?

Gabriel croisa les chevilles, puis dessina un cercle sur la table du bout du doigt. Ma peau se mit à me démanger sous l'effet des picotements de sa magie. Je résistai pour empêcher mes crocs de pousser et mes yeux de devenir argentés, même si tous mes gènes hurlaient : « Fuis ou prépare-toi à te battre. Maintenant. »

— Tu m'as dit que tu avais reçu un coup de fil anonyme et que c'était comme ça que tu avais appris qu'il existait un contrat sur moi. (La colère tourbillonnait dans ses yeux.) Tu m'as menti.

J'affrontai son regard scrutateur avec une expression neutre.

Gabriel désigna Nick d'un hochement de tête.

— En fait, j'ai appris que M. Breckenridge était à l'origine de ce prétendu appel anonyme. Un homme avec qui tu as eu une relation intime assez longue.

Je fronçai les sourcils. Nick m'avait donné l'information parce qu'il avait reçu un coup de fil anonyme.

Et oui, j'avais bien eu une relation intime avec Nick, mais au lycée.

Confuse, je me tournai vers Nick qui secoua la tête.

— Il pense que c'est moi. Il pense que c'est moi qui ai commandité le contrat. Que j'ai tout organisé.

— Tu en avais connaissance, ajouta Gabriel d'un ton sec.

Nick émit un rire étranglé.

— Avec tout le respect que je te dois, Meneur, je suis journaliste. On me refile des tuyaux. C'est mon boulot, putain !

— Il essayait de t'aider, ajoutai-je. Il me l'a dit pour que je puisse t'avertir, pour que tu saches qu'on risquait de s'en prendre à toi pendant la convention. C'est pour ça que nous t'en avons parlé. C'est pour cette raison aussi que nous étions prêts quand le chaos a explosé.

— Je regrette maintenant d'avoir organisé cette convention, de ne pas avoir tout simplement renvoyé les métamorphes à Aurora. Un de nos chefs est mort et le reste des membres est divisé. As-tu idée de la puissance de ma colère ? Alors que je te faisais confiance ?

Percevant la magie furieuse qui planait dans l'air et son odeur sulfureuse, j'en avais en effet une assez bonne idée.

— Nick n'est pas responsable. Il n'aurait jamais fait ça. Tu sais qu'il fait son possible pour te protéger ainsi que la Meute. Rappelle-toi, il y a quelques semaines, il a même essayé de faire tomber notre Maison parce qu'il avait juste un soupçon que nous puissions faire du mal aux métamorphes. De plus, tu n'as aucun droit de mettre en doute mes motivations ni celles d'Ethan après ce que nous avons fait cette semaine.

— Nous savons comment vous nous appelez, dit Gabriel. Les Prétendants.

Je haussai les sourcils.

— Je ne vous appelle pas comme ça. Ethan non plus. Et même s'il y a des vampires qui utilisent ce terme, nous ne détenons certainement pas le monopole des préjugés. Il y a pas mal de métamorphes qui nourrissent une haine tenace à l'égard des vampires.

Nick avait fait partie de ces métamorphes. Et j'étais en train de le protéger.

— Tu m'as menti. Je n'apprécie pas qu'on me trompe, Merit. Je n'aime pas qu'on me manipule. Pourquoi devrais-je te laisser t'en sortir en toute impunité ?

Va te faire foutre, pensai-je avant de me jeter sur ma dague. Gabe me laissa la ramasser ; il ne broncha pas quand je revins me planter devant Nick, l'arme à la main.

Je plaçai mon corps et ma lame entre Gabriel et lui. On ne pouvait pas dire que je portais Nick dans mon cœur, mais Gabriel était en tête de la liste de ceux qui me tapaient sur les nerfs à cet instant précis. J'avais bien l'intention de découvrir ce qui se passait, mais pas sans ma lame à la main.

— Ne t'approche pas, lui dis-je en pointant ma dague vers sa poitrine. Je ne veux pas être obligée de te blesser.

Il m'adressa un sourire carnassier.

— Ça m'amuse que tu penses pouvoir me faire du mal, Merit. Tu as combattu quelques métamorphes, c'est sûr. Mais ce n'étaient pas des alphas.

Comme pour me le prouver, il se leva et lança un coup de poing. Il croyait sans doute me désarmer facilement, me faire lâcher ma dague, mais il avait sous-estimé ma rapidité.

Je donnai un coup de dague et le touchai, traçant une ligne écarlate sur son avant-bras. Il écarquilla aussitôt les yeux et baissa le regard, surpris que j'aie osé faire ça, mais pas impressionné pour autant.

Pour ma part, je l'étais sacrément.

— Comme tu t'en souviens sans doute, on m'a tiré dessus hier. Ceci n'est qu'une égratignure et je vais demander à Berna de m'apporter un pansement. Berna ! appela-t-il, la tête inclinée vers la porte menant au bar.

Personne ne répondit.

— Elle n'est pas là, dis-je. Le bar est vide.

— Le bar n'est pas vide, répondit-il. Ils travaillent encore. Berna ! cria-t-il une seconde fois sans obtenir autre chose que le silence en retour.

Il se tourna vers moi, l'air abasourdi.

Et tout se mit en place.

— Adam ? murmurai-je.

— Quoi, Adam ? demanda Gabriel, d'une voix qui avait perdu de sa fermeté.

— Il est venu me chercher à la Maison dans une limousine et m'a conduite ici. Il m'a dit que tu souhaitais me parler. Il m'a montré le texto que tu lui avais envoyé. Il m'a déposée et m'a dit qu'il ferait le tour du quartier afin de nous laisser quelques minutes pour discuter.

— Je ne lui ai pas envoyé de texto.

— C'est ce que je comprends. Je crois qu'il nous a piégés. C'est lui qui t'a dit que Nick et moi avions essayé de te manipuler ?

Un éclair d'inquiétude traversa les yeux dorés de Gabriel, du moins jusqu'à ce qu'il les ferme, hagard.

— Il a dit que vous complotiez tous les deux pour me créer des problèmes à Chicago. (Il se tourna vers Nick.) Il m'a dit qu'il avait la preuve que tu allais te servir de l'argent de ta famille pour accéder à la tête de la Meute.

Nick eut un reniflement ironique et détourna le visage.

— Ça ne me viendrait jamais à l'esprit. Jamais.

— C'est mon frère, ajouta Gabriel, la rage pointant dans sa voix calme, comme s'il voulait que Nick comprenne pourquoi il avait fait confiance à Adam, alors que l'histoire était un peu trop alambiquée pour être complètement crédible.

— Je suppose qu'il voulait que tu sois en colère contre Nick et moi, dis-je. Peut-être pour que tu t'en prennes à nous ou que tu nous élimines tout bonnement. Et ensuite ?

— Et ensuite, il essaie de m'éliminer pendant que vous êtes là…

— Et ainsi tout le monde pensera que c'est moi la coupable, conclus-je à sa place. Adam me supprimera et racontera qu'il m'a surprise en train de te tuer. Et ce sera le premier coup porté qui ouvrira la guerre entre les métamorphes et les vampires. (Ma voix se fit plus douce.) Gabriel, puisque ce n'est pas toi qui m'as appelée, pour quelle autre raison m'aurait-il fait venir ici ?

Pendant que Gabriel réfléchissait à ma question, je songeai au hasard qui m'avait fait sortir de la Maison à ce moment-là. Et si je ne m'étais pas trouvée dans la rue ? Serait-il entré dans la Maison pour voir Ethan ? L'aurait-il attiré dans le même piège ?

— Est-ce qu'il t'a dit qu'Ethan était mêlé à tout ça ? demandai-je.

Gabriel hocha la tête. Puis, comme si le poids de la trahison de son frère le frappait d'un coup, il ferma les yeux.

— Mon Dieu ! dit-il en secouant la tête alors qu'il comprenait toute l'histoire. Tu as raison. Pour quelle autre raison t'aurait-il attirée ici ?

— Pourrait-il être derrière toute cette affaire ? demandai-je. La mort de Tony ? L'attaque contre le bar ? À la convention ? Le contrat ? Je veux dire, c'est quand même ton frère !

— Je serais tenté de penser que c'est là sa motivation. Il est de la famille. Il est dans la lignée qui me succédera en tant qu'alpha, mais c'est le dernier. Il doit vouloir cette position et je suis l'obstacle qui m'oppose à son plan. Pas le seul pourtant, puisque Fallon et mes frères me succéderont avant Adam, mais néanmoins un obstacle.

Il lâcha une volée de jurons qui me mirent le feu aux oreilles pendant que Nick gémissait par terre.

— Il a tué un Meneur, pour l'amour du ciel !

Gabriel se signa comme s'il voulait se protéger du contrecoup karmique que la blessure fatale d'Adam aurait provoqué… ou peut-être présentait-il ses excuses à l'univers tout entier.

— Il est doué, soufflai-je. Il n'a jamais impliqué directement Tony, mais il nous a indiqué la bonne direction afin que nous l'accusions nous-mêmes.

— Ce qui rendait cette histoire encore plus crédible.

J'acquiesçai avant de regarder autour de moi. Si Adam tournait encore dans le quartier en attendant que Gabriel me supprime, nous allions avoir besoin d'un plan, et vite.

— Y a-t-il une autre sortie ?

Il fit « non » de la tête.

— Il y a une issue de secours, mais c'est par la porte de l'autre côté du bar.

Je soupirai, crispant et desserrant ma main autour de la poignée de ma dague. Nous avions été piégés et je pressentais qu'il allait nous arriver de sacrées emmerdes dans ce bar de Ukrainian Village.

Pire encore, personne ne savait que je me trouvais ici et je n'avais pas de téléphone sur moi. Adam en avait un, lui, ce petit merdeux, mais ça me faisait une belle jambe.

Je m'efforçai de calmer mon cœur qui s'emballait et d'empêcher mes yeux de devenir argentés. Je ne tenais pas à être coincée dans l'arrière-salle d'un bar sans aucune issue. Je me sentais comme l'héroïne stupide d'un film d'horreur. J'étais entrée de mon plein gré dans la tanière d'un fauve, sans téléphone ni sabre, et me trouvais à présent coincée dans une querelle familiale entre un Meneur et son Caïn de frère.

Je ne pouvais compter que sur du renfort. Je pouvais appeler Luc ou Ethan – ou même Jonah – pour les informer qu'Adam essayait de nous éliminer.

— Tu as un téléphone ?

— Derrière le bar, répondit Gabriel.

Alors que nous regardions la porte en cuir rouge, le carillon de l'entrée retentit.

— Il revient, dit Gabriel.

Malgré mes efforts pour me contrôler, mes crocs poussèrent et mes iris s'embrasèrent. Le sang affluait dans mes veines. Mon corps se préparait au combat.

— Sire ? appela Nick. S'il vous plaît ?

Gabriel s'approcha de Nick, posa une main derrière sa tête et l'embrassa sur le front. Il lui murmura quelque chose que je ne compris pas, mais les mots étaient doux et prononcés avec sincérité. Puis Gabriel me regarda comme s'il ne pouvait pas répondre en ma présence à la requête de Nick, quelle qu'elle soit.

— Transforme-toi, dit-il, et fais-le vite. Je ne sais pas combien de temps nous avons.

Nick ferma les yeux de soulagement et entreprit de se redresser lentement.

— Aucun vampire ne voit ça sans mourir, déclara Gabriel d'une voix rocailleuse. Je le permets maintenant parce qu'un des miens t'a mise dans cette situation. Mais tu n'en parleras à personne.

J'acquiesçai. Même si je n'avais pas pris ses paroles à la légère, son regard me signifiait assez clairement qu'il me faisait confiance sur un sujet d'importance : il m'accordait le droit de voir un métamorphe faire usage de sa magie.

— Oui, Meneur, dis-je en reconnaissant son autorité.

Il hocha la tête et je me tournai vers la porte, la première ligne à défendre contre l'attaque imminente d'Adam. Je jetai un coup d'œil à Nick. Il avait ôté son tee-shirt, dénudant un torse poilu mais contusionné, et il enlevait à présent son jean. Ne m'attendant pas à ce striptease – les métamorphes n'étaient-ils pas supposés se transformer en déchirant leurs vêtements ? –, je me détournai de nouveau, mais Nick avait surpris mon regard.

— Il n'est pas vraiment nécessaire que je me déshabille, l'entendis-je dire en même temps que me parvint le bruit du tissu tombant par terre, mais c'est mon jean préféré !

Je secouai la tête sans le regarder.

— Si tu veux voir ça, proposa calmement Nick, tu ferais mieux de regarder maintenant.

J'étais la seule vampire en vie qui avait le droit de voir un homme se transformer en... quelque chose. Pas question que je manque ça.

Je me tournai pour découvrir un journaliste très dénudé et bien fichu. Il avait des pieds de statue grecque, des mollets minces et des cuisses fermes. Ses épaules étaient puissantes, ses bras musclés, mais il était couvert de bosses et de bleus, de coupures et de morsures. Gabriel n'avait pas fait semblant de le tabasser.

Nick hocha la tête, puis la transformation commença. Je restai bouche bée de surprise. Je n'avais rien imaginé de tel.

J'avais vu *Underworld* et tous ces films qui montraient les détails de la transformation d'un homme en loup. J'avais supposé que la métamorphose était purement physique : les muscles et les os se transformant dans un bain de sang, la peau devenant fourrure et les pieds se changeant en pattes.

Mais il n'y avait rien d'anatomique dans tout ça. Je levai une main pour protéger mes yeux quand la lumière se mit à pulser autour du corps de Nick, formant un nuage de couleurs changeantes, alors que la magie – si dense qu'elle en était palpable – tourbillonnait autour de lui.

J'avais toujours cru, comme beaucoup de vampires, que les métamorphes étaient comme nous : de super prédateurs qui existaient à la suite d'une mutation génétique qui avait modifié la forme de leur corps. Je ne voyais rien de tout ça dans cette lumière douce et cette brume colorée.

Les métamorphes n'étaient des prédateurs qu'accessoirement.

C'étaient avant tout des créatures magiques. Une magie propre, pure et intrinsèque.

Pas comme nous.

Gabriel se tourna vers moi, ses yeux d'ambre illuminés d'une arrogance prédatrice. Mais les émotions qu'il affichait étaient plus douces.

Je secouai la tête.

— J'ai déjà vu ce regard, Merit. Ce n'est ni mieux ni pire que tu l'imagines.

Je me tournai de nouveau vers Nick qui était toujours enveloppé de son brouillard magique, presque invisible dans cette brume qui formait un cocon autour de lui. Puis le nuage changea de forme, passant de la grande et mince silhouette d'un homme à quelque chose de plus bas et horizontal.

Et quand il avança vers moi d'une allure féline, sous l'apparence d'un grand fauve noir et luisant – un couguar ? un jaguar ? un puma ? – au beau milieu d'un bar de Chicago, mon cœur faillit s'arrêter de battre. Il était grand – sa tête atteignait mon coude –, et sa fourrure noire brillait comme du velours sous la lumière du plafonnier. Ses pattes lourdes semblaient assez grosses pour arracher un morceau de vampire si l'envie lui prenait. On ne pouvait douter de sa puissance. Ni de sa santé physique. Alors que Nick avait été battu et contusionné, le félin, lui, était en pleine forme. Peut-être était-ce pour cette raison qu'il avait demandé à se transformer, afin de pouvoir se guérir et se débarrasser de ses plaies et bosses.

Et peut-être était-ce aussi pour cela qu'il avait été obligé de demander avant de le faire : parce que Gabriel l'avait empêché de se soigner.

Ils avaient beau se croire plus désinvoltes, plus détendus, moins stratégiques et moins angoissés que les vampires, les métamorphes respectaient, eux aussi, une hiérarchie. Et cette hiérarchie comptait beaucoup.

Nick appuya son museau contre ma cuisse.

— C'est qui le « chaton », maintenant ? murmurai-je.

Et même si le grondement bas qu'il émit était résolument félin, il n'en était pas moins sarcastique.

— Très bien, les enfants, dit Gabriel. Préparons-nous pour la bagarre. Breckenridge, tu prends soin de Merit. (Il leva les yeux vers moi.) Tu seras une guerrière un jour, quand tu seras prête. C'est ton héritage. Tu m'as bluffé, même sans ta lame. Mais il s'agit de mon frère. C'est mon combat, celui de ma famille ; aussi, je te demande de ne pas intervenir.

— Tu ne veux pas de mon aide ?

Gabriel s'esclaffa.

— Je suis Meneur et c'est mon frère. C'est dans l'ordre naturel des choses, la façon dont notre monde fonctionne. Tu risques de te faire blesser et Sullivan sera en colère contre moi. Dans le cas où je survivrais à ce qui va se passer, je préférerais autant éviter ça.

Mon cœur eut un raté, mais j'étais assez maligne pour suivre son conseil, du moins jusqu'à ce que l'honneur requière mon intervention. Je regardai autour de moi et optai pour une table dans un coin, sur laquelle était posé un jeu de cartes. Je rampai sous le meuble comme une vampire fuyant le combat. Évidemment, c'était un peu humiliant, mais, moi aussi, j'espérais m'en sortir vivante.

Nick me suivit, puis se tourna pour s'accroupir en se plaçant entre la porte et moi. J'avais dorénavant une centaine de kilos de métamorphe devenu félin pour me protéger du drame qui allait se jouer.

Gabriel entreprit de se débarrasser méthodiquement de ses propres vêtements, révélant un corps aux muscles tendus. Une fois nu devant la porte, il croisa les bras et attendit.

Quand Adam poussa enfin la porte de l'arrière-salle, il fut surpris.

Je décidai de ne pas trouver flatteur qu'il soit étonné de me voir encore en vie.

— Qu'est-ce qui s'est passé ici ? balbutia-t-il.

Il essayait d'analyser comme il pouvait la situation, de comprendre s'il y avait moyen de sauver le scénario qu'il avait imaginé ou bien s'il devait écrire une nouvelle fin.

— Je suis encore en vie, fit remarquer Gabriel. De même que Nick et Merit. Les enfants, faites « coucou » à Adam !

Je m'en passai mais adressai un sourire féroce au garçon qui m'avait envoyée droit dans un piège qu'il avait manigancé.

— Trêve de plaisanteries. Rafraîchis-moi la mémoire, dit Gabriel. Quel était le but en fait ? Éliminer Tony, attirer sur lui les soupçons quant à l'attaque du bar et me faire assassiner ? Et comme ça n'a pas marché, tu as décidé de m'éliminer toi-même, de tuer Merit, de la faire accuser de mon meurtre et de prendre le contrôle de la Meute ? (Il croisa les bras.) Et après tout ça ? Quoi d'autre ? Tu t'en serais pris aux Maisons pour conduire les Meutes vers un glorieux génocide ?

Les traits d'Adam se durcirent et il crispa la bouche. Puis ses yeux s'assombrirent et il releva le gant.

— Et toi, qu'est-ce que tu as fait pour nous ? Nous organisons des réunions pendant que les vampires sont traités comme des célébrités. Ils contrôlent tout. Nous faisons partie de ce monde – nous faisons corps avec ce monde, comme aucune autre créature –, mais nous nous comportons comme des enfants qui courent se cacher dans les jupes de leur mère !

Je devais reconnaître que c'était un discours qu'on entendait assez couramment ces temps-ci. Même si les métamorphes ne l'avaient pas tenu lors de leur convention, Célina et sa bande, eux, ne s'étaient pas gênés. C'était exactement le même argument qu'invoquaient les vampires qui voulaient prendre le pouvoir dans un monde d'humains. J'avais entendu Célina parler de la sorte et, deux semaines auparavant, Peter Spencer avait exprimé les mêmes idées.

— La Meute se comporte en Meute, répliqua Gabriel. Nous n'existons pas pour contrôler le destin des humains ou des vampires. Nous contrôlons le nôtre, et c'est déjà bien assez.

— Pas quand nous pourrions faire davantage.

De toute évidence, être une créature surnaturelle ne protégeait pas contre les faiblesses de l'ego.

— Mener cette Meute n'a rien à voir avec le pouvoir, dit Gabriel comme si nous pensions tous les deux à la même chose. Ça n'a rien à voir avec l'ego ni avec le fait d'endosser le rôle du chef.

— Je crois que papa n'aurait pas été d'accord.

L'air s'emplit d'une pulsation de magie qui me donna le frisson. Gabriel n'avait pas dû apprécier qu'Adam mêle leur père à la discussion.

— Papa n'est plus là. C'est moi qui parle pour la Meute dorénavant.

Adam leva les yeux au ciel.

— Tu ne parles presque jamais et c'est précisément le problème, mon frère. Nous savons tous les deux pourquoi je suis ici. Finissons-en. J'ai d'autres chats à fouetter.

La pression dans la pièce s'altéra soudain, comme si la force de la magie qu'ils véhiculaient tous les deux avait modifié l'atmosphère, et ce changement suffit à me faire mal aux oreilles. Et c'est alors qu'ils se métamorphosèrent.

La lumière fut plus vive que lors de la transformation de Nick, peut-être parce que Gabriel était un Meneur et qu'Adam partageait les mêmes gènes. Nick émit un grondement sourd et recula jusqu'à ce que ses hanches butent contre mes genoux. Je n'aurais su dire s'il réagissait ainsi dans le seul but de me protéger ou bien parce qu'il était aussi nerveux que moi. Ma curiosité eut le dessus et je lui caressai le flanc qui était comme du velours épais tendu sur ses muscles durs. Il tressaillit à mon contact, mais s'abandonna assez vite à la caresse.

La brume s'éleva de nouveau autour de Gabriel et Adam, puis se dissipa tandis qu'ils achevaient leur transformation, les vêtements d'Adam paraissant s'évaporer avec la force de la magie.

Ils étaient énormes et nos informations s'avérèrent justes. C'étaient tous les deux des loups, des bêtes immenses. Bien plus grands que Nick, ils arboraient tous les deux une épaisse fourrure d'un gris acier et des yeux vert pâle. Leur corps était puissant, leur museau pointu, leurs oreilles plaquées en arrière alors qu'ils se préparaient au combat.

Adam était un peu plus petit que Gabriel, peut-être parce qu'il était plus jeune. Il avait aussi une marque blanche sur l'épaule gauche. C'était le seul signe qui permettait de les distinguer alors qu'ils se déplaçaient.

Et ils ne tenaient pas en place. Ils attaquèrent presque en même temps, tous les deux debout sur leurs pattes arrière pour frapper à toute volée avec leurs pattes avant. Ils découvrirent leurs crocs, les babines retroussées. Ils bondirent pendant un moment avant de retomber sur leurs quatre pattes. Adam ploya légèrement les antérieurs – peut-être en signe de soumission devant son frère – avant de décider que le moment était venu de dépasser cette hiérarchie. Avec un cri aigu et lugubre, il bondit, tous crocs et griffes sortis, sur les épaules de Gabriel.

Ce dernier essaya de se rétablir tant bien que mal, mais son sang jaillit d'une blessure à l'épaule. Je me bouchai les oreilles quand il émit un cri haut perché qui passa du gémissement au grondement canin. Il roula sur lui-même en emportant Adam avec lui, puis il lui envoya un coup de patte assez puissant pour le projeter à l'autre bout de la pièce.

Et comme si les voir et les entendre ne suffisaient pas, chaque fois qu'ils se jetaient l'un sur l'autre, ils envoyaient une pulsation de magie dans l'air qui rendait la respiration difficile. Mes sens, déjà à cran, étaient presque submergés. Il ne s'agissait pas seulement de deux loups qui jouaient à se battre pour affirmer leur domination. C'était une bataille de forces magiques puissantes pour gagner le contrôle de la Meute et de ses membres… et donc pour décider de l'avenir des métamorphes. Gabriel incarnait le *statu quo* et Adam un avenir très différent.

Adam se releva en s'ébrouant comme pour se remettre de la violence de l'impact et, la queue dressée, les poils de la nuque hérissés et les oreilles aplaties, il attaqua. Il tenta de nouveau de dominer Gabriel. Ses crocs, dont l'extrémité était teintée de sang, claquèrent sur le museau de son adversaire, mais Gabriel ne céda pas. Il se débarrassa tant bien que mal d'Adam afin de lancer sa propre attaque, clouant son frère au sol et refermant ses crocs sur sa truffe. Ce dernier glapit de douleur, plus comme un chiot que comme un loup imposant, mais Gabriel ne renonça pas.

Adam se débattait sous lui pour tenter de renverser la situation, mais Gabe pivotait en même temps qu'Adam, les canines découvertes, en produisant des grondements rauques pour garder sa position dominante. Comme des lutteurs en cage, ils continuèrent ainsi pendant un moment, en envoyant balader les chaises alors qu'ils roulaient sur le sol et que le lino commençait à être maculé des traces de sang de leur bagarre. Adam ne lâchait rien, mais Gabriel non plus. Je me demandai s'il avait déjà mené un tel combat et combien de fois il avait dû se battre pour garder son titre de Meneur ou préserver l'ordre dans la Meute.

Adam fit une dernière tentative pour s'emparer de la couronne en courant vers le coin le plus éloigné de la pièce, comme pour se ressaisir, avant de bondir vers Gabriel avec toute la force qui lui restait. Cela faisait dix ou quinze minutes qu'ils s'affrontaient et Adam accusait la fatigue du combat. Sa fourrure grise, épaisse et lisse quelques minutes plus tôt, était à présent emmêlée et avait même été arrachée par endroits. Le sang s'écoulait des blessures à sa gueule, son cou et ses pattes avant. Mais il ne cessait d'attaquer Gabriel, plantant ses longues canines dans le museau de son frère alors qu'il essayait de l'aplatir au sol. Gabriel glapit, mais parvint à replier ses pattes sous le torse d'Adam pour le repousser. Cette fois, Adam percuta le pied en bois épais de la desserte de l'autre côté de la pièce. Un vase contenant des fleurs en plastique se renversa et on entendit le bois craquer quand le pied de la table éclata sous l'impact.

Adam, sur le flanc, la queue à présent ramassée avec soumission entre les pattes, gémissait. Il était en vie, mais avait échoué dans sa conquête de la Meute.

Je me demandai quel sort lui serait réservé.

Nick s'avança et, dans une nouvelle explosion lumineuse de magie, reprit sa forme humaine. Gabriel fit de même, les égratignures et les coups de dents encore visibles sur son visage et ses bras. Je m'extirpai de sous la table comme la brave vampire que j'étais et époussetai mon pantalon.

Le silence s'installa dans la pièce pendant qu'ils se rhabillaient. Les gestes de Gabriel étaient simples et efficaces, et je me demandai si le fait de remettre ses vêtements correspondait pour lui à une sorte de temps de méditation, une manière de se réadapter au monde humain et à sa forme d'homme après un temps passé dans le corps d'un loup.

Une fois que Nick fut habillé, il revint vers moi.

— Ça va ? me demanda-t-il en me dévisageant.

J'acquiesçai avant de faire un signe de tête vers Gabriel.

— La métamorphose ne l'a pas guéri ? murmurai-je.

— Seules les blessures infligées sous forme humaine peuvent être guéries par la transformation. Celles reçues lors de la métamorphose se paient plus cher. Il finira par guérir mais pas aussi rapidement.

Gabriel, à présent vêtu, hocha la tête dans notre direction, puis se dirigea vers son frère, étendu sur le sol. Un genou à terre, il plongea son regard dans celui d'Adam. Ce dernier, toujours sur le flanc, gémissait encore.

— Transforme-toi, lui ordonna Gabriel.

J'eus une seconde à peine pour me protéger les yeux de la soudaine lumière. Quand je clignai de nouveau des paupières, Adam reposait sur le sol, nu et recroquevillé, son corps couvert de coupures et d'hématomes.

— Tu es une honte pour moi, pour la famille et pour la Meute, dit Gabriel.

La magie enfla de nouveau dans la pièce, mais ce n'était pas le bourdonnement électrique auquel nous avions eu droit plus tôt. Cette magie était ancienne, lourde et oppressante. Même si elle n'était pas dirigée contre moi, je peinais à respirer l'air alourdi par le poids de la déception de Gabriel. Elle n'épargnait personne.

— On ne choisit pas d'être Meneur, dit-il à Adam. C'est la Meute qui te choisit. Être Meneur n'a rien à voir avec le pouvoir, la richesse ou le statut, mais avec la famille et l'engagement. Une leçon que, visiblement, je n'ai pas réussi à t'enseigner.

Sa voix était mélancolique car il avouait sa part de responsabilité dans les actes de son frère.

— Être Meneur, ce n'est pas seulement être responsable. Et il ne s'agit certainement pas de mettre la famille en danger. Et si tu étais parvenu à m'éliminer ? Que se serait-il passé ? Fallon est celle qui doit me succéder, pas toi. Et je sais qu'elle est assez forte et intelligente pour mener la Meute. Tu es au bas de la liste dans la succession, mon garçon, et, alors que j'aurais pensé que tu pourrais te montrer plus fort que les autres, ce que tu as fait prouve que tu ne seras jamais digne de ce titre.

Gabriel se releva, puis jeta un regard vide sur la pièce en ayant l'air de prendre une décision. Il finit par soupirer.

— Tu es responsable de la mort d'un Meneur de meute. Je ne te tuerai pas – pas après le serment que j'ai fait à notre père –, et ce, malgré la douleur et l'embarras que tu as causés. (Il secoua la tête d'un air résigné.) Et tu auras peut-être de la chance. Peut-être que les membres de la Meute du Grand Nord n'agiront pas non plus. Mais ce sera à eux de prendre cette décision.

— Gabriel, implora Adam d'une voix rauque, mais son aîné rejeta sa supplique d'un mouvement de tête.

— Tu te présenteras devant les membres de la Meute du Grand Nord et ils décideront de ton sort. Et si tu ne veux pas y aller de ton plein gré, je t'expédierai dans une caisse s'il faut en arriver là.

Le sort d'Adam apparemment fixé, Gabriel souffla pour essayer de se défaire du poids qui semblait l'accabler. Puis il se tourna vers moi.

— Il semblerait que je te doive encore des excuses pour t'avoir mêlée à une autre de nos querelles de Meute. Ça ne me pose aucun problème. Je vais demander à l'un des miens d'appeler Sullivan pour lui faire un rapport quand tu retourneras à Cadogan. Si nous ne l'informons pas, je suppose que tu vas devoir passer deux ou trois heures dans son bureau à lui raconter les événements.

— En effet, c'est comme ça que ça marche.

— Et quand il te demandera ta version de l'histoire, qu'est-ce que tu lui diras ?

Je réfléchis sérieusement à sa question. Il m'était impossible de mentir à Ethan. Mais je pouvais ne pas tout lui dire. Surtout si je lui expliquais pour quelle raison j'omettais de lui transmettre certains détails.

— Je lui dirai uniquement ce qu'il a besoin de savoir, répondis-je franchement.

Gabriel sembla satisfait de ma réponse.

— Bien. Même s'il va nous en faire tout un plat quand il apprendra que tu as été impliquée dans une histoire aussi stupide et dangereuse.

— Je ne suis qu'un atout, dis-je, avec regrets. S'il se met en colère, ce sera parce que tu auras mis son arme en danger.

— Merit, si tu crois vraiment ce que tu dis, alors je t'ai surestimée.

Son expression était assez grave pour me surprendre.

— Disons qu'il a une drôle de manière de me le montrer.

— Chaton, c'est un vampire.

Pourquoi tout le monde répétait ça ?

Je m'apprêtais à lui demander qu'on me raccompagne à la Maison quand mon bipeur se mit à sonner. Curieuse, j'y jetai un coup d'œil.

« CADGN. INTRUS. ATTAQUE. 911 »

Il me fallut un moment pour comprendre ce qui aurait dû me paraître évident depuis le début : il y avait eu une intrusion, une attaque sur la Maison Cadogan.

— Oh ! mon Dieu ! dis-je, mon esprit fonctionnant soudain à toute vitesse. (Je me tournai vers Adam.) Qu'est-ce que tu as fait ?

— Merit ? me demanda Gabriel, mais je levai la main sans quitter son frère des yeux.

— Adam, qu'est-ce que tu as fait ?

Il me jeta un regard malveillant par-dessus l'épaule.

— C'est trop tard. Le plan était en place. Je les ai déjà envoyés à l'attaque.

Mon cœur s'arrêta presque de battre. Même Gabriel pâlit.

— Qui as-tu envoyé ?

— Des métamorphes. Quelques humains. Ceux qui voulaient donner une leçon aux vampires.

— Oh ! mon Dieu ! dis-je. Il y a une réception à la Maison. Ils sont dans le jardin. Sans protection. Il faut que j'y retourne.

— OK, lança Gabriel. Nick, tu gardes un œil sur Adam et tu rassembles la Meute.

— Et appelle mon grand-père ! ajoutai-je.

— Envoie le plus de monde possible à Hyde Park. J'ai ma moto. On va te ramener et mettre un terme à tout ça.

Si seulement c'était encore possible.

24

La Maison s'écroule

Heureusement qu'il nous restait du temps avant le lever du soleil car mon retour à la Cadogan se fit à l'air libre. Je pris un moment pour utiliser le téléphone du bar pendant que Gabriel préparait notre monture. Quand je sortis, il était assis sur une moto Indian, une machine longue et basse toute de chrome scintillant, de cuir noir clouté et d'émail argenté.

Je pris le casque qu'il avait posé derrière lui, puis passai une jambe par-dessus la selle.

— Tu as déjà fait de la moto ?

— Pas depuis un bail, répondis-je.

Gabriel ricana avant de faire rugir le moteur.

— Alors je te conseille de bien t'accrocher à moi.

Je coiffai le casque, m'installai et passai mes bras autour de sa taille.

— Pas si fort, chaton. On ne va qu'à Hyde Park.

— Désolée.

La machine produisit un long grondement sourd. Mais malgré le vacarme, je crus l'entendre murmurer : « Ces vampires ! »

Dix minutes terrifiantes plus tard – le trajet aurait normalement dû nous en prendre vingt –, on arriva à Hyde Park. Gabriel roulait comme s'il voulait échapper aux flammes de l'enfer. Vu la colonne de fumée que nous voyions s'élever dans le quartier à quelques rues de là, c'était peut-être le cas.

La rue ressemblait au décor d'une émeute : des voitures et des motos étaient garées au beau milieu de la chaussée, probablement pour empêcher les flics d'approcher – alors qu'aucune patrouille n'était visible. Mais un grand nombre de paparazzis prenaient des clichés des voitures et des métamorphes qui en descendaient. Et, plus grave encore, des métamorphes qui sortaient de la fumée qui s'échappait en tourbillons du rez-de-chaussée de la Maison.

Ma poitrine se vida d'un coup. J'étais la Sentinelle. C'était ma Maison. Et j'avais été manipulée, amenée à la laisser sans protection ainsi que les vampires qui s'y trouvaient.

Mon Dieu, faites qu'il n'ait rien, priai-je en arrachant ma dague de son fourreau et en bondissant de la moto avant que Gabriel s'arrête complètement. Il m'appela, mais je courais déjà, ma dague à la main.

Un métamorphe se précipita presque aussitôt sur moi en brandissant un katana qu'il avait certainement chapardé à un de nos vampires. Une furieuse colère de prédateur m'envahit aussitôt et je tombai sur un genou, crocs découverts, obligeant mon adversaire à sauter au-dessus de moi. Alors qu'il trébuchait, je lui lançai un coup de coude dans le torse et arrachai le katana de sa main desserrée.

Je me relevai en faisant tourner l'arme dans ma main, rassurée par le poids du sabre même s'il n'était pas à moi. Puis je me tournai vers l'homme qui, après avoir roulé au sol, s'était immobilisé à l'endroit le plus approprié qui soit : aux pieds du Meneur de la Meute des Grandes Plaines.

— Je m'occupe de lui, chaton, me dit Gabe en plissant les yeux sur le métamorphe à ses pieds.

J'espérais pour lui que l'homme avait assez de jugeote pour ne pas bouger.

Après avoir adressé un hochement de tête à Gabriel, je m'éloignai en courant, le katana devant moi et les sirènes hurlant enfin dans mon dos. Il fallait espérer que c'étaient les pompiers si je voulais encore avoir un endroit où dormir avant le lever du soleil.

Alors que je ripostais à l'attaque de deux autres métamorphes, j'essayai d'apaiser suffisamment mon esprit pour entrer en contact avec Ethan. Mais malgré deux appels, puis trois, je ne réussis pas à le localiser.

Il ne me répondait pas.

Je me frayai un chemin au milieu des maraudeurs jusqu'au portail de la Maison où je retrouvai Luc accompagné de deux fées qui tentaient de repousser la foule des métamorphes essayant de pénétrer dans la propriété. Vu la fumée qui s'échappait de la Maison, certains devaient y être parvenus ou ils avaient dû escalader le mur en d'autres endroits de l'enceinte.

— Luc ! appelai-je en filant un coup de pied dans le menton d'un agresseur qui se recroquevilla aussitôt.

Luc regarda autour de lui.

— Sentinelle, merci, mon Dieu ! Il y a des humains parmi eux, mais je crois que la plupart sont des métamorphes. Ils attaquent la Maison !

Je dus hurler par-dessus le vacarme des sirènes et de l'acier contre l'acier.

— C'est Adam qui a tout organisé ! C'était son plan, on en parlera plus tard. Tout le monde va bien ?

— Je ne sais pas. Nous avons laissé Lacey à l'arrière de la Maison avec Lindsey. Ethan, Juliet, Kelley et Malik sont à l'intérieur.

— Merit !

Je me retournai. Catcher, Jeff et mon grand-père, la démarche plus lente que ses équipiers, se dirigeaient vers nous au milieu des flics, vêtus de noir, qui commençaient enfin à sortir des véhicules et à se colleter avec les assaillants.

Ce qui soulevait une question importante : comment allions-nous expliquer la situation à la police ? Ce serait sûrement le rôle de mon grand-père.

— Occupe-toi de ce que tu as à faire, me dit-il comme s'il anticipait ma question. Nick a appelé et m'a tout expliqué. Nous allons calmer la situation. Toi, fais ce que tu dois pour protéger les tiens.

Je hochai la tête avant de pointer un doigt vers Jeff.

— Tu es prêt à te battre ?

Il me répondit par un sourire farouche.

— Et comment !

— Alors allons-y.

Je passai le portail, mon sabre à la main et un métamorphe à mon côté. Les intrus grouillèrent autour de nous dès qu'on fut à l'intérieur de la propriété, la moitié d'entre eux dégageant un grésillement électrique de colère, mais aucun d'eux sous sa forme animale.

— Pourquoi ne se sont-ils pas transformés ? demandai-je à Jeff en brandissant mon katana, prête à frapper.

— À cause des paparazzis, me répondit-il.

Je pouvais comprendre.

Jeff bondit en avant, les poings serrés. C'était une drôle de position pour ce programmeur dégingandé, mais je savais qu'il pouvait se débrouiller.

Et contrairement à la convention, au cours de laquelle nous avions combattu dans des endroits différents de la salle, cette fois, je le vis en direct. Tandis que je repoussais mes adversaires sur la droite, Jeff se chargea de ceux provenant de la gauche.

Et il assura.

C'était comme regarder un moine shaolin en plein combat. Son expression et son regard dégageaient un calme absolu, et chacun de ses mouvements était parfait et précis. C'était un fantastique combattant : ses coups atteignaient toujours leur cible et ses blocages étaient exécutés avec un timing parfait pour éviter les assauts de ses attaquants. Un moment, il surprit mon regard admiratif et m'adressa un sourire impertinent.

— Désolé, mon chou, je suis pris !

Je levai les yeux au ciel avant de brandir mon katana. À nous deux, on repoussa l'armée d'humains et de métamorphes qui voulaient à tout prix détruire notre Maison.

J'étais venue à bout de quatre adversaires quand j'entendis enfin Ethan dans ma tête.

—*Merit ?*

Je remerciai l'univers en silence.

—*Ethan, où es-tu ?*

—*Au rez-de-chaussée. Dans mon bureau. Rejoins-moi si tu le peux. Sinon, trouve Malik et protège-le.*

Mon estomac se retourna. Malik était en gros le vice-président de la Maison, le vampire chargé d'en prendre le contrôle s'il arrivait quelque chose à Ethan. Ethan avait-il capitulé ? Essayait-il déjà d'établir sa succession ?

J'émis un juron qui aurait dû mettre le feu aux oreilles de Jeff.

—*Reste où tu es*, lui dis-je. *J'arrive.*

—*Merit…*

—*Je suis la Sentinelle de cette Maison, Ethan. C'est moi qui décide.*

Il ne répondit pas.

—Jeff, Ethan a des ennuis. Il faut que j'entre dans la Maison. Tu peux trouver Malik et t'assurer qu'il va bien ?

—J'ai les mains pleines, Merit, dit-il en repoussant un homme d'un coup dans le torse. Tu peux attendre qu'on ait sécurisé la cour ?

Je jetai un regard autour de moi en me demandant combien de temps cela risquait de nous prendre, puis je souris.

J'avais passé le coup de téléphone qu'il fallait et la cavalerie arrivait.

Six d'entre eux passèrent le portail en veste de cuir noir et rouge, Noah en tête. Ils avaient l'air de justiciers, leurs katanas dégainés, la mine farouche, prêts à se battre pour nous. Jonah n'était pas parmi eux et je supposai qu'il avait évité la bataille afin de maintenir son anonymat en tant que membre de la Garde Rouge.

Lorsque je les vis, la tension de mes épaules se relâcha.

Noah me fit signe qu'ils prenaient en charge le périmètre extérieur de la Maison. J'acquiesçai et il se mit à aboyer des ordres au reste de son équipe. Ils se séparèrent aussitôt pour se disperser dans la foule.

— Merit ! Sur ta gauche...

Au cri de Jeff, je contrai immédiatement l'assaut à l'aide mon katana. L'attaque de l'agresseur fut déviée et le coup de poing que Jeff envoya dans les reins du type l'envoya par terre.

— On s'amuse bien, hein ? dit-il en souriant à sa proie au sol.

— Ouais, répondis-je en me penchant pour lui déposer un baiser sur la joue. Fallon et toi allez bien vous entendre.

Sur ce, je grimpai les marches et pénétrai dans la Maison.

De la fumée grise se répandait à présent du premier étage, et les vampires évacuaient les lieux tandis que les pompiers se précipitaient dans l'entrée, lances à incendie en main.

L'un d'eux s'arrêta dans l'escalier et releva son casque.

— Madame, il faut sortir d'ici !

— Je suis une vampire ! criai-je. Je suis immortelle.

Il m'adressa un clin d'œil.

— Je suis de la Maison Grey, dit-il avant de laisser retomber sa visière et de suivre ses collègues dans l'escalier.

— Continue, camarade ! lançai-je en remontant la bousculade du couloir jusqu'au bureau d'Ethan.

Il avait ôté sa veste de costume, et les taches de sang et les traces de suie ressortaient sur sa chemise blanche. Il se tenait au fond de la pièce, tournant le dos aux rideaux en velours, qui n'étaient plus que des lambeaux fumants. Quatre métamorphes lui faisaient face.

Mais le caractère désastreux de la situation ne put l'emporter sur l'apaisement que j'éprouvai à le voir sain et sauf.

— *Tu as besoin d'aide, Sullivan ?*

Il parcourut mon corps du regard à la recherche de blessures. Un éclair de soulagement traversa son visage.

— *Dieu merci !* dit-il.

Je lui adressai un sourire avant de reporter mon attention vers les métamorphes.

— Vous n'êtes pas un peu trop nombreux, les enfants ? demandai-je.

Quand ils se retournèrent vers moi, Ethan en profita pour en envoyer deux par terre d'un coup fatal chacun. Je contournai lentement les deux autres pour me placer entre Ethan et eux.

Malheureusement, nos agresseurs choisirent ce moment pour appeler à la rescousse quatre ou cinq amis qui apparurent à la porte avec des armes – des pistolets et ce qui ressemblait à des morceaux de meubles de la Maison Cadogan.

Ils comprirent qu'ils nous avaient acculés et commencèrent à progresser sur les côtés pour nous encercler.

— *Dos à dos,* lançai-je.

Ethan acquiesça et se tourna afin d'adopter cette position, nos sabres à l'horizontale devant nous, entourés de traîtres.

Et la bataille commença.

Même si j'étais une merveille de génétique vampire, rien ne pouvait se comparer à ce que nous étions capables de faire quand nos forces étaient réunies. Nous dansions véritablement. La magie et le pouvoir qui nous entouraient semblaient augmenter alors que nous combattions. Les balles volaient en tous sens alors que nous repoussions les intrus qui avaient menacé notre Maison. Le Maître de Cadogan et sa Sentinelle, ensemble, lames affûtées, trempées et levées contre un traître commun.

Les deux premiers attaquants furent rapidement mis hors d'état de nuire, puis nos adversaires commencèrent à être plus imaginatifs, se déplaçant autour de nous pour compliquer la coordination de nos mouvements, même si nous pouvions communiquer en silence.

D'un autre côté, cela nous obligea à être plus imaginatifs, nous aussi. On décida de se mettre côte à côte, Ethan lançant des coups de sabre pour déséquilibrer nos adversaires avant que je les frappe pour les neutraliser. Chaque fois qu'Ethan pivotait pour envoyer un coup de pied haut, je portais un coup bas pour faire tomber l'assaillant alors qu'il essayait d'esquiver l'attaque d'Ethan.

La pièce fut enfin nettoyée de nos ennemis. Nous nous tenions là, haletants, entourés de corps d'humains et de métamorphes. Nous ne nous en étions pas sortis indemnes : j'avais pris un sale coup à la cuisse droite et Ethan avait des entailles sur le ventre, là où il avait été touché par l'extrémité d'un pied de chaise en métal.

Mais nous étions en vie.

Il me lança un regard. Je m'apprêtais à parler, mais avant que les mots se forment, il posa une main derrière ma tête et colla sa bouche à la mienne. Ce baiser intense et possessif me coupa le souffle. Quand il recula, ses doigts restèrent noués dans mes cheveux.

— Seigneur, Merit ! J'ai cru que tu étais morte. Tu es partie après notre discussion et personne ne savait où te trouver. Et quand ils ont attaqué et que tu n'es pas venue… Bon sang, mais où étais-tu ?

— J'étais au bar des métamorphes, répondis-je. Je te raconterai les détails plus tard. Pour faire court, Adam est derrière tous nos ennuis. Il avait tout prévu, même un plan pour tuer Gabriel et faire accuser la Maison.

Ethan sourit d'un air entendu.

— Et tu l'as compris avant qu'Adam puisse vous éliminer tous les deux, mais il avait déjà lancé l'attaque.

— Eh bien, je suis la Sentinelle de Cadogan, après tout !

— Je sais, dit-il avant de m'embrasser de nouveau avec brutalité. Notre histoire n'est pas terminée, gronda-t-il avant de s'éloigner, prêt à reprendre le combat.

Je n'allais pas perdre mon temps à me disputer avec lui, mais dès qu'il eut tourné le dos, je portai le bout de mes doigts à mes lèvres, qui brûlaient encore du contact des siennes.

Je sentais l'aube pointer. Le soleil n'allait pas tarder à percer à l'horizon, et la fatigue commençait à peser sur mes épaules. Heureusement, les forces combinées de la police de Chicago, des pompiers de la ville, de l'Agence de médiation, de la moitié de la Meute des Grandes Plaines, des vampires Cadogan et de la Garde Rouge avaient permis de contrer l'attaque.

Ethan paraissait accepter sans sourciller l'intervention de la Garde Rouge. Il ne broncha pas quand il les vit, mais il n'avait pas non plus de raison de lier leur présence à la mienne.

Ce qui signifiait que si je décidais de rejoindre la Garde, je pouvais préserver mon secret.

Mis à part ces points positifs, la Maison ne s'en était pas sortie sans dommages. Sept humains et métamorphes étaient morts. Nous avions perdu trois vampires. Je n'en connaissais aucun, même si deux d'entre eux habitaient au même étage que moi, pas très loin de ma chambre. Deux étaient morts empalés sur des pieux et leurs cendres se mêlaient à présent à celles de la Maison.

La troisième vampire, toutefois, avait connu une fin encore plus épouvantable, victime d'une très ancienne torture. Un des humains, fou de rage – un de ceux qui étaient morts –, l'avait tout d'abord blessée d'un coup de pieu pour l'affaiblir, avant de lui arracher le cœur.

Pour lui rendre hommage, nous avions laissé son corps dans le jardin à l'arrière de la Maison en offrande au soleil quand celui-ci apparaîtrait dans le ciel.

Quant à la Maison même, les maraudeurs avaient bien œuvré pour la détruire. Alors que la solide construction de pierre avait résisté aux pires dégâts, le mobilier et les menuiseries du rez-de-chaussée et du premier avaient été endommagés, et certaines pièces étaient dorénavant inhabitables. Helen et Malik avaient passé pas mal de coups de téléphone : ils s'étaient arrangés avec les Maisons Grey et Navarre ainsi qu'avec d'autres vampires Cadogan de Chicago afin de trouver des logements provisoires pour les vampires dont les chambres avaient été incendiées, inondées ou qui sentaient trop la fumée pour pouvoir être occupées. Ma chambre, qui se trouvait au fond d'un couloir du premier étage, avait par chance été épargnée.

La réaction de la ville à ce chaos relevait de la responsabilité de mon grand-père, le Médiateur. Il aida à faire le tri entre les innocents et les coupables parmi les métamorphes, et expliqua la situation politique aux flics qu'il parvint à réunir suffisamment longtemps. Il réussit à les empêcher d'arrêter tous les vampires et humains présents. Étant donné le désordre et la dévastation, je considérais que c'était une victoire.

Malheureusement, il n'avait pu empêcher les paparazzis de prendre des photos. Les photographes ne s'étaient pas aventurés dans l'enceinte de la Maison Cadogan, mais ils n'en avaient pas eu besoin : un des métamorphes d'Adam avait été si gravement blessé sous sa forme humaine qu'il s'était transformé au beau milieu de la pelouse pour se soigner.

J'avais peut-être été la première vampire à voir un membre de la Meute se changer en bête, mais je n'avais pas été la dernière… et les paparazzis non plus d'ailleurs. On disait qu'ils avaient pris des clichés du biker changé en coyote – et en pleine transformation également. Ayant été témoin de cette scène moi-même, je doutais que les photos montreraient autre chose que des lumières colorées.

Néanmoins, il était évident pour les journalistes qu'un phénomène surnaturel s'était produit, quelque chose qu'ils n'avaient jamais vu, et cela provoqua aussitôt une frénésie médiatique. C'est pourquoi mon grand-père, à la demande de Gabriel, avait regroupé les reporters présents derrière un cordon en face de la Maison. Entouré d'un essaim de flics en uniforme, il se tenait sur un podium de fortune, le Meneur de la Meute des Grandes Plaines à ses côtés.

Tout le monde attendait.

Gabriel leva une main et la foule de journalistes se calma, comme les métamorphes la nuit précédente dans l'église.

— J'ai quelque chose à déclarer, annonça-t-il avant d'essuyer un filet de sang qui lui coulait dans les yeux du revers de la main.

Il resta silencieux un instant, son regard alourdi par la confession qu'il s'apprêtait à faire. Je devinais ce qu'il allait dire, mais je savais aussi ce que cela lui coûterait, d'un point de vue émotionnel et politique.

— Vous verrez bientôt des photos qui raconteront une histoire incroyable. Qui vous prouveront que les vampires ne sont pas les seules créatures surnaturelles au monde. Nous sommes des métamorphes, dit-il, des êtres capables de prendre une forme humaine ou animale.

Ethan était près de moi et, à la mention du mot magique, il glissa ses doigts entre les miens. Je serrai sa main.

La foule explosa en une cacophonie de flashs d'appareils photo et de questions. Gabriel n'en tint pas compte et demanda de nouveau le silence d'un geste afin de pouvoir poursuivre :

— Nous sommes des métamorphes et certains des miens sont responsables de l'attaque contre la Maison Cadogan, une agression envers un groupe de citoyens qui n'ont rien fait d'autre que nous aider et nous protéger. Cette attaque n'était pas justifiée. Nous avons déjà remis l'instigateur de cette agression à la police de Chicago. Et comme il a violé la confiance entre nos peuples, nous vous laissons le soin de décider de son sort.

Il se tut, accablé par le poids de sa déclaration.

Et quand il fut de nouveau prêt, il parcourut la foule des yeux avant de s'arrêter sur Ethan et moi.

— Et que Dieu ait pitié de nous tous.

Quelques minutes avant le lever du soleil, je retrouvai Ethan dans son bureau où il fouillait les décombres. Les rideaux brûlés avaient déjà été remplacés par d'autres plus vieux pour bloquer les rayons du soleil.

Il leva les yeux à mon arrivée, puis m'examina des pieds à la tête.

— Tu vas bien ?

J'acquiesçai.

— Autant que possible. Je suis désolée pour les Novices que tu as perdus aujourd'hui.

Ethan hocha la tête, puis redressa une chaise qui avait basculé sur le côté.

— Il était prévisible que nous aurions à faire face à la violence un jour. Mais de tels actes n'en restent pas moins choquants. (Il posa une main sur une de ses hanches, puis se frotta la tempe de l'autre.) J'ai parlé avec ton grand-père de ce qui s'est passé au bar. Nick lui a tout raconté.

J'attendis qu'il me fasse l'inévitable leçon sur les risques que j'avais pris en désertant les lieux, ou en entamant un dialogue métamorphe-vampire sans son autorisation, ou même en mettant la Maison en danger.

— Bon, dit-il d'un air philosophe. Adam n'est pas le premier individu narcissique à nous mettre dans le pétrin. Tout le monde a-t-il été relogé ?

Il me fallut un moment pour comprendre que je n'avais pas été réprimandée.

— Scott et Morgan ont envoyé des bus pour venir chercher nos vampires. Une dizaine ont été placés dans chaque Maison. Les autres sont bordés et on s'est occupés d'eux. L'aile avant du premier étage a besoin d'être aérée, mais les fées sont d'accord pour monter la garde afin que les ouvriers puissent commencer à travailler dès le lever du soleil.

Il acquiesça de manière très officielle en évitant de croiser mon regard. Il était clair qu'il avait autre chose à me dire, mais il ne s'était pas encore décidé.

— Tu as autre chose à me dire ? demandai-je en lui donnant une chance d'exprimer ses pensées.

Il ouvrit la bouche avant de la refermer d'un coup.

— Nous pourrons en parler demain. Trouve-toi un endroit où dormir et repose-toi.

— Bonne nuit, Sullivan.

— Bonne nuit, Sentinelle.

Mes soirées paraissaient toujours se finir de la même manière.

Épilogue

La meilleure défense, c'est l'attaque.

Quand je me réveillai le soir suivant, mes coupures et égratignures avaient disparu.

Mais la Maison, je le savais, porterait encore des cicatrices. Je me levai et pris une douche pour nettoyer la suie et le sang séché que j'avais été trop épuisée pour laver au petit matin. M'attendant à devoir aider à ranger la Maison, j'enfilai un jean, un tee-shirt et des Puma. Je relevai mes cheveux en une queue-de-cheval pour découvrir l'omniprésent médaillon Cadogan autour de mon cou.

Au cas où j'oublierais subitement à qui j'avais prêté allégeance…

Mais aucune chance que cela arrive. Quels que soient nos problèmes personnels, Ethan et moi avions prouvé que nous étions capables de faire du bon travail ensemble. Nous formions même une très bonne équipe au combat. J'avais connu assez de petits boulots – et j'avais assez souvent vu mon père se prendre la tête avec ses employés – pour savoir que cette entente était rare.

Mis à part nos problèmes relationnels, nous étions de bons collègues. Et tout comme il avait choisi de ne pas mettre en danger le domaine professionnel en le mêlant au privé, j'avais mes propres sacrifices à faire.

Je ne pouvais laisser ma Maison sans sa Sentinelle au beau milieu d'une guerre.

Je composai donc le numéro de Noah. Il répondit au bout de deux sonneries.

— Beck.

— C'est Merit.

— Sentinelle, dit-il d'une voix rocailleuse, comment ça se passe dans ta Maison ?

— Nous remettons les choses en ordre.

— Je suis ravi de l'apprendre. Cela va prendre du temps, mais je suis ravi de l'apprendre malgré tout.

— Je ne te remercierai jamais assez pour ce que vous avez fait la nuit dernière. Tu as sacrifié ton anonymat en te montrant et vous vous êtes battus à nos côtés.

— Le temps est venu pour nous tous de faire des sacrifices.

Il n'avait que trop raison.

— Au sujet de ta proposition. Je refuse.

Il y eut un silence.

— Je vais être franc. Ta réponse me surprend.

— Ma loyauté va à la Maison, expliquai-je.

J'avais décidé, comme ma grand-mère me l'avait autrefois appris, de danser avec celui qui m'avait amenée au bal.

— Les choses peuvent changer, dit Noah. Mais il se peut que nous n'ayons plus de place pour toi si tu attends.

— Je comprends le risque que je prends, lui assurai-je. Et je te remercie pour ton offre, même si je dois la refuser.

— Eh bien, notre collaboration aurait été intéressante. Bonne chance pour les rénovations de la Maison.

— Bonne soirée, Noah.

Je raccrochai, puis serrai le téléphone dans ma main.

— Bon, murmurai-je. Je suppose qu'on en reste là.

On frappa à ma porte. Ce devait être Lindsey qui venait me chercher pour prendre un petit déjeuner et commencer les réparations. J'ouvris sans hésiter.

C'était Ethan. Il était de nouveau en jean, tee-shirt et bottes noires. Notre Maître était également prêt à se mettre au travail.

— Comment te sens-tu ?

— Complètement guérie, répondis-je. Et toi ?

— Pour l'instant, ça va.

— Parfait.

— Hmm.

On resta ainsi un moment, à faire semblant de ne pas ressentir la gêne palpable entre nous.

Ethan tendit la main. Il tenait une boîte bleue brillante sur laquelle était gravé un « C ». Je la pris en fronçant les sourcils.

— Qu'est-ce que c'est ?

— Des excuses, en quelque sorte.

Je fis la moue, mais soulevai le couvercle de la boîte. J'en eus le souffle coupé.

La boîte contenait une balle de baseball. Son cuir blanc usé était couvert des signatures de tous les joueurs des Cubs. Elle ressemblait à celle que j'avais eue, à celle dont je lui avais parlé la nuit où nous avions fait l'amour.

Je clignai des yeux. Je savais reconnaître l'importance de ce cadeau.

— Comment tu t'es procuré ça ?

Ethan plongea ses mains dans ses poches.

— J'ai mes sources.

— Tu n'aurais pas dû…

Il me coupa la parole en posant une main sur ma mâchoire, son pouce appuyé sur mon menton.

— Parfois, on doit s'adapter. L'immortalité ne rend pas les choses qu'on aime moins importantes. Nous devons apprendre à les garder précieusement. À les protéger.

Je déglutis avec difficulté et m'obligeai à lever les yeux vers lui, mon cœur débordant de peur et de joie – surtout de peur.

— Ce sont des excuses, dit-il, pour ne pas avoir cru en toi… ou en nous. Hier, j'ai cru que je t'avais perdue, puis nous avons combattu ensemble. Je t'ai repoussée parce que j'avais peur de ce que notre histoire pouvait avoir comme conséquences sur cette Maison. Et nous l'avons protégée ensemble. C'est la véritable mesure de ce dont nous sommes capables.

Il se tut, puis tapota la boîte du doigt.

— C'est un souhait, dit-il tranquillement. Je fais le souhait que même après quatre cents années d'existence, un homme soit assez fort pour accepter le cadeau qui lui est fait.

— Ethan…, commençai-je, mais il secoua la tête.

— Je suis prêt à attendre une réponse positive de ta part.

— Cela risque de prendre du temps.

Ethan haussa un sourcil et esquissa un sourire.

— Sentinelle, je suis immortel.

Il tourna les talons et s'éloigna dans le couloir en me lançant par-dessus l'épaule :

— Et il faudra qu'on parle du fait que tu as quitté la Maison pour te jeter dans les bras des métamorphes sans même passer un coup de fil.

Il était parfois tellement prévisible.

EN AVANT-PREMIÈRE

Découvrez la suite des aventures des
VAMPIRES DE CHICAGO
(version non corrigée)

Bientôt disponible chez Milady

Traduit de l'anglais (États-Unis) par Sophie Barthélémy

1

C'est en travaillant ses tours de passe-passe qu'on devient sorcière

Une centaine de vampires travaillaient à la lumière des projecteurs qui perçaient l'obscurité de Hyde Park. Certains aéraient des tapis, d'autres ponçaient ou repeignaient des portes de placards.

Quelques hommes à la mine sévère en uniforme noir – des fées mercenaires que nous avions engagés en renfort afin d'assurer la sécurité – se tenaient à l'extérieur de la grille séparant l'immense terrain de la Maison Cadogan du reste de la ville.

Leur rôle consistait pour partie à nous protéger au cas où les métamorphes décideraient de repasser à l'attaque. Cette éventualité paraissait certes peu probable, mais personne ne s'était attendu au premier assaut, dirigé par Adam Keene, le plus jeune frère du Meneur de la Meute des Grandes Plaines.

Les fées devaient également contribuer à parer à une nouvelle menace : les humains.

Je détachai mon regard du bois orné d'élégantes moulures sur lequel j'étalais de la peinture. Alors qu'il était presque minuit, la lueur dorée des bougies des manifestants filtrait à travers l'interstice du portail, les flammes vacillant sous le souffle chaud de la brise d'été. Une trentaine ou une quarantaine d'humains protestaient en silence contre la présence des vampires au sein de leur cité.

La popularité est éphémère.

Des émeutes avaient tout d'abord éclaté lorsque nous avions fait notre *coming out*, presque un an auparavant. La peur avait ensuite cédé le pas à la fascination, véhiculée notamment par les paparazzis et les couvertures de papier glacé des magazines. Mais la violence de l'attaque menée contre la Maison – ainsi que le fait qu'en ripostant, nous avions révélé au monde l'existence des métamorphes – avait de nouveau renversé la tendance. Les humains n'avaient pas été enchantés d'apprendre que des vampires vivaient dans leur ville. S'il y avait aussi des loups-garous, quelles horribles créatures se cachaient encore dans l'ombre ? Au cours des deux derniers mois, nous n'avions cessé de subir les propos injurieux et emplis de préjugés d'hommes et de femmes qui ne souhaitaient pas notre présence dans leur quartier. Ils avaient même décidé de camper derrière les grilles de la Maison pour mieux nous le faire comprendre.

Mon téléphone portable vibra. Je le sortis de ma poche et décrochai.

— La menuiserie Merit, bonjour.

Mallory Carmichael, ma meilleure amie, qui se trouvait être également une puissante sorcière, grogna à l'autre bout du fil.

— C'est plutôt dangereux pour une vampire de travailler avec ce qui est susceptible de servir de pieux de tremble, non ?

Je contemplai le bois finement ouvragé posé devant moi sur les tréteaux.

— Je ne sais pas si c'est du tremble, mais je vois ce que tu veux dire.

— Je suppose qu'étant donné ta petite introduction, les travaux de menuiserie vont encore t'occuper toute la soirée ?

— En effet. Puisque tu me poses la question, je suis en train de repeindre une très jolie moulure, et ensuite, j'y appliquerai sans doute du vernis…

— Oh, mon Dieu, je bâille déjà ! m'interrompit-elle. Pitié, épargne-moi tes histoires de bricolage. Je t'aurais volontiers proposé de venir te divertir un peu, mais je suis en route pour Schaumburg. Tu sais bien, c'est en travaillant ses tours de passe-passe qu'on devient sorcière.

Je comprenais mieux le ronronnement de moteur que j'entendais en fond sonore.

— De toute façon, tu n'aurais pas pu entrer, les humains n'ont plus le droit de pénétrer dans l'enceinte de la Maison, lui annonçai-je.

— Sans déconner. Quand est-ce que Dark Sullivan a sorti cette nouvelle loi ?

— Quand le maire le lui a demandé.

Mallory émit un sifflement grave, puis reprit d'un ton inquiet :

— Sans blague ? Catcher ne m'en a même pas parlé.

Catcher, le petit ami de Mallory, lui aussi sorcier, avait emménagé chez elle lorsque j'avais décidé de m'installer à la Maison Cadogan quelques mois plus tôt. Il travaillait pour le Médiateur de la ville – mon grand-père – et était censé ne rien ignorer des événements concernant les êtres surnaturels. L'Agence de Médiation correspondait plus ou moins à un service d'assistance consacré au paranormal.

— Les Maîtres préfèrent rester discrets, expliquai-je. Si le bruit court que Tate a ordonné la fermeture des Maisons, ça va provoquer la panique.

— Parce que les humains penseront que les vampires représentent une menace sérieuse pour eux ?

— Exactement. En parlant de menace sérieuse, tu comptes travailler sur quoi, à Schaumburg, ce soir ?

— Ah ah, bientôt, tu m'aimeras et me craindras en même temps, ma petite vampire.

— C'est déjà le cas. Tu prépares encore des potions ?

— Non. Nous sommes passés à un thème différent, cette semaine. Comment va le grand chef ?

Son empressement à changer de sujet me parut un peu étrange. D'habitude, Mallory se montrait intarissable dès que la conversation portait sur les phénomènes occultes ou son apprentissage de la magie. Peut-être que ce qu'elle apprenait à ce moment-là se révélait aussi ennuyeux que la menuiserie, bien que ce soit difficile à croire.

— Ethan Sullivan reste fidèle à lui-même, finis-je par répondre.

Elle exprima son accord par un nouveau grognement.

— Et je suppose que ça va durer, vu qu'il est immortel, répliqua-t-elle. Mais quelques trucs changent. D'ailleurs, tu veux un scoop ? Devine qui a maintenant une bonne vieille paire de lunettes perchées sur le bout de son parfait petit nez ?

— Sarah Michelle Gellar ?

Même s'il lui avait fallu du temps pour s'accoutumer à son statut de sorcière, Mallory avait toujours eu un faible pour le surnaturel. Les séries télévisées n'y échappaient pas, et Buffy et Spike étaient ses personnages préférés.

— Mais non ! Quoique, je pourrais proposer de lui corriger la vue grâce à la magie pour m'introduire dans un épisode. En fait, je parlais de Catcher.

J'esquissai un large sourire.

— Catcher porte des lunettes ? Monsieur je-suis-tellement-cool-que-je-me-rase-la-tête-alors-que-je-ne-perds-même-pas-mes-cheveux porte des lunettes ? La soirée ne s'annonce peut-être pas si mauvaise que ça, finalement.

— Ouais, c'est dément, non ? Pour être franche, elles lui vont vraiment bien. Je lui ai proposé d'essayer un petit « abracadabra » pour qu'il ait dix à chaque œil, mais il a refusé.

— Parce que ?

— « Parce que ce serait utiliser la magie de manière égoïste », se moqua-t-elle en prenant une voix grave, imitant parfaitement Catcher. « Je ne veux pas détourner la volonté de l'univers dans l'unique but d'améliorer l'état de mes rétines. »

— Ça lui ressemble tout à fait.

— Ouais. Donc il a des lunettes. Et je t'assure qu'elles accomplissent des miracles. Maintenant, on met le feu à la chambre à coucher. On dirait que ça l'a transformé. Je te jure, son énergie sexuelle est tout simplement…

— Mallory, ça suffit. J'ai les oreilles qui saignent !

— Oh, quelle sainte nitouche ! (Un hurlement de klaxon retentit dans l'écouteur.) Apprends à conduire, putain ! Allez ! Bon, un boulet du Wisconsin se traîne devant moi, je dois te laisser. Je te rappelle demain.

— Salut, Mallory. Bon courage pour le trajet et la magie.

— Bisous.

Elle raccrocha, et je glissai de nouveau le téléphone dans ma poche. Heureusement que les super copines existent.

Dix minutes plus tard, j'eus l'occasion de tester ma théorie du « Maître resté fidèle à lui-même ». Je n'eus même pas besoin de regarder derrière moi pour savoir qu'il était là. Le frisson qui me parcourut l'échine constituait une indication suffisante : voilà Ethan Sullivan, le Maître de Cadogan, le vampire qui m'avait introduite dans ses rangs.

Après nous être tournés autour un moment, Ethan et moi avions passé une merveilleuse nuit ensemble. Malheureusement, le « ensemble » n'avait pas duré. Il avait rompu en décrétant que sortir avec moi comportait un risque émotionnel qu'il ne pouvait se permettre de prendre. Il avait par la suite regretté cette décision et, au cours des deux derniers mois, avait tenté de réparer ses erreurs – du moins selon lui.

Grand, blond, Ethan était incroyablement séduisant avec son nez droit et fin, ses traits délicatement sculptés et ses yeux émeraude. Il était également doté d'une vive intelligence, se consacrait entièrement à ses vampires…

et m'avait brisé le cœur. À présent, je comprenais sa crainte que notre relation mette sa Maison en danger. J'aurais menti en affirmant qu'il ne m'attirait pas, mais je n'avais aucune intention de renouer avec lui, et restais campée sur cette position.

— Sentinelle, m'appela-t-il, utilisant le titre qu'il m'avait donné en me nommant en quelque sorte garde de Cadogan. Ils sont étonnamment silencieux, ce soir.

— En effet, concédai-je.

Durant quelques jours, les manifestants avaient scandé des slogans à tue-tête en brandissant des pancartes, le tout à grand renfort de percussions, jusqu'à ce qu'ils se rendent compte que nous n'entendions rien des bruits qu'ils faisaient dans la journée. Par ailleurs, les habitants de Hyde Park ne montraient pas une grande tolérance pour le tapage nocturne.

Merci Hyde Park.

— C'est appréciable. Comment avance le chantier ?

— Bien, répondis-je en essuyant une goutte de peinture indésirable. Mais je serai contente quand tout sera terminé. Je crois que le bricolage n'est pas mon truc.

— Je tâcherai de m'en souvenir.

La pointe d'humour qui avait percé dans sa voix ne m'avait pas échappé. Je pris une seconde pour m'armer de résolution avant de poser le regard sur lui. Ethan portait un jean et un tee-shirt maculé de taches de peinture, et portait ses cheveux mi-longs en queue-de-cheval basse. Malgré sa tenue décontractée, ce prince des vampires conservait toute son aura de puissance et d'implacable autorité.

Les mains sur les hanches, il contemplait les travailleurs affairés devant les tables et les tréteaux disséminés dans la cour, ses yeux émeraude passant de l'un à l'autre tandis qu'il évaluait leurs progrès. Il gardait malgré tout les épaules tendues, comme s'il redoutait encore une menace tapie dans l'ombre, juste derrière la grille.

Alors qu'il inspectait ses troupes, vêtu d'un simple jean et de baskets, Ethan restait d'une beauté extraordinaire.

— Comment ça va, à l'intérieur ? demandai-je.

— Les travaux avancent doucement. Ça irait plus vite si nous avions le droit d'engager des ouvriers humains.

— Au moins, en leur interdisant l'accès à la Maison, on s'épargne le risque d'un éventuel sabotage, fis-je remarquer.

— Et le risque qu'un maçon se transforme en petit en-cas, ironisa-t-il.

Toutefois, lorsqu'il me regarda de nouveau, une ride lui barrait le front, indiquant son inquiétude.

— Qu'est-ce qui se passe ? l'encourageai-je. (Ethan me répondit en arquant un sourcil, sa mimique préférée.) Enfin, à part les manifestations et la menace latente d'une attaque.

— Tate a appelé. Il veut nous voir, tous les deux.

Cette fois, ce fut mon tour de hausser les sourcils. Seth Tate, qui exécutait son deuxième mandat en tant que maire de Chicago, avait jusque-là préféré éviter les trois Maîtres vampires de la ville.

— À quel sujet ?

— Celui-ci, je suppose, avança-t-il en désignant d'un geste les humains contestataires.

— Tu penses qu'il souhaite ma présence parce qu'il est ami avec mon père, ou parce que mon grand-père travaille pour lui ?

— L'un ou l'autre. Ou alors, Tate est fou de toi.

Je levai les yeux au ciel, mais ne pus m'empêcher de rougir.

— Il n'est pas du tout fou de moi, il a simplement envie d'être réélu.

— Il en pince pour toi, ce que je peux comprendre. Et dire qu'il ne t'a même pas encore vue te battre.

Ethan parlait d'une voix douce, emplie d'espoir.

Difficile de faire comme si de rien n'était.

Ces deux derniers mois, il s'était comporté ainsi à mon égard, se montrant attentionné et flatteur.

Bien entendu, il avait toujours ses mauvais moments. Après tout, il restait Ethan, Maître d'une Maison dont les Novices ne se conduisaient pas forcément selon ses désirs, et pour ne rien arranger, les travaux de restauration de la propriété duraient depuis des semaines. En général, les chantiers de construction avançaient assez lentement à Chicago, et c'était encore pire lorsqu'il s'agissait de remettre sur pied un manoir de deux étages peuplé de vampires. Un chef-d'œuvre architectural, certes, mais un chef-d'œuvre qui grouillait de suceurs de sang, et patati, et patata. Nos fournisseurs humains se montraient souvent réticents à collaborer, ce qui ne rendait pas Ethan particulièrement fou de joie.

En dépit de ces problèmes, il faisait les bons choix et prenait les décisions appropriées. Le seul souci, c'était qu'il avait ébranlé ma confiance. Même si j'espérais encore vivre un jour un conte de fées, je doutais que ce prince charmant se sente prêt à m'emmener sur son cheval blanc. Deux mois après notre rupture, la peine – et l'humiliation – qu'il m'avait causée n'avait pas disparu. La blessure ne s'était pas refermée.

Je n'étais pas suffisamment naïve pour nier l'attirance magnétique qui existait entre nous. Peut-être le destin finirait-il par nous réunir. Après tout, Gabriel Keene, le chef de la Meute des Grandes Plaines, avait en quelque sorte partagé avec moi une vision au cours de laquelle lui étaient apparus deux yeux verts ressemblant à ceux d'Ethan… mais appartenant vraisemblablement à quelqu'un d'autre.

Je sais. Moi aussi, sur le moment, je me suis dit : « C'est quoi ce cirque ? »

Pourtant, j'avais envie de le croire. Comme toutes les jeunes Américaines, j'avais lu des livres et regardé des films dans lesquels le garçon finit toujours par se rendre compte qu'il a commis une terrible erreur, et revient vers son véritable amour. J'avais envie de croire qu'Ethan regrettait d'avoir renoncé à moi, que ses remords étaient sincères et ses promesses sérieuses. Mais il ne s'agissait pas d'un jeu. Et comme Mallory me l'avait fait remarquer, n'aurait-il pas mieux valu qu'il soit dès le début persuadé que j'étais la vampire de sa vie ?

Mais toutes ces questions qui fusaient sous mon crâne ne m'empêchaient pas de remplir consciencieusement mon rôle de Sentinelle. En n'entretenant avec lui que des relations strictement professionnelles, je bénéficiais de l'espace et des limites dont j'avais besoin… et irritais Ethan au passage, ce qui ne gâtait rien. Puéril ? Sans doute. Mais il est dommage de ne pas taquiner le patron quand l'occasion se présente, non ?

Par ailleurs, la plupart des vampires étant affiliés à une Maison, refuser de travailler avec Ethan m'aurait condamnée à une éternité d'errance. Ce qui signifiait que je devais m'accommoder de cette situation.

Faisant mine de ne pas comprendre ses sous-entendus, je souris poliment à mon Maître.

— Espérons qu'il n'aura pas l'occasion de me voir combattre. Ce serait le signe que les choses ont nettement empiré si je suis obligée de me bagarrer devant le maire. Quand est-ce qu'on part ?

Ethan garda le silence si longtemps que je finis par l'observer. Je remarquai alors la gravité avec laquelle il me regardait. Il réussit à faire vibrer une corde sensible en moi, mais peu importait ce que nous réservait le destin, je n'avais pas l'intention de franchir le pas ce jour-là.

— Sentinelle.

Il avait prononcé mon titre d'un ton gentiment réprobateur, mais je restai fidèle à ma ligne de conduite.

— Oui, Sire ?

— Fais ta tête de mule si tu veux ou si tu en as besoin, mais nous savons tous les deux comment ça va se terminer.

Je demeurai imperturbable.

— Ça va se terminer comme d'habitude : toi dans le rôle du Maître, et moi dans celui de la Sentinelle.

Le rappel de nos statuts hiérarchiques sembla efficace, car Ethan arrêta son numéro de charme aussi brusquement qu'il l'avait commencé.

— Je te retrouve en bas dans vingt minutes. Mets ton uniforme.

Aussitôt après, il s'éloigna d'une démarche assurée puis gravit l'escalier avant de pénétrer dans la Maison Cadogan.

J'étouffai un juron. Cet homme allait finir par avoir ma peau.

Achevé d'imprimer en juillet 2011
Par CPI Brodard & Taupin - La Flèche (France)
N° d'impression : 65093
Dépôt légal : août 2011
Imprimé en France
81120541-1